# RÉSURRECTION DE SHERLOCK HOLMES

D1047990

SIR ARTHUR CONAN DOYLE

# Résurrection de Sherlock Holmes

TRADUCTION DE ROBERT LATOUR

LE LIVRE DE POCHE

# CHAPITRE PREMIER

## LA MAISON VIDE

Au printemps de 1894, tout Londres s'émut, et la haute société s'épouvanta, de la mort de l'Honorable Ronald Adair assassiné dans des circonstances étranges, inexplicables. L'enquête de police a mis en lumière certains détails, mais tout n'a pas été dit : en effet l'accusation disposait d'une base si solide qu'elle n'a pas jugé nécessaire de produire les faits dans leur totalité.

Aujourd'hui seulement, c'est-à-dire dix ans après, me voici en mesure de présenter au public l'enchaînement complet des événements. Certes le crime lui-même ne manquait pas d'intérêt ! Mais ses suites m'apportèrent la surprise la plus grande et le choc le plus violent d'une vie pourtant fertile en aventures. Encore maintenant lorsque j'y réfléchis, je retrouve en moi un écho de cette subite explosion de joie, de stupeur et d'incrédulité qui m'envahit alors. Que le lecteur me pardonne ! Je sais jusqu'à quel point il s'est passionné pour les quelques histoires qui lui ont révélé les pensées et les actes d'un homme tout à fait exceptionnel. Mais qu'il ne me blâme pas de ne pas lui avoir appris plus tôt la nouvelle ! Ç'aurait été mon premier devoir si je n'avais été empêché de le remplir par la défense formelle qui m'avait été faite et qui n'a été levée que le 3 du mois dernier.

Mon étroite amitié avec Sherlock Holmes avait

suscité et développé un goût profond pour l'enquête criminelle. Ce goût survécut à la disparition de mon camarade. Je ne manquai jamais par la suite d'étudier les diverses énigmes que l'actualité proposait au public. Plus d'une fois, mais uniquement pour mon plaisir personnel, je voulus m'inspirer de ses méthodes pour trouver des solutions... avec, j'en conviens, un succès inégal. Rien néanmoins n'aviva plus ma curiosité que la tragédie dont Ronald Adair fut la victime. Et quand je lus dans la presse les témoignages recueillis au cours de l'enquête qui avait entraîné un verdict d'assassinat contre inconnu ou inconnus, je mesurai toute l'étendue de la perte que la mort de Sherlock Holmes avait infligée à la société.

Cette affaire mystérieuse fourmillait de particularités qui, j'en étais sûr, l'aurait déchaîné. La police aurait vu son action secondée, et probablement anticipée, par l'agilité intellectuelle et la prodigieuse faculté d'observation du premier détective d'Europe. Je me rappelle que ce jour-là, tout en passant la revue de mes malades, je tournai et retournai dans ma tête les éléments dont je disposais pour reconstituer le drame sans pouvoir mettre sur pied une explication satisfaisante... Allons, au risque de répéter une vieille histoire trop connue, je vais récapituler d'abord les faits établis par l'enquête :

L'Honorable Ronald Adair était le deuxième fils du comte de Maynooth, gouverneur à l'époque d'une colonie australienne. La mère d'Adair était rentrée d'Australie pour subir l'opération de la cataracte. Elle habitait avec son fils Ronald et sa fille Hilda au 427 de Park Lane. Le jeune homme fréquentait la meilleure société ; selon tous les renseignements recueillis il n'avait pas de mauvais penchants et on ne lui connaissait pas d'ennemis. Il avait été fiancé à Mlle Edith Woodley, de Carstairs ; mais les fiançailles avaient été rompues quelques mois plus tôt d'un commun accord, et rien ne permettait de penser que cette rupture eût laissé derrière elle des regrets profonds. L'existence de Ronald Adair déroulait ses orbes réguliers à l'intérieur d'un petit monde bien délimité ; et son tempérament ne le portait guère au sentiment ni à la sensiblerie. Tel était le jeune aristocrate sur qui une mort étrange s'abattit au soir du 30 mars 1894, entre dix heures et onze heures vingt.

Ronald Adair aimait les cartes. Il jouait beaucoup, mais jamais à des taux scandaleux. Il faisait partie des cercles Baldwin, Cavendish, et de Bagatelle. Après dîner le jour de sa mort il joua un tour de whist au cercle de Bagatelle. Dans l'après-midi et au même endroit il avait également fait une partie. Ses partenaires, M. Murray, Sir John Hardy et le colonel Moran témoignèrent que les jeux avaient été sensiblement d'égale force et qu'il n'y avait pas eu de grosse différence d'argent. Adair avait peut-être perdu cinq livres, mais pas davantage. Jouissant d'une fortune considérable, il n'avait aucune raison d'être affecté par une perte de cet ordre. Avec régularité il fréquentait tantôt un cercle, tantôt un autre : c'était un joueur prudent, qui gagnait souvent. Récemment, avec le colonel Moran comme partenaire, il avait gagné la coquette somme de 240 livres contre Godfrey Milner et Lord Balmoral.

Le soir du crime il était rentré chez lui exactement à dix heures. Sa mère et sa sœur étaient sorties : elles passaient la soirée chez une parente. La domestique déposa qu'elle l'avait entendu pénétrer dans la pièce du devant du deuxième étage qu'il utilisait comme salon personnel. Auparavant elle y avait allumé du feu ; celui-ci dégageant de la fumée, elle avait ouvert la fenêtre. Le salon demeura silencieux jusqu'à onze heures vingt. Lady Maynooth et sa fille, dès leur retour, voulurent dire bonsoir à Ronald. Lady Maynooth essaya d'entrer. La porte était fermée de l'intérieur. Elles frappèrent, appelèrent, mais leurs cris demeurèrent sans réponse. Finalement la porte fut forcée. Le corps de l'infortuné jeune homme gisait près de la table, la tête horriblement fracassée par une balle explosive de revolver, mais dans la pièce on ne retrouva aucune arme. Sur la table il y avait deux billets de dix livres, plus 17 livres et

10 schillings en pièces d'or et d'argent disposées en petites piles de valeur différente. Sur une feuille de papier figuraient aussi quelques chiffres avec en regard des noms d'amis de club. On en déduisit qu'avant sa mort il était en train de chiffrer ses gains et ses pertes aux cartes.

Un examen minutieux acheva de rendre l'affaire inexplicable. En premier lieu, il fut impossible de déceler le motif pour lequel le jeune homme se serait enfermé à clef. Restait l'hypothèse où la porte aurait été fermée par l'assassin qui se serait ensuite enfui par la fenêtre. Mais la fenêtre était bien à sept mètres au-dessus d'un parterre de crocus en plein épanouissement. Or ni les fleurs ni le sol ne présentaient la moindre trace de désordre, et on ne releva aucune empreinte de pas sur l'étroite bande d'herbe qui séparait la maison de la route. Apparemment donc, c'était le jeune homme qui s'était lui-même enfermé. Mais comment avait-il été tué ? Personne n'aurait pu grimper par le mur jusqu'à la fenêtre sans laisser trace de son escalade. Et si l'assassin avait tiré par la fenêtre, ç'aurait été un tireur absolument hors de pair puisqu'il avait infligé avec un revolver une blessure aussi effroyable. Par ailleurs, Park Lane est une artère fréquentée : il y a à moins de cent mètres une station de fiacres. Personne n'avait entendu le coup de feu. Et pourtant le cadavre était là, ainsi que la balle de revolver, aplatie comme toutes les balles à pointe tendre, qui avait dû provoquer une mort instantanée. Tels étaient les éléments du mystère de Park Lane, que compliquait encore l'absence de mobile valable puisque, comme je l'ai déjà dit, le jeune Adair n'avait pas d'ennemi connu et que l'argent était resté sur la table.

Toute la journée donc je réfléchis à ces faits. Je m'efforçai de mettre sur pied une théorie capable de les concilier, de découvrir cette ligne de moindre résistance que mon pauvre ami considérait comme le point de départ de toutes ses enquêtes. J'avoue que je n'aboutis à rien. Dans la soirée je fis un tour dans le Park, je le traversai et me trouvai vers six heures du côté de Park Lane. Un groupe de badauds, le nez pointant vers une certaine fenêtre, m'indiqua la maison du crime. Un grand gaillard maigre avec des lunettes à verres fumés, qui me fit l'impression d'être un policier en civil, était en train d'émettre une théorie de son cru que les autres écoutaient. Je m'approchai pour tendre l'oreille, mais ses propos me parurent si stupides que je me retirai du groupe en pestant contre le sot discoureur. En reculant je me heurtai à un vieillard difforme qui se tenait derrière moi, et je fis tomber quelques livres qu'il portait sous son bras. Je les ramassai, non sans avoir remarqué que le titre de l'un d'eux était *L'Origine de la Religion des Arbres*. Certainement son propriétaire était un pauvre bibliophile qui, soit professionnellement soit par marotte, collectionnait des livres peu connus. Je lui présentai mes excuses, mais le bonhomme devait attacher un grand prix aux livres que j'avais si involontairement maltraités, car il vira sur ses talons en poussant un grognement de mépris, et je vis son dos voûté et ses favoris blancs disparaître parmi la foule.

J'eus beau observer le 427 de Park Lane, je n'avançai guère dans la solution de mon problème. La maison était séparée de la rue par un mur et une grille dont la hauteur n'excédait pas un mètre cinquante. Il était donc facile pour n'importe qui de pénétrer dans le jardin. Mais la fenêtre me sembla tout à fait inaccessible en raison de l'absence de gouttières ou de tout objet pouvant faciliter l'escalade d'un homme agile. Plus intrigué que jamais je repris le chemin de Kensington. J'étais dans mon cabinet depuis cinq minutes quand la bonne m'annonça un visiteur. A ma grande surprise elle introduisit mon vieux bibliophile de tout à l'heure : son visage aigu, parcheminé, se détachait d'un encadrement blanc comme neige ; il portait toujours sous son bras droit ses précieux livres, une douzaine au moins.

« Vous êtes surpris de ma visite, monsieur ? » me demanda-t-il d'une voix qui grinçait bizarrement.

Je reconnus que je l'étais.

« Eh bien, monsieur, c'est que j'ai une conscience, voyez-vous ! Je marchais clopin-clopant quand vous êtes entré dans cette maison. Alors je me suis dit que j'allais dire un mot à ce monsieur poli pour lui expliquer que si j'avais été un tant soit peu brusque dans mes manières, il ne fallait pas m'en vouloir, et que je le remerciais beaucoup de m'avoir ramassé mes livres.

— N'en parlons plus ! répondis-je. Puis-je vous demander comment vous saviez qui j'étais ?

— Ma foi, monsieur, je suis un peu votre voisin. Vous trouverez ma petite boutique au coin de Church Street et je serai très heureux de vous y voir, monsieur. Peut-être êtes-vous collectionneur vous-même ? Voici *Oiseaux anglais*, et un Catulle, et *La Guerre sainte*... Une véritable affaire, monsieur, chacun de ces livres. Tenez, cinq volumes rempliraient juste la place qu'il y a sur le deuxième rayon derrière vous. Ce vide-là donne à penser que vous n'êtes pas très ordonné, monsieur, n'est-ce pas ? »

Je tournai la tête pour regarder le rayon en question, puis je la tournai à nouveau vers mon bibliophile... Sherlock Holmes était debout de l'autre côté de la table, souriant.

Je bondis sur mes pieds, je le contemplai stupéfait pendant quelques instants, et puis, pour la première et dernière fois de ma vie, je dus m'évanouir. En tout cas un brouillard gris tourbillonna devant mes yeux et, quand il se dissipa, je m'aperçus que mon col était déboutonné ; j'avais encore sur les lèvres un vague arrière-goût de cognac. Holmes était penché au-dessus de mon fauteuil, un flacon dans la main.

« Mon cher Watson ! me dit la voix dont je me souvenais si bien. Je vous dois mille excuses. Je ne pensais pas que vous étiez aussi sensible. »

Je l'empoignai par le bras.

« Holmes ! m'écriai-je. Est-ce bien vous ? Se peut-il que vous soyez réellement vivant ? Est-il possible que vous ayez réussi à sortir de ce gouffre infernal ?

— Attendez un peu ! Êtes-vous sûr que vous êtes

en état de discuter? Je vous ai infligé une belle
secousse avec cette apparition dramatique!

— Oui, oui, je me sens très bien. Mais, en vérité,
Holmes, j'en crois à peine mes yeux. Seigneur!
Penser que vous... que c'est vous entre tous les
hommes qui êtes là dans mon cabinet!... »

A nouveau je le saisis par la manche, mais je pinçai
son long bras maigre et nerveux.

« ... Au moins vous n'êtes pas un pur esprit! dis-je
en lui voyant faire la grimace.

— Cher ami!

— Je suis au comble de la joie. Asseyez-vous et
dites-moi comment vous êtes sorti vivant de cet
horrible abîme! »

Il s'assit en face de moi, et il alluma une cigarette
avec sa vieille nonchalance accoutumée. Il portait la
redingote râpée du marchand de livres, mais il avait
posé sur la table la perruque blanche et les vieux
bouquins. Il me parut plus mince, et son profil plus
aigu, mais le fond blanc de son teint me révéla qu'il
n'avait pas mené une existence bien saine depuis sa
disparition.

« Je suis ravi de m'étirer, Watson! Figurez-vous
que ce n'est pas drôle pour un homme de ma taille
de se raccourcir plusieurs heures de suite d'une trentaine de centimètres... Mais ce n'est pas le moment
des explications, mon cher ami! Nous avons, si
toutefois je puis compter sur votre coopération, une
rude et dangereuse nuit de travail qui nous attend.
Peut-être vaudrait-il mieux que je vous raconte tout
quand ce travail aura été achevé?

— Je suis la curiosité en personne. Je préférerais
de beaucoup vous entendre tout de suite!

— M'accompagnerez-vous cette nuit?

— Quand vous voudrez, où vous voudrez!

— Comme au bon vieux temps, alors? Avant de
partir, nous pourrons manger un morceau. Voyons,
eh bien, à propos de ce gouffre? Ma foi, Watson, je
n'ai pas eu beaucoup de mal à en sortir, pour la
bonne raison que je ne suis jamais tombé dedans.

— Vous n'êtes pas tombé dedans?

— Non, Watson ! Je ne suis pas tombé dedans. Et pourtant ma lettre, pour vous, était absolument sincère. Je ne doutais guère que je fusse arrivé au terme de ma carrière quand je vis la sinistre silhouette de feu le professeur Moriarty se dresser sur le sentier. Je lus dans ses yeux gris mon arrêt de mort. J'échangeai quelques répliques avec lui et il m'accorda fort courtoisement la permission de vous écrire le court billet que vous trouvâtes ensuite et que je laissai avec mon porte-cigarettes et mon alpenstock. Puis je m'engageai dans le sentier, Moriarty sur mes talons. Arrivé au bord du précipice, je m'arrêtai, aux abois. Il n'avait pas d'armes, mais il se jeta sur moi et ses longs bras se nouèrent autour de mon corps. Il savait qu'il avait perdu. Il ne pensait plus qu'à se venger. Juste au-dessus du gouffre, nous chancelâmes ensemble. Vous n'ignorez point que j'ai un peu pratiqué le haritsu ; c'est une méthode de lutte japonaise qui dans bien des cas m'a rendu d'éminents services. J'échappai à son étreinte, tandis que lui, poussant un cri horrible, battait l'air de ses deux mains sans pouvoir se raccrocher à rien. Impuissant à recouvrer son équilibre, il tomba dans le gouffre. A plat ventre, penché au-dessus de l'abîme, je surveillai sa chute. Il heurta un rocher, rebondit, et s'écrasa au fond de l'eau. »

J'écoutai en souriant cette explication que Holmes me conta entre deux bouffées de cigarette.

« Mais les traces ! m'écriai-je. J'ai vu, de mes yeux vu, deux traces de pas se diriger vers le précipice, et aucune en sens inverse.

— Voici pourquoi. A l'instant même où le professeur disparaissait je mesurai la chance réellement extraordinaire que m'offrait le Destin. Je savais que Moriarty n'était pas seul à avoir juré ma perte. J'en connaissais au moins trois autres ; la mort de leur chef exaspérerait sans aucun doute leur volonté de vengeance. Tous étaient des individus très dangereux. L'un ou l'autre finirait évidemment par m'avoir ! D'autre part si le monde entier était convaincu que j'étais mort, ces individus prendraient

quelques libertés, se découvriraient et, tôt ou tard, je
les détruirais. Alors il serait temps pour moi
d'annoncer que j'étais demeuré au pays des vivants.
Tout cela s'ordonna dans mon esprit avec une telle
rapidité que je crois qu'avant même que le professeur
Moriarty eût touché le fond des chutes de Reichenbach j'avais déjà formulé ma conclusion.

« Je me relevai et j'examinai la muraille rocheuse
derrière moi. Dans le compte rendu fort pittoresque
que vous avez écrit et que j'ai lu quelques mois plus
tard, vous avez affirmé que le roc était lisse. Ce n'était
pas tout à fait exact ! Quelques petites marches se
présentaient, et il y avait un soupçon de saillie. La
muraille était si haute qu'il m'était impossible de
l'escalader. Mais d'autre part le sentier était si
mouillé que je ne pouvais l'emprunter sans y laisser
trace de mon passage. J'aurais pu, c'est vrai, mettre
mes souliers à l'envers : cela m'est déjà arrivé. Mais
trois séries d'empreintes orientées dans le même sens
auraient suggéré évidemment une tromperie. Que
pouvais-je faire de mieux que me hasarder dans
l'escalade ? Ce ne fut pas une plaisanterie, Watson !
J'avais les chutes qui grondaient au-dessous de moi.
Je vous jure que je ne suis pas un délirant, mais je
croyais entendre Moriarty qui m'appelait du fond du
gouffre. La moindre faute m'eût été fatale. Plusieurs
fois, quand j'arrachais des touffes d'herbe ou quand
mon pied dérapait entre les interstices humides du
rocher, je me crus à mes derniers moments. Mais je
continuai à grimper. Finalement je m'agrippai à une
sorte de plate-forme couverte d'une tendre mousse
verte. Là je pouvais me dissimuler très confortablement. Et j'étais étendu à cette place, mon cher ami,
quand je vous ai vu arriver, vous et tous les gens qui
vous suivaient pour enquêter de la manière la plus
sympathique et la plus efficace sur les circonstances
de ma mort.

« Lorsque vous eûtes tiré vos conclusions, aussi
inévitables qu'erronées, vous reprîtes le chemin de
l'hôtel et je demeurai seul. Je m'étais imaginé que
mes aventures étaient terminées, mais un incident

tout à fait imprévu m'avertit que des surprises m'étaient encore réservées. Un gros rocher tomba d'en haut, dévala à côté de moi et dégringola dans le gouffre. D'abord je crus à un hasard. Mais levant le nez j'aperçus une tête d'homme qui se détachait sur le ciel qui s'assombrissait, et un deuxième rocher frappa le rebord de la plate-forme sur laquelle j'étais allongé, passa à vingt centimètres de mon crâne... Évidemment je n'avais plus le droit d'avoir des illusions ! Moriarty n'était pas venu seul. Un complice (et je n'eus pas besoin de le regarder deux fois pour comprendre combien ce complice était déterminé à tout), s'était tenu à l'écart pendant que le professeur m'attaquait. A distance, et sans que je l'eusse vu, il avait grimpé jusqu'en haut de la muraille rocheuse ; de là il s'efforçait de réussir ce que son compagnon avait manqué.

« Je ne perdis pas beaucoup de temps à réfléchir, Watson ! A nouveau ce visage sinistre apparut au-dessus de moi et je compris que cette apparition présageait un autre rocher. Alors je décidai de redégringoler jusqu'au sentier. Je ne crois pas que je l'aurais fait de sang-froid. Les difficultés de la montée étaient multipliées par cent. Mais je n'eus pas le loisir de considérer tous les dangers, car une troisième pierre débola en sifflant pendant que je me retenais par les mains au bord de la plate-forme. A mi-côte je me laissai glisser : grâce à Dieu j'atterris sur le sentier. Mais dans quel état ! Déchiré, saignant aux mains, aux genoux, au visage... Je pris mes jambes à mon cou, marchai toute la nuit à travers les montagnes, abattis quinze kilomètres d'une seule traite... Bref, huit jours plus tard, je me retrouvai à Florence : seul, avec la certitude que personne au monde ne savait ce que j'étais devenu.

« Je n'eus qu'un seul confident : mon frère Mycroft. Je vous dois beaucoup d'excuses, mon cher Watson, mais il était trop important qu'on me crût mort, et vous n'auriez certainement pas écrit un récit si convaincant de ma triste fin si vous n'aviez pas été vous-même persuadé que cette fin était véritable.

Il m'arriva plusieurs fois, au cours de ces trois dernières années, de tremper une plume dans l'encrier pour vous écrire ; mais craignant une imprudence de votre amitié, je renonçai à courir le risque d'une indiscrétion qui aurait trahi mon secret. Et c'est pour cette même raison que je vous ai tourné le dos ce soir quand vous avez fait tomber mes livres, car je me trouvais en danger, et le moindre signe de surprise ou d'émotion de votre part eût pu me dénoncer et entraîner des conséquences fâcheusement irréparables. Quant à Mycroft j'avais besoin de le mettre dans ma confidence afin d'avoir l'argent qu'il me fallait. Le cours des événements à Londres n'avait guère répondu à mes espérances : le procès de la bande Moriarty laissa en liberté deux de ses membres les plus dangereux qui étaient mes ennemis les plus acharnés. Je voyageai pendant deux ans au Tibet, je visitai Lhassa et passai plusieurs jours en compagnie du Dalaï-Lama. Peut-être avez-vous entendu parler par la presse des explorations remarquables d'un Norvégien du nom de Sigerson ? Mais je suis sûr que vous n'avez jamais pensé que vous receviez ainsi des nouvelles de votre ami. Ensuite j'ai traversé la Perse, visité La Mecque, discuté de choses fort intéressantes avec le calife de Khartoum dont les propos ont été immédiatement communiqués au Foreign Office. Je suis retourné en France ; là j'ai passé quelques mois à faire des recherches sur les dérivés du goudron de houille dans un laboratoire de Montpellier. Une fois obtenus les résultats que j'en attendais, j'appris que sur mes deux ennemis il n'en restait plus qu'un en liberté dans Londres. Je me préparais tranquillement à rentrer, quand me parvint la nouvelle du très remarquable mystère de Park Lane : non seulement cette énigme avait de quoi m'intéresser en tant que telle, mais elle me parut offrir quelques possibilités d'un intérêt particulier pour votre serviteur. Je me hâtai de boucler mes valises, arrivai à Londres, réclamai à Baker Street un entretien avec moi-même, déclenchai chez Mme Hudson une violente crise de nerfs, et découvris que Mycroft avait laissé mon appartement et mes papiers parfaitement en état. Et c'est ainsi, mon cher Watson, que vers deux heures cet après-midi, je me trouvais assis sur mon vieux fauteuil dans mon vieux salon, et je ne souhaitais plus qu'une chose : voir mon vieil ami Watson dans le fauteuil d'en face qu'il avait si souvent occupé. »

Tel fut le récit extraordinaire que j'écoutai en cette soirée d'avril. Récit qui n'aurait rencontré que mon incrédulité s'il ne m'avait été confirmé par la présence de ce corps mince, interminable, et de ce visage ardent aux traits accusés que je n'aurais jamais espéré revoir. Il avait sans doute appris quelque chose de la tristesse où m'avait plongé la perte que j'avais faite : son attitude me le révéla plus que ses paroles.

« Le travail est le meilleur antidote au chagrin, mon cher Watson ! Or j'ai pour nous deux un joli travail en vue : un travail qui pourrait justifier toute une vie d'homme sur cette planète !... »

En vain je le priai de m'en dire davantage.

« Avant demain matin, vous verrez et entendrez beaucoup ! me répondit-il. Nous avons d'abord à nous raconter des tas de choses. Mais à neuf heures et demie, en route pour la maison vide ! »

Ce fut tout à fait comme au bon vieux temps : à l'heure dite, je me trouvai assis dans un fiacre à côté de lui, un revolver dans la poche et au cœur le petit frisson des grandes aventures. Holmes était froid, sérieux, taciturne. Les réverbères m'apprirent qu'il avait les sourcils froncés sous l'intensité de la réflexion, et qu'il serrait ses lèvres minces. J'ignorais quelle bête féroce nous allions chasser dans la jungle londonienne du crime, mais étant donné l'attitude du chasseur j'étais sûr que cette aventure était d'une gravité exceptionnelle. De temps à autre un petit sourire sarcastique déformait ses traits austères : mauvais présage pour le gibier !

J'avais cru que nous nous rendions à Baker Street, mais Holmes fit arrêter le cocher au coin de Cavendish Square. Je remarquai que lorsqu'il en descendit il regarda soigneusement à droite et à gauche. D'ailleurs, par la suite, il se retourna à chaque croisement de rues pour s'assurer que nous n'étions pas suivis. Notre route fut assez singulière. Holmes connaissait son Londres comme sa poche ; il n'y avait pas une ruelle qu'il ignorât. Ce soir-là il me conduisit avec autant de célérité que d'assurance dans un dédale de passages dont je n'avais jamais soupçonné l'existence. Finalement nous émergeâmes dans une petite rue, bordée de vieilles maisons lugubres, qui aboutissait dans Manchester Street. Nous allâmes jusqu'à Blandford Street. Là, il tourna vivement dans une rue étroite, poussa une porte en bois, franchit une cour déserte, ouvrit avec une clef la porte de service d'une maison, et la referma derrière nous.

L'obscurité était complète. Mais il m'apparut tout de suite que nous étions dans une maison vide. Sur le plancher nu, nos pas craquaient et résonnaient. La main que j'avais tendue devant moi pour me guider toucha un mur d'où le papier pendait en lambeaux. Les doigts glacés et maigres de Holmes emprisonnèrent mon poignet pour me faire traverser un long vestibule. Je distinguai confusément un vasistas au-dessus de la porte du devant. Holmes vira carrément sur sa droite et nous entrâmes dans une grande pièce carrée vide dont les angles étaient plongés dans l'ombre et le milieu faiblement éclairé par les lumières de la rue. Il n'y avait pas de lampadaire à proximité, et la poussière sur les vitres formait une couche si opaque que nous pouvions tout juste distinguer nos silhouettes. Mon compagnon posa une main sur mon épaule et approcha sa bouche de mon oreille.

« Savez-vous où nous sommes ? chuchota-t-il.

— Certainement dans Baker Street, répondis-je en indiquant la vitre sale.

— Exact. Nous sommes dans la maison Camden, qui est située juste en face de notre ancien appartement.

— Mais pourquoi sommes-nous ici ?

— Parce que nous jouissons d'une vue excellente

sur cette chère vieille demeure si pittoresque. Puis-je vous prier, Watson, de vous rapprocher davantage de la fenêtre, en prenant bien garde toutefois à ne pas vous montrer, et de regarder notre ancien logement, point de départ de tant d'aventures communes ! Vous verrez si mes trois ans d'absence m'ont ôté le pouvoir de vous surprendre. »

Je m'avançai à quatre pattes jusqu'à la fenêtre et regardai de l'autre côté de la rue. Mes yeux remontèrent jusqu'à une fenêtre bien connue, et je ne pus m'empêcher de pousser un cri de stupéfaction. Le store était baissé ; à l'intérieur de la pièce une grosse lampe était allumée. L'ombre d'un homme assis sur une chaise se détachait avec une netteté admirable sur l'écran lumineux de la fenêtre. Il n'y avait pas moyen d'hésiter sur le port de tête, la charpente des épaules, le profil aigu que reproduisait cette ombre chinoise : c'était Holmes. Sous le coup de la surprise, j'allongeai le bras pour être sûr que Holmes en chair et en os se tenait bien à côté de moi. Il s'accorda un petit rire silencieux.

« Alors ? me dit-il.

— C'est merveilleux !

— Je pense que l'âge n'a pas affaibli ni affadi mon sens imaginatif ! fit-il d'une voix que je reconnus pour celle de l'artiste fier de sa création. Est-ce que ça me ressemble, ou non ?

— J'aurais juré que c'était vous !

— Ce petit chef-d'œuvre est dû au talent de M. Oscar Meunier, de Grenoble, qui a passé plusieurs jours à faire le moulage. Il s'agit d'un buste en cire. J'ai complété la mise en scène cet après-midi au cours de mon passage à Baker Street.

— Mais pourquoi ?

— Parce que, mon cher Watson, j'avais toutes les raisons du monde pour faire croire à certaines personnes que j'étais là pendant que je me trouve réellement ailleurs.

— Et vous pensiez que l'appartement était surveillé ?

— Je savais qu'il était surveillé.

— Par qui ?

— Par mes vieux ennemis, Watson ! Par la bande charmante dont le chef repose sous les chutes de Reichenbach. Rappelez-vous qu'ils savaient, et eux seuls le savaient, que j'étais encore vivant. Ils se disaient que tôt ou tard je reviendrais chez moi. Aussi ils ont monté une garde constante, et ce matin ils m'ont vu arriver.

— Comment le savez-vous ?

— Parce que j'ai reconnu une de leurs sentinelles quand j'ai jeté un coup d'œil par la fenêtre. C'est un type assez inoffensif, qui s'appelle Parker, étrangleur professionnel et remarquable joueur de guimbarde. Je ne me suis pas soucié de lui. Mais je me suis soucié bien davantage du formidable individu qui se tient derrière lui, l'ami de cœur de Moriarty, l'homme qui a essayé de m'écraser à coups de rochers, le criminel le plus rusé et le plus dangereux de Londres. Voilà qu'il s'attaque à moi ce soir, Watson ; mais il ne sait pas que nous, nous allons nous attaquer à lui. »

Les plans de mon ami commençaient à acquérir de la consistance dans mon esprit. De cet abri bien placé, les guetteurs étaient guettés et les chasseurs pris en chasse. L'ombre bien dessinée là-haut était l'appât et nous étions à l'affût. Nous demeurâmes debout en silence dans l'obscurité, surveillant les formes humaines qui passaient et repassaient devant nous. Holmes était immobile et muet, mais il n'avait pas ses yeux dans sa poche : il fixait intensément chaque passant. La nuit froide, venteuse, n'encourageait pas les flâneurs, dont beaucoup avaient relevé leur col. Une ou deux fois, je crus reconnaître une silhouette que j'avais déjà vue passer, et je remarquai en particulier deux hommes qui semblaient se protéger du froid en se collant contre la porte d'une maison un peu plus haut. Je voulus les désigner à mon compagnon, mais il eut un geste d'impatience et il continua à regarder dans la rue. A plusieurs reprises il s'agita et tambourina légèrement sur le mur. Visiblement il commençait à s'énerver ; ses projets ne devaient pas s'exécuter comme il l'avait espéré. Enfin, vers minuit, la rue se vida lentement. Il se mit à marcher de long en large, en proie à un énervement incontrôlable. J'allais lui dire je ne sais quoi, quand je levai mes yeux vers la fenêtre éclairée, et à ce moment je reçus un nouveau choc de surprise. Je pris le bras de Holmes et le forçai à regarder.

« L'ombre a bougé ! » m'écriai-je.

De fait, ce n'était plus le profil de Holmes mais son dos qui était à présent tourné vers nous.

Trois années n'avaient évidemment pas émoussé les aspérités de son caractère, ni diminué son dédain envers une intelligence moins vive que la sienne.

« Bien sûr, elle a bougé ! me répondit-il. Suis-je donc assez idiot, Watson, pour avoir érigé un manne-quin reconnaissable de loin en m'imaginant que l'un des bandits les plus astucieux d'Europe allait se laisser prendre à cette attrape grossière ? Nous sommes ici depuis deux heures ; huit fois Mme Hudson est venue apporter une légère modifi-cation à cette silhouette : une fois tous les quarts d'heure. Elle la manipule par-devant, de façon que son ombre n'apparaisse pas. Ah !... »

Il retint son souffle. Je le vis avancer la tête ; toute son attitude était contractée, rigide. Mes deux hommes de tout à l'heure étaient peut-être bien encore tapis contre leur porte, je ne les apercevais plus. La rue était paisible et sombre, sauf cet écran jaune lumineux sur lequel se détachait l'ombre noire. Je l'entendis aspirer de l'air sur une note sifflante, ténue, qui traduisait une excitation difficilement contenue. Il me tira en arrière dans l'angle le plus noir de la pièce, et je sentis sa main se poser sur mes lèvres pour m'avertir de ne faire aucun bruit. Ses doigts tremblaient. Jamais je n'avais vu mon ami pareillement ému ; et pourtant la rue était déserte, lugubrement déserte devant nous.

Mais soudain je pris conscience de ce que ses sens aiguisés avaient déjà perçu. Un bruit furtif parvint à mes oreilles : non pas de Baker Street, mais de derrière nous. On ouvrit une porte, puis on la referma. Un moment plus tard des pas résonnèrent dans le couloir : des pas qui voulaient être silencieux mais dont le bruit se répercutait à travers la maison vide. Holmes se colla littéralement contre le mur et je l'imitai, non sans avoir refermé une main sur la crosse de mon revolver. En sondant l'obscurité je distinguai une vague forme humaine légèrement plus sombre que le noir de la porte ouverte. L'homme s'arrêta un instant, puis avança lentement, recroque-villé, menaçant, dans la pièce. Il parvint à trois mètres de nous. Déjà je m'étais ramassé pour le rece-voir, mais je réalisai qu'il ne se doutait pas le moins du monde de notre présence. Il passa tout près de nous, et doucement, avec précautions, il alla soulever la fenêtre-guillotine de quelques centimètres. Quand il s'agenouilla pour se poster devant cette ouverture, les lumières de la rue qui n'étaient plus tamisées par la crasse des carreaux l'éclairèrent en plein. Il semblait être sous le coup d'une passion folle. Ses yeux brillaient comme deux étoiles, des tics convul-sifs déformaient son visage. Il avait un certain âge, un nez mince très accentué, un front haut et dégarni, une grosse moustache poivre et sel, un haut-de-forme rejeté derrière la tête ; il était en habit, et son plastron blanc étincelait sous le pardessus débou-tonné. Sa figure était bronzée, maigre, creusée par des rides profondes qui lui donnaient un aspect féroce. Dans une main il portait quelque chose qui ressemblait à une canne, mais quand il le posa par terre l'objet rendit un son métallique. Il tira d'une poche de son manteau un instrument volumineux et il s'absorba ensuite dans une opération qui se termina sur un bruit sec, comme si un ressort ou un verrou s'était déclenché. Toujours agenouillé sur le plancher il se courba en avant et appuya de toute sa force et de tout son poids sur un levier ; j'entendis un long grincement qui se termina encore sur un déclic. Il se redressa alors, et je vis qu'il tenait à la main une sorte de fusil avec une crosse bizarre. Il ouvrit la culasse, introduisit à l'intérieur quelque chose et la referma. Puis, blotti par terre, il fit reposer le bout du canon sur le rebord de la fenêtre entrouverte. Je vis sa moustache caresser la crosse et ses yeux briller en cherchant la ligne de mire. Je l'entendis pousser un petit soupir de satisfaction quand il épaula : cette cible étonnante, l'homme noir bien dessiné sur le fond jaune, était dans l'axe de son fusil. Il s'immobilisa. Enfin son doigt pressa la détente. J'entendis un bruit sourd, un sifflement, et le son argentin d'une vitre brisée. Au même instant Holmes bondit comme un tigre sur le dos du tireur et le jeta face contre terre. L'homme se releva pourtant et avec une force convulsive attrapa Holmes par la gorge. Je m'élançai et l'assommai d'un coup de crosse de mon revolver. Je tombai sur lui et le maintins tandis que mon camarade lançait un coup de sifflet aigu. Sur le trottoir des pas se précipitèrent ; deux agents et un policier en civil firent irruption par la porte de devant.

« Est-ce vous, Lestrade ? demanda Holmes.

— Oui, monsieur Holmes. J'ai pris moi-même l'affaire en main. Je suis bien content de vous voir de retour à Londres, monsieur !

— Je crois que vous avez un peu besoin d'un concours extra-officiel. Trois crimes impunis en une année, c'est trop, Lestrade ! Mais vous avez conduit l'affaire Molesey avec moins de... c'est-à-dire très brillamment, Lestrade ! »

Nous nous étions tous relevés. Notre prisonnier encadré par les agents haletait. Déjà des badauds se rassemblaient dans la rue. Holmes tira la vitre, ferma la fenêtre, baissa le store. Lestrade s'était muni de deux bougies. Les agents démasquèrent leurs lanternes. Je pus enfin observer à ma guise l'homme que nous avions capturé.

Il avait un visage viril et sinistre. Le front était d'un penseur, la mâchoire d'un jouisseur. Il était doué, au départ de la vie, également pour le bien et pour le mal. Mais on ne pouvait pas regarder ses yeux bleus cruels, ses paupières cyniquement tombantes, son nez agressif, son front sillonné de plis menaçants sans être frappé par l'avertissement que nous donnait la nature sur le côté dangereux de son caractère. Il ne faisait nulle attention à nous ; son regard était fixé sur Holmes ; la haine et l'admiration s'y mêlaient.

« Démon ! marmonna-t-il. Démon de l'enfer ! Vous êtes d'une habileté infernale.

— Ah ! colonel ! fit Holmes en remettant de l'ordre dans son col froissé. Les voyages finissent toujours par réunir les amoureux, comme on dit ! Je ne crois pas que j'aie eu le plaisir de vous voir depuis que vous m'avez comblé d'attentions quand j'étais sur ma plate-forme au-dessus des chutes de Reichenbach. »

Le colonel continuait à contempler mon ami comme s'il était hypnotisé.

« Rusé démon ! Démon de l'enfer ! »

C'était tout ce qu'il pouvait dire.

« Je n'ai pas encore fait les présentations, minauda Holmes. Cet homme, messieurs, est le colonel Sebastian Moran, ancien officier de l'armée des Indes, et le meilleur tireur de gros gibier de tout notre Empire d'Orient. Je crois que je ne me trompe pas, colonel, en disant que votre record de tigres tués est toujours debout ? »

Le farouche vieil homme ne dit rien, mais ses yeux ne quittaient pas mon compagnon. Avec son regard féroce et sa moustache hérissée, il ressemblait lui-même à un tigre.

« Je m'étonne qu'un stratagème aussi simple ait pu tromper un vieux renard comme vous, dit Holmes. Vous deviez pourtant avoir l'habitude : attacher à un arbre un agneau ou une chèvre, l'avoir bien à portée de votre fusil, et attendre que l'appât attire le tigre ? Cette maison vide est mon arbre, et vous êtes mon tigre. Vous deviez posséder d'autres fusils en réserve pour le cas où plusieurs tigres viendraient ou pour le cas, beaucoup plus improbable, où vous rateriez votre coup ? Voici mes autres fusils. La réplique est parfaite. »

Le colonel Moran avança d'un pas en poussant un véritable cri de rage. Mais les agents le tirèrent en arrière. La fureur qui se lisait sur sa figure était horrible à voir.

« J'avoue que vous m'avez tout de même réservé

une petite surprise, poursuivit Holmes imperturbable. Je n'avais pas prévu que vous feriez usage de cette maison vide et de cette fenêtre adéquate. Je m'imaginais que vous opéreriez de la rue, où vous attendaient mon ami Lestrade et ses joyeux compagnons. Cette exception mise à part, tout s'est passé comme je m'y attendais. »

Le colonel Moran se tourna vers le policier officiel.

« Vous pouvez avoir, ou ne pas avoir, un motif sérieux pour m'arrêter, dit-il. Mais il n'y a aucune raison pour me soumettre aux railleries de ce personnage. Si je suis entre les mains de la loi, que les choses se déroulent alors dans la légalité !

— Ma foi, voilà qui est assez raisonnable ! fit Lestrade. Vous n'avez rien à dire de plus, monsieur Holmes, avant que nous prenions congé de vous ? »

Holmes avait ramassé le puissant fusil à vent ; il en examinait soigneusement le mécanisme.

« C'est une arme admirable, unique en son genre ! fit-il. Elle ne fait pas de bruit et sa puissance de feu est terrible. J'ai connu von Herder, l'ingénieur allemand aveugle qui l'a construite sur la commande de feu le professeur Moriarty. Depuis des années je connaissais son existence, mais je n'avais jamais eu l'occasion de la manier. Je la recommande tout spécialement à votre attention, Lestrade, ainsi que les balles qui s'y adaptent.

— Faites-moi confiance pour cela, monsieur Holmes ! » répondit Lestrade qui ajouta en se dirigeant vers la porte : « Vous n'avez rien d'autre à dire ?

— Simplement une question : quelle accusation avez-vous l'intention de produire ?

— Quelle accusation, monsieur ? Mais, naturellement, celle d'avoir voulu assassiner M. Sherlock Holmes !

— Non, non, Lestrade ! Je ne tiens pas du tout à paraître dans cette histoire. A vous, et à vous seul, revient le mérite d'avoir opéré une arrestation sensationnelle. Oui, Lestrade, mes compliments ! Avec votre habituel mélange d'audace et d'astuce, vous l'avez eu.

— Je l'ai eu ? Eu qui, monsieur Holmes ?

— L'homme que tout Scotland Yard a vainement recherché ! Le colonel Sebastian Moran, qui a tué l'Honorable Ronald Adair avec une balle explosive de fusil à vent tirée par la fenêtre ouverte du deuxième étage du 427, Park Lane, le 30 du mois dernier. Voilà l'accusation, Lestrade. Et maintenant, Watson, si vous pouvez supporter le courant d'air d'un carreau cassé, je crois qu'une demi-heure passée dans mon bureau en compagnie d'un bon cigare vous divertira confortablement. »

Notre ancien appartement n'avait pas changé, grâce à la vigilance lointaine de Mycroft Holmes et à celle, plus immédiate, de Mme Hudson. Quand j'entrai je remarquai, c'est vrai, un manque de désordre qui me choqua un peu. Mais les vieux points de repère étaient tous à leur place. Il y avait le coin pour la chimie et la table en bois blanc avec ses taches d'acide. Sur une étagère il y avait en file tous les registres formidables et tous les carnets que tant de nos compatriotes auraient brûlés avec joie. Les graphiques, l'étui du violon, le râtelier à pipes, et même la babouche au fond de laquelle il y avait du tabac m'accueillirent comme par le passé. Dans la pièce se tenaient deux personnes. L'une était Mme Hudson qui rayonnait quand nous fîmes notre entrée. L'autre cet étrange mannequin qui avait tenu un rôle si important dans notre aventure de la soirée. C'était une figurine de cire représentant mon ami, si admirablement composée qu'on pouvait à bon droit, de loin, s'y méprendre. Elle était posée sur un petit pupitre, le bas du buste enveloppé dans une vieille robe de chambre de Holmes.

« J'espère que vous avez observé toutes les précautions possibles, madame Hudson ? questionna Holmes.

— Je me déplaçais à genoux, monsieur, comme vous me l'aviez dit.

— Excellent ! Vous avez admirablement joué le coup. Avez-vous repéré la trajectoire de la balle ?

— Oui, monsieur. Je crains qu'elle n'ait abîmé

votre beau buste, car elle a traversé la tête et elle s'est aplatie contre le mur. Je l'ai ramassée sur le tapis. La voilà ! »

Holmes me la tendit.

« Une balle tendre de revolver, comme vous voyez, Watson. C'est une idée géniale, car qui s'attendrait à ce qu'un pareil projectile fût tiré par un fusil à vent ? Très bien, madame Hudson ! Je vous suis fort obligé pour le concours que vous m'avez apporté. Et maintenant, Watson, prenez place une fois de plus sur votre vieux fauteuil ; il y a plusieurs points dont j'aimerais discuter avec vous. »

Il avait retiré la redingote râpée. Du coup c'était le Holmes d'autrefois, drapé dans la robe de chambre gris souris qu'il avait arrachée au mannequin.

« Les nerfs du vieux colonel n'avaient rien perdu de leur équilibre, ni ses yeux de leur acuité ! fit-il en riant pendant qu'il examinait le front fracassé de son buste. Le plomb au milieu de la nuque visait le cerveau en plein ! Il était le meilleur tireur des Indes, et je ne crois pas qu'il y en ait beaucoup de plus forts que lui en Angleterre. Le connaissiez-vous de nom ?

— Ma foi non !

— Voilà bien la renommée ! Il est vrai que, si mes souvenirs ne me trompent pas, vous ne connaissiez pas non plus le nom du professeur Moriarty, l'un des plus grands cerveaux de ce siècle. Faites-moi passer, s'il vous plaît, mon index des biographies qui est sur l'étagère. »

Bien enfoncé dans son fauteuil, il tourna paresseusement les pages en soufflant de gros nuages de fumée.

« Ma collection de M est assez remarquable ! dit-il. Il suffirait déjà de Moriarty pour rendre n'importe quelle lettre illustre, et voici Morgan l'empoisonneur, et Merridew d'abominable mémoire, et Matthews qui knock-outa ma canine gauche dans la salle d'attente de Charing Cross, et, enfin, voici notre ami de ce soir. »

Il me repassa le livre et je lus : « Moran, Sebastian, colonel. Sans emploi. Précédemment au I$^{er}$ pionniers

du Bengale. Né à Londres en 1840. Fils de Sir
Augustus Moran, compagnon de l'Ordre du Bain,
jadis ministre britannique en Perse. Élevé à Eton et
à Oxford. A servi dans la campagne du Jowacki, dans
la campagne d'Afghanistan, dans la campagne du
Charasiah (aux dépêches) dans le Sherpur et à
Kaboul. Auteur de *La Chasse aux fauves dans l'Ouest
himalayen*, de 1881 ; de *Trois mois dans la Jungle*, de
1884. Adresse : Conduit Street. Clubs : l'Anglo-
Indien, le Tankerville, le Cercle de Bagatelle. »

Sur la marge était écrit de la main ferme de
Holmes : « Le dangereux nº 2 à Londres. »

« Cela est étonnant ! remarquai-je en lui rendant le
livre. Le passé de cet homme est celui d'un officier
des plus honorables.

— Exact ! répondit Holmes. Jusqu'à un certain
moment il a agi correctement. Il a toujours possédé
des nerfs d'acier, et on raconte encore aux Indes
comment il est descendu dans une tranchée pour
poursuivre un tigre blessé qui dévorait des hommes.
Il y a des arbres, Watson, qui poussent jusqu'à une
certaine hauteur et puis qui tout à coup développent
une protubérance horrible. Souvent les hommes
ressemblent à de tels arbres. Je professe une théorie
selon laquelle l'individu représente dans son développement toute la série de ses ancêtres, ses brusques
orientations vers le bien ou vers le mal traduisant
une puissante influence qui trouve son origine dans
son pedigree. L'individu devient, en quelque sorte, le
résumé de l'histoire de sa propre famille.

— Théorie assez fantaisiste !

— N'insistons pas. Pour je ne sais quelle cause le
colonel Moran a mal tourné. Il n'y eut pas aux Indes
de scandale à proprement parler, mais il lui fut
impossible d'y séjourner plus longtemps. Il prit sa
retraite, vint à Londres, et s'y fit encore une triste
réputation. Ce fut à ce moment qu'il fut embauché
par le professeur Moriarty à qui il servit quelque
temps de chef d'état-major. Moriarty lui fournissait
libéralement de l'argent et ne se servit de lui que pour
une ou deux affaires de très grande classe qu'aucun

criminel banal n'aurait pu réussir. Vous rappelez-vous la mort de Mme Stewart, de Lauder, en 1887 ? Non ? Eh bien, je suis sûr que Moran en fut l'artisan ; mais pas de preuves, comprenez-vous ? Le colonel était si habilement camouflé que lorsque la bande Moriarty fut démasquée, il nous fut impossible de l'incriminer. Vous souvenez-vous de ce soir où je vins chez vous, et où je fermai les volets par crainte du fusil à vent ? Vous m'avez cru en plein délire. Or je savais exactement ce que je faisais, car je n'ignorais pas l'existence de cette arme formidable, et j'avais de solides raisons de croire que l'un des meilleurs tireurs du monde était derrière. Quand nous étions en Suisse, il nous suivait avec Moriarty, et c'est lui, indubitablement, qui me fit transpirer sang et eau pendant ces cinq minutes mortelles au-dessus des chutes de Reichenbach.

« Vous pensez bien que, durant mon séjour en France, je lisais attentivement les journaux. Je guettais la première occasion de le pincer. Tant qu'il se trouvait à Londres et en liberté il était inutile que je me remisse à vivre comme avant : nuit et jour la menace aurait plané sur moi, et tôt ou tard il aurait eu sa chance. Que faire ? Le tuer à vue ? J'aurais été condamné par tous les jurys d'Angleterre. Faire appel à un magistrat ? Mais un magistrat ne peut pas intervenir sur ce qui lui aurait paru n'être qu'un soupçon insensé. Je ne pouvais donc rien tenter. Je me bornais à me tenir au courant des nouvelles criminelles et des faits divers, attendant mon jour. Sur ces entrefaites j'appris la mort de ce Ronald Adair. Enfin la chance se remettait dans mon jeu ! Sachant ce que je savais, comment douter que l'assassin fût le colonel Moran ? Il avait joué aux cartes avec la victime ; il l'avait suivie du cercle jusqu'à sa demeure ; il l'avait tuée en tirant par la fenêtre ouverte. Voyons, le doute n'est pas permis ! Les balles seules suffisent à lui faire passer la tête dans le nœud coulant. J'arrivai immédiatement à Londres. Je me fis voir par la sentinelle qui, bien entendu, avertit le colonel de ma présence à Baker Street. Le colonel ne pouvait pas manquer d'établir un rapprochement entre mon retour inopiné et le crime, donc d'être sérieusement inquiet. J'étais sûr qu'il essaierait sans perdre un jour de se débarrasser de moi et qu'il se servirait de son arme secrète pour m'abattre. Je lui offris une cible excellente derrière ma fenêtre et j'avertis la police que je pourrais avoir besoin d'elle... A propos, Watson, vous avez témoigné d'un flair infaillible en me signalant la présence de ces deux subordonnés de Lestrade se dissimulant dans une porte... J'ai pris poste dans ce que je croyais être un excellent observatoire, mais jamais je n'avais pensé qu'il choisirait le même endroit pour son affût. A présent, mon cher Watson, reste-t-il quelque chose à vous expliquer ?

— Oui. Vous ne m'avez pas dit pourquoi le colonel Moran avait assassiné l'Honorable Ronald Adair.

— Ah ! mon cher Watson, là nous entrons dans le domaine des conjectures où l'esprit le plus logique peut être pris en défaut ! A chacun de se forger une hypothèse d'après les faits connus ; la vôtre peut s'avérer aussi juste que la mienne.

— Donc vous avez une idée ?

— Je crois qu'il est assez facile d'expliquer les faits. Il a été établi que le colonel Moran et le jeune Adair avaient gagné ensemble une somme d'argent considérable. Or je sais depuis longtemps que Moran ne joue pas correctement aux cartes. Je crois que le jour du crime, Adair découvrit que Moran trichait. Très vraisemblablement il lui avait parlé en tête à tête et l'avait menacé de le démasquer s'il ne démission-nait pas du cercle de son plein gré et s'il ne lui donnait pas sa parole d'honneur qu'il ne toucherait plus une carte. Un jeune homme comme Adair ne se serait pas risqué à provoquer un scandale public en démasquant un homme connu et beaucoup plus âgé que lui. Il a dû agir comme je vous l'ai dit. Mais pour Moran son exclusion des cercles de jeu signifiait la ruine, puisqu'il vivait de ses gains illicites. Voilà pourquoi il a tué Adair au moment où celui-ci essayait de faire le compte de l'argent qu'il voulait restituer, car le jeune aristocrate ne voulait pas profiter des tricheries de son partenaire. Et il avait fermé sa porte, de peur que les dames ne le surprissent et ne voulussent savoir ce qu'il était en train de faire avec ces noms et cet argent. Est-ce une hypothèse admissible ?

— C'est sûrement la vérité ! Vous avez mis dans le mille.

— Au procès nous verrons si je me suis trompé. En attendant le colonel Moran ne nous causera plus de soucis, le fameux fusil à vent de von Herder embellira le musée de Scotland Yard, et voici à nouveau M. Sherlock Holmes libre de vouer son existence, s'il lui plaît, aux petits problèmes dont fourmille la vie londonienne. »

## CHAPITRE II

## L'ENTREPRENEUR DE NORWOOD

« Du point de vue de l'expert criminel, me déclara M. Sherlock Holmes, Londres est devenue une ville sans intérêt depuis la mort du regretté professeur Moriarty !

— Je ne crois pas que beaucoup de nos compatriotes partagent ce point de vue !

— Bon, bon, je mettrai une sourdine à mon égoïsme ! soupira Holmes en éloignant sa chaise de la table sur laquelle nous venions de prendre notre petit déjeuner. La collectivité y a certainement gagné, personne n'y a perdu, sauf peut-être quelques spécialistes des chiens écrasés qui sont acculés au chômage... Quand le distingué professeur était sur la brèche, les journaux du matin nous offraient des possibilités infinies : souvent il ne s'agissait que d'une toute petite trace, Watson, d'une indication ridiculement ténue, et pourtant c'était assez pour révéler la présence du grand cerveau maléfique. Il suffit que les extrémités d'une toile vibrent faiblement pour nous rappeler que l'araignée se tient au centre. Eh bien, des vols sans importance, des agressions sans motif, des violences inexplicables constituaient alors pour l'homme averti un tout inséparable. Londres mieux que n'importe quelle capitale européenne était un merveilleux terrain d'études criminologiques. Mais aujourd'hui... »

Il haussa les épaules, pour maudire en plaisantant l'état de choses qu'il avait lui-même si fortement contribué à établir.

A cette époque, Holmes était de retour à Londres depuis plusieurs mois. J'avais à sa requête vendu ma clientèle et j'étais revenu partager avec lui notre ancien meublé de Baker Street. Un jeune médecin, qui s'appelait Verner, m'avait acheté mon petit cabinet de Kensington ; sans barguigner il avait accepté le plus haut prix que je m'étais aventuré à demander ; de ce marché assez étonnant j'eus plus tard l'explication en découvrant que Verner était un parent éloigné de Holmes et que c'était celui-ci qui avait fourni l'argent.

Notre nouvelle association n'avait pas été aussi dépourvue d'aventures qu'il voulait bien le dire. Si je me reporte en effet à mes notes, je constate que cette période comporte l'affaire des papiers de l'ex-Président Murillo, ainsi que celle, dramatique à souhait, du vapeur hollandais le *Friesland*, qui faillit nous coûter la vie à tous deux. Son tempérament froid et fier s'opposait toujours à des manifestations susceptibles de recueillir les applaudissements du public : aussi m'obligeait-il à taire son nom, à observer un silence total sur ses méthodes et ses succès. Je l'ai déjà dit : cette interdiction n'a été levée que tout récemment.

Donc après avoir élevé sa protestation humoristique, M. Sherlock Holmes s'était enfoncé dans son fauteuil et il avait déployé négligemment son journal du matin. Mais il sursauta bientôt. Un violent coup de sonnette avait retenti, suivi d'un sourd roulement de tambour comme si quelqu'un frappait à la porte d'entrée avec ses poings. A peine la porte ouverte, nous entendîmes dans le vestibule un bruit de pas précipités ; on grimpa notre escalier quatre à quatre ; Holmes était en train de reposer son journal quand apparut dans le salon un jeune homme pâle, aux yeux hagards, échevelé, hors de lui, essoufflé. Il nous dévisagea tour à tour, et devant notre regard interrogateur prit conscience que des excuses ne seraient pas inutiles après une entrée aussi peu cérémonieuse.

« Je vous demande pardon, monsieur Holmes ! s'écria-t-il. Ne me jugez pas mal ! Je suis presque fou. Monsieur Holmes c'est moi, le malheureux John Hector McFarlane ! »

Il nous fit cette déclaration d'identité comme si son nom à lui seul expliquait à la fois le but de sa visite et son attitude, mais je lus sur le visage imperméable de mon compagnon qu'il ne lui en disait pas plus qu'à moi.

« Prenez une cigarette, monsieur McFarlane ! fit-il en lui tendant son étui. Je suis sûr que devant de tels symptômes mon ami le docteur Watson vous prescrirait volontiers un sédatif. Il a fait tellement chaud ces jours derniers ! Maintenant, pour peu que vous vous sentiez un peu plus calme, je serais heureux si vous consentiez à vous asseoir sur cette chaise et à nous dire tranquillement, posément, qui vous êtes et ce que vous voulez. Vous m'avez annoncé votre nom comme si je devais le connaître, mais je vous certifie que, en dehors des faits évidents que vous êtes célibataire, homme de loi, franc-maçon et asthmatique, je ne sais rien de vous. »

Familiarisé comme je l'étais avec les méthodes de mon ami, il ne me fut pas difficile de remonter le fil de ses déductions et de remarquer que notre visiteur n'était guère soigné, qu'une liasse de papiers timbrés débordait de sa poche, que certaines breloques étaient attachées à sa chaîne de montre, et qu'il soufflait péniblement. Toutefois le jeune homme le considéra avec stupéfaction.

« Oui, je suis tout cela, monsieur Holmes, et de plus, je suis en ce moment l'homme le plus infortuné de Londres. Pour l'amour de Dieu, monsieur Holmes, ne m'abandonnez pas ! Si la police vient m'arrêter avant que j'aie fini mon histoire, priez les policiers de me laisser le temps de vous dire toute la vérité. J'irais heureux en prison si je savais que vous travailliez pour moi à l'extérieur.

— Vous arrêter ! fit Holmes. Voici qui est très amu... très intéressant ! En vertu de quelle inculpation vous attendez-vous à être arrêté ?

— Pour avoir assassiné M. Jonas Oldacre, du bas Norwood. »

La figure de mon compagnon se colora d'une sympathie qui n'était pas tout à fait, j'en ai peur, dépourvue de satisfaction.

« Mon Dieu ! s'exclama-t-il. Et moi qui disais tout à l'heure encore à mon ami le docteur Watson que les affaires sensationnelles avaient disparu des journaux ! »

Notre visiteur allongea une main frémissante vers le *Daily Telegraph* qui était encore sur les genoux de Holmes.

« Si vous l'avez lu, monsieur, vous aurez deviné sans peine ce qui m'amène ce matin chez vous. J'ai l'impression que mon nom et mon malheur doivent être le sujet de conversation de tout le monde... »

Il nous indiqua la page centrale du journal.

« ... Nous y sommes. Avec votre permission je vais vous lire l'article. Écoutez, monsieur Holmes. Voici les titres : « Mystérieuse affaire au bas Norwood. Disparition d'un entrepreneur bien connu. Un assassinat ? Un incendie par malveillance ? Sur la piste de l'assassin. » Ils suivent déjà une piste, monsieur Holmes, et je sais qu'infailliblement elle aboutira à moi ! J'ai été filé depuis la gare de London Bridge, et je suis sûr qu'ils n'attendent qu'un mandat pour m'arrêter. Ma mère en aura le cœur brisé... Oui, elle en mourra ! »

Il se tordit les mains dans une crise de désespoir tout en se balançant d'avant en arrière sur sa chaise.

J'examinai avec intérêt cet homme accusé d'avoir perpétré un crime avec violences. Il avait les cheveux couleur de lin, il était bien bâti, il était à bout de nerfs, il avait des yeux bleus pleins d'effroi, il était imberbe, il avait une bouche relâchée, sensible; il pouvait avoir vingt-sept ans, il était très correctement vêtu et il s'exprimait comme un Anglais bien élevé.

« Mettons à profit le temps qui nous est imparti ! dit Holmes. Watson, voudriez-vous avoir l'obligeance de prendre le journal et de me lire l'article en question ? »

Sous les titres vigoureux qu'avait cités notre client s'étirait le récit suivant :

« — Tard la nuit dernière ou de bonne heure ce matin, le bas Norwood a été le théâtre d'un fait divers dont on craint qu'il ne soit un crime grave. M. Jonas Oldacre est un habitant connu de cette banlieue où il exerce depuis de nombreuses années la profession d'entrepreneur. M. Oldacre, célibataire, a cinquante-deux ans. Il habitait Deep Dene House, du côté de Sydenham sur la route du même nom. On le disait volontiers excentrique, secret et renfermé. Il était pratiquement retiré des affaires depuis quelque temps ; on assurait qu'il y avait amassé une fortune rondelette. Derrière la maison subsiste encore toutefois une petite cour contenant des bois de construction. La nuit dernière, vers minuit, on donna l'alerte au feu, car l'une des piles de bois brûlait. Les pompiers arrivèrent bientôt sur les lieux, mais le bois sec crépitait avec une telle violence qu'il fut impossible de l'éteindre avant que toute la pile fût entièrement détruite. Jusque-là on pensait se trouver en face d'un incident banal, mais de nouvelles indications donnèrent bientôt à penser qu'il s'agissait d'un crime grave. On s'étonna de l'absence du maître de céans qui n'avait pas paru pendant l'incendie ; on le chercha ; il avait disparu. Sa chambre fut examinée. On découvrit que le lit n'avait pas été défait, que le coffre qui s'y trouvait avait été ouvert, que des papiers étaient éparpillés par terre. On découvrit aussi qu'il y avait eu lutte, et que des traces sanglantes étaient encore visibles dans la pièce. Une canne en chêne était également tachée de sang. On apprit que M. Jonas Oldacre avait reçu tardivement ce soir-là dans sa chambre un visiteur, et la canne fut identifiée comme appartenant à ce visiteur qui s'appelle John Hector McFarlane, deuxième associé de la firme Graham & McFarlane, avoués, 426, Greshar Buildings, E. C. La police croit détenir la preuve du crime. De toute façon il faut s'attendre à des développements sensationnels de l'affaire.

« *Dernière heure :* Au moment où nous mettons sous presse, nous apprenons que M. John Hector McFarlane vient d'être arrêté sous l'inculpation d'avoir assassiné M. Jonas Oldacre. Il est au moins certain qu'un mandat d'arrêt a été décerné contre lui. L'enquête à Norwood a mis en lumière d'autres points particulièrement sinistres. Non seulement on a retrouvé les traces d'une lutte sanglante dans la chambre du malheureux entrepreneur, mais on sait maintenant que la fenêtre de cette pièce, sise au rez-de-chaussée, a été trouvée ouverte, qu'on a découvert des indices permettant de penser qu'un objet massif avait été traîné jusqu'au tas de bois, et finalement on assure que des débris humains carbonisés auraient été identifiés au milieu des cendres du bûcher. La police croit qu'un crime sensationnel a été commis, que la victime a été assommée dans sa chambre, ses papiers volés, et que son cadavre a été traîné jusqu'au tas de bois auquel le feu aurait été mis afin de faire disparaître toute trace du crime. L'enquête a été confiée à l'habileté cent fois prouvée de l'inspecteur Lestrade, de Scotland Yard, qui a pris l'affaire en main avec son énergie et sa perspicacité habituelles. »

Sherlock Holmes avait écouté ma lecture, les yeux clos et les doigts réunis.

« L'affaire présente assurément quelques détails intéressants, fit-il avec sa nonchalance accoutumée. Puis-je vous demander d'abord, monsieur McFarlane, comment il se fait que vous êtes en liberté, puisque les apparences semblent justifier votre arrestation ?

— J'habite à Blackheath, dans Torrington Lodge, avec mes parents, monsieur Holmes. Mais hier soir, ayant eu à travailler tard avec M. Jonas Oldacre, j'ai passé la nuit dans un hôtel de Norwood, et de là je suis reparti directement pour mon bureau. J'ignorais tout de cette affaire avant de monter dans le train, où j'ai lu ce que vous venez d'entendre. Immédiatement j'ai vu l'horrible danger que je courais, et je n'ai plus eu qu'une idée : remettre mon cas entre vos mains. Sans aucun doute j'aurais été arrêté soit à mon bureau dans la City, soit chez moi. Un homme m'a suivi depuis la gare de London Bridge, et certainement... Mon Dieu, qui est-ce ? »

On avait sonné, et des pas lourds avaient aussitôt gravi l'escalier. Notre vieil ami Lestrade apparut sur le seuil. Par-dessus son épaule émergeaient quelques policiers en uniforme.

« Monsieur John Hector McFarlane ? » interrogea Lestrade.

Notre malheureux client se leva, livide.

« Je vous arrête sous l'inculpation d'homicide volontaire sur la personne de M. Jonas Oldacre, du bas Norwood. »

McFarlane tourna vers nous une figure au désespoir, puis il s'effondra à nouveau sur sa chaise comme s'il avait été assommé.

« Un instant, Lestrade ! fit Holmes. Nous ne sommes ni l'un ni l'autre à une demi-heure près. Or ce monsieur allait nous faire le récit de cette très intéressante affaire. Récit qui pourrait nous aider à voir clair...

— Je crois que tout est fort clair ! prononça sinistrement Lestrade.

— Néanmoins, si vous m'autorisez, je serais très intéressé par son récit.

— Mon Dieu, monsieur Holmes, il me serait difficile de vous refuser quelque chose, car il vous est arrivé de rendre service à Scotland Yard, et nous vous devons bien une complaisance ! répondit

Lestrade. En même temps je dois demeurer avec mon prisonnier et la loi m'oblige à l'avertir que tout ce qu'il dira pourra lui être imputé à charge.

— Je ne souhaite rien de mieux ! dit notre client. Je ne vous demande qu'une chose : m'écouter et reconnaître la vérité absolue. »

Lestrade regarda sa montre.

« Je vous accorde une demi-heure, dit-il.

— Il faut que je vous dise d'abord, commença McFarlane, que j'ignorais tout de M. Jonas Oldacre sauf son nom : depuis fort longtemps mes parents le connaissaient, mais ils ne le voyaient plus. J'ai donc été fort surpris quand, hier, vers trois heures de l'après-midi, il s'est présenté à mon bureau de la City. Mais j'ai été encore plus étonné quand il m'a fait part de l'objet de sa visite. Il avait en main plusieurs feuillets d'un carnet, griffonnés... les voici... et il les a posés sur ma table.

« — Ceci est mon testament, m'a-t-il dit. Je voudrais, monsieur McFarlane, que vous lui donniez une forme légale. Je vais m'asseoir ici pendant que vous le rédigerez. »

« J'ai entrepris aussitôt la rédaction demandée. Imaginez ma stupéfaction quand je m'aperçois que, sous quelques réserves, il fait de moi son légataire universel ! Jonas Oldacre était un homme de petite taille, avec des manières étranges ; il avait des yeux de furet sous des cils blancs. Chaque fois que je levais mon regard dans sa direction, je rencontrais le sien fixé sur moi avec une expression amusée. J'ai eu peine à en croire mes sens quand j'ai lu les clauses du testament. Mais il m'a expliqué qu'il n'était pas marié, qu'il n'avait presque plus personne en vie dans sa famille, qu'il avait autrefois connu mes parents, qu'il avait toujours entendu parler de moi comme d'un jeune homme très méritant, et qu'il aurait au moins l'assurance que son argent serait entre des mains expertes. Bien entendu je n'ai pu que balbutier des remerciements. Le testament a été dûment rédigé, signé, et mon secrétaire a servi de témoin. C'est-à-dire sur le papier bleu car ces feuillets sont, comme je vous l'ai indiqué, un simple brouillon. M. Jonas Oldacre m'a alors informé qu'il y avait quantité de documents (des baux, des titres constitutifs de propriété, des hypothèques, des valeurs, etc.) dont il désirait que je prisse connaissance et au sujet desquels il entendait me fournir des explications. Il m'a dit qu'il ne serait pas tranquille avant que l'affaire fût réglée, et il m'a demandé de l'accompagner chez lui le soir même à Norwood, d'apporter le testament et de tout mettre en ordre. « Mais rappelez-vous, mon garçon ! Pas un mot de cela à vos parents avant que tout soit fini. Nous leur réservons cette petite surprise. » Il a beaucoup insisté là-dessus et il m'a demandé ma parole d'honneur.

« Vous pensez bien, monsieur Holmes, que je n'étais pas d'humeur à lui refuser quoi que ce fût ! Il était mon bienfaiteur ; je ne désirais plus que lui faire plaisir. J'ai envoyé un télégramme chez moi, par conséquent, pour avertir qu'une affaire importante me retenait et que je ne pouvais pas prévoir quand elle se terminerait. M. Oldacre m'avait dit qu'il voudrait dîner avec moi à neuf heures, car il n'était pas sûr d'être rentré d'ici là. J'ai eu quelques difficultés à trouver sa maison, et je ne suis arrivé qu'à près de neuf heures et demie. Je l'ai vu...

— Un instant ! coupa Holmes. Qui vous a ouvert la porte ?

— Une femme d'âge moyen ; la femme de charge, sans doute.

— Et ce fut elle, je suppose, qui vous annonça ?

— En effet.

— Je vous en prie, continuez. »

M. McFarlane essuya son front moite, puis reprit son récit :

« J'ai été introduit par cette femme dans un salon où un dîner frugal était servi. Ensuite M. Jonas Oldacre m'a fait passer dans sa chambre où il y avait un gros coffre-fort. Il l'a ouvert et en a tiré une masse de papiers que nous avons examinés ensemble. Il était entre onze heures et minuit quand nous avons terminé. Il m'a dit qu'il était inutile de déranger la domestique, et il m'a fait sortir par sa fenêtre qui était restée ouverte tout le temps.

— Le store était-il tiré ? demanda Holmes.

— Je ne me rappelle pas bien, mais je crois qu'il était à moitié baissé. Oui, je me souviens maintenant qu'il l'a remonté afin de pouvoir ouvrir la fenêtre. Je ne retrouvais pas ma canne ; alors il m'a dit : « Ne vous inquiétez pas, mon garçon ! Maintenant nous nous verrons souvent ; je garderai votre canne jusqu'à ce que vous veniez me la réclamer. » Je l'ai laissé sur ces mots ; le coffre était ouvert et les papiers en liasses sur la table. Il était si tard que je n'ai pas pu rentrer à Blackheath, et j'ai passé la nuit à l'hôtel « Aux Armes d'Anerley ». Je ne sais rien de plus, sauf ce que j'ai lu dans cet affreux journal ce matin.

— Avez-vous une autre question à poser, monsieur Holmes ? interrogea Lestrade dont les sourcils s'étaient haussés deux ou trois fois au cours de cette passionnante déclaration.

— Pas avant que je ne sois allé à Blackheath.

— Vous voulez dire : Norwood ? rectifia Lestrade.

— Oh oui ! C'était sans doute Norwood que je voulais dire », fit Holmes avec un sourire énigmatique.

Lestrade avait eu plus d'une fois l'occasion d'observer que Holmes tranchait droit à travers ce qui lui demeurait, à lui, impénétrable. Je le vis regarder mon compagnon avec curiosité.

« J'aimerais bien vous dire un mot, monsieur Holmes ! fit-il. Monsieur McFarlane, deux de mes agents sont derrière la porte, et en bas un fiacre vous attend. »

Le misérable jeune homme se leva et, sur un dernier regard suppliant, quitta la pièce. Les agents le conduisirent dans la voiture, mais Lestrade resta avec nous.

Holmes avait pris les pages qui constituaient le brouillon du testament, et il les examinait avec un intérêt visible.

« Curieux document, n'est-ce pas, Lestrade ? » dit-il en le reposant.

Le détective regarda à son tour les feuillets, puis s'étonna :

« Je peux lire les premières lignes, et celles-ci vers le milieu et enfin une ou deux vers la fin : elles sont aussi nettes que de l'imprimerie. Mais dans les intervalles l'écriture est très mauvaise, et voici trois passages où je ne déchiffre rien.

— Qu'en pensez-vous ? demanda Holmes.

— Ma foi... Et vous, qu'en pensez-vous ?

— Ce document a été écrit dans un train. L'écriture lisible représente les gares, la mauvaise le trajet entre les gares, et l'illisible le passage sur des aiguillages. Un expert scientifique déclarerait immédiatement que ces feuillets ont été rédigés sur une ligne de banlieue, car nulle part sauf au voisinage des grandes villes il n'y a une telle succession d'aiguillages. En supposant que tout le voyage ait été consacré à la rédaction du testament, le train était un express, et il ne s'est arrêté qu'une fois entre Norwood et London Bridge. »

Lestrade se mit à rire.

« Vous êtes trop fort pour moi quand vous vous embarquez dans vos théories, monsieur Holmes ! dit-il. Quelle importance pour l'affaire en cours ?

— Eh bien, voilà une confirmation partielle du récit du jeune homme : le testament a été rédigé par Jonas Oldacre hier pendant son voyage. Vous ne trouvez pas curieux qu'un homme écrive un document aussi important d'une façon aussi cavalière ? Elle me suggère, à moi, qu'il ne pensait pas que ce papier aurait une grande importance pratique. Si quelqu'un dresse un testament avec l'arrière-pensée de ne jamais lui attribuer une valeur effective, il peut agir avec cette légèreté.

— Mais ce faisant, il dressait son propre arrêt de mort ! dit Lestrade.

— Oh ! vous croyez ?

— Pas vous ?

— Ma foi, c'est bien possible. Mais l'affaire ne me semble pas encore claire.

— Pas claire ? Eh bien, si celle-ci n'est pas claire, laquelle le sera ! Voici un jeune homme qui apprend tout à coup que si un certain vieillard meurt il héritera d'une fortune. Que fait-il ? Il ne dit rien à personne, mais il s'arrange pour avoir un prétexte d'aller voir son client le soir même. Il attend que l'unique autre habitante de la maison aille se coucher, puis il profite de ce qu'il est resté seul dans la chambre du vieillard ; il le tue, il va brûler son cadavre en mettant le feu au tas de bois, il se rend ensuite dans un hôtel voisin. Les taches de sang dans la chambre et sur la canne sont très légères. Il est probable qu'il ne les a pas vues et qu'il s'est imaginé que son crime n'avait pas laissé de traces. Il espérait que si le cadavre se consumait on se perdrait en conjectures et on hésiterait à envisager un assassinat. N'est-ce pas évident ?

— Justement ! répondit Holmes. C'est par trop évident. Vous possédez beaucoup de grandes qualités, mais l'imagination vous fait défaut. Si vous pouviez vous mettre un instant dans la peau de ce jeune homme, auriez-vous choisi le soir même du jour où le testament a été signé pour commettre votre crime ? Ne vous aurait-il pas semblé dangereux d'établir un lien aussi formel entre les deux événements ? De plus, auriez-vous choisi le jour où votre arrivée dans la maison était connue, puisqu'une domestique vous avait introduit et annoncé ? Enfin, auriez-vous pris toutes les précautions possibles pour dissimuler le cadavre et en même temps auriez-vous laissé votre canne pour indiquer que c'était vous l'assassin ? Allons, Lestrade, avouez que c'est peu vraisemblable !

— Pour la canne, monsieur Holmes, vous savez aussi bien que moi qu'un criminel est souvent bouleversé et qu'il commet des imprudences auxquelles ne se livrerait pas un individu de sang-froid. Sans doute avait-il peur de revenir dans la chambre. Proposez-moi une autre théorie qui cadre avec les faits.

— Je pourrais facilement vous en fournir une demi-douzaine, répondit Holmes. En voici une à titre d'exemple : possible, et même probable. Je vous en fais cadeau. Le vieillard montre des papiers d'une valeur évidente. Un chemineau qui passe les voit par la fenêtre, dont le store n'est qu'à demi baissé. Sort le notaire. Entre le chemineau. Il s'empare d'une canne qu'il aperçoit, tue Oldacre, et s'en va après avoir brûlé le cadavre.

— Pourquoi le chemineau aurait-il brûlé le cadavre ?

— Et pourquoi McFarlane l'aurait-il brûlé ?

— Pour cacher un indice, un commencement de preuve.

— Il est fort possible que le chemineau voulait cacher qu'un meurtre avait été commis.

— Et pourquoi le chemineau n'a-t-il rien pris ?

— Parce que c'étaient des papiers qu'il ne pouvait pas négocier. »

Lestrade secoua la tête, mais avec une véhémence en retrait.

« Eh bien, monsieur Sherlock Holmes, si le cœur vous en dit, cherchez votre chemineau. En attendant que vous le découvriez, nous garderons notre homme. L'avenir dira qui a raison. Faites seulement attention à ceci, monsieur Holmes : pour autant que nous le sachions, aucun papier n'a disparu ; or le prisonnier est le seul homme au monde qui n'avait pas intérêt à en soustraire, puisqu'il était légataire universel et qu'il allait entrer en leur possession. »

Mon ami sembla frappé par cette observation.

« Je ne veux pas dire que les apparences contredisent absolument votre théorie, dit-il. Seulement je voulais vous faire remarquer que d'autres théories étaient également possibles. Comme vous l'avez dit, l'avenir tranchera. Au revoir, Lestrade ! Je puis vous affirmer que dans le courant de la journée je ferai un saut à Norwood pour voir où vous en êtes. »

Quand le détective nous eut quittés, mon ami se leva et se prépara avec bonne humeur pour son travail de la journée.

« Mon premier déplacement, Watson, me dit-il en se boutonnant, me conduira, comme je l'ai annoncé, à Blackheath.

— Et pourquoi pas Norwood ?

— Parce que dans cette affaire nous avons deux éléments : le premier précédant de près le deuxième. La police commet l'erreur de concentrer son attention sur le deuxième parce que c'est l'élément criminel. Mais il me paraît évident que la façon logique d'aborder l'affaire consiste à commencer par jeter quelques lueurs sur le premier : je veux parler de ce testament bizarre, si brusquement rédigé, et en faveur d'un héritier aussi imprévu. Cela simplifiera peut-être beaucoup les choses... Non, mon cher ami, je ne pense pas que vous puissiez m'aider. Aucun danger ne me menace ; sinon, je ne sortirais pas sans vous. J'espère que ce soir je pourrai vous annoncer quelque chose en faveur de ce malheureux jeune homme qui s'est placé sous ma protection. »

Il était tard quand il rentra. Un seul regard sur son visage anxieux et défait m'apprit que ses espoirs ne s'étaient pas réalisés comme il l'avait souhaité. Pendant une heure il pinça son violon pour essayer d'apaiser sa contrariété. Finalement il posa l'instrument et me raconta en détail ses mésaventures.

« Tout va mal, Watson ! Aussi mal que possible. J'ai gardé bonne contenance devant Lestrade ; mais, sur mon âme, je crois que pour une fois il est sur la bonne piste et nous sur la mauvaise. Tous mes instincts me poussent d'un côté, et tous les faits sont contre. Et je crains que les jurés anglais ne soient démunis de ce degré d'intelligence qui leur permettrait de préférer ma théorie à celle de Lestrade.

— Êtes-vous allé à Blackheath ?

— Oui, Watson. Je suis allé à Blackheath. Et j'ai vite découvert que feu le regretté Oldacre était une canaille assez considérable. Le père était parti à la recherche de son fils. La mère se trouvait chez elle : une petite personne boulotte aux yeux bleus, frémissante de peur et d'indignation. Bien sûr elle n'admet même pas de supposer que son fils soit coupable !

Mais elle n'exprime ni surprise ni regret relativement au destin du vieil Oldacre. Au contraire elle m'a parlé de lui avec une telle amertume qu'inconsciemment elle renforçait la thèse de la police : si en effet son fils l'a entendue s'exprimer ainsi sur le compte du vieil Oldacre, nul doute qu'il n'ait été prédisposé à la haine et à la violence.

« — Il ressemblait plus à un singe méchant et rusé qu'à un être humain, m'a-t-elle dit, et il a toujours été méchant, depuis sa plus tendre enfance.

« — Vous le connaissez depuis toujours ? ai-je demandé.

« — Oui, je l'ai bien connu ! En fait c'est un ancien soupirant à moi. Grâce au Ciel, j'ai eu assez de bon sens pour le repousser et épouser un homme meilleur, et moins riche ! J'étais fiancée avec lui, monsieur Holmes, lorsque j'ai appris qu'il avait lâché un chat dans une volière. J'ai été tellement horrifiée par cette cruauté que j'ai rompu mes fiançailles. »

« Elle a fouillé dans un meuble et m'a montré la photographie d'une femme, honteusement barbouillée et lacérée à coups de canif.

« — Voici ma photographie, m'a-t-elle expliqué. Le matin de mes noces il me l'a envoyée dans cet état, avec sa malédiction.

« — Eh bien ! Au moins il vous avait pardonné, puisqu'il abandonnait tous ses biens à votre fils ?

« — Ni mon fils ni moi ne voulons rien tenir de Jonas Oldacre, mort ou vivant ! s'est-elle écriée. Au Ciel Dieu existe, monsieur Holmes, et c'est Dieu qui a puni ce méchant homme, comme Il montrera en son temps que les mains de mon fils sont innocentes de ce crime ! »

« Bon. J'ai amorcé deux ou trois idées, mais sans rien obtenir qui aidât notre hypothèse ; par contre plusieurs détails l'infirment. Si bien que je suis parti pour me rendre à Norwood.

« La maison du crime, Deep Dene House, est une grande villa moderne en briques criardes plantée sur son terrain ; devant la façade s'étend une pelouse avec des lauriers. A droite et à une certaine distance de la route il y a la cour à bois où se déclara l'incendie. J'ai dressé un plan sommaire des lieux sur mon calepin. Cette fenêtre à gauche est celle de la chambre d'Oldacre. De la route on peut plonger dedans. C'est à peu près la seule chose consolante que j'ai rapportée. Lestrade n'était pas là, mais son adjoint m'a fait les honneurs. Les policiers venaient d'effectuer une grande découverte. Ils avaient passé la matinée à fouiller les cendres du tas de bois ; en dehors des débris humains calcinés, ils ont trouvé plusieurs petits disques en métal décoloré. Je les ai examinés avec soin : c'étaient indubitablement des boutons de pantalon. J'ai même distingué sur l'un d'eux les lettres « Hyams » : c'est le nom du tailleur d'Oldacre. J'ai arpenté la pelouse à la recherche de signes, d'empreintes, mais la sécheresse avait rendu le sol dur comme du fer. Tout ce que j'ai pu voir était que quelqu'un, ou un colis volumineux, avait été traîné à travers une bordure de troènes parallèle au tas de bois. Ce qui cadre, bien sûr, avec la théorie officielle. J'ai rampé sur la pelouse avec le soleil d'août sur le dos. Quand je me suis relevé une heure plus tard je n'étais pas plus avancé.

« Après ce fiasco, je suis allé dans la chambre et j'ai inspecté les lieux. Les taches de sang sont très légères, de simples frottis ou des décolorations, mais indiscutablement fraîches. La canne avait été mise de côté, mais là aussi les traces sont minces. La canne appartient bien à notre client. Il l'admet d'ailleurs. Sur le tapis j'ai relevé les empreintes de deux hommes, mais aucune d'une troisième personne : nouveau point pour la partie adverse.

« Je n'ai recueilli qu'une toute petite lueur d'espoir, autant dire rien. J'ai examiné le contenu du coffre ; beaucoup de papiers avaient été sortis et laissés sur la table, mis sous enveloppes scellées dont une ou deux avaient été ouvertes par la police. Ils ne m'ont pas paru présenter une grande valeur ; et le compte en banque de M. Oldacre n'indiquait guère une période de prospérité. Mais j'ai eu l'impression que tous les papiers n'étaient pas là. J'ai vu des allusions à quelques titres de propriété, sans doute les plus intéressants, que je n'ai pu trouver. Ceci, bien entendu, si nous étions en mesure de le prouver, démolirait l'argument de Lestrade : car qui irait voler un titre dont il hériterait sous peu ?

« En désespoir de cause j'ai essayé ma chance avec la femme de charge. Elle s'appelle Mme Lexington ; c'est une petite personne brune, silencieuse, avec des yeux soupçonneux et pas francs. Elle pourrait nous dire des choses si elle le voulait, j'en suis persuadé. Mais elle est restée bouche cousue. Oui, elle avait introduit M. McFarlane vers neuf heures et demie. Elle aurait préféré que sa main se fût desséchée auparavant ! Elle était allée au lit à dix heures et demie. Sa chambre était située à l'autre extrémité de la maison, et elle n'avait rien pu entendre de ce qui s'était passé. M. McFarlane avait laissé dans le vestibule son chapeau et, croit-elle, sa canne. C'était l'alerte au feu qui l'avait réveillée. Son pauvre vieux maître avait été certainement assassiné. Avait-il des ennemis ? N'est-ce pas, qui n'a pas d'ennemis ! Mais M. Oldacre était très renfermé et ses seules relations étaient celles de ses affaires. Elle avait vu les boutons ; sûrement ils appartenaient aux vêtements qu'il portait la veille au soir. Le bois était très sec : il n'avait pas plu depuis un mois. Il avait brûlé comme de l'amadou. Le temps qu'elle arrivât près du bûcher, tout était en flammes, et elle n'avait rien pu voir. Elle avait senti comme les pompiers une odeur de chair grillée. Elle ignorait tout des papiers, ainsi que de toutes les affaires privées de M. Oldacre.

« Voilà donc, mon cher Watson, un rapport parfaitement négatif. Et cependant... Et cependant... »

Il serra ses mains l'une contre l'autre pour donner encore plus de force à la conviction qu'il allait exprimer.

« ... Et cependant je sais que tout cela est faux. Je le sens dans la moelle de mes os. Il y a quelque chose qui n'est pas sorti, et la domestique connaît ce quelque chose. Dans ses yeux j'ai lu une sorte de défi maussade qui est l'indice d'une conscience coupable.

Bon ! Il vaut mieux ne plus en parler, Watson. Si un heureux hasard ne vient pas nous aider, je crois que l'affaire de Norwood ne figurera pas au palmarès de nos succès !

— Tout de même, objectai-je, l'honnête apparence du présumé coupable est capable d'impressionner n'importe quel jury ?

— C'est un argument dangereux, mon cher Watson ! Rappelez-vous ce terrible assassin, Bert Stevens, qui voulait que nous le tirions d'affaire en 1887 ? Aviez-vous déjà vu homme aux manières plus douces, qui ressemblait davantage au fils modèle d'une honnête famille ?

— C'est vrai !

— Si nous ne parvenons pas à mettre sur pied une autre théorie, cet homme est perdu. C'est à peine si on peut trouver une faille dans la logique qui l'accable et que confirment tous les développements de l'enquête. Seul ce petit détail relatif aux papiers... Je ne vois que cela qui puisse nous servir de base de départ pour notre investigation. En regardant sur le carnet de chèques, j'ai constaté que le médiocre équilibre budgétaire de la victime était dû principalement à de gros chèques qui avaient été établis l'an dernier au nom d'un M. Cornelius. J'avoue qu'il me plairait de savoir qui peut être ce M. Cornelius avec qui un entrepreneur retiré des affaires avait d'aussi importantes transactions. Aurait-il joué un rôle dans cette affaire ? Cornelius est peut-être agent de change, mais nous n'avons trouvé aucune valeur correspondant à ces paiements. A défaut d'autres indications, je dois maintenant me livrer à quelques recherches du côté de la banque au sujet du gentleman qui a encaissé ces chèques. Mais je crains, mon cher ami, que cette affaire ne se termine, peu glorieusement, par un bout de corde que Lestrade passera autour du cou de notre client, ce qui serait un véritable triomphe pour Scotland Yard. »

Je ne sais pas si Holmes dormit ou non cette nuit-là, mais quand je le rejoignis pour le petit déjeuner, je le trouvai pâle, harassé ; les cernes qui souli-

gnaient ses yeux faisaient apparaître ceux-ci encore
plus clairs. Autour de son fauteuil le tapis était
jonché de mégots et des premières éditions des journaux du matin. Un télégramme bâillait sur la table.

« Que pensez-vous de cette dépêche ? » me
demanda-t-il.

Elle était datée de Norwood et conçue comme
suit :

« Nouvelle preuve importante à produire. Culpabilité McFarlane définitivement établie. Vous conseille
abandonner affaire. »

« Voilà qui devient grave ! dis-je.

— C'est le petit cocorico de Lestrade, répondit
Holmes avec un sourire amer. Pourtant il serait
prématuré de jeter l'éponge. Après tout une nouvelle
preuve est une arme à deux tranchants, qui coupe
peut-être d'une tout autre façon que ne se l'imagine
Lestrade. Prenez votre petit déjeuner, Watson, et
nous sortirons ensemble pour voir ce que nous
pouvons faire. Je crois qu'aujourd'hui j'aurai besoin
de votre société et de votre appui moral... »

Mon ami ne déjeuna pas : c'était en effet un de
ses traits particuliers que de ne se permettre aucune
nourriture dans ses heures les plus intenses. (Il lui
arriva d'ailleurs une ou deux fois de trop présumer
de sa nature de fer et de tomber d'inanition.) Quand
je lui adressais d'amicales remontrances, il me
répondait qu'il ne pouvait pas gaspiller pour digérer
son énergie et sa force nerveuse.

Nous partîmes pour Norwood. Une foule de
badauds à la curiosité morbide stationnait encore
autour de Deep Dene House, qui était bien la villa
de banlieue que je m'étais imaginée. Lestrade nous
accueillit avec un visage épanoui de satisfaction et
une attitude théâtralement triomphale.

« Alors, monsieur Holmes, venez-vous nous
apporter la preuve que nous nous sommes trompés ?
Avez-vous trouvé votre chemineau ? s'écria-t-il.

— Je n'ai encore tiré aucune conclusion, répliqua
mon compagnon.

— Mais dès hier nous en avions tiré une, nous ! Et

maintenant son exactitude s'est vérifiée. Vous devrez reconnaître que pour une fois nous vous avons légèrement devancé, monsieur Holmes !

— Vous avez vraiment l'air de quelqu'un qui vient de recevoir du Ciel une faveur extraordinaire ! » fit Holmes.

Lestrade partit d'un rire bruyant.

« Vous n'aimez pas plus que nous être battu, hein ? Mais personne ne peut espérer triompher en toute occasion, n'est-ce pas, docteur Watson ? Venez par ici, s'il vous plaît, messieurs ! Je crois être en mesure de vous convaincre une fois pour toutes que l'auteur du crime est John McFarlane... »

Il nous précéda vers un vestibule assez sombre.

« ... Voici l'endroit que le jeune McFarlane a dû traverser pour aller reprendre son chapeau après le crime, dit-il. Or regardez ça... »

Avec une brusquerie dramatique il frotta une allumette et montra une tache de sang sur le mur. Il rapprocha davantage l'allumette : je vis alors que c'était plus qu'une tache : c'était l'empreinte bien dessinée d'un pouce.

« ... Examinez-la avec votre loupe, monsieur Holmes.

— Oui, c'est ce que je suis en train de faire.

— Vous savez, n'est-ce pas, qu'il n'existe pas deux empreintes digitales pareilles ?

— J'ai entendu dire quelque chose de ce genre.

— Alors voudriez-vous, je vous prie, comparer cette empreinte avec la reproduction du pouce droit du jeune McFarlane prise sur cire ce matin à ma demande ? »

Il approcha l'empreinte de cire tout près de la tache de sang. Je n'eus pas besoin d'une loupe pour constater que les deux empreintes appartenaient indiscutablement au même pouce.

« C'est définitif ! s'écria Lestrade.

— Oui, c'est définitif ! répétai-je.

— Définitif ! » fit Holmes.

Une certaine intonation me fit dresser l'oreille. Je me tournai pour regarder Holmes. Son visage n'était plus du tout le même : il trahissait une grande joie intérieure.

Ses yeux brillaient comme deux phares. J'eus l'impression qu'il luttait désespérément pour réprimer un fou rire convulsif.

« Mon Dieu ! Mon Dieu ! murmura-t-il enfin. Dites, qui l'aurait cru ? Et comme les apparences sont trompeuses, tout de même ! Un garçon d'aspect si gentil, quand j'y pense ! Voilà une belle leçon pour ne pas nous fier aveuglément à notre première impression, n'est-ce pas, Lestrade ?

— Oui, j'en connais qui sont un peu trop sûrs d'eux-mêmes, monsieur Holmes ! » dit Lestrade.

Son insolence grandissait, mais nous ne pouvions pas lui en vouloir.

« Quelle circonstance providentielle ! Il a fallu que ce jeune homme appuyât son pouce droit contre le mur avant de retirer son chapeau du portemanteau... Oh ! un acte bien naturel quand on y réfléchit !... »

Holmes était extérieurement calme, mais tout son corps se tortilla sous l'effet d'une excitation contenue. Il ajouta :

« A propos, Lestrade, qui a fait cette découverte sensationnelle ?

— La domestique, Mme Lexington, qui a alerté l'agent de garde hier soir.

— Où était votre agent de garde ?

— Dans la chambre où le crime avait été commis, afin qu'on ne touchât à rien.

— Mais comment se fait-il que la police n'ait pas vu dès hier cette tache de sang ?

— Ma foi, nous n'avions pas de raison spéciale pour procéder à un examen minutieux du vestibule. Et puis, l'endroit n'est pas bien exposé à la lumière, n'est-ce pas ?

— Non, bien sûr ! Je suppose qu'il n'y a pas de doute, et que l'empreinte figurait bien là hier ? »

Lestrade considéra Holmes comme s'il pensait qu'il avait perdu l'esprit. J'avoue que je fus moi-même surpris, à la fois par son hilarité rentrée et par le côté un peu absurde de son observation.

« Je ne sais pas si vous pensez que McFarlane est sorti cette nuit de sa cellule pour accroître les charges qui pèsent sur lui, dit Lestrade. J'abandonne aux experts le soin de préciser si ce n'est pas la marque de son pouce.

— Indiscutablement c'est la marque de son pouce.

— Alors cela me suffit ! trancha Lestrade. Je suis un homme pratique, monsieur Holmes : quand j'ai mes preuves, je tire ma conclusion. Si vous avez quelque chose à me dire, vous me trouverez dans le salon où je vais rédiger mon rapport. »

Holmes avait recouvré son sérieux. Toutefois je notai dans son regard la persistance d'une petite lueur de gaieté.

« Dites, Watson ! L'affaire prend plutôt mauvaise tournure, ne croyez-vous pas ? Et pourtant j'y décèle un je ne sais quoi de singulier qui m'empêche de désespérer pour notre client.

— Je suis ravi de vous l'entendre dire ! répondis-je. J'avais peur que l'affaire ne fût bel et bien réglée.

— Non, elle ne l'est pas, mon cher Watson ! Le fait est qu'il existe une sérieuse faille dans cette fameuse preuve à laquelle notre ami Lestrade attache une si grande importance.

— Vraiment, Holmes ! Laquelle ?

— Celle-ci : je sais que cette empreinte n'était pas là quand j'ai examiné le vestibule hier. Allons, Watson, une petite promenade au soleil ne nous fera pas de mal ! »

L'esprit en désordre, mais le cœur réchauffé par un nouvel espoir, j'accompagnai mon ami qui fit le tour du jardin. Holmes examina la maison sous tous ses angles avant de rentrer et de visiter l'intérieur depuis la cave jusqu'au grenier. La plupart des pièces n'étaient pas meublées, mais Holmes les inspecta avec une minutie extrême. Finalement, sur le palier supérieur où aboutissaient trois chambres inoccupées, il fut à nouveau secoué par un accès de gaieté.

« Décidément, Watson, cette affaire est unique en son genre ! s'exclama-t-il. Je pense que c'est le moment maintenant de mettre notre ami Lestrade dans la confidence. Il s'est légèrement amusé à nos dépens ; il se pourrait que nous lui rendions la monnaie de sa pièce si ma manière de voir s'avère correcte. Oui, parfaitement ! Je crois que je vois à présent comment aborder le problème. »

L'inspecteur de Scoltand Yard était encore en train d'écrire quand Holmes l'interrompit.

« Je crois que vous rédigez votre rapport sur l'affaire ? questionna-t-il.

— En effet.

— Vous ne pensez pas qu'il est un peu prématuré ? Moi je ne peux pas m'empêcher de conserver un doute. »

Lestrade connaissait trop bien mon ami pour dédaigner cette petite phrase qu'il avait lancée en l'air, négligemment... Il posa sa plume et le regarda avec curiosité.

« Que voulez-vous dire, monsieur Holmes ?

— Simplement qu'il existe un témoin important que vous n'avez pas vu.

— Pouvez-vous me le présenter ?

— Je pense que c'est possible.

— Alors faites-le.

— Je vais m'y employer de mon mieux. Combien d'agents avez-vous ici ?

— Trois sous la main.

— Excellent ! dit Holmes. Puis-je vous demander s'ils sont tous des hommes grands et forts, pourvus de voix puissantes ?

— Pour être grands et forts, oui. Mais je ne comprends pas l'intérêt que vous attachez à leurs voix.

— Peut-être pourrai-je vous aider à comprendre cela, et d'autres petites choses encore, fit Holmes. Auriez-vous l'obligeance d'appeler vos hommes. Je vais essayer. »

Cinq minutes plus tard trois policiers étaient rassemblés dans le vestibule.

« Dans les dépendances, dit Holmes, vous trouverez une grande quantité de paille. Je vous serais reconnaissant de bien vouloir en apporter ici deux

balles. Je pense qu'ainsi vous nous aiderez grandement à faire venir le témoin auquel je pense. Merci
beaucoup. Watson, je crois que vous avez des allu-
mettes sur vous. S'il vous plaît, monsieur Lestrade,
auriez-vous la bonté de m'accompagner sur le palier
du haut ? »

Sur le palier en question débouchait un large couloir longeant trois chambres à coucher vides. A une
extrémité Sherlock Holmes nous disposa tous en
rang : les agents étaient épanouis et Lestrade considérait mon ami avec des sentiments alternés d'amusement, d'anxiété et d'ironie. Holmes se plaça devant
nous avec l'air d'un prestidigitateur qui va exécuter
son tour.

« Auriez-vous l'obligeance d'envoyer l'un de vos
agents chercher un seau d'eau ? Posez la paille ici
dans le couloir, mais pas contre les murs. Maintenant je crois que nous sommes parés. »

Lestrade devint rouge de colère.

« Je me demande si vous vous moquez de nous,
monsieur Sherlock Holmes ! fit-il. Pour le cas où
vous sauriez quelque chose, vous pourriez le dire
sans cette mise en scène loufoque !

— Je vous assure, mon bon Lestrade, que j'ai de
sérieux motifs pour agir ainsi. Peut-être vous
rappelez-vous que vous m'avez légèrement raillé tout
à l'heure, quand le soleil paraissait éclairer votre
camp ; alors permettez-moi de présider à présent à
une petite cérémonie. Watson, voudriez-vous ouvrir
la fenêtre et jeter une allumette préalablement
enflammée au bout de ce tas de paille ? »

Je fis ce qu'il me demandait. Attiré par le courant
d'air un ruban de fumée grise se déploya dans le
couloir, tandis que la paille sèche craquait sous les
flammes.

« Maintenant nous allons voir si nous pouvons
vous présenter ce témoin, Lestrade. Puis-je vous
demander à tous de crier avec moi « Au feu ! »
Allons ! Une, deux, trois...

— Au feu ! hurlâmes-nous tous ensemble.

— Merci. Je vous serais obligé de recommencer.

— Au feu !

— Encore une fois, messieurs, et tous ensemble !

— Au feu ! »

Notre cri dut être entendu à l'autre bout de Norwood.

Brusquement une porte s'ouvrit dans ce qui paraissait être un mur lisse au bout du couloir, et un petit bonhomme ratatiné en jaillit tel un lapin hors d'un terrier.

« Parfait ! dit Holmes avec un grand calme. Watson, jetez le seau d'eau sur la paille, s'il vous plaît ! Merci. Cela suffit. Lestrade, permettez-moi de vous présenter le principal témoin manquant, M. Jonas Oldacre. »

Le détective, ahuri, dévisagea le nouveau venu qui clignait des yeux et qui regardait alternativement notre groupe et le feu qui s'éteignait lentement. Il avait une tête abominable : la ruse, le vice, la méchanceté s'y découvraient à la perfection.

« Qu'est-ce que c'est donc ? demanda Lestrade quand il eut recouvré l'usage de la parole. Qu'avez-vous fait pendant tout ce temps-là, eh ? »

Oldacre poussa un petit rire gêné, mais il recula devant le visage menaçant du détective.

« Je n'ai rien fait de mal.

— Pas de mal ? Vous avez fait tout ce qu'il fallait pour que soit pendu un innocent ! Si ce monsieur n'avait pas été là, je crois bien que vous auriez réussi. »

Le misérable se mit à pleurnicher.

« Je vous assure, monsieur, que c'était une plaisanterie, rien de plus !

— Oh ! une plaisanterie ? Eh bien, moi, je ne suis pas disposé à rire, je vous le jure ! Descendez-moi ce bonhomme et prenez-le sous votre garde dans le salon jusqu'à ce que je vienne... Monsieur Holmes ! ajouta-t-il quand Oldacre fut parti avec son escorte, je ne pouvais pas parler devant les agents, mais en présence du docteur Watson je ne suis nullement gêné pour vous certifier que vous avez réussi là le plus beau coup de votre carrière... Et remarquez que je ne comprends pas encore comment vous avez pu l'accomplir ! Vous avez sauvé la vie d'un innocent, et vous avez prévenu un énorme scandale qui aurait ruiné ma réputation à Scotland Yard. »

Holmes sourit et tapa sur l'épaule de Lestrade.

« Au lieu d'avoir votre réputation ruinée, mon bon ami, vous allez la voir superbement grandie. Faites simplement quelques modifications au rapport que vous étiez en train d'écrire, tout le monde comprendra qu'il n'est pas facile de jeter de la poudre aux yeux de l'inspecteur Lestrade.

— Et vous ne voulez pas que je cite votre nom ?

— Oh non ! Le travail apporte lui-même sa récompense. Peut-être un jour lointain m'arrogerai-je le bénéfice de cette histoire quand je permettrai à mon zélé biographe de s'asseoir à nouveau devant son papier ministre, eh, Watson ? En attendant, voyons un peu où ce rat s'était tapi ! »

Une cloison lattée et plâtrée avait été aménagée sur deux mètres de long à l'extrémité du couloir, avec une porte astucieusement dissimulée. La lumière provenait de l'écartement des lattes. Il y avait quelques meubles, des aliments et un peu d'eau à l'intérieur, ainsi que de nombreux registres et documents.

« Voilà l'avantage d'être un entrepreneur ! déclara Holmes en sortant. Il a pu se construire sa petite cachette sans avoir besoin d'un complice... sauf, bien entendu, cette précieuse femme de charge que je me dépêcherais de mettre dans ma besace, si j'étais vous, Lestrade !

— Je vais suivre votre conseil. Mais comment avez-vous eu connaissance de cet endroit, monsieur Holmes ?

— Je m'étais fait à l'idée que ce bonhomme se cachait dans la maison. Quand j'ai arpenté le couloir et que j'ai découvert qu'il avait deux mètres de moins que le couloir correspondant du dessous, j'ai tout de suite deviné où. Je me suis dit qu'il n'aurait pas les nerfs suffisamment solides pour ne pas bouger pendant une alerte au feu. Bien sûr, nous aurions pu entrer et le capturer, mais cela m'a amusé de l'obliger à paraître de lui-même. Et puis enfin, Lestrade, je vous devais bien une petite mystification pour vos railleries de tout à l'heure.

— Eh bien, monsieur, vous m'avez rendu la monnaie de ma pièce ! Mais comment diable pouviez-vous savoir qu'il était dans la maison ?

— L'empreinte digitale, Lestrade ! Vous m'avez dit que c'était une preuve décisive. Oui, vous aviez raison. Mais décisive pour tout le contraire. Je savais que cette empreinte ne figurait pas hier sur le mur. Vous savez que j'accorde beaucoup d'attention aux détails. Or j'avais examiné le vestibule et j'étais absolument sûr d'avoir vu le mur sans empreinte. Donc elle avait été ajoutée pendant la nuit.

— Mais comment ?

— De la façon la plus simple. Quand ces liasses de papiers ont été scellées, Jonas Oldacre a demandé à McFarlane de vérifier l'un des cachets en apposant son pouce sur la cire molle. Cela a dû se passer si vite et si naturellement que le jeune homme n'en a sans doute pas gardé le souvenir. Oldacre lui-même ne songeait sûrement pas à l'usage qu'il ferait de cette empreinte. Mais dans son antre il a remâché son affaire et tout à coup il a mesuré l'importance de la charge dont il accablerait McFarlane s'il utilisait cette empreinte. Prendre sur le cachet une empreinte à la cire, l'humecter d'un sang prélevé par une piqûre d'épingle, la reproduire sur le mur pendant la nuit soit lui-même soit par l'entremise de sa domestique, autant d'enfantillages pour ce coquin ! Si vous prenez la peine d'examiner les documents qu'il a emportés dans son antre, je vous parie que vous trouverez le cachet avec l'empreinte digitale dessus.

— Merveilleux ! s'exclama Lestrade. C'est clair comme de l'eau de roche, quand on vous écoute. Mais pourquoi cette tromperie si perfide, monsieur Holmes ? »

Je ne pus retenir un sourire : toute l'outrecuidance du détective était tombée ; on aurait dit un écolier interrogeant son maître.

« Mon Dieu, je ne crois pas que ce soit bien difficile

à expliquer ! Le monsieur qui vous attend en bas est un personnage très profond, très méchant, très vindicatif. Vous savez qu'il a été jadis éconduit par la mère de McFarlane ? Vous l'ignoriez ? Je vous avais donné le conseil de commencer par Blackheath et d'aller ensuite seulement à Norwood ! Bref, cet outrage, car il l'a pris comme un outrage, avait laissé dans son esprit pervers et malin une sorte de rancœur. Toute sa vie il a dû aspirer à se venger. Mais jamais il n'en a eu l'occasion. Au cours des deux dernières années, ses affaires financières ont pris mauvaise tournure : des spéculations secrètes, sans doute. Il s'est trouvé mal engagé. Il a décidé de filouter ses créanciers et à cet effet il a payé de gros chèques à un certain M. Cornelius qui n'est probablement que lui-même sous un faux nom. Je n'ai pas encore pisté ces chèques, mais je gagerais volontiers qu'ils étaient tirés à l'ordre de ce destinataire dans une ville de province où Oldacre, de temps à autre, menait une autre existence. Il avait l'intention de changer de nom, de prendre son argent et de disparaître pour repartir ailleurs dans la vie.

— Oui, c'est assez vraisemblable.

— Il a eu l'idée qu'en disparaissant au cours d'un incendie il éviterait toutes poursuites, en même temps qu'il tirerait une terrible vengeance de son ex-fiancée s'il pouvait donner l'impression qu'il avait été assassiné par le fils unique de celle-ci. Chef-d'œuvre de vilenie ? Oui, et il l'a réalisé en maître. L'astuce du testament, évident mobile du crime, la visite secrète ignorée des parents, la subtilisation de la canne, le sang, les débris calcinés de chair animale, les boutons, tout était admirable ! Il avait si bien tissé sa toile que ce matin je ne voyais pas comment en sortir. Mais il n'a pas eu ce don suprême de l'artiste : savoir s'arrêter. Il a voulu ajouter à ce qui était déjà parfait, serrer plus fort la corde qui entourait déjà le cou de son infortuné neveu ; il a tout perdu. Descendons, Lestrade : il y a encore une ou deux questions que je voudrais lui poser. »

Le misérable était assis dans son propre salon, encadré par deux agents.

« Ce n'était qu'une plaisanterie, une farce, mon bon monsieur ! geignait-il. Je vous assure, monsieur, que je ne me suis caché que pour voir les effets de ma disparition ! Vous ne serez tout de même pas assez injuste pour imaginer que j'aurais permis qu'il arrivât un ennui à ce pauvre jeune M. McFarlane ?

— Le jury en décidera, répondit Lestrade. De toute façon vous voilà inculpé d'entente délictueuse, sinon de tentative de meurtre.

— Et vous apprendrez probablement que vos créanciers ont fait saisir le compte en banque de M. Cornelius », ajouta Holmes.

Le petit vieillard sursauta et tourna ses yeux méchants dans la direction de mon ami.

« Il faut que je vous remercie pour tout ce que vous avez fait pour moi, dit-il. Peut-être serai-je en état un jour de payer cette dette ! »

Holmes eut un sourire indulgent.

« J'ai l'impression que pendant quelques années votre temps sera fort occupé ! fit-il. A propos, qu'avez vous donc jeté dans le tas de bois avec votre vieux pantalon ? Un chien crevé ? Des lapins ? Ou quoi ?... Vous ne voulez pas le dire ? Mon Dieu, comme vous êtes peu aimable ! Bon, bon ! Disons qu'une paire de lapins suffisait pour expliquer le sang et les os calcinés. Si jamais vous racontez cette histoire, Watson, des lapins feront l'affaire, allez ! »

CHAPITRE III

## LES HOMMES DANSANTS

Depuis quelques heures Holmes était assis en silence, son long dos maigre courbé au-dessus d'un récipient chimique dans lequel il faisait infuser un produit particulièrement malodorant. Sa tête avait sombré sur sa poitrine. Il ressemblait à un étrange oiseau efflanqué pourvu d'un terne plumage gris et d'une huppe noire.

« Ainsi, Watson, me dit-il tout à coup, vous n'avez pas l'intention d'acheter des valeurs sud-africaines ? »

La stupéfaction me fit sursauter. J'avais beau être accoutumé aux curieuses facultés de Holmes, cette soudaine intrusion dans mes pensées les plus intimes m'était parfaitement inexplicable.

« Comment diable le savez-vous ? » demandai-je.

Il vira sur son escabeau, avec un tube à essai fumant dans la main droite et une lueur de gaieté dans les yeux.

« Allons, Watson ! Avouez que vous ne vous attendiez pas à celle-là ?

— J'avoue.

— Je devrais vous faire signer cet aveu sur un papier.

— Pourquoi ?

— Parce que vous me direz dans cinq minutes que c'était ridiculement facile.

— Oh ! je ne le dirai pas !

— Voyez-vous, mon cher Watson... »

Il cala le tube à essai dans le râtelier et commença à discourir comme un professeur faisant sa classe.

« ... Il n'est pas réellement difficile de construire une suite de déductions, chacune dépendant de la précédente et simple par elle-même. Si, après l'avoir fait, on laisse tomber toutes les déductions intermédiaires pour ne présenter à son auditoire que le départ et l'arrivée, on peut produire un effet considérable quoique factice parfois. Ici, il n'était pas vraiment difficile, après avoir regardé le sillon entre votre index gauche et votre pouce, de prédire avec certitude que vous n'avez pas l'intention d'investir votre petit capital dans des terrains aurifères.

— Je ne vois pas le rapport.

— Tant pis. Il existe pourtant. Voici les anneaux manquants de cette chaîne simplette. 1° Quand vous êtes rentré du club la nuit dernière vous aviez de la craie entre votre index gauche et le pouce ; 2o Vous vous mettez de la craie à cet endroit quand vous jouez au billard, pour assurer votre queue ; 3o Vous ne jouez au billard qu'avec Thurston ; 4o Vous m'avez dit il y a quatre semaines que Thurston avait une option sur un domaine en Afrique du Sud, option qui expirait dans un mois, et qu'il vous avait proposé de vous mettre pour moitié dans l'affaire ; 5o Votre carnet de chèques est dans mon tiroir et vous ne m'avez pas demandé la clef ; 6o Vous n'avez donc pas l'intention d'investir votre argent de cette façon.

— Ridiculement facile ! m'écriai-je.

— Mais oui ! fit-il avec une pointe d'humeur. Tous les problèmes deviennent enfantins à partir du moment où ils vous sont expliqués. En voici un qui n'est pas expliqué. Voyons un peu ce que vous allez m'en dire, ami Watson ! »

Il me tendit une feuille de papier et revint à ses chères analyses chimiques.

Je considérai avec étonnement des hiéroglyphes incompréhensibles.

« Eh bien, c'est un dessin d'écolier ! m'exclamai-je.

— Ah ! c'est votre opinion ?

— Quoi d'autre, alors ?

— Voilà justement ce qu'aimerait bien savoir M. Hilton Cubitt, château de Ridling Thorpe, dans le Norfolk. Cette petite absurdité m'est arrivée par le premier courrier, et son expéditeur devait prendre le train suivant. On sonne, Watson. Je ne serais pas surpris que ce fût lui. »

Un pas lourd résonna dans l'escalier. Nous vîmes entrer un homme grand, rougeaud, imberbe, dont les yeux clairs et les joues colorées évoquaient une existence active loin des brouillards de Baker Street. Il semblait apporter avec lui une bouffée de cet air puissant, frais, tonifiant de la côte de l'Est. Il nous serra la main et il allait s'asseoir quand il aperçut la feuille de papier avec les hiéroglyphes que je venais d'examiner et que j'avais reposée sur la table.

« Eh bien, monsieur Holmes, que dites-vous de cela ? s'écria-t-il. Vous êtes friand d'étranges mystères ; je ne crois pas que vous puissiez en trouver un plus extraordinaire ; je me suis fait précéder par le document afin que vous ayez le temps de l'examiner avant mon arrivée.

— Il s'agit sûrement d'une œuvre assez bizarre ! dit Holmes. A première vue on dirait un amusement puéril. Ces petites silhouettes qui dansent sur le papier... Absurde ! Pourquoi attribuez-vous de l'importance à un objet aussi grotesque ?

— Moi, je n'en aurais attribué aucune, monsieur Holmes. Mais ma femme prend ces dessins au sérieux. Elle en est épouvantée. Elle ne me dit rien, mais je vois de la terreur dans ses yeux. Voilà pourquoi je veux éclaircir l'affaire à fond. »

Holmes leva le papier et le plaça dans un rayon de soleil. C'était une page arrachée à un carnet de notes. Les dessins étaient faits au crayon et disposés de la façon suivante :

Holmes l'examina pendant quelques minutes ; après quoi il le plia soigneusement et le serra dans son portefeuille.

« Cette affaire promet d'être tout à fait passionnante, et peu banale ! dit-il. Vous m'avez donné quelques détails dans votre lettre, monsieur Hilton Cubitt, mais je vous serais infiniment obligé de bien vouloir les répéter au profit de mon ami, le docteur Watson.

— Je ne sais guère raconter les histoires, commença notre visiteur en jouant avec ses grandes mains puissantes. Vous n'aurez qu'à m'interroger sur ce qui ne vous semblera pas clair. Je vais vous parler d'abord de l'époque de mon mariage, c'est-à-dire l'an dernier. En premier lieu je tiens à dire que, bien que je ne sois pas riche, ma famille est établie à Ridling Thorpe depuis cinq siècles et que dans tout le comté de Norfolk il n'y en a pas qui ait meilleure réputation. L'année dernière je suis venu à Londres pour le Jubilé, et je me suis installé dans une pension de famille de Russel Square parce que Parker, le pasteur de notre paroisse, y était descendu. Il y avait là une jeune Américaine qui s'appelait Patrick, Elsie Patrick. Nous sommes devenus amis, tant et si bien qu'un mois plus tard j'étais le plus amoureux des hommes. Nous nous sommes mariés civilement sans bruit, et je l'ai ramenée dans le Norfolk. Vous penserez sans doute, monsieur Holmes, que c'était de ma part une folie, qu'un homme appartenant à une bonne vieille famille n'aurait jamais dû se marier de cette façon, sans rien savoir du passé de sa femme ni de ses parents. Oui. Mais si vous la voyiez et si vous la connaissiez, vous me comprendriez.

« Elle a été très droite, très franche, Elsie ! Je peux affirmer qu'elle m'a laissé parfaitement libre, qu'elle ne m'a influencé d'aucune manière : « J'ai eu des relations très désagréables, m'a-t-elle dit. Je veux les oublier toutes. Je voudrais qu'il ne soit jamais fait allusion à mon passé : cela me serait trop douloureux. Si tu me prends pour épouse, Hilton, sache que je n'ai rien fait dont personnellement j'aie à rougir. Mais contente-toi de la parole d'honneur que je te donne et permets-moi de garder le silence sur tout ce qui a été ma vie jusqu'au jour où je t'ai rencontré. Si ces conditions te paraissent trop dures, alors retourne dans ton Norfolk et abandonne-moi à la solitude où tu m'as connue.» Elle ne m'a donné cet avertissement que la veille de notre mariage. Mais je lui ai répondu que je me fiais à sa parole et j'ai tenu la mienne.

« Voilà donc un an que nous sommes mariés. Nous avons été merveilleusement heureux. Mais vers la fin de juin, c'est-à-dire il y a près d'un mois, j'ai vu apparaître les premiers symptômes d'un malheur. Un jour ma femme a reçu une lettre d'Amérique. J'ai reconnu le timbre. Elle est devenue livide, a lu la lettre et l'a jetée au feu. Elle ne m'en a jamais parlé, et moi je n'y ai fait aucune allusion : une promesse est une promesse ! Mais depuis lors elle n'a plus pu goûter une seule heure paisible. Je lis toujours de la frayeur dans ses yeux. Elle a le regard de quelqu'un qui attend et prévoit une catastrophe. Elle ferait mieux de s'ouvrir à moi : elle découvrirait que je suis son meilleur ami ! Mais tant qu'elle ne parlera pas, moi je ne dirai rien. Attention, monsieur Holmes : elle est loyale. Quels que soient les moments pénibles qu'elle ait vécus autrefois, elle n'en est pas responsable. Je ne suis qu'un simple propriétaire du Norfolk, mais il n'y a pas un Anglais qui porte plus haut le sens de l'honneur familial. Elle le sait. Elle le savait avant notre mariage. Elle ne salira pas mon nom. Jamais. J'en suis absolument sûr !

« Voilà ! J'en viens maintenant à la partie bizarre de mon histoire. Il y a environ huit jours (c'était mardi de la semaine dernière) j'ai découvert sur le rebord d'une fenêtre un certain nombre de petits dessins d'hommes dansants dans le genre de ceux que vous avez vus sur le papier. Ils étaient griffonnés à la craie. J'ai pensé que c'était le garçon d'écurie qui les avait tracés, mais le gamin m'a juré que non. En tout cas, ils avaient été dessinés pendant la nuit. Je les ai effacés, après quoi seulement j'en ai parlé à ma femme. A ma grande surprise elle a pris l'affaire très au sérieux et elle m'a demandé, si j'en découvrais d'autres, de ne pas les effacer avant de les lui avoir montrés. Pendant une semaine je n'ai rien vu. Mais hier matin j'ai trouvé ce papier sur le cadran solaire. Je l'ai apporté à Elsie, qui s'est aussitôt trouvée mal. Depuis cet incident elle vit comme dans un rêve, à demi hébétée, et la terreur demeure tapie au fond de son regard. Alors je vous ai écrit, monsieur Holmes, et je vous ai envoyé le papier en question. Vous comprenez bien que ce ne sont pas des histoires que je peux raconter à la police : les inspecteurs me riraient au nez ; mais vous, vous me direz quoi faire. Je ne suis pas un richard ; pourtant si le moindre danger menaçait ma petite femme, je dépenserais jusqu'à ma dernière pièce de monnaie pour la protéger ! »

Il avait belle allure, ce représentant d'une vieille famille d'Angleterre ! Il était simple, direct, tendre. Ses grands yeux bleus exprimaient de la passion grave. Une franchise aimable et noble se lisait sur son visage. Tous ses traits reflétaient le confiant amour qu'il vouait à sa femme. Holmes l'avait écouté avec la plus vive attention. A présent il réfléchissait silencieusement.

« Ne croyez-vous pas, monsieur Cubitt, dit-il enfin, que la meilleure chose à faire serait de vous adresser directement à votre femme et de lui demander qu'elle vous confie son secret ? »

Hilton Cubitt secoua négativement sa grosse tête.

« Une promesse est une promesse, monsieur Holmes ! Si Elsie souhaitait me parler, elle l'aurait fait. Si elle ne désire pas me parler, il ne m'appartient pas de forcer son secret. Mais j'ai le droit d'agir. Et j'agirai !

— Je vous aiderai de tout mon cœur ! Voyons, procédons par ordre : d'abord, avez-vous entendu dire que des étrangers séjournaient dans le voisinage ?

— Non.

— Je suppose que vous habitez un coin tranquille. Un visage nouveau se serait fait remarquer ?

— Dans les environs immédiats, oui. Mais non loin il y a des petites stations balnéaires. D'autre part les fermiers reçoivent des locataires.

— Ces hiéroglyphes ont évidemment un sens. S'il est purement arbitraire, nous ne pourrons peut-être pas le découvrir. Mais si, par contre, ils relèvent d'un système d'écriture, nous finirons bien par les traduire. L'ennuyeux est que ce spécimen est si bref que je ne peux rien tenter, et les faits que vous m'avez rapportés si imprécis que nous n'avons aucune base solide de départ pour notre enquête. Je vous propose donc ceci : vous allez retourner dans le Norfolk, vous garderez l'œil bien ouvert, et vous prendrez une copie exacte de tous les hommes dansants qui pourraient être dessinés. C'est mille fois dommage que nous ne possédions pas la reproduction de ceux qui avaient été tracés à la craie sur le rebord de votre fenêtre ! Livrez-vous également à une enquête discrète dans les environs pour savoir s'il n'y a pas d'étrangers au pays. Quand vous aurez quelque chose de neuf, revenez me voir. Voilà, je crois, le meilleur avis que je sois en mesure de vous donner, monsieur Hilton Cubitt. S'il y a urgence, je serai toujours à votre disposition pour prendre le premier train et me rendre dans votre maison du Norfolk. »

Cet entretien laissa Sherlock Holmes pensif. Dans les journées qui suivirent, je le vis plusieurs fois exhumer de son portefeuille la bande de papier et examiner avec curiosité les petites silhouettes qui y étaient dessinées. Cependant il ne me souffla pas mot de l'affaire pendant une quinzaine. Un après-midi j'allais sortir quand il me rappela :

« Vous feriez mieux de rester ici, Watson.

— Pourquoi ?

— Parce que ce matin j'ai reçu un câble de Hilton Cubitt... Vous vous rappelez, n'est-ce pas, Hilton Cubitt et ses hommes dansants ? Je l'attends d'un moment à l'autre. Son télégramme me laisse supposer qu'il s'est produit quelque chose d'important. »

De fait je n'eus pas à attendre longtemps. Notre propriétaire du Norfolk arriva, las, déprimé ; ses traits étaient tirés, son front barré de rides.

« Cette histoire me porte sur les nerfs, monsieur Holmes ! nous avoua-t-il en se laissant tomber sur le fauteuil. Il est déjà pénible de se sentir entouré de gens inconnus et invisibles qui nourrissent des desseins incompréhensibles à votre endroit. Mais quand, en plus, vous voyez que votre femme se meurt à petit feu, alors c'en est trop pour un homme de chair et de sang. Elle en meurt, comprenez-vous ? Elle se meurt là, sous mes yeux !

— Et elle ne vous a rien dit ?

— Non, monsieur Holmes, elle ne m'a rien dit. Et pourtant à plusieurs reprises elle voulait me parler, la pauvre enfant ! Mais elle ne s'est pas décidée à arti-

culer le premier mot. Alors j'ai essayé de l'aider ;
hélas ! je m'y suis pris maladroitement, et je l'ai effa-
rouchée ! Elle m'a parlé de ma vieille famille, de
notre réputation dans le comté, de notre fierté devant
notre honneur sans tache. Je sentais que tout cela
n'était que préliminaires, mais elle n'est pas allée
plus loin.

— Avez-vous néanmoins trouvé quelque chose
vous-même ?

— Pas mal de choses, Monsieur Holmes. J'ai
plusieurs dessins nouveaux d'hommes dansants pour
vous et, ce qui est encore plus important, j'ai vu
leur auteur.

— L'homme qui les dessine ?

— Oui, je l'ai surpris en train de les dessiner. Mais
que je commence par le commencement ! Le lendemain matin après ma visite chez vous, la première
chose que j'aie vue a été une nouvelle bande
d'hommes dansants. Ils avaient été tracés à la craie
sur la porte noire de la cabane à outils qui est située
à côté de la pelouse, juste en face des fenêtres du
devant. J'en ai relevé une copie. La voici. »

Il déplia un papier et l'étala sur la table. Voici la
reproduction des hiéroglyphes :

« Bravo ! fit Holmes. Excellent ! je vous en prie,
continuez !

— Une fois cette copie prise, j'ai effacé les traces.
Mais le surlendemain matin, il y avait une nouvelle
inscription. Regardez la reproduction. »

Holmes se frotta les mains en poussant un petit
gloussement joyeux.

« Notre matériel s'accroît rapidement ! fit-il.

— Trois jours plus tard un message griffonné sur du papier était posé sur le cadran solaire sous un caillou. Le voici. Les signes sont, vous le voyez, exactement les mêmes que les précédents. Alors j'ai décidé de me poster à l'affût. J'ai pris mon revolver et je me suis installé dans mon bureau d'où je domine la pelouse et le jardin. Vers deux heures du matin j'étais assis près de la fenêtre ; tout était éteint dans la maison ; il faisait clair de lune dehors ; j'ai entendu des pas derrière moi : c'était ma femme qui venait, en robe de chambre, me supplier d'aller me coucher. Je lui ai répondu franchement que je voulais voir qui se permettait ces plaisanteries stupides à nos dépens. Elle m'a dit qu'il s'agissait d'un jeu inoffensif et que je ne devais plus y faire attention.

« — Si réellement cela t'ennuie, Hilton, nous pourrions partir en voyage tous les deux : tu ne serais plus contrarié.

« — Comment ! Être chassé de chez nous par un farceur ? me suis-je écrié. Mais tout le comté se moquerait de nous !

« — Allons, viens te coucher ! a-t-elle repris. Nous en discuterons demain matin. »

« Soudain, tandis qu'elle me parlait, je l'ai vue pâlir sous le rayon de lune, et j'ai senti sa main se crisper sur mon épaule. Dans l'ombre de la cabane à outils, quelque chose remuait. J'ai distingué une forme sombre qui se glissait le long de la cloison et qui s'accroupissait devant la porte. Je me suis emparé de mon revolver mais, au moment où j'allais me ruer dehors, ma femme a jeté ses bras autour de moi et m'a retenu avec une force convulsive. J'avais beau essayer de me libérer, elle se cramponnait à moi. Tout de même j'ai réussi à m'échapper, mais pendant que j'ouvrais la porte et que je courais jusqu'à la cabane, l'homme s'était enfui. Il avait toutefois laissé trace de son passage, car sur la porte j'ai retrouvé la même combinaison de silhouettes que les deux précédentes. J'ai fouillé tout mon domaine, je ne l'ai trouvé nulle part. Et pourtant il n'avait pas dû partir loin puisqu'en examinant la porte le lendemain matin j'ai découvert qu'il avait ajouté quelques hommes dansants au-dessous de la ligne que j'avais recopiée.

— Avez-vous ce nouveau dessin ?

— Oui. Il est très bref, mais j'en ai fait une copie. La voici. »

« Dites-moi ! fit Holmes dont les yeux brillaient d'animation. Cela était-il un simple ajouté à la première ligne ? Ou bien était-ce tout à fait à part ?

— C'était sur un autre panneau de la porte.

— Excellent ! Voilà l'important. J'ai bon espoir, monsieur Hilton Cubitt. A présent ayez l'obligeance de reprendre votre récit si passionnant.

— Je n'ai rien de plus à ajouter, monsieur Holmes. Sinon que j'étais furieux contre ma femme parce qu'elle m'avait retenu, alors que j'aurais pu appréhender cette canaille. Elle m'a dit qu'elle avait eu peur pour moi. Pendant quelques instants j'ai pensé qu'elle avait peut-être eu peur pour l'autre ; car sans aucun doute elle sait qui est cet homme et ce que signifient ces signes bizarres. Mais dans les intonations de sa voix, monsieur Holmes, ainsi que dans son regard, il y avait quelque chose qui a levé tous mes doutes. Je suis persuadé que c'est vraiment pour moi qu'elle a eu peur. Voilà toute l'affaire, et je vous demande conseil. Je ne vous cache pas que je me sens tout disposé à camoufler une demi-douzaine de mes garçons de ferme dans les bosquets et, si ce personnage revient, à le corriger de telle façon qu'il nous laissera en paix à l'avenir.

— Je crains que l'affaire ne soit trop sérieuse pour d'aussi simples remèdes, répondit Holmes. Combien de temps pouvez-vous rester à Londres ?

— Il faut que je rentre aujourd'hui. Pour rien au

monde je ne voudrais laisser ma femme seule la nuit. Elle est très nerveuse, elle m'a demandé de rentrer.

— Vous avez bien raison ! Mais si vous aviez pu rester, peut-être aurais-je été en mesure de partir avec vous demain ou après-demain. En attendant, laissez-moi vos dessins. Je crois que très bientôt vous recevrez ma visite et que l'affaire sera éclaircie. »

Sherlock Holmes conserva son calme professionnel jusqu'au départ de notre visiteur ; mais moi qui le connaissais bien je devinais qu'il était passionné par ce problème. A peine le large dos de Hilton Cubitt avait-il disparu derrière la porte que mon camarade s'asseyait devant sa table, disposait autour de lui les différents papiers représentant des hommes dansants, et se lançait dans des calculs savants et compliqués.

Pendant deux heures je le vis couvrir d'innombrables feuillets de chiffres, de lettres et de signes ; il était si absorbé qu'il avait complètement oublié ma présence. Tantôt il progressait, et alors il sifflotait et chantait. Tantôt il était en panne, et le silence retombait sur la pièce. Finalement il bondit de sa chaise en poussant un cri de triomphe, et se dégourdit les jambes tout en se frottant les mains. Il se rassit pour rédiger un long câble.

« Si la réponse à ce télégramme est celle que j'espère, vous aurez un assez joli cas à ajouter à votre collection, Watson ! s'écria-t-il. Je compte que nous pourrons descendre demain dans le Norwood et donner à notre ami la clef du secret qui le trouble si fort. »

Naturellement ma curiosité était fort éveillée, mais je savais que Holmes adorait ne démasquer ses batteries qu'à son heure. J'attendis donc qu'il lui plût de me mettre dans sa confidence.

La réponse à son télégramme tarda ; nous vécûmes deux jours dans l'impatience : à chaque coup de sonnette Holmes dressait l'oreille. Au soir du second jour nous reçûmes une lettre de Hilton Cubitt. Tout était calme dans son secteur, mais pourtant une nouvelle inscription était apparue le matin même sur le socle du cadran solaire. Il en avait pris copie et nous l'adressait. La voici :

Holmes se pencha au-dessus de cette grotesque frise, puis sursauta en poussant une exclamation de surprise. Je le regardai : sa figure était blanche d'anxiété.

« Nous avons suffisamment laissé mûrir cette affaire ! fit-il. Y a-t-il un train ce soir pour North-Walsham ? »

Je feuilletai l'indicateur. Le dernier venait de partir.

« Alors nous prendrons notre petit déjeuner de bonne heure et nous partirons par le premier train. Notre présence est urgente, nécessaire. Ah ! voici le câble tant attendu ! Un instant, madame Hudson, il y a peut-être une réponse. Non, c'est tout à fait ce que j'avais prévu. Ce message rend notre déplacement encore plus indispensable : nous n'avons plus une heure à perdre pour mettre Hilton Cubitt au courant. Notre brave propriétaire du Norfolk se trouve embringué dans une aventure aussi rare que dangereuse ! »

La suite des événements le prouva en effet : cette affaire, qui avait commencé à mes yeux d'une façon puérile, absurde, se dénoua dans l'horreur et l'épouvante. J'aurais souhaité apporter à mes lecteurs une conclusion moins dramatique, mais les faits sont les faits, et je dois égrener sans rien omettre le chapelet d'événements qui pendant quelques jours rendit le château de Ridling Thorpe tristement célèbre dans toute l'Angleterre.

A peine étions-nous descendus sur le quai à North-Walsham que le chef de gare accourut.

« Je crois que vous êtes des détectives de Londres ? » nous demanda-t-il.

Le visage de Holmes se rembrunit.

« Qu'est-ce qui vous fait croire cela ?

— Parce que l'inspecteur Martin, de Norwich, vient de passer. Mais peut-être êtes-vous les médecins ? Elle n'est pas morte... Enfin elle ne l'était pas, aux dernières nouvelles. Vous pouvez arriver à temps pour la sauver... Mais si vous la sauvez, elle sera bonne pour la corde ! »

L'anxiété de Holmes était visible.

« Nous allons au château de Ridling Thorpe, dit-il. Mais nous ne savons absolument pas ce qui s'est passé.

— Un truc terrible ! soupira le chef de gare. Tous les deux abattus à coups de revolver, M. Hilton Cubitt et sa femme. Elle lui a tiré dessus, et puis elle s'est suicidée... Du moins à ce qu'ont raconté les domestiques. Il est mort. Sa famille est au désespoir. Mon Dieu, l'une des plus anciennes familles du comté ! L'une des plus honorables, des plus respectées ! »

Sans un mot, Holmes se précipita dans une voiture. Il n'ouvrit pas la bouche tout au long des douze kilomètres. Je l'avais rarement vu aussi consterné. Pendant notre voyage de Londres à North-Walsham j'avais constaté qu'il était mal à son aise et j'avais remarqué qu'il avait feuilleté avec attention tous les journaux du matin. Mais à présent l'accomplissement de ses pires pressentiments le plongeait dans une mélancolie insurmontable. Il se rencogna sur la banquette pour mieux se perdre dans des réflexions lugubres. Pourtant le paysage n'était pas sans beauté ; il est même unique en Angleterre : quelques maisons éparpillées représentaient les demeures modernes, tandis qu'à droite comme à gauche d'énormes églises à tours carrées se dressaient sur un sol plat et vert pour rappeler la gloire et la prospérité de la vieille Angleterre de l'Est... Enfin la frange violette de la mer du Nord apparut par-dessus la verte bordure de la côte du Norfolk, et notre cocher nous désigna avec son fouet deux vieux clochetons en briques et en bois qui surgissaient d'un bouquet d'arbres.

« Voilà le château de Ridling Thorpe ! » annonça-t-il.

Pendant que nous avancions vers la porte principale je distinguai à côté du tennis la sombre cabane à outils et le cadran solaire sur socle dont nous avions entendu parler. Un petit homme tiré à quatre épingles, vif, décoré d'une moustache bien cirée, venait de descendre d'une haute charrette anglaise. Il se présenta. C'était l'inspecteur Martin, de la police du Norfolk. Il fut complètement ahuri quand il entendit le nom de mon compagnon.

« Comment, monsieur Holmes ! Mais le crime a été commis seulement à trois heures du matin. Qui vous l'a appris ? Et par quel miracle vous trouvez-vous sur place en même temps que moi ?

— Je l'avais prévu. J'avais pris le train dans l'espoir de l'empêcher.

— Alors vous devez en savoir plus que nous, car tout le monde affirme qu'il s'agissait d'un ménage très uni.

— Je ne connais que l'histoire des hommes dansants, murmura Holmes. Je vous l'expliquerai tout à l'heure. Mais puisque je suis arrivé trop tard ; je tiens absolument à utiliser tout ce que je sais pour que justice soit faite. Voulez-vous m'associer à votre enquête, ou préférez-vous agir en toute indépendance ?

— Je serais très fier si nous agissions de concert, monsieur Holmes ! répondit l'inspecteur sans hésiter.

— Dans ce cas, je voudrais entendre les témoins et examiner les lieux sans perdre un instant. »

L'inspecteur Martin fut assez avisé pour permettre à mon ami d'opérer comme il le souhaitait et pour se borner à enregistrer les résultats. Le médecin de l'endroit, un vieil homme à cheveux blancs, descendait justement de la chambre de Mme Hilton Cubitt : il nous dit au passage que ses blessures étaient graves, mais pas forcément mortelles. La balle lui avait traversé le cerveau antérieur ; sans doute lui faudrait-il du temps pour recouvrer l'usage de la raison. A la question de savoir si elle avait été assassinée ou si elle s'était suicidée, il répondit qu'il ne pouvait émettre une opinion. De toute évidence le coup avait été tiré de près, de très près. On n'avait trouvé dans la chambre qu'un pistolet, dont deux cartouches avaient été tirées. M. Hilton Cubitt avait été tué d'une balle en plein cœur. On pouvait admettre qu'il avait tiré sur elle et qu'il s'était suicidé ensuite, ou l'inverse. Le pistolet gisait à égale distance des deux corps.

« A-t-il été déplacé ? demanda Holmes.

— Rien n'a été déplacé. La dame seulement. Nous ne pouvions pas la laisser grièvement blessée sur le plancher.

— Depuis quand êtes-vous ici, docteur ?

— Depuis quatre heures.

— Il n'y a eu personne d'autre ?

— Si, l'agent de faction.

— Et vous n'avez touché à rien ?

— A rien.

— Vous avez agi avec infiniment de tact. Qui vous a envoyé chercher ?

— La femme de chambre, Saunders.

— Est-ce elle qui a donné l'alerte ?

— Elle et Mme King, la cuisinière.

— Où sont-elles maintenant ?

— Dans la cuisine, je suppose.

— Alors je pense que nous aurions intérêt à les entendre tout de suite. »

Le vieux vestibule à panneaux de chêne et à hautes fenêtres fut transformé en cabinet de juge d'instruction. Holmes s'assit dans un grand fauteuil ancien. Je lisais dans son regard impitoyable une volonté inflexible de se consacrer à l'enquête jusqu'à ce que le client qu'il n'avait pu sauver fût au moins vengé. L'élégant détective Martin, le vieux médecin de campagne, moi-même et un solide agent de village composions avec lui un tribunal étrange.

Les deux femmes racontèrent assez clairement leur histoire. Elles avaient été réveillées par le bruit d'une déflagration qui, une minute plus tard, avait été suivie d'une seconde. Elles dormaient dans deux chambres voisines, et Mme King s'était précipitée dans celle de Saunders. Ensemble elles avaient descendu l'escalier. La porte du bureau était ouverte. Une bougie brûlait sur la table. Leur maître était étendu à plat ventre au milieu de la pièce. Il était déjà mort. Près de la fenêtre leur maîtresse était recroquevillée, la tête collée au mur. Elle était horriblement blessée, tout un côté de la figure était rouge de sang. Elle respirait pesamment, mais elle était incapable de dire une parole. Le couloir comme le bureau étaient pleins de fumée et on y respirait l'odeur de la poudre. La fenêtre était certainement fermée de l'intérieur. Les deux femmes furent formelles sur ce point. Tout de suite elles avaient alerté la police et le docteur. Puis avec l'aide du groom et du garçon d'écurie elles avaient transporté leur infortunée maîtresse dans sa chambre. Le lit avait été occupé par elle et son mari. Elle avait une robe. Lui avait passé une robe de chambre sur ses vêtements de nuit. Dans le bureau elles n'avaient touché à rien. Non, jamais elles n'avaient entendu leurs patrons se quereller. Ils passaient à leurs yeux pour le couple modèle.

Tels furent les éléments principaux des dépositions des deux domestiques. L'inspecteur Martin leur fit préciser à nouveau que toutes les portes avaient été fermées de l'intérieur et que personne n'avait pu s'échapper de la maison. En réponse à une question de Holmes, elles se rappelèrent qu'elles avaient pris conscience de l'odeur de la fumée à partir du moment où elles étaient sorties de leurs chambres sur le palier supérieur.

« Je vous recommande ce détail ! dit Holmes à son collègue officiel. Maintenant je crois que nous pouvons procéder à un examen attentif du bureau. »

Ce bureau était une petite pièce, bordée de livres sur trois côtés ; une table pour écrire faisait face à une fenêtre ordinaire qui donnait sur le jardin. Nous commençâmes par examiner le cadavre de la victime, dont le corps massif gisait en travers de la pièce. Le désordre de sa tenue montrait qu'il était sorti de son lit sous l'effet d'une circonstance imprévue. La balle avait été tirée de face et était restée dans son corps après avoir traversé le cœur. Sa mort avait été certainement instantanée et il n'avait pas souffert. Aucune trace de poudre n'était visible sur sa robe de chambre ni sur ses mains. Le médecin local nous précisa que sa femme avait des taches de poudre au visage mais pas sur la main.

« Cette absence de traces sur la main ne prouve rien, dit Holmes. Et pourtant s'il y en avait eu, c'eût été une preuve formelle. En principe, à moins qu'il ne s'agisse d'une cartouche défectueuse, n'importe qui peut tirer sans qu'un coup de feu laisse une trace sur la main. Je pense que le corps de M. Hilton Cubitt peut à présent être déplacé. Docteur, je suppose que vous n'avez pas récupéré la balle qui a blessé sa femme ?

— Il faudra au préalable une grave opération. Mais il y a encore quatre cartouches dans le revolver. Deux ont été tirées, et on a enregistré deux blessures : il semble que chaque balle a fait son œuvre.

— Il semble, oui ! dit Holmes. Peut-être m'expliquerez-vous alors d'où vient cette balle qui a traversé si évidemment le bord de la fenêtre ? »

Il s'était subitement retourné, et de son long doigt maigre il nous désigna un trou qui avait été percé juste à travers le châssis mobile inférieur de la fenêtre à quelques centimètres au-dessus du mur.

« Seigneur ! s'exclama l'inspecteur. Comment avez-vous vu cela ?

— Parce que je le cherchais.

— Merveilleux ! fit le médecin de campagne. Vous avez certainement raison, monsieur. Une troisième balle a donc été tirée. Donc une troisième personne était présente. Mais qui était-ce ? Et comment l'assassin a-t-il pu s'enfuir ?

— Voilà exactement le problème que nous avons à résoudre maintenant, répondit Holmes. Rappelez-vous, inspecteur Martin : quand les domestiques nous ont dit qu'en quittant leurs chambres elles avaient déjà senti l'odeur de la poudre, je vous avais signalé l'importance de cette déclaration.

— Oui, monsieur. Mais j'avoue que j'ai du mal à vous suivre.

— Cela voulait dire qu'au moment des coups de feu la fenêtre et la porte du bureau étaient ouvertes. Autrement les émanations de la poudre n'auraient pas pu se répandre aussi rapidement à travers la maison. Il fallait un courant d'air. Mais toutefois la fenêtre et la porte ne sont pas restées longtemps ouvertes.

— Quelles preuves en avez-vous ?

— La bougie n'a pas coulé.

— Formidable ! s'écria l'inspecteur. Formidable !

— Avec la quasi-certitude que la fenêtre avait été ouverte au moment de la tragédie, j'ai tout de suite imaginé qu'il y avait eu une troisième personne dans l'affaire, qui se tenait juste derrière cette ouverture et qui a tiré par là. N'importe quel coup dirigé contre cette troisième personne aurait traversé le châssis mobile inférieur. J'ai regardé et, naturellement, j'ai trouvé la trace de la balle.

— Mais comment la fenêtre a-t-elle été refermée ?

— Le premier réflexe de la femme a été de refermer la fenêtre... Mais, tiens, qu'est cela ? »

Il nous montra un sac à main de femme qui était sur la table du bureau : un joli petit sac en crocodile avec un fermoir en argent. Holmes l'ouvrit et en sortit le contenu. Il y avait vingt billets de cinq livres en une liasse ; rien de plus.

« Il faut le mettre de côté en prévision du procès, déclara Holmes en le tendant à l'inspecteur. Pour l'instant nous avons à tenter d'éclaircir la sombre histoire de la troisième balle qui a été tirée, c'est visible d'après les éclats de bois, de l'intérieur du bureau. J'aimerais bien voir à nouveau cette Mme King, la cuisinière... Vous nous avez dit, madame King, que vous aviez été réveillée par une forte détonation. Vous avez donc eu l'impression que la première avait été plus forte que la seconde ?

— Ma foi, monsieur, elle m'a réveillée. Quand on

est tiré du sommeil, c'est difficile de juger. Mais elle m'a paru très forte.

— Vous ne pensez pas qu'elle aurait pu être produite par deux déflagrations produites en même temps ?

— Vraiment je ne peux pas l'affirmer, monsieur.

— Je crois tout de même que c'est extrêmement probable. Inspecteur Martin, nous avons épuisé toutes les ressources de cette pièce. Si vous aviez l'obligeance de m'accompagner, nous pourrions voir ensemble ce que le jardin a à nous offrir en fait d'indications nouvelles. »

Une plate-bande s'étendait jusqu'au bas de la fenêtre. Nous poussâmes tous la même exclamation en nous approchant. Les fleurs avaient été piétinées et le sol tendre avait conservé de nombreuses empreintes. Il s'agissait de grands pieds indubitablement masculins, pourvus d'orteils longs et minces. Holmes furetait parmi l'herbe et les feuilles comme un chasseur qui recherche un oiseau blessé. Puis, poussant un cri de satisfaction, il se pencha en avant et ramassa un petit cylindre métallique.

« J'en étais sûr ! nous dit-il. Le revolver avait un éjecteur, et voici la troisième cartouche. Je crois réellement, inspecteur Martin, que nous avons tout ce qu'il nous faut ! »

La tête de l'inspecteur de province avait traduit un intense émerveillement devant la progression rapide et magistrale de l'enquête de Holmes. D'abord il avait manifesté une certaine réserve. Mais il n'était plus qu'admiration. Il aurait suivi Holmes n'importe où.

« Qui soupçonnez-vous ? demanda-t-il.

— J'approfondirai cela plus tard. Il reste plusieurs points que je ne suis pas encore capable de vous expliquer. Puisque nous sommes allés aussi loin, je préférerais poursuivre selon mon plan, et résoudre le problème pour de bon dans son ensemble.

— Comme vous voudrez, monsieur Holmes. L'essentiel est que nous attrapions notre homme.

— Je ne tiens nullement à jouer au mystérieux, mais il m'est actuellement impossible d'interrompre notre action pour entrer dans des explications compliquées et longues. J'ai en main tous les fils de l'affaire. Même si cette dame ne recouvrait jamais la raison nous pourrions reconstituer tout l'enchaînement des faits et agir en sorte que la justice y trouve son compte. D'abord je voudrais savoir si dans les environs il n'existe pas une auberge qui s'appelle *Elrige's* ? »

La question fut posée aux domestiques, mais aucun n'en avait entendu parler. Le valet d'écurie nous déclara toutefois qu'un fermier de ce nom habitait à plusieurs kilomètres de là dans la direction d'East Ruston.

« Est-ce une ferme isolée ?

— Très isolée, monsieur.

— Peut-être ne sait-on pas là-bas ce qui s'est passé ici pendant la nuit ?

— C'est bien possible, monsieur. »

Holmes réfléchit un moment, puis un sourire bizarre détendit son visage.

« Selle un cheval, mon garçon ! dit-il. Je voudrais que tu ailles porter une lettre à la ferme d'Elrige. »

Il tira de son calepin les diverses bandes des hommes dansants. Il les disposa en face de lui sur la table du bureau et travailla en silence. Finalement il donna une lettre au valet d'écurie, avec des recommandations pour qu'elle soit remise à la personne à qui elle était adressée, et surtout pour qu'il ne répondît rien à des questions éventuelles. Je remarquai que l'adresse était d'une écriture irrégulière, hésitante, pas du tout rédigée comme Holmes en avait l'habitude. Elle portait le nom de M. Abe Slaney, Ferme Elrige, East Ruston, Norfolk.

« Je crois, inspecteur, dit Holmes, que vous feriez bien de télégraphier pour qu'on vous envoie une escorte. En effet si mes prévisions se réalisent, vous aurez un prisonnier spécialement dangereux à conduire à la prison du comté. Le garçon qui va porter cette lettre pourra sans doute déposer votre dépêche. S'il y a un train cet après-midi pour Londres, Watson, je crois que nous l'utiliserons, car j'ai en train une précieuse analyse chimique et l'enquête touche à son terme. »

Quand le jeune garçon s'en fut allé avec sa lettre, Sherlock Holmes donna ses instructions aux domestiques. Si un visiteur venait demander Mme Hilton Cubitt, ne lui communiquer aucun renseignement concernant son état de santé et l'introduire immédiatement dans le salon. Il répéta plusieurs fois cette recommandation avec un sérieux impressionnant. Après quoi il nous emmena dans le salon en nous disant que l'affaire se développait pour le moment en dehors de nous et que nous n'avions qu'à nous distraire le plus agréablement possible en attendant l'heure où nous pourrions voir ce qu'elle nous réservait. Le médecin de campagne nous quitta pour aller faire sa tournée. L'inspecteur et moi demeurâmes seuls avec Holmes.

« Je crois que je peux vous aider à passer une heure d'une manière intéressante et instructive, nous dit-il. Voici, étalés sur cette table, les divers papiers sur lesquels sont dessinés ces burlesques hommes dansants. Ami Watson, je vous dois des excuses pour ne pas avoir satisfait plus tôt votre curiosité. Pour vous, inspecteur, toute cette affaire peut professionnellement vous rendre de grands services. Mais il faut que je commence par vous raconter les consultations que M. Hilton Cubitt est venu solliciter à Baker Street... »

Brièvement il résuma alors les faits que j'ai rapportés.

« ... J'ai donc ici en face de moi ces productions originales qui prêteraient peut-être à sourire si elles n'avaient pas été les signes précurseurs d'une tragédie terrible. Presque toutes les écritures secrètes me sont familières et je suis l'auteur d'une petite monographie sur ce sujet ; j'y ai analysé cent soixante systèmes d'écritures différents ; mais j'avoue que celui-ci m'était parfaitement inconnu. Ceux qui ont inventé ce système voulaient sans doute cacher que ces caractères reproduisaient un message, et donner l'impression qu'il s'agissait là de simples dessins d'enfants.

« Étant cependant persuadé que ces symboles tenaient lieu de lettres, j'appliquai les règles en usage pour le déchiffrement de toutes les écritures secrètes. La solution fut assez rapidement trouvée. Le premier message qui m'avait été soumis était si bref qu'il m'était impossible d'en dire plus que ceci : ce symbole que voici était un E. Comme vous le savez, E est la lettre la plus fréquemment employée dans l'alphabet anglais et sa prédominance est telle que même dans une phrase courte on la trouve généralement. Sur les quinze symboles du premier message, il y en avait quatre pareils ; il était donc logique de déduire que ces quatre-là étaient des E. Il est vrai que dans certains cas la silhouette est pourvue d'un drapeau, dans d'autres non. Mais à la façon dont les drapeaux étaient répartis ils me parurent destinés à séparer les mots d'une phrase. Je pris donc comme hypothèse de départ que la lettre E était représentée par

« Mais j'allais me heurter là à la plus redoutable des difficultés. L'ordre de prédominance décroissante des lettres, après E, n'est guère net en anglais, et s'il peut apparaître dans une page entière avec une certaine force, il peut très bien être inversé dans une courte phrase. Grossièrement, l'ordre de prédominance s'établit en principe ainsi : T, A, O, I, N, S, H, R, D, et L. Mais T, A, O, et I ont à peu près la même fréquence. Je me serais attaqué à un travail interminable si j'avais essayé toutes les combinaisons jusqu'à ce qu'un sens me sautât aux yeux. J'attendis donc du matériel de renfort. Au cours de mon deuxième entretien avec M. Hilton Cubitt, il put me fournir deux autres phrases courtes et un message qui, puisqu'il ne comportait pas de drapeau, me parut être un seul mot. Voici les symboles. Dans le seul mot j'ai déjà les deux E qui forment la seconde et la quatrième lettre d'un mot de cinq lettres. J'ai le choix entre « sever » (diviser) « lever » (levier) ou « never » (jamais). Sans aucun doute, puisqu'il s'agissait d'une réponse, le mot « jamais » était le plus probable, et les circonstances permettaient de supposer que c'était là une réponse écrite par Mme Cubitt. Supposant que je ne me trompais pas, j'établis donc que ces trois symboles représentaient respectivement les lettres N, V, et R.

« Mais je n'étais pas au bout de mes difficultés ! Heureusement une idée me mit en possession de la clef de plusieurs autres lettres. Je me dis que si ces appels émanaient, comme je le pensais, de quelqu'un qui aurait été intimement lié avec cette dame en d'autres temps, une combinaison qui contenait deux E séparés par trois lettres pourrait fort bien signifier Elsie. Après examen je m'aperçus que cette combinaison formait la fin du message qui avait été répété trois fois. C'était donc certainement un appel à Elsie. Voilà comment j'obtins mon L, mon S, et mon I. Mais de quel ordre pouvait être cet appel ? Le mot qui précédait « Elsie » n'avait que quatre lettres et se terminait par un E. Ce mot devait être « come » (venez). J'essayai tous les autres mots de quatre lettres se terminant par E, mais aucun ne se rapportait à l'affaire. J'étais donc en possession de C, O, et M, et en meilleur état de m'attaquer au premier message. Je le divisai en mots et je remplaçai par des points les symboles inconnus. J'obtins ceci :

. M . ERE . . E SL . NE.

« La première lettre ne pouvait qu'être un A. Découverte précieuse, puisque ce symbole apparaissait trois fois dans cette courte phrase. H était également la lettre manquante du deuxième mot. J'avais donc : « AM HERE A . E SLANE. » Je remplaçai pour la signature les points par des lettres : « AM HERE ABE SLANEY » (Suis ici Abe Slaney).

« Je possédais tellement de lettres maintenant que je pouvais m'aventurer dans le deuxième message. J'obtins :

A. ELRI.ES

« La phrase ne pouvait signifier quelque chose que si je complétais par un T et un G : il devait s'agir d'une maison ou d'une auberge où séjournait l'auteur du message (A Elriges). »

L'inspecteur Martin et moi-même écoutions bouche bée ces explications qui avaient permis à mon ami de triompher de tant de difficultés.

« Et ensuite, monsieur ? demanda l'inspecteur.

— J'avais tout lieu de supposer que cet Abe Slaney était un Américain, puisque Abe est une contraction américaine du prénom Abel, et que l'origine des ennuis remontait à une lettre d'Amérique. J'avais de non moins fortes raisons de croire que l'affaire tournait autour d'un secret criminel. L'allusion de Mme Cubitt à son passé et son refus de s'ouvrir à son mari m'avaient mis sur la voie. Je câblai à mon ami Wilson Hargreave, de la police new-yorkaise, qui avait eu plus d'une fois recours à ma connaissance de la pègre de Londres. Je lui demandai si le nom d'Abe Slaney lui était connu. Voici sa réponse : « Le plus dangereux escroc de Chicago. » Le matin même du jour où cette réponse me parvenait, Hilton Cubitt m'adressait le dernier message de Slaney. En travaillant d'après les lettres connues, j'avais ceci :

« ELSIE .RE.ARE TO MEET THY GO.

« Seuls un P et un D complétaient utilement ce message : « *ELSIE PREPARE TO MEET THY GOD* » (Elsie, prépare-toi à paraître devant ton Dieu). La canaille passait de la persuasion aux menaces, et je savais que les filous de Chicago étaient capables de passer très rapidement de la menace à l'action. Voilà pourquoi je me suis rendu aussitôt dans le Norfolk en compagnie de mon collègue et ami le docteur Watson. Mais malheureusement le pis s'était déjà réalisé.

— C'est vraiment un grand privilège que de travailler avec vous ! fit l'inspecteur avec chaleur. Vous m'excuserez pourtant si je vous parle franchement. Vous n'êtes responsable que devant vous-même ; je le suis, moi, devant mes supérieurs. Si cet Abe Slaney, habitant à Elrige's, est réellement le meurtrier et s'il s'est enfui pendant que je suis assis ici, j'aurai sûrement de graves ennuis !

— N'ayez crainte : il ne cherchera pas à s'enfuir.

— Vous n'en savez rien !

— Si : sa fuite serait l'aveu de sa culpabilité.

— Alors, partons pour l'arrêter.

— Je l'attends ici d'un instant à l'autre.

— Mais pourquoi viendrait-il ?

— Parce que je lui ai écrit pour lui demander de venir.

— Mais c'est impossible, monsieur Holmes ! Pourquoi viendrait-il parce que vous le lui demandez ? Une telle requête est bien plutôt de nature à éveiller ses soupçons et à l'inciter à nous glisser entre les doigts !

— Je crois que j'ai su écrire la lettre qui convenait, se borna à répondre Sherlock Holmes. D'ailleurs, le voici en personne. »

Un homme remontait l'allée qui menait à la porte. Grand, fort, bronzé, il portait un costume de flanelle et un panama ; son visage était surtout remarquable par une barbe noire hirsute et un grand nez crochu. Il faisait en marchant des moulinets avec une canne et il avançait comme si le domaine lui appartenait déjà. Nous entendîmes son coup de sonnette, prolongé et confiant.

« Je pense, messieurs, nous dit Holmes avec sang-froid, que nous ferions mieux de prendre position derrière la porte. Avec un pareil bandit, ne négligeons aucune précaution ! Vous aurez besoin de vos menottes, inspecteur. Laissez-moi diriger la conversation. »

En silence nous attendîmes à peu près une minute. Des secondes comme celles-là ne s'oublient pas ! La porte s'ouvrit. Il entra. Au même instant Holmes lui braquait son revolver sous le nez et Martin lui passait les menottes. Ce fut si bien réussi que Slaney se trouva maîtrisé avant d'avoir réalisé la situation. Il nous dévisagea tous les trois avec de furieux yeux noirs, puis il éclata d'un rire amer.

« Ma foi, messieurs, vous m'avez eu ! J'ai l'impression que je me suis attaqué à quelque chose de particulièrement dur. Mais écoutez : je suis venu pour répondre à une lettre de Mme Hilton Cubitt. Ne me dites pas qu'elle est dans le coup ! Ne me dites pas qu'elle a prêté la main pour ce piège !

— Mme Hilton Cubitt a été grièvement blessée et elle se trouve à présent aux portes de la mort. »

Slaney poussa un cri sauvage qui retentit à travers toute la maison.

« Vous êtes fou ! hurla-t-il farouchement. C'est lui qui a été touché, pas elle ! Qui aurait pu faire du mal à ma petite Elsie ? J'ai pu la menacer, Dieu me pardonne ! Mais jamais je n'aurais touché à un cheveu de sa jolie tête ! Retirez ce que vous avez dit, vous ! Avouez qu'elle n'est pas blessée !

— Elle a été trouvée très grièvement blessée à côté de son mari mort. »

Il s'effondra sur le canapé en gémissant et enfouit sa tête dans ses mains enchaînées. Il demeura cinq minutes sans parler. Puis il releva la tête et, dans une sorte de désespoir glacé, s'adressa à nous.

« Je n'ai rien à vous cacher, messieurs ! Si j'ai tiré sur l'homme, il m'a tiré dessus également ; il n'y a donc pas de meurtre. Mais si vous croyez que j'ai pu tirer sur la femme, alors c'est que vous ne nous connaissez pas, ni moi, ni elle. Je vous jure qu'il n'y a pas eu au monde d'homme qui ait plus aimé que moi je l'ai aimée ! J'avais un droit sur elle. Il y a plusieurs années elle s'était engagée avec moi. Qui était cet Anglais ? Pourquoi s'est-il interposé entre nous ? Je vous le répète : j'avais sur elle le premier droit, et je ne faisais que réclamer mon bien.

— Elle vous a fui quand elle a su quel homme vous étiez ! dit sévèrement Holmes. Elle a fui l'Amérique pour ne plus vous voir, et elle s'est mariée ici en Angleterre à un honnête homme. Vous avez retrouvé sa trace, et vous avez fait de sa vie un enfer pour la décider à abandonner son mari qu'elle aimait et respectait, pour l'obliger à partir avec vous qu'elle redoutait et haïssait. Vous avez si bien fait que vous êtes responsable de la mort d'un noble cœur et du suicide de sa femme. Voilà le bilan de cette affaire, monsieur Abe Slaney, et vous aurez à en répondre devant la loi !

— Si Elsie meurt, je me moque de ce qui peut m'arriver ! dit l'Américain qui ouvrit une main et nous montra un papier chiffonné dans sa paume. Regardez ça ! s'écria-t-il avec une lueur de soupçon dans les yeux. Vous n'allez pas me faire peur, vous savez ! Si Elsie est dans l'état que vous me dites, qui donc a écrit ce message ? »

Il le jeta sur la table.

« Moi. Je l'ai écrit pour que vous veniez ici.

— Vous ? Il n'y a personne sur la terre, en dehors du gang, qui connaisse le secret des hommes dansants. Comment avez-vous pu l'écrire ?

— Ce qu'un homme a inventé, un autre homme peut le découvrir ! répondit Holmes. Voici une voiture qui va vous emmener à Norwich, monsieur Slaney. Mais auparavant vous avez le temps de réparer un peu le mal que vous avez commis. Vous rendez-vous compte que Mme Hilton Cubitt est gravement soupçonnée d'avoir assassiné son mari ? Si je n'avais pas été là, si le hasard ne m'avait pas mis en possession de votre secret, elle aurait été accusée de meurtre. Le moins que vous puissiez faire pour elle est d'établir clairement qu'elle n'est en rien, ni directement, ni indirectement, responsable de ce dénouement tragique.

— Je ne demande pas mieux, fit l'Américain. D'ailleurs ma meilleure défense, à moi aussi, sera la vérité entière.

— Il est de mon devoir de vous avertir que tout ce que vous direz pourra être utilisé contre vous ! » s'écria l'inspecteur, porte-parole du merveilleux fair-play du code criminel britannique.

Slaney haussa les épaules.

« Je risque le coup ! fit-il. D'abord apprenez, messieurs, que je connais cette dame depuis son enfance. Nous étions sept dans un gang de Chicago, et le père d'Elsie était notre chef. C'était un type intelligent, le vieux Patrick ! Tenez, il avait inventé cette écriture, qui passe pour un jeu d'enfant tant qu'on

n'en possède pas la clef. Bon. Elsie a connu quelques-
unes de nos méthodes. Mais elle ne pouvait pas
marcher avec nous : il y avait en elle un vieux fond
d'honnêteté qui l'en empêchait. Alors elle nous a joué
la fille de l'air et elle est partie pour Londres. Elle
s'était liée avec moi, et je crois qu'elle m'aurait
épousé si j'avais choisi un autre métier ; mais elle n'a
rien voulu savoir pour se marier avec un spécialiste
de l'escroquerie. Ce n'est qu'après son mariage avec
cet Anglais que j'ai pu découvrir sa retraite. Je lui
ai écrit, mais elle ne m'a pas répondu. J'ai traversé
l'Atlantique et, comme les lettres ne servaient à rien,
j'ai inscrit mes messages là où elle pouvait les lire.

« Je suis depuis un mois dans le pays. J'habitais
dans cette ferme, où j'avais loué une chambre au rez-
de-chaussée ; je pouvais entrer et sortir chaque nuit :
ni vu ni connu. J'ai tout essayé pour décider Elsie à
partir. J'ai su qu'elle lisait les messages, car une fois
j'ai trouvé une réponse sous le mien. Mon tempérament a repris le dessus et j'ai commencé à la
menacer. Elle m'a alors envoyé une lettre, me
suppliant de quitter le pays et me disant qu'elle
aurait le cœur brisé si son mari était éclaboussé par
un scandale. Elle m'a dit qu'elle descendrait à trois
heures du matin lorsque son mari serait endormi et
qu'elle me parlerait par la fenêtre du bout si je lui
promettais de partir ensuite et de la laisser tranquille. Elle est venue. Elle avait apporté de l'argent.
Elle voulait monnayer mon départ. Cela m'a rendu
fou. Je l'ai saisie par le bras et j'ai essayé de la tirer
par la fenêtre. A ce moment son mari s'est précipité,
revolver au poing. Elsie s'est écroulée sur le plancher
et nous nous sommes trouvés face à face. J'étais
armé moi aussi, et j'ai sorti mon revolver pour l'intimider et pour qu'il me laisse m'enfuir. Il a tiré. Il
m'a manqué. J'ai tiré presque au même instant. Il
est tombé. J'ai filé par le jardin. J'ai entendu qu'on
refermait la fenêtre derrière moi. C'est la vérité du
bon Dieu, messieurs, et je ne sais rien de plus, sinon
qu'un gamin est arrivé à cheval avec une lettre qui

m'a fait venir ici, comme un jobard, pour tomber entre vos mains. »

Une voiture avec deux agents en uniforme était arrivée pendant le récit de l'Américain. L'inspecteur Martin se leva et posa un doigt sur l'épaule du prisonnier.

« Partons. Il est temps.

— Est-ce que je peux la voir auparavant ?

— Non, elle est dans le coma. Monsieur Sherlock Holmes, je ne peux que souhaiter votre présence pour le prochain cas important qui me sera soumis. J'en serais très heureux ! »

Debout dans l'embrasure de la fenêtre, nous regardâmes s'éloigner la voiture. Quand je me retournai, j'aperçus la petite boule de papier que le prisonnier avait jetée sur la table. C'était le message que Holmes lui avait fait parvenir.

« Voyez si vous pouvez le lire, Watson ! » me dit-il en souriant.

Il ne contenait aucun mot, mais simplement cette petite bande d'hommes dansants :

« Si vous utilisez le code dont je vous ai fourni les éléments, reprit Holmes, vous découvrirez que cela signifie simplement : « Come here at once » (Venez ici tout de suite). J'étais persuadé qu'il ne se déroberait pas à cette invitation puisqu'il ne pouvait pas supposer qu'il émanait d'une personne autre que Mme Hilton Cubitt. Et voilà comment, mon cher Watson, nous avons transformé les hommes dansants, si souvent agents du mal, en serviteurs de la loi. Ai-je rempli ma promesse de vous fournir quelque chose d'assez peu banal pour vos archives ? Notre train est à trois heures quarante. Je voudrais bien être à Baker Street pour dîner.

Un mot en guise d'épilogue.

L'Américain Abe Slaney a été condamné à mort par la cour d'assises de Norwich. Mais cette peine a été commuée en travaux forcés, parce qu'il bénéficiait de circonstances atténuantes et parce que Hilton Cubitt avait tiré le premier.

Quant à Mme Hilton Cubitt j'ai appris qu'elle s'était complètement remise ; elle est restée veuve et elle consacre sa vie à secourir les pauvres et à administrer le domaine de son époux.

CHAPITRE IV

## LA CYCLISTE SOLITAIRE

Entre 1894 et 1901 inclusivement, M. Sherlock Holmes fut très occupé. Pendant ces huit années il fut consulté sur toutes les affaires criminelles qui présentaient une certaine difficulté, ainsi que pour des centaines d'affaires privées dont quelques-unes n'étaient pas simples. Il remporta beaucoup de succès étonnants et il enregistra très peu d'échecs. Comme j'ai des notes fort complètes sur l'activité incessante qu'il déploya à cette époque, comme d'autre part j'ai été personnellement mêlé à la plupart de ses travaux, on comprendra qu'il ne m'est pas facile de choisir les cas qui intéresseraient davantage le public. Pourtant je m'en tiendrai à ma règle habituelle, et j'accorderai la préférence à ceux que je trouve remarquables moins par la brutalité du crime que par la qualité de la solution qu'il leur a apportée. Voilà pourquoi je vais maintenant exposer au lecteur les faits que nous soumit Mlle Violet Smith, la cycliste solitaire de Charlington, ainsi que notre enquête qui se termina par une tragédie inattendue. Il est vrai que les circonstances ne permirent guère à mon ami d'illustrer ses célèbres facultés ; mais quelques détails donnent à cette affaire un relief particulier, différent de toutes celles dont mes archives sont pleines.

Si je me réfère à mon agenda de 1895, je constate que c'est le samedi 23 avril que nous avons fait la connaissance de Mlle Violet Smith. Je me rappelle que sa visite contraria énormément Holmes, car il était à ce moment-là plongé dans un problème très compliqué : la persécution spéciale dont était victime John Vincent Harden, le millionnaire du tabac. Mon ami plaçait au-dessus de tout la précision et la concentration de la pensée : il détestait tout ce qui le distrayait de l'affaire qu'il avait en tête. Et cependant, il lui aurait fallu posséder une dureté de cœur tout à fait étrangère à son tempérament pour refuser d'écouter la femme jeune et jolie, grande, pleine de grâce et de grande allure, qui se présenta à Baker Street tard dans la soirée pour implorer l'aide d'un conseil. Il eut beau objecter que tout son temps était déjà pris : la jeune femme était venue, résolue à conter son histoire, et la force seule aurait pu lui faire quitter notre appartement avant qu'elle n'eût tout dit. Avec une physionomie résignée et un sourire las, Holmes invita donc la belle importune à s'asseoir et à nous confier la cause de ses ennuis.

« De toute façon ce n'est pas une question de santé qui vous amène ! dit-il en la fixant de son regard inquisiteur. Une cycliste comme vous doit avoir de l'énergie à revendre ! »

Surprise, elle inspecta sa personne de la tête aux pieds : je remarquai la légère rugosité du côté de la semelle provoquée par le frottement du bord de la pédale.

« Oui, je fais beaucoup de bicyclette, monsieur Holmes ! et d'ailleurs cela n'est pas sans rapport avec ce qui m'a conduite chez vous. »

Mon ami s'empara de la main dégantée de la jeune femme et il l'examina avec autant d'attention et aussi peu de sentiment qu'un savant l'aurait fait d'un échantillon de musée.

« Vous m'excuserez, je l'espère. Mais cela relève de

mon travail ! fit-il en la laissant retomber. J'ai failli commettre l'erreur de vous prendre pour une dactylographe. Vous ne tapez pas à la machine, vous êtes musicienne. Vous remarquez, Watson, le bout de doigt en spatule ? C'est un trait commun à ces deux professions. Mais il y a de la spiritualité, ajouta-t-il en relevant doucement la main vers la lumière, que la machine à écrire n'engendre pas. Cette demoiselle est une musicienne.

— Oui, monsieur Holmes. Je suis professeur de musique.

— A la campagne, je suppose, étant donné votre teint.

— Oui, monsieur. Près de Farnham, à la limite du Surrey.

— Un pays magnifique, qui me rappelle des tas de choses passionnantes. Souvenez-vous, Watson : c'est par là que nous avons capturé Archie Stamford, le faussaire... Voyons, mademoiselle Violet, que vous est-il arrivé près de Farnham à la limite du Surrey ? »

La jeune femme, avec une grande clarté et beaucoup de calme, nous fit alors la curieuse déclaration que voici :

« Mon père est mort, monsieur Holmes. Il s'appelait James Smith et c'était lui le chef d'orchestre du vieil Imperial Theatre. Ma mère et moi nous demeurâmes seules au monde ; nous n'avions aucun parent vivant sauf un oncle, Ralph Smith, qui était parti pour l'Afrique vingt-cinq ans plus tôt, et qui n'avait jamais donné signe de vie. Quand mon père mourut, nous étions très pauvres. Mais un jour on nous avertit qu'une annonce avait paru dans le *Times* pour rechercher notre adresse. Vous devinez comme nous fûmes intriguées ! Peut-être quelqu'un nous avait-il légué une fortune ? Nous nous rendîmes sans tarder chez l'homme de loi dont le nom figurait sur l'annonce. Là nous rencontrâmes M. Carruthers et M. Woodley qui rentraient en Angleterre après un séjour en Afrique du Sud. Ils nous dirent que mon oncle était de leurs amis, qu'il était mort quelques mois plus tôt dans la misère à Johannesburg, et qu'avant de mourir il leur avait demandé de rechercher ses parentes afin de voir si elles n'étaient pas dans le besoin. Il nous parut bien surprenant que cet oncle, qui ne s'était jamais soucié de nous pendant sa vie, se montrât si prévenant après sa mort. Mais M. Carruthers nous expliqua que mon oncle venait d'apprendre la mort de son frère, et qu'il se sentait des responsabilités nouvelles vis-à-vis de nous.

— Excusez-moi ! interrompit Holmes. De quand date cette conversation ?

— De décembre dernier. Il y a quatre mois.

— Continuez, je vous prie.

— M. Woodley me donna l'impression d'un personnage violemment antipathique. Il me faisait constamment des mines, me lançait des clins d'yeux... Imaginez un homme jeune au visage bouffi, décoré d'une paire de moustaches rouges, vulgaire, avec des cheveux plaqués et séparés par une raie au milieu. Je me disais qu'il était parfaitement répugnant, et que Cyril n'aurait pas souhaité me voir avec lui !

— Oh ! il s'appelle Cyril ? » fit Holmes en souriant.

La jeune femme rougit, puis se mit à rire.

« Oui, monsieur Holmes : Cyril Morton, ingénieur électricien. Nous espérons nous marier à la fin de l'été. Mon Dieu, comment suis-je arrivée à parler de lui ? Ce que je voulais dire, c'est que M. Woodley était affreusement antipathique, mais que M. Carruthers, plus âgé, me parut plus agréable. Il était brun, imberbe, et surtout discret. Il avait des manières courtoises et un sourire agréable. Il se renseigna sur notre train de vie. Constatant que nous étions très pauvres, il me proposa de devenir le professeur de musique de sa fille unique. Je lui répondis qu'il me déplairait de quitter ma mère. A quoi il répliqua que je pourrais rentrer à la maison pour chaque weekend, et il m'offrit cent livres d'honoraires annuels, ce qui est évidemment un traitement magnifique. Tout cela se termina par mon acceptation et j'allai m'établir à Chiltern Grange, à une dizaine de kilomètres de Farnham. M. Carruthers est veuf, mais il a une gouvernante, une femme âgée, très respectable, qui s'appelle Mme Dixon, et qui s'occupe de son intérieur. Sa fille est charmante. Tout s'annonçait au mieux. M. Carruthers est très aimable, il aime beaucoup la musique. Nous avons passé ensemble quelques soirées fort agréables. Chaque week-end j'allais retrouver ma mère à Londres.

« La première fêlure dans mon bonheur a été l'arrivée de l'homme aux moustaches rouges, M. Woodley. Il était venu pour un séjour d'une semaine : cette semaine-là m'a paru durer trois mois ! Il s'est conduit d'une façon épouvantable : une brute pour tout le monde, et pour moi pire encore. Il m'a fait une cour odieuse, s'est vanté de sa fortune, m'a dit que si je l'épousais j'aurais les plus beaux diamants de Londres. Finalement quand il s'est entendu répondre que je ne voulais rien avoir de commun avec lui, il m'a saisie dans ses bras un soir après dîner... Il est fort comme un gorille ! Et il a juré qu'il ne me lâcherait pas avant que je ne l'eusse embrassé. M. Carruthers est entré à ce moment-là et m'a arrachée à son étreinte, ce qui a porté sa fureur à son paroxysme : il s'est retourné contre son hôte, l'a jeté à terre et lui a abîmé la figure. Cet incident a mis un terme à son séjour parmi nous. Le lendemain M. Carruthers est venu me faire des excuses et m'a affirmé que plus jamais je ne serais exposée à de pareilles violences. Depuis je n'ai pas revu M. Woodley.

« Et maintenant, monsieur Holmes, j'en viens à ce qui m'a incitée à venir vous demander conseil aujourd'hui. Apprenez d'abord que tous les samedis un peu avant midi je me rends à bicyclette à la gare de Farnham pour prendre le train de midi 22 pour Londres. Depuis Chiltern Grange la route est isolée, surtout en un certain endroit car elle se déroule pendant quinze cents mètres entre la lande de Charlington d'un côté et les bois qui entourent Charlington Hall de l'autre. Impossible de trouver nulle part ailleurs un tronçon de route plus désert : il est très rare d'y rencontrer une charrette, ou un paysan, tant qu'on n'a pas atteint la grand-route près de Crooksbury Hill. Il y a quinze jours, quand je suis passée par là, j'ai regardé par hasard par-dessus mon épaule et j'ai vu, à deux cents mètres derrière moi, un cycliste. Je me suis retournée avant d'arriver à Farnham, mais l'homme avait disparu : du coup je n'y ai plus pensé. Il m'avait paru d'un certain âge, et il avait une courte barbe noire. Jugez de ma surprise, monsieur Holmes, quand en rentrant le lundi j'ai vu le même cycliste sur le même tronçon de route. Et mon étonnement s'est accru davantage encore quand, la semaine dernière, je l'ai aperçu à nouveau le samedi et le lundi. Certes il roulait toujours à une certaine distance et il ne m'a molestée en aucune façon ; tout de même c'est bien étrange ! J'ai mentionné le fait à M. Carruthers qui m'a semblé intéressé et qui m'a dit ensuite qu'il avait commandé un cheval et un cabriolet, afin qu'à l'avenir je n'eusse pas à emprunter sans escorte ces routes désertes.

« Le cheval et le cabriolet devaient être là cette semaine, mais je ne sais pour quelle raison ils n'ont pas été livrés, et j'ai dû me rendre à bicyclette à la gare. C'était ce matin. Vous devinez si j'ai inspecté les lieux quand je suis arrivée à la hauteur de la lande de Charlington : eh bien, le cycliste était là ! Exactement à l'endroit où je l'avais remarqué quinze jours auparavant. Il se tenait à une telle distance de moi que je n'ai pas pu distinguer nettement son visage, mais je suis sûre que c'est quelqu'un que je ne connais pas. Il était vêtu de noir avec une casquette de drap. La seule chose bien visible était sa barbe noire. Aujourd'hui je n'avais pas peur, et j'étais dévorée de curiosité. J'ai donc décidé de le voir de plus près et de savoir ce qu'il me voulait. J'ai ralenti. Il a ralenti. Je me suis arrêtée. Il s'est arrêté. Alors je lui ai tendu un piège. Il y a un tournant brusque sur la route : j'ai pédalé à toute vitesse, puis, sitôt le tournant passé, j'ai freiné, je suis descendue de bicyclette et j'ai attendu. Je comptais le voir surgir et foncer avant de pouvoir s'arrêter. Mais il n'a jamais paru. Je suis revenue sur mes pas et j'ai regardé de l'autre côté du virage. J'avais devant moi quinze cents mètres de route, mais il n'y était pas. Ce qui rend la chose plus extraordinaire encore, c'est qu'il n'y a pas de ce côté de chemin secondaire par où il aurait pu s'enfuir. »

Holmes poussa un petit gloussement de joie et se frotta les mains.

« Cette affaire présente certainement un intérêt particulier ! déclara-t-il. Combien de temps s'est écoulé entre le moment où vous avez abordé le virage et celui où vous avez découvert que la route était déserte ?

— Deux ou trois minutes.

— Donc il n'a pas pu s'enfuir inaperçu sur la route, et vous êtes sûre qu'il n'existe pas de chemins secondaires, de bifurcations, de voies latérales ?

— J'en suis sûre !

— Alors il a pris un sentier à droite ou à gauche de la route.

— Certainement pas du côté de la lande : je l'aurais vu.

— Donc par élimination nous arrivons au fait qu'il s'est dirigé vers Charlington Hall qui, je crois, est situé à l'intérieur d'un terrain indépendant de l'autre côté de la route. Rien d'autre ?

— Non, monsieur Holmes. Rien, sinon que j'étais tellement éberluée que j'ai senti que je ne serais pas tranquille si vous ne me donniez pas un conseil. »

Holmes garda le silence un petit moment.

« Où habite votre fiancé ? demanda-t-il.

— Il travaille à la Midland Electric Company, à Coventry.

— Il ne vous ferait pas la surprise d'une visite, par hasard ?

— Oh ! monsieur Holmes ! Comme si je ne l'aurais pas reconnu !

— Avez-vous eu d'autres admirateurs ?

— Plusieurs avant que je ne fasse la connaissance de Cyril.

— Et depuis ?

— Il y a eu cet homme abominable, si vous pouvez l'appeler un admirateur...

— Personne d'autre ? »

Notre jolie blonde prit un air embarrassé.

« Qui ? demanda Holmes.

— Oh ! je m'imagine peut-être des choses qui n'existent pas réellement. Mais il m'a semblé parfois que mon patron, M. Carruthers, s'intéressait beaucoup à moi. N'est-ce pas, nous nous sommes trouvés liés par la force des choses. Je joue le soir et je l'accompagne. Il n'a jamais rien dit. C'est un parfait gentleman. Mais une femme devine toujours.

— Ah ! fit Holmes avec un visage grave. Que fait-il pour vivre ?

— Il est riche.

— Pas de voitures ni de chevaux ?

— Vous comprenez, il est au moins dans l'aisance. Il se rend à Londres deux ou trois fois par semaine. Il s'intéresse beaucoup aux valeurs aurifères de l'Afrique du Sud.

— Vous ne manquerez pas de me faire connaître tout élément nouveau dans votre affaire, mademoiselle Smith. Je suis très occupé en ce moment, mais je trouverai le temps de pousser quelques enquêtes pour ce qui vous préoccupe. En attendant, ne prenez aucune initiative sans m'avoir averti. Bonsoir, mademoiselle. J'espère que nous n'aurons que de bonnes nouvelles pour vous. »

Quand elle fut partie, Holmes tira sur sa pipe de méditation.

« L'ordre et l'harmonie de la nature exigent qu'une si jolie fille ait des suiveurs ! soupira-t-il. Mais tout de même pas des suiveurs à bicyclette sur des routes désertes. Il doit s'agir d'un amoureux discret, sans doute. Mais cette affaire contient des points bizarres et suggestifs, Watson !

— Ce qui est curieux, c'est que le suiveur n'apparaît que sur un tronçon de route.

— Exactement. Notre premier effort doit consister à apprendre qui habite Charlington Hall. Puis de savoir quels intérêts unissent Carruthers et Woodley, puisqu'ils sont, paraît-il, tellement dissemblables. Également de découvrir pourquoi tous deux se sont montrés si vigilants à l'égard des parents de Ralph Smith. Et encore ceci : quelle sorte de maison est-ce donc que celle où l'on paie à un professeur de musique le double du tarif normal, mais où il n'y a pas de voiture ni de chevaux alors que la gare est à dix kilomètres ? Bizarre, Watson ! Très bizarre !

— Vous irez faire un tour par là ?

— Non, pas moi, mon cher ami, mais vous. Il est possible qu'il ne s'agisse que d'une intrigue sans intérêt, et je ne veux pas interrompre mon autre affaire importante pour peu de chose. Lundi vous arriverez de bonne heure à Farnham. Vous vous dissimulerez près de la lande. Vous observerez vous-même ce qui se passera, et vous agirez selon votre propre jugement. Puis, après avoir pris des renseignements sur les occupants de Charlington Hall, vous reviendrez me faire votre rapport. Et maintenant, Watson, ne me parlez plus de cette affaire avant que nous disposions d'une base solide pour espérer trouver une solution. »

La jeune femme nous avait dit qu'elle rentrait le lundi matin par le train qui part de Waterloo à 9 heures 50. Je pris donc le train de 9 heures 13. A la gare de Farnham je me dirigeai sans difficulté vers la lande de Charlington. Impossible de se tromper sur le théâtre de l'aventure : la route serpente entre une lande bien dégagée et une haie de vieux ifs entourant un parc plein d'arbres magnifiques. Il y avait une entrée principale en pierres moussues ; les deux piliers étaient surmontés d'emblèmes héraldiques tout effrités. En dehors de cette porte cochère, j'observai plusieurs brèches dans la haie où débouchaient des sentiers. De la route la maison était invisible ; mais les dépendances tombaient tristement en ruine.

La lande était couverte de bouquets dorés d'ajoncs en fleurs : sous le clair soleil du matin ils brillaient d'un éclat splendide. Je me mis en position derrière l'un de ces buissons d'où je pouvais surveiller à la fois la porte cochère et un long ruban de route des deux côtés. Quand j'avais quitté la route, elle était déserte, mais de mon observatoire je vis bientôt un cycliste qui la descendait en venant du côté opposé à celui que j'avais pris. Il était vêtu de noir et je distinguai sa barbe noire. Quand il arriva au bout de la propriété de Charlington, il mit pied à terre et passa avec sa bicyclette par un trou de la haie. Je ne le vis plus.

Un quart d'heure passa, puis une nouvelle bicyclette apparut. Cette fois, c'était la jeune femme qui venait de la gare. Quand elle arriva près de la haie elle regarda autour d'elle. Un instant plus tard l'homme émergea de sa cachette, sauta sur sa bicyclette et la suivit. Dans tout cet immense paysage paisible et immobile, deux silhouettes seulement se déplaçaient : la gracieuse jeune femme, toute droite sur son vélo, et l'homme derrière elle, courbé sur le guidon, et dont chaque coup de pédale avait quelque chose de curieusement furtif. Elle se retourna. Elle ralentit. Il ralentit. Elle s'arrêta. Il s'arrêta. Il était à deux cents mètres d'elle. Elle eut alors une inspiration imprévue, courageuse : brusquement elle tourna sa bicyclette et fonça sur lui ! Il fut aussi prompt qu'elle et se sauva à toute vitesse. Bientôt elle remonta la route, tête haute, sans daigner s'occuper de son suiveur silencieux. Lui avait fait également demi-tour ; il gardait le même écart ; le virage de la route me les cacha peu après.

Je demeurai dans ma cachette et je n'eus pas tort, car l'homme ne tarda pas à reparaître. Il roulait lentement. Il passa par la porte cochère et sauta à bas de son vélo. Je pus le suivre du regard ; il s'arrêta parmi les arbres, leva les mains et j'eus l'impression qu'il arrangeait sa cravate. Puis il remonta à bicyclette et s'éloigna par l'allée qui montait vers la maison. Je courus vers la route et j'essayai de percer le rideau d'arbres. Au loin je distinguai vaguement un vieux bâtiment gris hérissé de cheminées Tudor. L'allée traversait un bosquet épais. Mon cycliste avait disparu.

Il me sembla que j'avais fait du bon travail et je me dirigeai le cœur léger vers la gare de Farnham.

L'agent immobilier de l'endroit ne put me donner aucun renseignement sur Charlington Hall et il me renvoya à une société bien connue de Pall Mall. Avant de regagner Baker Street je m'y arrêtai et fus reçu avec une grande courtoisie par l'employé. Non, Charlington Hall n'était pas à louer pour le moment. J'arrivais un peu trop tard. Charlington Hall avait été loué depuis un mois à un certain M. Williamson. M. Williamson était un vieux monsieur très respectable. L'employé s'excusa avec infiniment de politesse de ne pas m'en dire plus long car les affaires de ses clients ne le regardaient pas.

M. Sherlock Holmes écouta attentivement le long rapport que je lui présentai dans la soirée. Toutefois sa bouche ne s'ouvrit pas pour exprimer le petit compliment auquel je m'attendais et que j'aurais apprécié à sa juste valeur. Au contraire son visage austère s'assombrit de sévérité au fur et à mesure que j'avançais dans mon récit.

« L'endroit choisi pour vous cacher, mon cher Watson, constitue une erreur capitale. Vous auriez dû vous dissimuler derrière la haie ; ainsi vous auriez vu de près ce personnage intéressant. En fait vous vous trouviez à plusieurs centaines de mètres de lui, et vous ne pouvez même pas m'en dire autant que Mlle Smith. Elle croit que cet homme est un inconnu pour elle. Je suis convaincu qu'elle le connaît ! Sinon, pourquoi tiendrait-il tant à ne pas la laisser approcher, à lui cacher son visage ? Vous me dites qu'il était courbé sur son guidon. Façon comme une autre de ne pas exhiber ses traits ! Vraiment, Watson, vous vous êtes remarquablement mal débrouillé. Comment ! Il rentre dans Charlington Hall, vous voulez savoir qui il est, et vous allez voir un agent immobilier à Londres !

— Et qu'est-ce que j'aurais dû faire, s'il vous plaît ? m'écriai-je avec quelque chaleur.

— Vous rendre au cabaret le plus proche. Là on bavarde, là c'est le centre de tous les cancans du pays. On vous aurait livré tous les noms, depuis celui du propriétaire jusqu'à celui de la laveuse de vais-

selle. Williamson ! Ce nom ne me dit rien du tout.
S'il est âgé, il n'est pas le champion cycliste qui
démarre au sprint quand une jeune femme athlé-
tique lui donne la chasse. Que nous a rapporté cette
expédition ? Simplement la confirmation du récit de
la jeune fille. Jamais je n'avais supposé qu'elle
m'avait raconté une histoire. Qu'il y avait un rapport
entre le cycliste et Charlington Hall ? Je n'en ai
jamais douté non plus. Que ce Hall est occupé par
Williamson ? Nous voilà bien avancés ! Allons,
allons, cher monsieur, ne faites pas cette tête-là !
D'ici samedi prochain nous pouvons obtenir mieux ;
je me livrerai moi-même à deux ou trois petites
enquêtes. »

Le lendemain matin nous reçûmes un billet de
Mlle Smith qui retraçait brièvement et avec précision
les faits dont j'avais été le témoin ; mais l'intérêt de
cette lettre résidait dans le post-scriptum.

« Je suis sûre que vous réaliserez toute la valeur de
cette confidence, monsieur Holmes : ma situation ici
s'est compliquée, car mon patron m'a demandée en
mariage. Je suis convaincue que ses sentiments sont
aussi profonds qu'honorables. Mais bien sûr, je suis
déjà fiancée. Il a accueilli mon refus avec sérieux, et
gentillesse. Mais vous comprenez bien que la situation est un peu tendue. »

« Notre petite amie m'a tout l'air de s'enfoncer
dans des eaux profondes ! commenta pensivement
Holmes. L'affaire se présente d'une façon plus intéressante, et elle risque de se développer autrement
que je ne l'avais d'abord supposé. Une journée
paisible dans la campagne ne me ferait pas de mal, et
j'ai bien envie d'aller là-bas afin de vérifier quelques
hypothèses de mon cru. »

Cette journée à la campagne ne fut guère paisible,
car je vis Holmes arriver tard dans la soirée avec une
lèvre fendue et sur le front une bosse parée de toutes
les couleurs de l'arc-en-ciel, sans compter un air de
dissipation répandu sur toute sa personne : bref, de
quoi faire de lui le coupable idéal pour une enquête

de Scotland Yard. Il était extrêmement excité par ses aventures et il me les raconta en riant de bon cœur.

« Je prends si rarement de l'exercice que lorsque cela m'arrive j'en suis enchanté ! commença-t-il. Vous savez que je ne suis pas manchot quand il s'agit d'un combat de boxe. De temps à autre ce petit talent me sert. Aujourd'hui par exemple il me serait arrivé de graves ennuis si je n'avais pas été un bon boxeur. »

Sur mes instances il se décida à entrer dans le détail des événements.

« J'ai trouvé cette auberge de campagne dont je vous avais parlé. Je me suis installé au bar ; le tenancier fort bavard m'a donné tous les renseignements dont j'avais besoin pour notre enquête. Williamson est un homme à barbe blanche, et il vit seul avec quelques domestiques dans Charlington Hall. On raconte qu'il a été ou qu'il est encore pasteur. Mais un ou deux incidents qui se déroulèrent dans le Hall depuis son arrivée me font douter de son tempérament ecclésiastique. Je me suis d'ailleurs renseigné auprès d'une organisation cléricale et on m'a dit qu'il y avait eu un homme de ce nom-là qui avait reçu les ordres, mais que sa carrière avait été particulièrement sinistre. Le tenancier de mon auberge m'apprit en outre qu'à chaque week-end des visiteurs se rendaient à Charlington Hall (« Des acharnés, m'sieur ! ») et spécialement un gentleman à moustache rouge, M. Woodley, qui était toujours là. Nous en étions arrivés à ce tournant intéressant de la conversation quand pénétra au bar... qui ? le gentleman en question. Il buvait sa bière dans l'arrière-salle et il avait entendu tout notre dialogue. Qui étais-je ? Que voulais-je ? Pourquoi posais-je ces questions ? Il avait un débit rapide, fleuri d'adjectifs très vigoureux. Il termina son chapelet d'injures par un revers déloyal que je ne suis pas parvenu à éviter tout à fait. Les minutes qui suivirent furent tout simplement délicieuses : de la boxe pure contre un bûcheron qui frappait au hasard. Je m'en suis tiré tel que vous me voyez. M. Woodley a dû être reconduit en voiture. Voilà comment s'est achevée ma partie de campagne qui, en dépit des distractions qu'elle m'a procurées, ne s'est pas avérée plus profitable que la vôtre. »

Le jeudi suivant nous apporta une nouvelle lettre de notre cliente.

« Vous ne serez pas surpris, monsieur Holmes, d'apprendre que je quitte ma place chez M. Carruthers. Même des appointements élevés ne compenseraient pas les ennuis de ma situation. Samedi je viens à Londres, et je n'ai pas l'intention de repartir. M. Carruthers a enfin son cabriolet : si bien que les dangers de la route (en admettant que ce soient des dangers) me seront épargnés.

« Le vrai motif de mon départ n'est pas simplement une situation pénible avec M. Carruthers, mais la réapparition de l'abominable M. Woodley. Il a toujours été hideux, mais à présent il paraît encore plus horrible ; on dirait qu'il a eu un accident : il est défiguré. Je n'ai fait que l'apercevoir par la fenêtre, mais je suis ravie de pouvoir vous dire que je ne l'ai pas rencontré. Il a longuement conféré avec M. Carruthers qui, ensuite, m'a semblé très nerveux. Woodley doit habiter dans les environs, car il ne dort pas ici, et pourtant je l'ai vu ce matin se glisser furtivement dans le bosquet. Je préférerais savoir qu'une bête féroce est lâchée dans le jardin ! Je le déteste et le crains plus que je ne saurais le dire. Comment un homme tel que M. Carruthers peut-il le supporter une minute ? Enfin, tous mes ennuis seront terminés samedi. »

« Je l'espère, Watson ! Je l'espère ! fit Holmes avec gravité. Une intrigue compliquée se joue autour de cette petite fille. Il est de notre devoir de veiller à ce que personne ne lui fasse du mal au cours de son dernier voyage. Je crois, Watson, qu'il faudra que nous nous trouvions là-bas samedi matin pour nous assurer que cette étrange histoire ne se terminera pas fâcheusement ! »

J'avoue que jusqu'ici je n'avais pas pris très au sérieux une histoire qui me paraissait plus superficielle que dangereuse. Ce n'était pas la première fois

qu'un homme se mettait à suivre une fort jolie fille ;
et s'il n'avait pas été assez audacieux pour lui
adresser la parole, ni pour l'affronter, c'est qu'il
n'était pas un agresseur redoutable. Woodley était
d'un type différent ; mais il n'avait pas usé de
violences (sauf une fois) envers notre cliente, et il se
rendait à présent chez Carruthers sans l'importuner
de sa présence. Le cycliste faisait sûrement partie du
groupe des « acharnés du week-end » dont avait parlé
l'aubergiste ; mais qui était-il, que voulait-il ? Le
mystère, là, était total. Néanmoins le sérieux de
l'attitude de Holmes, ainsi que le fait qu'il glissa un
revolver dans sa poche avant de partir pour
Farnham, me donnèrent à penser qu'un drame se
dissimulait peut-être derrière cette succession d'événements inconsistants.

La nuit avait été pluvieuse. La matinée s'annonça
splendide. La lande qui s'étendait à perte de vue sur
un côté de la route paraissait merveilleuse, avec ses
buissons d'ajoncs en fleur, à des yeux las des bruns
et des gris ternes de la capitale. Holmes et moi
cheminâmes en aspirant de larges bouffées d'air frais
et pur : les oiseaux chantaient, tout indiquait le printemps. Au haut d'une côte sur l'épaulement de
Crooksbury Hill nous aperçûmes le lugubre Hall qui
surgissait parmi de vieux chênes (lesquels, pour aussi
vieux qu'ils fussent, étaient encore plus jeunes que le
bâtiment qu'ils entouraient). Holmes désigna le long
ruban de route qui serpentait, ocre rougeâtre, entre
la lande brune et le vert des bois. Au loin une tache
noire apparut : un véhicule se dirigeait vers nous.
Holmes poussa une exclamation d'impatience.

« Je nous avais accordé une marge d'une demi-
heure ! dit-il. Si c'est le cabriolet, elle doit prendre un
train plus tôt. J'ai peur, Watson, qu'elle n'ait dépassé
le coin dangereux avant que nous ne la croisions. »

Pendant que nous grimpions la côte, nous ne
pouvions plus voir le véhicule en contrebas mais
nous avançâmes à une telle allure que mes habitudes
sédentaires n'y résistèrent pas et que je me laissai
distancer par Holmes qui disposait, lui, d'immenses

ressources d'énergie où il pouvait puiser quand il en avait besoin. Il m'avait dépassé d'une centaine de mètres quand il s'arrêta cloué sur place, et je le vis brandir le poing dans un geste de douleur et de désespoir. Au même moment surgit un cabriolet vide, tiré par un cheval au petit galop, avec les rênes qui traînaient par terre, qui déboucha du virage et roula rapidement vers nous.

« Trop tard, Watson ! Trop tard ! s'exclama Holmes quand en soufflant j'arrivai à sa hauteur. Idiot que j'étais de ne pas prendre le train d'avant ! C'est un rapt, Watson ! Un enlèvement ! Un meurtre ! Dieu sait quoi ! Bloquons la route ! Arrêtez le cheval ! Maintenant sautons dedans, et voyons si je puis réparer les conséquences de mon imbécillité ! »

Nous avions bondi dans le cabriolet. Holmes fit tourner le cheval, le gratifia d'un solide coup de fouet, et nous fonçâmes sur la route. Quand nous sortîmes du virage, toute l'étendue de la route comprise entre le Hall et la lande s'offrait à nos yeux. J'empoignai le bras de Holmes.

« L'homme ! » haletai-je.

Un cycliste solitaire se dirigeait vers nous. Il avait la tête et ses épaules arrondies comme s'il déployait toute son énergie à chaque coup de pédale. Il filait comme un coureur. Soudain il leva sa figure barbue, nous vit, et ses yeux brillèrent comme s'il avait eu la fièvre. Il nous dévisagea. L'étonnement se peignit sur ses traits.

« Hello ! Arrêtez-vous ! nous cria-t-il en mettant son vélo en travers comme pour nous barrer la route. Où avez-vous pris ce cabriolet ? Arrêtez ! hurla-t-il en tirant un pistolet de sa poche. Arrêtez, vous dis-je ! Ou j'abats votre cheval ! »

Holmes me jeta les rênes et sauta de la voiture.

« Vous êtes l'homme que nous voulons voir. Où est Mlle Violet Smith ? demanda-t-il avec sa décision habituelle.

— C'est bien ce que je vous demande ! Vous êtes dans son cabriolet. Vous devriez savoir où elle est.

— Nous avons rencontré le cabriolet sur la route.

Il n'y avait personne dedans. Nous avons fait demi-tour pour aider la jeune fille.

— Seigneur ! Seigneur ! s'exclama l'inconnu au désespoir. Que faire ? Ils l'ont enlevée, ce bandit de Woodley et l'autre ignoble individu ! Venez, mon vieux, venez ! Si vous êtes réellement son ami, venez avec moi et nous la sauverons, même si je dois laisser ma carcasse dans le bois de Charlington ! »

Il courut comme une bête affolée, revolver au poing, jusqu'à une brèche de la haie. Holmes le suivit, et moi, laissant le cheval flâner sur le bord de la route, je suivis Holmes.

« Voilà par où ils sont passés, dit-il en désignant les empreintes de plusieurs pieds sur le sentier boueux. Oh, oh ! Arrêtez un moment ! Qui est dans ce buisson ? »

Un jeune garçon de dix-sept ans, habillé comme un valet d'écurie avec des culottes de cuir et des guêtres, était étendu sur le dos, les genoux remontés, une entaille terrible à la tête. Il était évanoui, mais il vivait. J'examinai la blessure : le coup n'avait pas pénétré jusqu'à l'os.

« C'est Peter, le jeune domestique ! cria l'inconnu. Il la conduisait. Ces bandits l'ont arrêté et assommé. Laissons-le là. Nous ne pouvons rien faire pour lui, mais elle, nous pouvons la sauver du pire des destins que puisse connaître une femme ! »

Nous descendîmes à toutes jambes le sentier qui serpentait parmi les arbres. Nous avions atteint le bosquet qui entourait la maison quand Holmes nous arrêta.

« Ils ne sont pas allés dans la maison. Leurs empreintes tournent à gauche... Ici, à côté des lauriers ! Ah ! je l'avais bien dit ! »

Pendant qu'il parlait, le cri perçant d'une femme (un cri qui exprimait une épouvantable horreur) jaillit d'un épais taillis en face de nous. Il s'acheva court sur sa note la plus haute avec un gloussement étranglé.

« Par ici ! Par ici ! Ils sont dans le jeu de boules, cria l'inconnu en se précipitant dans les fourrés. Ah !

les chiens ! Les lâches ! Suivez-moi, messieurs ! Trop tard ! Trop tard ! Nom de nom ! »

Nous avions fait irruption dans une adorable clairière tapissée de gazon et entourée de vieux arbres. A l'autre bout, sous l'ombre d'un chêne vénérable, trois personnes étaient réunies. L'une était une femme, notre cliente, affaissée et livide, la bouche comprimée par un mouchoir. Face à elle se tenait une jeune brute au visage lourd et à la moustache rouge, jambes écartées, une main sur sa hanche, l'autre agitant une cravache ; toute son attitude était celle d'un bravache triomphant. Entre eux un vieillard à barbe grise, portant un court surplis par-dessus un costume de tweed clair, venait sans aucun doute de terminer la cérémonie nuptiale, car au moment où nous apparûmes il mettait dans sa poche son livre de prières ; il administra de grandes claques dans le dos de l'affreux jeune marié.

« Ils sont mariés ! balbutiai-je.

— Venez ! cria notre guide, Venez ! »

Il se rua dans la clairière, Holmes et moi sur ses talons. La jeune femme chancelait contre le tronc de l'arbre, cherchant un appui. Williamson, l'ex-pasteur, nous fit une révérence ironique, et Woodley avança en poussant un éclat de rire exultant.

« Tu peux retirer ta barbe, Bob ! dit-il. Je te connais suffisamment. Eh bien, toi et tes copains vous êtes arrivés juste à temps pour que je puisse vous présenter à Mme Woodley. »

La réponse de notre guide fut étrange. Il arracha la barbe noire qui l'avait déguisé, la jeta par terre, et il nous montra un visage allongé, bruni, imberbe. Puis il leva son revolver et visa le jeune bandit qui marchait sur lui en brandissant sa cravache.

« Oui, dit notre allié de hasard. Je suis Bob Carruthers. Et je veux que les torts commis envers cette femme soient réparés, dussé-je être pendu. Je t'avais dit ce que je ferais si tu la maltraitais : par le Ciel, je te jure que je tiendrai parole !

— Tu as du retard, Bob : elle est ma femme !

— Non, elle est ta veuve ! »

Il fit feu ; une tache de sang apparut sur le gilet de Woodley qui tournoya en poussant un cri et tomba sur le dos ; une pâleur mortelle remplaça aussitôt le rouge de sa hideuse figure. Le vieillard encore revêtu de son surplis dévida un chapelet de jurons comme je n'en avais jamais entendu, puis il tira de sa poche un revolver. Mais avant qu'il eût pu le pointer, le canon du pistolet de Holmes était braqué sur sa tempe.

« Assez ! fit froidement mon ami. Laissez tomber ce revolver. Watson, ramassez-le ! Collez-le lui contre la tête ! Merci. Vous, Carruthers, donnez-moi votre arme. Nous ne tolérerons pas une autre violence. Allons, donnez-le-moi !

— Qui êtes-vous donc ?

— Je m'appelle Sherlock Holmes.

— Mon Dieu !

— Mon nom vous dit quelque chose, je vois ! Je représenterai la police officielle jusqu'à son arrivée. Approche, toi... »

Il hélait un groom ahuri qui avait passé son nez au bord de la clairière.

« ... Viens ici. Porte au galop ce billet à Farnham... »

Il griffonna quelques mots sur une feuille de son carnet.

« ... Tu le remettras à l'officier de paix du commissariat de police. Jusqu'à son arrivée, je dois vous garder tous sous ma responsabilité personnelle. »

La puissante maîtrise de Holmes dominait toute la scène ; les autres n'étaient que des pantins. Williamson et Carruthers transportèrent Woodley dans la maison et je donnai le bras à la jeune femme épouvantée. Le blessé fut allongé sur son lit, et je l'examinai à la requête de Holmes. Je communiquai mon diagnostic dans la vieille salle à manger où il était assis, ses deux prisonniers en face de lui.

« Il vivra ! annonçai-je.

— Quoi ! s'écria Carruthers en bondissant de sa chaise. Je vais monter et l'achever ! Vous n'allez pas me faire croire que cette jeune fille, cet ange, est liée pour la vie à Jack Woodley ?

— Ne vous faites pas de soucis à ce sujet ! répondit Holmes. Il y a deux très bonnes raisons pour qu'elle ne soit jamais sa femme. D'abord nous sommes fondés à mettre en doute le droit de M. Williamson à procéder à un mariage.

— J'ai reçu les ordres ! cria le vieux coquin.

— Et ensuite vous avez été défroqué.

— Un jour clergyman, toujours clergyman !

— Je ne suis pas de cet avis. Et la licence ?

— Nous avions une licence pour le mariage. Elle est ici dans ma poche.

— Alors vous l'avez obtenue par fraude. De toute façon un mariage forcé n'est pas un mariage, mais une félonie très grave comme vous vous en apercevrez. Vous aurez le temps de méditer là-dessus pendant dix ans, si je me souviens bien. Quant à vous, Carruthers, vous auriez été mieux inspiré de garder votre pistolet dans votre poche !

— Je commence à le croire, monsieur Holmes ! Mais quand j'ai réfléchi à toutes les précautions que j'avais prises pour protéger cette jeune fille... Car je l'aimais, monsieur Holmes, et c'est la première et la dernière fois que j'ai su ce que c'était que l'amour... Je suis devenu fou à l'idée qu'elle était tombée entre les mains de la plus grande brute de l'Afrique du Sud, d'un homme dont le nom répand la terreur de Kimberley jusqu'à Johannesburg. Vous me croirez difficilement, monsieur Holmes, mais depuis que cette jeune fille a été à mon service je ne l'ai jamais laissée passer près de cette maison, où je savais que s'étaient réfugiés ces deux brigands, sans la suivre à bicyclette pour être sûr que rien ne lui arriverait. Je me tenais à distance et je portais une barbe pour qu'elle ne me reconnût point, car c'est une fille bonne et sage, et elle ne serait pas restée à mon service si elle avait cru que je la suivais sur les routes de campagne.

— Mais pourquoi ne l'avez-vous pas avertie du danger qu'elle courait ?

— Parce que, encore une fois, elle m'aurait quitté, et je ne pouvais pas me faire à cette idée. Même si elle n'avait pas pu m'aimer, ç'aurait été immense pour moi de la voir évoluer gracieusement dans la maison et d'entendre le son de sa voix.

— Ma foi, lui dis-je, vous appelez ce sentiment de l'amour, monsieur Carruthers. Moi, je l'appellerais plutôt de l'égoïsme !

— Peut-être les deux ensemble. En tout cas je ne pouvais pas la laisser partir. D'autre part, avec cette canaille tout près, il aurait été bon qu'elle eût quelqu'un pour veiller sur elle. Puis quand arriva le câble je compris qu'ils étaient obligés de faire quelque chose.

— Quel câble ? »

Carruthers tira de sa poche un télégramme.

« Le voilà ! » dit-il.

Il était court et précis : « Le vieil homme est mort. »

« Hum ! fit Holmes. Je crois que je vois maintenant comment les choses se sont déroulées, et je comprends pourquoi ils ont été obligés de faire vite à cause du message. Mais peut-être que pendant que nous attendons vous pourrez me dire ce que vous pouvez ? »

Le vieux défroqué, toujours en surplis, éclata.

« Nom de nom ! fit-il. Si tu nous dénonces, Bob Carruthers, je te servirai comme tu as servi Jack Woodley ! Libre à toi de bêler au sujet de cette fille : c'est ton affaire personnelle ! Mais si tu mouchardes tes copains à ce flic en civil, tu pourras marquer cette journée d'une croix noire ! »

— Ne vous énervez pas, mon révérend ! interrompit Holmes en allumant une cigarette. L'affaire est assez claire en ce qui vous concerne : je ne demandais que quelques détails pour satisfaire ma curiosité. Mais si cela vous gêne de parler, ce sera moi qui raconterai l'histoire. Après vous verrez si vous avez raison de garder vos petits secrets. D'abord trois d'entre vous sont venus de l'Afrique du Sud pour jouer ce jeu : vous Williamson, vous Carruthers, et Woodley.

— Rayez le numéro un ! dit le vieillard. Je ne les connais l'un et l'autre que depuis deux mois, et jamais je ne suis allé en Afrique. Mettez ça dans votre pipe et fumez-la, monsieur Touche-à-tout Holmes !

— Il dit la vérité, assura Carruthers.

— Bien. Deux d'entre vous, donc, sont revenus. Sa Révérence n'est pas un article d'importation : il a été fabriqué en Angleterre. Vous avez connu Ralph Smith en Afrique du Sud. Vous aviez de bonnes raisons pour croire qu'il ne vivrait pas longtemps. Vous aviez découvert que sa nièce hériterait de sa fortune... Pas vrai ? »

Carruthers confirma de la tête. Williamson jura.

« Elle était sa plus proche parente, sans doute, et vous saviez que ce vieux bonhomme ne ferait aucun testament.

— Il ne savait ni lire ni écrire, murmura Carruthers.

— Alors vous êtes venus, tous les deux, et vous avez cherché l'héritière. Votre idée était que l'un de vous l'épouserait et que l'autre aurait une part du butin. Pour je ne sais quel motif, Woodley a été désigné comme le mari. Pourquoi ?

— Nous l'avions jouée aux cartes pendant le voyage.

— Je vois. Vous avez pris la jeune fille à votre service, et Woodley devait la courtiser. Mais elle n'a pas tardé à deviner l'ignoble brute qu'il était, et elle n'a rien voulu entendre. D'autre part, votre convention était plutôt bancale, du fait que vous-même vous étiez devenu amoureux d'elle. Vous ne pouviez plus supporter l'idée que ce bandit l'aurait à lui.

— Non, c'est vrai ! Je ne pouvais pas le tolérer.

— Il y a eu une querelle entre vous. Il vous a quitté furieux, et il a commencé à dresser ses plans sans vous tenir au courant.

— J'ai l'impression, Williamson, s'écria Carruthers dans un rire amer, qu'il ne nous reste pas grand-chose à apprendre à ce monsieur ! Oui, nous nous

sommes disputés, et il m'a frappé. Je suis maintenant
à égalité avec lui. Il a récolté ce curé défroqué. Et
je me suis aperçu qu'ils avaient loué ensemble cette
maison parce qu'elle était située près de la route
qu'elle devait prendre pour se rendre à la gare. Du
coup je l'ai surveillée, car je me doutais qu'il y avait
une diablerie dans l'air. Je les voyais de temps en
temps, car je voulais savoir ce qu'ils complotaient.
Avant-hier Woodley est venu me rendre visite avec ce
câble qui nous annonçait que Ralph Smith était
mort. Il m'a demandé si je tenais toujours le marché
pour valable. Je lui ai répliqué que non. Il m'a
demandé si je voulais épouser la fille et lui donner sa
part. Je lui ai répondu que je ne demanderais pas
mieux, mais que la fille ne voulait pas de moi. Il m'a
dit : « Il faut d'abord qu'elle se marie ; après elle verra
peut-être les choses sous un angle différent. » Je lui
ai déclaré qu'en aucun cas je ne lui ferais violence.
Alors il est parti en jurant, comme la vraie canaille
qu'il était, et en me promettant qu'il l'aurait malgré
tout. Elle devait me quitter pour ce week-end, et
j'avais acquis un cabriolet pour la conduire à la gare,
mais j'étais si inquiet que je l'ai suivie à bicyclette.
Hélas ! elle m'avait devancé, et le malheur est arrivé
avant que je l'aie rattrapée. Je ne l'ai appris que
lorsque ces deux messieurs m'ont croisé en ramenant
la voiture. »

Holmes se leva et secoua la cendre de sa cigarette
dans la cheminée.

« J'ai été très stupide, Watson ! me dit-il. Quand
dans votre compte rendu vous m'avez indiqué que
vous aviez vu le cycliste arranger sa cravate dans le
bosquet, j'aurais dû voir clair tout de suite. Toutefois
nous pouvons nous féliciter réciproquement d'avoir
mené à bien une affaire peu banale et, par certains
côtés, unique. J'aperçois trois policiers du comté
dans l'allée, et je suis content que le jeune domestique les accompagne du même pas. Il est donc vraisemblable que ni lui, ni l'intéressant jeune marié,
n'auront à souffrir longtemps de leurs aventures de
la matinée. Je crois, Watson, qu'en qualité de

médecin, vous pourriez examiner Mlle Smith et lui dire que si elle se sent mieux, nous nous ferons une joie de l'escorter jusqu'à la maison de sa mère. Si elle n'est pas suffisamment rétablie, vous serez de mon avis : un télégramme à un jeune ingénieur électricien dans les Midlands complétera la cure. Quant à vous, monsieur Carruthers, je pense que vous avez fait ce que vous avez pu pour réparer les responsabilités que vous aviez prises dans un vilain complot. Voilà ma carte, monsieur : si mon témoignage peut vous être de quelque utilité dans votre procès, je serai à votre disposition. »

Dans le tourbillon de notre activité incessante il m'a été souvent difficile, comme le lecteur s'en est déjà aperçu, de conclure mes récits par les derniers détails que le curieux attend peut-être. Chaque affaire était le prélude d'une autre : une fois le dénouement arrivé, les acteurs sortaient pour toujours de la scène de notre existence. Je trouve pourtant une courte note à la fin de ce manuscrit. La lisant, j'apprends que Mlle Violet Smith a en fait hérité d'une grosse fortune, et qu'elle est à présent Mme Cyril Morton, femme du premier associé de la Société Morton & Kennedy, les célèbres spécialistes de l'électricité à Manchester. Williamson et Woodley ont été tous deux condamnés pour rapt et violences, le premier à sept ans et le deuxième à dix. En ce qui concerne Carruthers je ne vois rien ; mais je suis sûr que son cas a bénéficié de l'indulgence de la cour puisqu'il avait été établi que Woodley était un bandit redoutable ; quelques mois de détention ont dû satisfaire les exigences de la justice.

CHAPITRE V

## L'ÉCOLE DU PRIEURÉ

A Baker Street nous avons assisté à plusieurs entrées et sorties dramatiques. Mais je ne me rappelle rien de plus extraordinaire que la première apparition chez nous du docteur Thorneycroft Huxtable, licencié ès lettres et docteur en philosophie (entre autres titres). Sa carte qui semblait trop petite pour supporter le poids de ses distinctions académiques ne le précéda que de quelques secondes. Il entra ; si grand, si important, si majestueux qu'il était vraiment l'incarnation de l'équilibre et de la solidité. Et pourtant quand la porte se fut refermée sur lui, il chancela, essaya de se raccrocher à la table, puis glissa sur le plancher où il demeura dignement prostré, sans connaissance, auprès de la peau d'ours qui trônait devant la cheminée.

Nous nous étions levés, et pendant quelques instants nous avions considéré avec stupéfaction cette épave imposante qui évoquait irrésistiblement un ouragan fatal et imprévu sur les mers lointaines de la vie. Enfin Holmes se précipita avec un coussin pour sa nuque, et moi avec la bouteille de cognac pour ses lèvres. Des rides douloureuses sillonnaient la lourde figure blême, les poches qui pendaient sous les yeux avaient pris la couleur du plomb, la bouche relâchée s'était affaissée aux commissures, les mentons qui se superposaient étaient mal rasés. Le col et la chemise arboraient la saleté d'un long voyage ; les cheveux en désordre se hérissaient au-dessus d'une tête intelligente. Sans aucun doute l'homme qui gisait sous nos yeux avait été durement frappé.

« De quoi s'agit-il, Watson ? s'enquit Holmes.

— Épuisement total. Peut-être simplement la faim et la fatigue, répondis-je avec le doigt appuyé sur un pouls irrégulier et faible.

— Un billet de retour pour Mackleton, dans le

Nord de l'Angleterre, dit Holmes en le retirant du gousset. Il n'est pas encore midi. Il a dû partir par le premier train. »

Les paupières boursouflées avaient commencé à frémir. Bientôt deux yeux gris vides se tournaient vers nous. Encore un peu de temps, et le voyageur se redressait ; il rougit de honte.

« Pardonnez-moi cette faiblesse, monsieur Holmes. J'ai été un tout petit peu trop surmené. Merci. Si je pouvais avoir un verre de lait et un biscuit, je suis sûr que j'irais beaucoup mieux. Je suis personnellement venu, monsieur Holmes, afin d'être sûr que vous voudriez repartir avec moi. J'ai eu peur qu'un télégramme ne suffise pas à vous convaincre de l'absolue urgence de l'affaire.

— Quand vous aurez récupéré...

— Je suis tout à fait remis maintenant. Je ne comprends pas comment je suis devenu si faible. Je voudrais, monsieur Holmes, que vous m'accompagniez à Mackleton par le prochain train. »

Mon ami secoua la tête.

« Le docteur Watson pourrait vous confirmer que nous sommes très occupés à présent. Je suis retenu par l'affaire des documents Ferrers, et le crime d'Abergavenny va être jugé. Seuls des événements fort importants pourraient me faire quitter Londres en ce moment.

— Importants ! fit notre client en levant les bras. Vous n'avez donc pas entendu parler de l'enlèvement du fils unique du duc de Holdernesse ?

— Comment ! Le ministre du dernier cabinet ?

— Mais oui ! Nous avons essayé de tenir les journalistes à l'écart, mais hier soir le *Globe* y a fait allusion. Je pensais que vous étiez au courant. »

Holmes allongea son long bras mince et s'empara du volume « H » de son encyclopédie de références.

— Holdernesse... « *Sixième duc de ce nom, titulaire de l'ordre de la Jarretière, conseiller privé, etc.* » Il y en a plusieurs lignes ! « *...Baron Beverley, comte de Carlston...* » Seigneur, quelle liste ! « *...Lord-lieutenant du Hallamshire depuis* 1900. *Marié à Édith, fille* de Sir Charles Appledore, en 1888. Héritier et fils unique, Lord Saltire. Possède un domaine de 250 acres. Minerais dans le Lancashire et le Pays de Galles. Adresses : Carlton House Terrace ; Holdernesse Hall, Hallamshire ; Château de Carlston à Bangor, Pays de Galles. Lord de l'Amirauté, 1872. Secrétaire d'État depuis... » Eh bien, voilà certainement l'un des plus éminents sujets de la Couronne !

— Le plus éminent et peut-être le plus riche. Je n'ignore pas, monsieur Holmes, que vous travaillez souvent pour l'amour de l'art. Néanmoins je puis vous dire que Sa Grâce a déjà ordonné qu'un chèque de cinq mille livres soit versé à la personne qui lui indiquera où est son fils, et un autre chèque de mille livres à celui qui pourra lui nommer l'homme, ou les hommes qui l'ont enlevé.

— C'est une offre princière ! dit Holmes. Watson, je crois que nous allons accompagner le docteur Huxtable dans le Nord de l'Angleterre. Et vous, docteur Huxtable, quand vous aurez achevé ce verre de lait, vous voudrez bien m'expliquer ce qui est arrivé, quand c'est arrivé, comment cela est arrivé, et enfin ce que le docteur Thorneycroft Huxtable, de l'école du Prieuré, près de Mackleton, a à voir dans cette affaire. Il me dira aussi pourquoi il vient trois jours après l'enlèvement (l'état de votre menton révèle la date) solliciter mes humbles services. »

Notre visiteur avait avalé son lait et ses biscuits. Ses yeux commençaient à retrouver leur éclat, ses joues leurs couleurs. Il se mit donc sans tarder à faire le point de la situation avec une vigoureuse lucidité.

« Je dois vous informer, messieurs, que le Prieuré est une école préparatoire, dont je suis le fondateur et le directeur. *Aperçus de Huxtable sur Horace*, ce titre vous remettra peut-être mon nom en mémoire. Le Prieuré est, sans contestation ni exception, la meilleure et la plus distinguée des écoles préparatoires de l'Angleterre. Lord Leverstoke, le comte de Blackwater, Sir Cathcart Soames, par exemple, m'ont confié leurs fils. Mais je sentis que mon établissement avait atteint son zénith quand, voici trois semaines, le duc de Holdernesse m'adressa son secrétaire pour m'informer que le jeune Lord Saltire, âgé de dix ans, son fils unique et son héritier, allait être confié à mes soins. J'imaginais peu que cette nouvelle serait le prélude de mon plus grand malheur.

« Le 1er mai, au début du trimestre d'été, l'enfant arriva. C'était un charmant garçonnet qui ne nous donna que des satisfactions. Je puis bien vous le dire (car au point où nous en sommes les demi-confidences seraient absurdes) : il n'était pas très heureux chez lui. La vie conjugale du duc n'avait pas été de tout repos ; les époux s'étaient séparés par consentement mutuel ; la duchesse alla s'établir dans le Midi de la France, très peu de temps avant l'entrée de son fils au Prieuré. Or l'enfant ne dissimulait pas sa préférence pour sa mère. Après son départ de Holdernesse Hall, il s'ennuyait à mourir et devenait mélancolique : voilà la raison pour laquelle le duc se décida à l'envoyer dans mon établissement. Au bout de deux semaines l'enfant se sentait avec nous comme chez lui. Apparemment il était content de se trouver là.

« Nous le vîmes pour la dernière fois au soir du 13 mai, c'est-à-dire lundi dernier. Sa chambre est située au deuxième étage. Pour y accéder il fallait traverser une autre chambre plus grande où dormaient deux garçons. Ces enfants ne virent rien, n'entendirent rien : il est donc certain que le jeune Saltire ne passa point par leur chambre. Sa fenêtre était ouverte ; un lierre robuste descendait vers le sol. Nous n'avons relevé aucune empreinte, mais c'est la seule issue possible.

« Son absence fut découverte mardi matin à sept heures. Son lit était défait. Il s'était habillé avant de sortir. Il avait revêtu son costume de tous les jours : une veste noire d'Eton et des pantalons gris foncé. Aucune trace ne révéla que quelqu'un fût entré dans la chambre. D'autre part il est certain qu'il n'y eut ni lutte ni cris car Caunter, le plus âgé de ses deux voisins, a le sommeil très léger.

« Quand la disparition de Lord Saltire fut constatée, je battis aussitôt le rappel dans l'établissement. Tout le monde fut rassemblé : enfants, professeurs, domestiques. Ce fut alors que nous eûmes la certitude que Lord Saltire ne s'était pas enfui seul. Heidegger, le professeur d'allemand, était manquant. Sa chambre est au deuxième étage, à l'autre extrémité du bâtiment, mais orientée comme celle de Lord Saltire. Lui aussi avait dormi dans son lit. Cependant il avait dû partir à demi habillé, car sa chemise et ses chaussettes étaient par terre. Lui au moins était incontestablement descendu par le lierre, car nous avons trouvé la trace de ses pieds sur le gazon à l'endroit où il avait atterri. Sa bicyclette, habituellement garée dans un petit appentis, avait disparu elle aussi.

« Il y avait deux ans qu'il était avec nous et je l'avais engagé au vu d'excellentes références. Taciturne, morose, il n'était pas très aimé des élèves ou de ses collègues. Que sont devenus les fugitifs ? Nous sommes jeudi matin, et nous en savons aussi peu que mardi. Nous nous sommes informés aussitôt, bien sûr, à Holdernesse Hall, qui n'est qu'à quelques kilomètres de l'établissement, et où l'enfant aurait pu se rendre s'il avait cédé à une subite nostalgie de la maison familiale : personne ne l'avait vu. Le duc est sens dessus dessous. Quant à moi, vous avez vu dans quelle prostration nerveuse m'ont réduit l'émotion et les responsabilités. Monsieur Holmes, je vous supplie de vous employer à fond ! Jamais vous ne trouverez un cas plus digne de vos puissantes facultés. »

Sherlock Holmes avait écouté avec le plus vif intérêt le récit de l'infortuné directeur d'école. Ses sourcils froncés et le profond sillon qui les départageait montraient éloquemment qu'il n'avait nul besoin d'une exhortation pour se passionner au sujet d'un problème qui, en dehors même des intérêts immenses qui étaient en jeu, cadrait si parfaitement avec son penchant pour l'extraordinaire. Il tira son calepin et nota un ou deux points.

« Vous êtes très coupable de ne pas être venu me voir plus tôt ! dit-il avec sévérité. Mon enquête va démarrer avec un sérieux handicap. Il est inconcevable par exemple que ce lierre et cette pelouse n'aient pas été soumis immédiatement à un observateur expert !

— Je ne suis pas à blâmer, monsieur Holmes. Sa Grâce voulait absolument éviter un scandale public. Il craignait que son malheur familial ne fût livré en pâture au public. Il a en horreur ce genre de publicité.

— Mais il y a pourtant eu une enquête officielle ?

— Oui, monsieur, et elle a été bien décevante ! Tout de suite la police s'est lancée sur une piste : un homme et un garçonnet avaient été vus prenant le train de bonne heure à une gare voisine ; et hier soir seulement nous avons appris qu'ils avaient été retrouvés à Liverpool et qu'ils n'avaient rien de commun avec nos fugitifs. C'est alors que, après une nuit blanche passée dans le désespoir, j'ai décidé de venir vous trouver sans perdre un instant.

— Je suppose que, pendant que la police suivait sa fausse piste, toute enquête locale était arrêtée ?

— Elle a été complètement arrêtée.

— Si bien que voilà trois jours de perdus. L'affaire a été menée de la façon la plus déplorable !

— Je le sens bien. Je l'admets !

— Et cependant le problème devrait recevoir une solution. Je serai très heureux de m'en occuper. Avez-vous pu relever trace d'un lien quelconque entre l'enfant et le professeur d'allemand ?

— Pas le moindre.

— Était-il dans la classe de ce professeur ?

— Non. Pour autant que je sache, il n'a jamais échangé un mot avec lui.

— C'est évidemment très bizarre ! L'enfant avait-il une bicyclette ?

— Non.

— Une autre bicyclette a-t-elle disparu ?

— Non.

— Vous en êtes sûr ?

— Absolument sûr !

— Voyons, vous ne voulez tout de même pas me faire croire qu'en pleine nuit cet Allemand est parti sur sa bicyclette en emmenant l'enfant dans ses bras ?

— Certainement pas !

— Alors quelle est votre théorie ?

— La bicyclette serait une feinte. Elle est peut-être cachée quelque part, et tous deux sont partis à pied.

— Soit. Mais cette feinte-là serait assez stupide, non ? Y avait-il d'autres bicyclettes dans le garage ?

— Plusieurs.

— Alors n'aurait-il pas pris une deuxième bicyclette s'il avait voulu donner l'impression qu'ils étaient tous deux partis à vélo ?

— Je pense que si.

— Mais bien sûr, il l'aurait fait ! La théorie de la feinte ne tient pas. Nous tenons toutefois un admirable point de départ pour l'enquête. Après tout, une bicyclette n'est pas un objet facile à dissimuler ou à détruire ! Une autre question : la veille du jour où l'enfant a disparu, quelqu'un est-il venu le voir ?

— Non.

— A-t-il reçu des lettres ?

— Oui. Une lettre.

— De qui ?

— De son père.

— Ouvrez-vous les lettres des enfants ?

— Non.

— Alors comment savez-vous que celle-là était adressée par son père ?

— Les armoiries étaient sur l'enveloppe, et l'adresse était rédigée par le duc : j'ai reconnu son écriture. De plus le duc se souvient de lui avoir écrit.

— En dehors de celle-ci, quand avait-il reçu une lettre ?

— Il y a plusieurs jours.

— En a-t-il reçu de France ?

— Non. Jamais.

— Vous devinez naturellement le sens de mes questions. Ou bien l'enfant a été enlevé de force, ou bien il est parti de son plein gré. Dans ce dernier cas il faut s'attendre à découvrir une incitation venue de l'extérieur, car l'enfant est bien jeune pour se lancer seul dans une pareille aventure ! S'il n'a pas eu de visiteurs, l'incitation a dû se faire par lettres. C'est pourquoi je m'efforce d'identifier ses correspondants.

— Je crains de ne pas pouvoir vous aider beaucoup. A ma connaissance il n'en avait qu'un : son père.

— Lequel lui a écrit le jour de sa disparition. Les rapports entre le père et le fils étaient-ils très confiants ?

— Sa Grâce n'est jamais très confiante en général. Comprenez que le duc est absorbé par des problèmes d'intérêt public et qu'il est assez inaccessible aux émotions ordinaires. Cependant à sa manière il était gentil pour l'enfant.

— Mais les sympathies de l'enfant allaient à sa mère ?

— Oui.

— Le disait-il ?

— Non.

— Le duc non plus ?

— Grands dieux non !

— Alors comment le saviez-vous ?

— J'avais eu une conversation confidentielle avec M. James Wilder, le secrétaire de Sa Grâce. C'est lui qui m'a renseigné sur les sentiments de Lord Saltire.

— Je vois. A propos, a-t-on retrouvé la lettre du duc dans la chambre de l'enfant après sa fugue ?

— Non. Il l'a emportée avec lui. Je crois, monsieur Holmes, qu'il est temps que nous allions à la gare.

— Je vais commander un fiacre. Dans un quart d'heure nous serons à votre disposition. Si vous télégraphiez chez vous, monsieur Huxtable, il vaudrait mieux donner aux gens du pays l'impression que l'enquête se poursuit à Liverpool, ou plus loin. Ce qui me permettra de travailler tranquillement sur place. »

Nous arrivâmes le soir dans la fraîche et tonifiante atmosphère du pays où le docteur Huxtable avait aménagé son école réputée. Il faisait déjà presque nuit. Une carte était posée sur la table de l'entrée. Le maître d'hôtel chuchota quelques mots à son maître qui tourna vers nous un visage bouleversé.

« Le duc est ici ! nous dit-il. Le duc et M. Wilder sont dans mon bureau. Venez, messieurs, je vais vous présenter. »

Le portrait de l'homme d'État m'était naturellement connu, mais le personnage grand, majestueux, vêtu avec une élégance méticuleuse différait sensiblement de son image. Sa tête mince et allongée était pourvue d'un nez interminable et absurdement busqué. Il avait le teint pâle, d'autant plus blême qu'une longue barbe rousse effilochée s'étirait en travers de son gilet blanc et débordait par-dessus sa chaîne de montre. Debout près de la cheminée il nous dévisagea d'un regard glacé. Il était accompagné d'un très jeune homme, son secrétaire particulier qui s'appelait Wilder, petit, nerveux, avec des yeux bleu clair pétillants d'intelligence. Il se chargea tout de suite d'entamer la conversation. Sa voix était précise, bien timbrée.

« Je vous ai appelé ce matin, docteur Huxtable, trop tard pour vous empêcher de partir pour Londres. J'ai appris que l'objet de ce voyage était d'inviter M. Sherlock Holmes à prendre l'affaire en main. Sa Grâce est surprise, docteur Huxtable, que vous ayez fait cette démarche sans l'avoir préalablement consultée.

— Quand j'ai su que la police avait échoué...

— Sa Grâce n'est pas du tout persuadée que la police ait échoué.

— Mais voyons, monsieur Wilder...

— Vous savez très bien, docteur Huxtable, que Sa Grâce est particulièrement désireuse d'éviter tout scandale public, et de mettre le moins de monde possible au courant.

— Il est possible de remédier à mon initiative, dit le docteur en proie à un malaise visible. M. Sherlock Holmes peut rentrer à Londres par le train de demain matin.

— Difficilement, docteur ! Difficilement ! répondit Holmes de sa voix la plus cordiale. L'air du Nord est agréable et revigorant ; aussi je me propose de passer quelques jours dans ce royaume de bruyères et de m'occuper l'esprit de mon mieux. Libre à vous de décider, bien sûr, si j'aurai l'hospitalité de votre toit ou si je m'établirai à l'auberge du village. »

Le malheureux docteur était au comble de l'indécision. Mais la voix grave et sonore du duc à la barbe rousse résonna comme un gong.

« Je pense comme M. Wilder, docteur Huxtable ; vous auriez agi sagement en me demandant mon avis. Mais puisque M. Holmes a déjà reçu vos confidences, il serait absurde de nous priver de ses services. Au lieu de vous établir à l'auberge, monsieur Holmes, je serais très heureux si vous vouliez bien venir habiter chez moi à Holdernesse Hall.

— Je remercie Votre Grâce. Les nécessités de mon enquête forcent mon choix : je demeurerai sur les lieux du mystère.

— Comme vous voudrez, monsieur Holmes. Bien entendu M. Wilder et moi-même vous fournirons toutes les informations dont vous pourriez avoir besoin.

— Il me sera sans doute indispensable de vous rendre visite au Hall, répondit Holmes. Je voudrais pour l'instant, monsieur, me borner à vous demander si vous avez une thèse personnelle au sujet de la mystérieuse disparition de votre fils.

— Non, monsieur. Je n'ai échafaudé aucune théorie.

— Pardonnez-moi de faire allusion à un sujet pénible, mais j'y suis obligé. Pensez-vous que la duchesse soit de près ou de loin mêlée à l'affaire ? »

Le grand ministre hésita un instant.

« Je ne le pense pas, répondit-il enfin.

— Une autre hypothèse plausible : votre enfant aurait été kidnappé afin d'obtenir de vous une rançon. Vous n'avez eu aucune offre de ce genre ?

— Non, monsieur.

— Encore une question, Votre Grâce. J'ai cru comprendre que vous aviez écrit à votre fils le jour où l'incident s'est produit.

— Non. Je lui ai écrit la veille.

— Sans doute. Mais il a reçu votre lettre le jour même.

— Oui.

— Votre lettre contenait-elle quelque chose qui aurait pu le troubler et l'inciter à quitter cet établissement ?

— Non, monsieur. Absolument rien.

— Avez-vous posté cette lettre vous-même ? »

L'aristocrate fut interrompu par son secrétaire qui intervint avec une certaine chaleur.

« Sa Grâce n'a pas l'habitude de poster elle-même son courrier ! protesta-t-il. Cette lettre est restée avec d'autres sur la table du bureau, et c'est moi qui les ai mises dans le sac postal.

— Vous êtes sûr que celle-là faisait partie du nombre ?

— Oui. Je l'ai remarquée.

— Combien de lettres Votre Grâce a-t-elle écrites ce jour-là ?

— Vingt ou trente. J'ai un courrier important. Mais sûrement nous sortons de la question ?

— Pas entièrement, répondit Holmes.

— Pour ma part, reprit le duc, j'ai conseillé à la police de faire des investigations dans le Midi de la France. Je vous ai déjà dit que je ne croyais pas la duchesse capable d'encourager une action aussi monstrueuse, mais l'enfant avait des opinions parfaitement erronées, et il est possible qu'il se soit enfui vers elle, avec l'aide de cet Allemand qui s'est fait son complice... Je pense, docteur Huxtable, que nous allons maintenant rentrer au Hall. »

Visiblement, Holmes aurait aimé poser d'autres questions. Mais l'attitude cassante de l'aristocrate montrait que pour celui-ci l'entretien était terminé. Évidemment son tempérament de caste lui rendait insupportable une discussion d'affaires intimes avec un inconnu, et il redoutait qu'une question nouvelle projetât une certaine lumière sur les chapitres soigneusement camouflés de son histoire ducale.

Une fois partis le noble duc et son secrétaire, mon ami se mit en chasse avec son énergie caractéristique.

Il examina attentivement la chambre de l'enfant, d'où il tira la conviction formelle qu'il n'avait pu s'échapper que par la fenêtre. La chambre du professeur d'allemand et ses affaires ne lui fournirent aucun autre indice. Sous le poids de Heidegger pourtant, le lierre avait cédé en un endroit, et la lumière d'une lanterne nous révéla l'empreinte d'un talon sur la pelouse. Cette trace dans l'herbe verte coupée court était l'unique témoignage matériel d'une inexplicable fugue nocturne.

Sherlock Holmes sortit seul et ne rentra qu'à onze heures passées. Il s'était procuré une grande carte d'état-major des environs. Il la porta dans ma chambre, l'étala sur le lit, posa une lampe en équilibre en son milieu, et commença à fumer par-dessus. Tout en parlant il me désignait les endroits intéressants avec l'ambre fumante de sa pipe.

« Cette affaire me plaît, Watson ! me confia-t-il. Elle comporte décidément plusieurs petits problèmes qui ne sont pas dépourvus d'intérêt. Tout d'abord je voudrais que vous vous penchiez un peu sur la géographie de ce pays : elle nous aidera grandement dans nos recherches.

« Regardez cette carte. Ce carré noir est l'école du Prieuré. Je plante dessus une épingle. Cette ligne, là, est la route principale. Vous voyez qu'elle va, en sortant de l'école, vers l'est et vers l'ouest. Et vous voyez aussi qu'il n'y a aucun croisement avec une route secondaire à moins de quinze cents mètres d'un côté ou de l'autre. Si nos deux fugitifs ont pris la route, c'est celle-là qu'ils ont prise.

— Exactement.

— Par un hasard heureux nous pouvons vérifier jusqu'à un certain point ce qui s'est passé sur la route pendant la nuit en question. A cet endroit un policier était en faction de minuit à six heures du matin. C'est

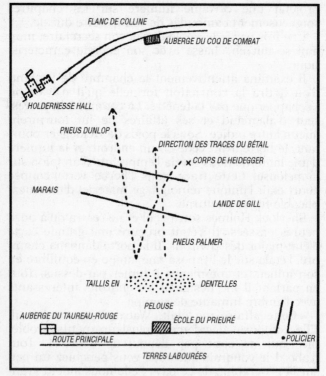

Voici un croquis sommaire des lieux.

le premier carrefour du côté de l'est. Il affirme qu'il n'a pas quitté son poste un seul instant, et il se déclare certain que ni l'enfant ni qui que ce soit n'aurait pu passer par là sans qu'il l'ait vu. J'ai causé avec lui : il me paraît digne de foi. Sa déposition bloque nos recherches de ce côté. Prenons l'autre. Il y a une auberge, le Taureau-Rouge, dont la tenancière était malade. Elle avait mandé le médecin, mais celui-ci n'arriva pas avant le matin car il avait été appelé ailleurs. Les gens de l'auberge ont veillé toute la nuit pour l'attendre ; il semble bien que la route ait été constamment surveillée par eux. Tous assu-

rent que personne n'est passé. Si leurs témoignages
sont valables, alors la route de l'ouest se trouve également bloquée. Donc nous pouvons en inférer que les
fugitifs n'ont pas emprunté la route.

— Mais la bicyclette ? objectai-je.

— D'accord. Venons-en maintenant à la bicyclette.
Je poursuis mon raisonnement : si ces gens n'ont pas
pris la route ils ont traversé la campagne soit au nord
soit au sud de l'établissement. Cela est incontestable.
Pesons l'alternative. Au sud de l'école il y a, vous le
voyez, une grande étendue de terres labourées, divi-
sées en petits champs par des murs de pierre bas. Là,
j'admets que l'usage d'une bicyclette est impossible.
Rejetons cette hypothèse et tournons-nous vers le
nord. Voici un petit bois, appelé « Taillis en Dentelles », puis, de l'autre côté, s'étend une vaste lande
ondulée, la lande de Gill, sur quinze kilomètres, qui
monte progressivement. Holdernesse Hall se dresse
sur un flanc de cette lande, à quinze kilomètres par
la route, mais par la lande à neuf kilomètres. C'est
une plaine particulièrement désolée. Quelques fermiers y possèdent des lopins de terre où ils élèvent
des moutons et du bétail. En dehors d'eux, le pluvier
et le courlis sont les seuls habitants qu'on peut
rencontrer dans cette région avant d'arriver à la
grand-route de Chesterfield. Là il y a une église, quelques villas et une auberge. Au-delà les accidents de
terrain sont beaucoup plus escarpés. C'est sûrement
vers le nord que nous devons diriger notre enquête.

— Mais la bicyclette ? répétai-je.

— Oui, oui, oui ! fit Holmes avec impatience. Un
bon cycliste n'emprunte pas toujours les routes. La
lande est parcourue par des sentiers et la lune était
pleine. Hello ! Que se passe-t-il ? »

On avait frappé avec véhémence à la porte. Le
docteur Huxtable fit son entrée dans notre chambre.
Il tenait à la main une casquette de joueur de cricket,
bleue, avec un chevron blanc sur la visière.

« Enfin, nous avons un indice ! s'écria-t-il. Dieu
merci, nous voici sur la piste du cher enfant ! C'est
sa casquette.

— Où l'a-t-on trouvée ?

— Dans la roulotte des bohémiens qui campaient sur la lande. Ils sont partis mardi. Aujourd'hui la police les a recherchés, a fouillé leur roulotte. Voilà ce qu'elle a trouvé.

— Et quelle explication donnent-ils au sujet de cette casquette ?

— Ils se dérobent, ils mentent. Ils disent qu'ils l'ont trouvée sur la lande mardi matin. Mais ils savent où est l'enfant, ces chenapans ! Dieu merci, ils sont tous sous les verrous : la crainte de la loi ou la bourse du duc leur feront bien vider leur sac !

— Jusque-là tout va bien ! déclara Holmes dès que le directeur de l'école eut quitté la chambre. Cet élément renforce la théorie que c'est du côté de la lande de Gill que nous devons espérer du neuf. En réalité la police n'a rien fait par ici, sauf arrêter ces bohémiens... Regardez, Watson, un cours d'eau traverse la lande. Il est indiqué sur la carte. En certains endroits il s'élargit pour former un marais. Particulièrement entre Holdernesse Hall et l'école. Il est vain de chercher ailleurs des empreintes étant donné la sécheresse ; mais là, il y a des chances pour que des traces subsistent. Demain matin de bonne heure je vous réveille et tous les deux nous irons examiner sur place s'il n'est pas possible d'obtenir une petite lueur sur le mystère qui nous est soumis. »

L'aube pointait à peine quand j'aperçus la longue silhouette maigre à mon chevet. Il était habillé. Déjà il était sorti prendre l'air.

« Je suis allé voir la pelouse et le garage des bicyclettes, me dit-il. J'ai fait également un tour à travers le Taillis en Dentelles. Allons, Watson, du cacao est servi dans la chambre voisine. Je vous serais reconnaissant de vous hâter, car une dure journée nous attend. »

Ses yeux brillaient, et ses joues avaient de la couleur. Cet Holmes actif, alerte, était très différent du rêveur casanier et blafard de Baker Street. Devant son attitude de pur sang, toute en souplesse et en énergie nerveuse contenue, je me dis qu'effectivement nous allions vivre une journée harassante.

Elle commença par une désillusion amère. Pleins d'espoir nous avions arpenté la lande roussâtre où s'entrecroisaient mille sentiers de chèvre, et nous étions arrivés à un grand marais entouré d'une ceinture verte ; c'était celui qui nous séparait de Holdernesse Hall. Sans aucun doute si l'enfant était rentré chez son père il était passé par là, et il n'avait pu passer par là sans laisser des traces de ses pas. Mais il nous fut impossible de découvrir les siennes, ou celles de l'Allemand. Le visage de mon ami s'assombrissait de minute en minute tandis qu'il longeait le bord du marais en inspectant les moindres taches de boue sur la surface moussue. Il y avait bien des empreintes de pattes de moutons à profusion, et en un endroit, à quelques kilomètres plus bas, des vaches avaient piétiné le sol boueux. Mais rien d'autre.

« Échec numéro 1 ! murmura Holmes en considérant lugubrement le paysage accidenté de la lande. Il y a plus loin un deuxième marais, et un chemin étroit entre les deux... Tiens ! Tiens ! Tiens ! Que vois-je ici ? »

Nous étions arrivés sur le mince ruban noir d'un sentier. Au milieu, nettement imprimée sur la terre détrempée, se dessinait la trace des roues d'une bicyclette.

« Hurrah ! m'écriai-je. Nous y sommes ! »

Mais Holmes secouait la tête ; il paraissait aussi embarrassé et indécis que joyeux.

« C'est une bicyclette certainement, mais ce n'est pas la bicyclette, dit-il enfin. Je connais quarante-deux empreintes différentes de pneus. Celle-ci est la trace d'un Dunlop, qui a une guêtre sur l'enveloppe extérieure. Les pneus de Heidegger étaient des Palmer, qui ont des raies longitudinales. Aveling, le professeur de maths, a été formel sur ce point. Donc ce n'est pas la bicyclette de Heidegger.

— Celle de l'enfant, alors ?

— Peut-être, en admettant qu'il en possédât une.

Mais cela n'est pas prouvé. Cette trace de pneus, comme vous le voyez, provient d'une bicyclette qui venait de la direction de l'école.

— Ou qui y allait ?

— Non, mon cher Watson ! L'empreinte la plus profondément enfoncée est, bien entendu, celle de la roue arrière qui supporte le poids. Or à certains endroits l'empreinte la mieux marquée est passée par-dessus l'empreinte moins forte de la roue avant et l'a presque effacée. Indubitablement elle s'éloignait de l'école. Il se peut que cette découverte soit sans rapport avec notre enquête, mais nous allons remonter la piste avant d'aller plus loin. »

Quand nous émergeâmes de la partie marécageuse de la lande, nous perdîmes les traces. Mais nous remontâmes le sentier et nous découvrîmes un autre endroit où une source coulait son filet. Là, une fois encore, nous retrouvâmes la trace d'une bicyclette que les sabots des vaches avaient presque effacée. Ensuite nous ne distinguâmes plus rien, mais le sentier menait droit au Taillis en Dentelles, le bois qui se terminait derrière l'école. La bicyclette avait dû sortir de là. Holmes s'assit sur une pierre et cala son menton sur ses mains. J'eus le temps de fumer deux cigarettes avant qu'il ne bougeât.

« Bien ! fit-il en se levant. Il est possible, bien sûr, qu'un individu astucieux ait changé ses pneus pour brouiller les pistes. Un criminel capable d'y penser est un homme dont je serais fier de faire la connaissance. Laissons la question en suspens pour le moment, et revenons vers le marais : notre exploration n'est pas terminée. »

Nous reprîmes notre examen systématique du bord de la partie marécageuse de la lande, et notre persévérance ne tarda pas à être récompensée.

Juste en travers de la partie inférieure du marais il y avait un sentier fangeux. Holmes s'en approcha et poussa un cri de triomphe. Une empreinte ressemblant à celle d'un rouleau fin de fils télégraphiques s'y déroulait : c'était une empreinte de pneus Palmer.

« Voici probablement Herr Heidegger ! s'écria

Holmes exultant de joie. Mes raisonnements ont l'air de se vérifier, Watson !

— Je vous félicite.

— Mais nous avons encore beaucoup à faire. Ayez l'obligeance de marcher à côté du sentier. Maintenant suivons la piste. Je crains qu'elle ne nous mène guère loin. »

Par chance dans cette partie de la lande le sol asséché alternait avec le sol tendre. Si bien que, comme le redoutait Holmes, nous perdîmes fréquemment les traces de vue ; mais, comme je l'espérais, nous les retrouvâmes régulièrement un peu plus loin.

« Avez-vous remarqué, observa Holmes, que le cycliste maintenant force l'allure ? La chose est sûre ! Regardez cette empreinte où les deux pneus se détachent bien : la roue avant est aussi profondément marquée que la roue arrière. Cela signifie que le cycliste pèse de tout son poids sur le guidon comme un coureur au sprint. Tiens ! Il est tombé... »

Une large tache irrégulière s'étendait sur quelques mètres. Des empreintes de pas apparurent, puis le pneu montra de nouveau ses traces.

« Un dérapage ? » suggérai-je.

Holmes souleva une branche d'ajoncs en fleurs. Avec une stupeur horrifiée je m'aperçus que les boutons jaunes étaient souillés de rouge. Sur le sentier et dans la bruyère il y avait aussi des taches sombres de sang caillé.

« Mauvais ! fit Holmes. Très mauvais ! Tenez-vous à l'écart, Watson ! Pas de traces inutiles ! Ce que je lis ici ? Il est tombé blessé, il s'est relevé, il est remonté, il est reparti. Mais il n'y a pas d'autres traces. Seulement du bétail. Il n'a tout de même pas été attaqué par un taureau ? Impossible ! Mais je ne vois pas trace d'une autre personne. Avançons, Watson, poussons en avant ! Sûrement, avec ces taches de sang et la piste, il ne peut plus nous échapper. »

Nos recherches ne durèrent pas longtemps. Les empreintes des pneus commencèrent bientôt à dessiner des courbes fantastiques sur le sentier humide et luisant. Tout à coup en regardant devant moi, j'aperçus le miroitement d'un métal parmi un gros buisson d'ajoncs. Nous en tirâmes une bicyclette à pneus Palmer : elle avait une pédale toute cabossée et son cadre avant était horriblement maculé de sang. De l'autre côté du buisson un soulier dépassait. Nous nous précipitâmes : le malheureux cycliste gisait là. Il était grand. Il avait une barbe. Il portait des lunettes, dont un verre avait volé en éclats. Il était mort d'un coup terrible qui lui avait défoncé une partie du crâne. Qu'il eût pu remonter sur son vélo après une pareille blessure en disait long sur sa vitalité et son courage ! Il n'avait pas de chaussettes, et il portait encore une chemise de nuit sous sa veste. C'était sans aucun doute le professeur d'allemand.

Holmes retourna le corps avec précaution et l'examina attentivement. Puis il s'assit pour réfléchir : son front soucieux révélait que cette sinistre découverte ne nous faisait guère progresser, à ses yeux du moins, dans notre enquête.

« C'est un peu difficile de savoir ce que nous allons faire à présent, Watson ! se décida-t-il à dire. Mes instincts personnels m'incitent à foncer, car nous avons déjà perdu tellement de temps que nous ne pouvons pas nous permettre de gâcher une heure. D'autre part nous sommes tenus d'aviser la police et de veiller sur le corps de ce pauvre type.

— Je pourrais rentrer pour donner l'alarme.

— Sans doute. Mais j'ai besoin de votre compagnie et de votre aide. Attendez ! Je vois là-bas un bonhomme qui extrait de la tourbe. Allez me le chercher ; il guidera la police. »

Je ramenai le paysan. Holmes le dépêcha avec une note pour le docteur Huxtable.

« Ce matin, Watson, me dit-il ensuite, nous avons récolté deux indications : l'une était la bicyclette avec les pneus Palmer, et voilà où elle nous a conduit ; l'autre était la bicyclette avec les pneus Dunlop. Avant d'aller plus loin, essayons de peser à son juste poids ce que nous savons, de façon à séparer l'essentiel de l'accidentel.

« Tout d'abord je voudrais que vous soyez bien persuadé que l'enfant est parti de son plein gré. Il est descendu par sa fenêtre et il s'en est allé, soit tout seul soit accompagné. Cela est sûr ! »

J'approuvai.

« A présent, intéressons-nous à ce malheureux professeur d'allemand. L'enfant était tout habillé quand il est parti. Donc il savait ce qu'il allait faire. Mais l'Allemand est sorti sans ses chaussettes. Il a certainement agi très vite.

— D'accord !

— Pourquoi est-il parti ? Parce que, de la fenêtre de sa chambre, il a vu l'enfant qui s'en allait. Parce qu'il voulait le rattraper et le ramener. Il a pris sa bicyclette, poursuivi l'enfant. Dans cette poursuite il a trouvé la mort.

— Vraisemblable !

— J'en viens maintenant à la partie critique de mon argumentation. Que fait normalement un homme pour poursuivre un garçonnet ? Il court après lui : en effet il sait bien qu'il le rattrapera. Mais cet Allemand fait autre chose : il va chercher sa bicyclette. On m'a dit qu'il était très bon cycliste. Il n'aurait pas agi ainsi s'il n'avait pas vu que l'enfant disposait d'un moyen de fuite rapide.

— L'autre bicyclette ?

— Continuons notre reconstitution. Il trouve la mort à huit kilomètres de l'école : non pas par une balle, vous l'avez remarqué, qu'un enfant aurait pu à la rigueur tirer, mais par un coup sauvage qui n'a pu être asséné que par un homme vigoureux. L'enfant avait donc un compagnon dans sa fuite. Et cette fuite fut menée bon train, puisqu'il fallut huit kilomètres à un excellent cycliste pour combler son handicap. Voici que nous inspectons le théâtre de la tragédie. Que trouvons-nous ? Quelques traces de bétail ; rien de plus. J'ai regardé à la ronde ; il n'y a pas de sentier à moins de cinquante mètres. Un autre cycliste n'aurait rien à voir avec ce meurtre. Et il n'y avait point de traces de pas d'homme.

— Holmes ! protestai-je. C'est impossible !

— Admirable ! dit-il. Voilà une réflexion qui illumine tout. C'est impossible, tel que je l'ai décrit. Donc je dois avoir commis une erreur. Mais laquelle ? Dites-moi laquelle, Watson !

— N'aurait-il pu se fracturer le crâne en tombant ? hasardai-je.

— Dans un marais, Watson ?

— Je suis au bout de mon rouleau ! avouai-je.

— Tut, tut ! Nous avons résolu des problèmes plus compliqués. Au moins, nous ne manquons pas de données : il faut les utiliser. Allons, en route ! Puisque nous avons épuisé les ressources du Palmer, voyons ce que le Dunlop à guêtre peut nous offrir. »

Nous reprîmes notre piste et nous la suivîmes encore quelque temps ; mais bientôt le marais fit place à une longue bande de terrain garni de bruyères, et nous laissâmes le cours d'eau derrière nous. Nous n'avions plus rien à espérer. A l'endroit où nous vîmes les dernières traces des Dunlop, la piste pouvait aussi bien nous mener à Holdernesse Hall, dont les tours se dressaient à quelques kilomètres sur notre gauche, ou au village gris qui s'étirait devant nous et qui indiquait la grand-route de Chesterfield.

Quand nous arrivâmes près de l'auberge minable, peu avenante, dont l'enseigne représentait un coq de combat, Holmes poussa un gémissement subit et se cramponna à mon épaule pour ne pas tomber. Il venait de se faire une foulure à la cheville. Non sans difficulté il boitilla jusqu'à la porte où se tenait un homme âgé, brun, trapu, qui fumait une pipe en terre noire.

« Comment allez-vous, monsieur Reuben Hayes ? demanda Holmes.

— Qui êtes-vous ? Et comment connaissez-vous mon nom ? répondit le campagnard dans les yeux rusés de qui passa un soupçon de méfiance.

— Eh bien, votre nom est écrit sur le panneau au-dessus de votre tête ! Il n'est pas difficile de deviner que vous êtes le patron d'ici. Je suppose que vous n'avez rien qui ressemble à une voiture dans vos écuries ?

— Non, je n'en ai pas.

— Je peux à peine poser mon pied par terre !

— Ne le posez pas.

— Mais je ne peux pas marcher.

— Alors, sautez ! »

Les manières de M. Reuben Hayes n'avaient rien d'aimable. Holmes les affronta cependant avec une bonne humeur méritoire.

« Regardez ceci, mon vieux ! dit-il. Je suis réellement dans le pétrin. Peu m'importe comment je repartirai...

— Et à moi donc ! fit l'aubergiste.

— J'ai une affaire très importante à régler. Je vous offrirais volontiers un souverain si vous pouviez me prêter une bicyclette. »

L'aubergiste dressa l'oreille.

« Où voulez-vous aller ?

— A Holdernesse Hall.

— Deux copains du duc, je parie ? » ironisa-t-il en louchant vers nos vêtements tout maculés de boue.

Holmes se mit à rire.

« Il sera ravi de nous voir ! dit-il.

— Pourquoi ?

— Parce que nous lui apportons des nouvelles au sujet de son fils. »

L'aubergiste sursauta.

« Ah ! vous êtes sur sa piste ?

— Il se trouve à Liverpool. On va le retrouver d'une heure à l'autre. »

Un nouveau changement de physionomie s'opéra sur le visage lourd et mal rasé de l'aubergiste. Il nous témoigna presque de la bienveillance.

« Je n'ai guère de raisons de vouloir du bien au duc, nous dit-il. Car j'étais son chef cocher autrefois et il m'a bien maltraité ! Il m'a congédié sans un sou sur la parole d'un marchand de grains. Mais je suis content d'apprendre que le jeune lord se trouve à Liverpool et je vais vous aider à en porter la nouvelle au Hall.

— Merci ! répondit Holmes. D'abord nous allons manger un morceau. Puis vous nous louerez la bicyclette.

— Je n'ai pas de bicyclette. »

Holmes leva en l'air un souverain.

« Je vous répète que je n'ai pas de bicyclette. Je vous louerai deux chevaux pour vous conduire jusqu'au Hall.

— Bon, bon ! dit Holmes. Nous en reparlerons quand nous aurons mangé quelque chose. »

Dès que nous fûmes seuls dans la cuisine dallée, la cheville de Holmes se rétablit miraculeusement. La nuit était presque tombée et nous n'avions rien avalé depuis le petit matin ; aussi fîmes-nous honneur au repas. Holmes réfléchissait. Une fois ou deux il alla vers la fenêtre et regarda soigneusement dehors. Elle ouvrait sur une cour sordide. Dans un angle il y avait une forge, devant laquelle s'escrimait un enfant barbouillé de suie. De l'autre côté c'était l'écurie. Après l'une de ces inspections, Holmes se rassit, puis sursauta tout à coup en poussant une exclamation.

« Au nom du Ciel, Watson, je crois que j'ai trouvé ! Oui, ce doit être cela. Watson, vous vous souvenez de ces traces de bétail ?

— Oui, nous en avons vu plusieurs.

— Où ?

— Ma foi, un peu partout. Il y en avait devant le marais, puis sur le sentier, et aussi près de l'endroit où fut tué le pauvre Heidegger.

— Exactement. Mais dites-moi, Watson, combien de vaches avez-vous vues sur la lande ?

— Je ne me rappelle pas en avoir vu une seule.

— Bizarre, Watson ! Bizarre que nous ayons vu tant de traces tout le long de notre route, mais que nous n'ayons pas vu une seule vache debout sur ses quatre pattes. Très bizarre, Watson, eh ?

— Oui, c'est curieux !

— Maintenant, Watson, faites un effort. Reportez-vous à vos souvenirs. Pouvez-vous vous représenter ces empreintes sur le sentier ?

— Oui, je le peux.

— Pouvez-vous vous rappeler que les traces étaient tantôt comme ceci... »

Il disposa quelques miettes de pain d'une certaine façon.

« ... Et tantôt comme cela... Et parfois aussi de cette manière-là ? Pouvez-vous vous rappeler cela ?

— Non.

— Mais moi, je le peux. J'en jurerais ! Toutefois nous allons faire demi-tour et le vérifier. Quel idiot j'ai été de ne pas conclure immédiatement !

— Et votre conclusion est que...

— Simplement qu'il s'agit d'une vache merveil-leuse qui marche, trotte, galope... Voyons, Watson, ce n'est pas la cervelle d'un aubergiste de campagne qui aurait imaginé une ruse pareille ! La voie me semble libre, à part ce gosse dans la forge. Glissons-nous dehors et jetons un coup d'œil. »

Dans l'écurie délabrée il y avait deux chevaux en piteux état. Holmes leva la patte de derrière de l'un d'eux et éclata de rire :

« Vieux fers, mais récemment ferrés. Vieux fers, mais clous neufs. Cette histoire restera classique. Traversons la forge. »

Le gosse continuait son travail sans nous regarder. Je vis les yeux de Holmes fureter parmi le tas de fers et de bois amoncelés sur le sol. Soudain j'entendis un pas derrière nous : c'était l'aubergiste. Il avait ramené ses épais sourcils sur ses yeux, et tout son visage bruni exprimait une colère qu'il ne contenait plus.

Tenant à la main une courte cravache à pommeau plombé, il avança sur nous avec un air si menaçant que je fus ravi de sentir dans ma poche la crosse de mon revolver.

« Espions de l'enfer ! cria-t-il. Qu'est-ce que vous faites ici ?

— Eh bien, monsieur Reuben Hayes ! fit Holmes avec un grand sang-froid. On pourrait croire que vous avez peur que nous ne découvrions quelque chose ! »

Au prix d'un violent effort, l'homme se maîtrisa. Sa bouche sinistre se décrispa pour lâcher un rire qui sonnait faux et qui était encore plus menaçant que le reste.

« Vous pouvez vous amuser avec tout ce que vous trouverez dans ma forge ! dit-il. Mais attention, m'sieur ! Je n'aime guère que des gens fouillent chez moi sans ma permission. Alors plus tôt vous paierez votre addition et déguerpirez d'ici, plus vous me ferez plaisir.

— Très bien, monsieur Hayes ! Il n'y a pas de mal, vous savez ? fit Holmes. Nous avions été jeter un coup d'œil sur vos chevaux. Toute réflexion faite, je crois que j'irai à pied. Ce n'est pas si loin, n'est-ce pas ?

— Pas plus de trois kilomètres jusqu'aux grilles du Hall. La route est sur la gauche. »

Il nous surveilla de ses yeux sournois jusqu'à ce que nous eussions quitté son domaine.

Nous ne marchâmes pas longtemps sur la route, car Holmes s'arrêta dès que nous eûmes dépassé le virage qui nous dissimulait à la vue de l'aubergiste.

« Nous brûlions, à cette auberge, Watson, comme disent les enfants ! fit-il. Je sens que je refroidis à chaque pas qui m'en éloigne. Non, non ! Vraiment je ne peux pas la quitter.

— Je suis convaincu, dis-je, que ce Reuben Hayes est au courant de tout. Je n'ai jamais vu visage plus éloquent sur une carcasse de bandit !

— Ah ! il vous a fait cette impression ? Il y a les chevaux, il y a la forge... Oui, c'est un coin passionnant, ce « Coq de combat » ! Je crois que nous irons le voir de plus près une autre fois, mais avec moins d'ostentation ! »

Un long flanc de colline, jalonné de pierres calcaires grises, s'étendait derrière nous. Nous nous étions écartés de la route pour couper par la hauteur quand, regardant dans la direction de Holdernesse Hall, je vis un cycliste qui fonçait rapidement.

« A plat ventre, Watson ! » me cria Holmes en plaquant une main lourde sur mon épaule.

A peine nous étions-nous couchés que l'homme fila comme une flèche sur la route. Dans un tourbillon de poussière j'aperçus une figure bouleversée, livide :

une tête qui suait l'horreur avec sa bouche ouverte et les yeux fixes. C'était une bizarre caricature de l'élégant James Wilder que nous avions vu la veille au soir.

« Le secrétaire du duc ! s'exclama Holmes. Allons voir ce qu'il vient faire par ici, Watson ! »

Nous grimpâmes de rocher en rocher jusqu'à ce que nous parvînmes à un endroit d'où nous pouvions regarder la porte de l'auberge. La bicyclette de Wilder était appuyée contre le mur à côté de la porte. Personne ne remuait dans la maison, et nous ne pouvions distinguer aucun visage aux fenêtres. Le crépuscule descendait sur la terre. Le soleil s'était couché derrière les hautes tours de Holdernesse Hall. Puis dans la demi-obscurité nous aperçûmes les deux lanternes latérales d'un cabriolet allumées dans la cour de l'écurie de l'auberge ; peu après nous entendîmes claquer des sabots : le cabriolet s'engageait sur la route à toute vitesse dans la direction de Chesterfield.

« Qu'en dites-vous, Watson ?

— Cela ressemble fort à une fuite.

— Il n'y avait qu'un homme dans la voiture, pour autant que j'aie pu voir. En tout cas, ce n'était sûrement pas M. James Wilder, car le voici sur le seuil de l'auberge. »

Un petit carré rouge s'était dessiné dans l'obscurité. Sur son centre s'en détachait la silhouette sombre du secrétaire. Il tendait la tête en avant comme pour sonder la nuit. Il était évident qu'il attendait quelqu'un. Au bout d'un certain temps des pas résonnèrent sur la route ; une deuxième silhouette se profila quelques secondes contre la lumière, puis la porte fut refermée et tout redevint noir. Cinq minutes plus tard la lueur d'une lampe apparut au premier étage.

« Il y a de curieux habitués à ce « Coq de combat » ! dit Holmes.

— Le bar est de l'autre côté.

— En effet. Ceux-ci sont du genre « invités personnels ». Mais que diable peut faire à cette heure et dans cet antre M. James Wilder ? Venez, Watson, il nous faut prendre un risque, et enquêter d'un peu plus près. »

Ensemble nous dévalâmes vers la route et nous nous approchâmes de la porte en rampant. La bicyclette était restée dehors. Holmes frotta une allumette près de la roue arrière, et je l'entendis pousser un petit rire quand elle révéla un pneu Dunlop à guêtre. La fenêtre éclairée était juste au-dessus de nous.

« Il faut que je jette un coup d'œil là-dedans, Watson. Si vous vous baissiez en vous arc-boutant contre le mur, je crois que j'y arriverais. »

Il grimpa sur mes épaules. A peine s'était-il dressé qu'il redescendait de son perchoir.

« Venez, ami ! me dit-il. Assez travaillé pour aujourd'hui ! Je crois que nous avons récolté un maximum. Jusqu'à l'école la route est longue. Plus tôt nous partirons, mieux cela vaudra. »

Il n'ouvrit pratiquement pas la bouche pendant notre marche épuisante à travers la lande. Il ne voulut pas entrer dans l'école quand nous passâmes devant, mais il continua son chemin jusqu'à la gare de Mackleton, d'où il envoya quelques télégrammes. Tard dans la nuit je l'entendis consoler le docteur Huxtable, qui se lamentait sur le sort de son malheureux professeur d'allemand. Et encore plus tard il pénétra dans ma chambre, aussi frais et dispos que lorsque nous étions partis le matin.

« Tout va bien, Watson ! me dit-il. Je vous promets qu'avant demain soir la solution du problème sera en vue. »

A onze heures le lendemain matin, nous gravissions, mon ami et moi, la célèbre allée d'ifs de Holdernesse Hall. Nous fûmes conduits, par la magnifique porte élisabéthaine jusqu'au bureau de Sa Grâce. Là nous trouvâmes M. James Wilder, élégant et grave, avec cependant un vague reste de sa terreur de la nuit tapi dans son regard furtif et dans ses traits crispés.

« Vous êtes venu voir Sa Grâce ? Je suis désolé. Mais la vérité m'oblige à dire que le duc ne va pas

bien. Ces tragiques événements l'ont un peu bouleversé. Nous avons reçu hier après-midi un télégramme du docteur Huxtable nous faisant part de
votre découverte.

— Il faut que je voie le duc, monsieur Wilder !

— Mais il est dans sa chambre.

— Alors je le verrai dans sa chambre !

— Je crois qu'il est couché.

— Alors je le verrai dans son lit ! »

L'attitude glaciale et inexorable de Holmes montra
au secrétaire qu'il était inutile de discuter plus longtemps.

« Très bien, monsieur Holmes. Je vais l'informer
que vous êtes ici. »

Au terme d'une demi-heure d'attente, le grand aristocrate se montra. Il avait la figure plus cadavérique
que jamais, ses épaules s'étaient voûtées, il me
sembla avoir vieilli de dix ans depuis la veille. Il nous
accueillit avec une courtoisie réservée, et il s'assit à
son bureau, sa barbe rousse en éventail.

« Alors, monsieur Holmes ? » interrogea-t-il.

Mais les yeux de mon ami étaient fixés sur le secrétaire qui se tenait à côté du fauteuil de son maître.

« Je crois, Votre Grâce, que je pourrais parler plus
librement en l'absence de M. Wilder. »

Celui-ci pâlit légèrement et jeta un regard méchant
en direction de Holmes.

« Si Votre Grâce le désire...

— Oui, oui. Vous pouvez disposer. Maintenant,
monsieur Holmes, qu'avez-vous à dire ? »

Mon ami attendit que la porte se fût refermée.

« Le fait est, Votre Grâce, que mon collègue le
docteur Watson et moi-même nous avons reçu l'assurance du docteur Huxtable qu'une récompense était
promise. J'aimerais entendre votre bouche me le
confirmer.

— C'est exact, monsieur Holmes.

— Si je suis bien renseigné, cette récompense se
montait à cinq mille livres et elle devait être attribuée
à celui qui vous indiquerait l'endroit où se trouve
votre fils ?

— En effet.

— Et mille autres livres à celui qui vous donnerait le nom de la personne ou des personnes qui le détiennent sous leur garde ?

— Oui.

— Sous cette dernière dénomination sont incluses, sans doute, non seulement les personnes qui ont pu enlever l'enfant, mais aussi celles qui agissent de concert pour le maintenir dans sa condition actuelle ?

— Oui, oui ! s'écria impatiemment le duc. Si vous faites bien votre travail, monsieur Sherlock Holmes, vous n'aurez pas affaire à un ladre. »

Mon ami frotta l'une contre l'autre ses mains maigres dans un geste dont l'avidité me surprit.

« Je crois que j'aperçois le carnet de chèques de Votre Grâce sur son bureau. Je voudrais bien que vous m'établissiez un chèque de six mille livres, que vous barrerez. La Capital & Counties Bank, succursale d'Oxford Street, m'a ouvert un compte. »

Sa Grâce se dressa sur son séant et dévisagea mon ami d'un regard froid.

« Est-ce une plaisanterie, monsieur Holmes ? Le sujet n'en autorise guère !

— Pas du tout, Votre Grâce. Je n'ai jamais été plus sérieux dans ma vie.

— Que voulez-vous dire alors ?

— Que j'ai gagné la récompense. Que je sais où est votre fils. Que je connais, au moins, certains de ceux qui le gardent. »

La barbe du duc, par contraste avec son teint blafard, semblait avoir viré décisivement du roux au rouge.

« Où est-il ? balbutia-t-il.

— Il est, du moins il y était la nuit dernière, à l'auberge du « Coq de combat », à trois kilomètres de la grille de votre parc. »

Le duc retomba sur son fauteuil.

« Et qui accusez-vous ? »

La réponse de Sherlock Holmes fut stupéfiante. Il se pencha légèrement en avant pour toucher le duc à l'épaule.

« Vous, dit-il. Et maintenant, Votre Grâce, permettez-moi de vous importuner pour ce chèque ! »

Jamais je n'oublierai la réaction du duc : il bondit et joignit les mains comme quelqu'un qui sombre dans un gouffre. Puis, au prix d'un effort extraordinaire de maîtrise aristocratique, il se rassit et plongea sa tête entre ses mains. Quelques minutes s'écoulèrent.

« Vous savez beaucoup de choses ? demanda-t-il enfin sans lever la tête.

— Je vous ai vus ensemble la nuit dernière.

— En dehors de votre ami, quelqu'un est-il au courant ?

— Je n'ai parlé à personne. »

Le duc saisit une plume entre ses doigts tremblants et ouvrit son carnet de chèques.

« Je tiendrai parole, monsieur Holmes. Je vais vous faire ce chèque, bien que l'information que vous m'avez apportée me soit particulièrement désagréable. Quand j'ai offert une récompense, j'étais loin d'imaginer le tour que prendraient les événements. Mais vous et votre ami, vous êtes des hommes discrets, n'est-ce pas, monsieur Holmes ?

— Je comprends difficilement Votre Grâce.

— Dois-je m'expliquer ?... Si vous deux seulement êtes au courant, il n'y a aucune raison pour que l'affaire aille plus loin. Je pense que douze mille livres représentent bien la somme que je vous dois, n'est-ce pas ? »

Holmes sourit et secoua la tête.

« Je doute, Votre Grâce, que l'affaire puisse être classée aussi simplement. Il faudra rendre compte de la mort de ce professeur d'allemand.

— Mais James est en dehors de cela. Vous ne pouvez pas l'en rendre responsable ! Le responsable est cette brute qu'il a malencontreusement employée.

— Je dois partir du point de vue, Votre Grâce, que lorsqu'un homme s'embarque dans un crime, il est moralement coupable de tout autre crime qui peut en découler.

— Moralement, monsieur Holmes ! Sans aucun

doute vous avez raison, Mais sûrement pas aux yeux de la loi. Un homme ne peut pas être condamné pour un meurtre commis lorsqu'il n'était pas présent, qu'il maudit et abomine autant que vous. Dès qu'il en a appris la nouvelle il m'a tout avoué, et sa confession était remplie de remords et d'horreur. Il n'a pas mis une heure à rompre tous rapports avec l'assassin. Oh ! monsieur Holmes, sauvez-le ! Vous devez le sauver ! Je vous dis que vous devez le sauver ! »

Le duc avait renoncé à se dominer. Il arpentait la pièce avec un visage convulsé et ses mains crispées brassaient l'air devant lui. Finalement il parvint à recouvrer un peu de sang-froid et se rassit devant son bureau.

« J'apprécie le fait que vous soyez venu ici avant de parler à qui que ce soit, dit-il. Au moins pouvons-nous examiner ensemble ce qu'il est possible de faire pour minimiser cet odieux scandale.

— D'accord ! répondit Holmes. Je crois, Votre Grâce, que nous pourrons y arriver si nous observons réciproquement une franchise absolue, totale. Je suis disposé à aider Votre Grâce dans toute la mesure du possible ; mais dans ce but il faut que j'apprenne tout jusque dans les moindres détails. Je comprends que vos paroles concernent M. James Wilder, et qu'il n'est pas l'assassin.

— Non, l'assassin s'est échappé. »

Sherlock Holmes sourit avec modestie.

« Votre Grâce ignore sans doute la petite réputation que je possède, sinon elle n'aurait pas cru qu'on m'échappe si facilement. M. Reuben Hayes a été arrêté à ma requête la nuit dernière à onze heures à Chesterfield. La police locale m'en a informé télégraphiquement ce matin avant mon départ de l'école. »

Le duc se rencogna dans son fauteuil et considéra mon ami avec stupeur.

« Vous me semblez doué de pouvoirs surhumains ! dit-il. Ainsi Reuben Hayes est pris ? Je ne suis nullement fâché de l'apprendre, si du moins cette nouvelle n'a pas de conséquences sur le destin de James.

— Votre secrétaire ?

— Non, monsieur. Mon fils. »

Ce fut au tour de Holmes d'être stupéfait.

« J'avoue que cela est tout à fait neuf pour moi, Votre Grâce. Puis-je vous prier d'être plus explicite ?

— Je ne vous cacherai rien. En effet la franchise la plus complète, si pénible qu'elle me soit, est la meilleure méthode qui remédiera à la situation désespérée où nous ont menés la sottise et la jalousie de James. Quand j'étais jeune, monsieur Holmes, j'ai aimé d'un amour qu'on n'éprouve qu'une fois dans sa vie. J'ai offert le mariage ; elle l'a refusé en alléguant qu'une telle union pourrait compromettre ma carrière. Si elle avait vécu, je n'aurais certainement épousé personne d'autre. Mais elle mourut, en me laissant cet enfant qu'en souvenir d'elle j'ai chéri et protégé. Devant le monde je ne pouvais pas le reconnaître comme mon fils. Mais je lui ai donné la meilleure éducation et depuis qu'il a atteint l'âge d'homme je l'ai pris près de moi. Il a surpris mon secret. Il s'est prévalu de ses droits sur moi et de son pouvoir de faire éclater un scandale qui m'aurait été intolérable. Sa présence ici n'a pas été sans influer sur les suites malheureuses de mon mariage. Par-dessus tout il haïssait mon jeune héritier légitime. Il l'a détesté depuis le premier jour sans que sa haine fléchisse. Vous pouvez me demander pourquoi, dans ces conditions, j'ai gardé James sous mon toit ? Je vais vous le dire : dans ses traits je retrouvais ceux de sa mère, et c'est pour l'amour d'elle que j'ai enduré si longtemps sa société. Toutes ses gentillesses aussi... Il savait me les rappeler, me les suggérer. Je ne pouvais pas, j'étais incapable de le renvoyer. Mais je redoutais tellement sa méchanceté à l'égard d'Arthur... c'est-à-dire de Lord Saltire, que j'ai confié celui-ci à l'école du docteur Huxtable.

« James était entré en rapport avec ce Hayes parce qu'il était mon locataire. James agissait comme mon représentant. Ce Hayes a toujours été un bandit. Assez extraordinairement James se lia avec lui. Il a toujours eu un faible pour la mauvaise société. Quand James décida de kidnapper Lord Saltire, il se

servit de Hayes. Vous vous rappelez que j'avais écrit
à Arthur le jour de sa disparition. Eh bien, James
ouvrit la lettre et y glissa une petite note donnant
rendez-vous à Arthur dans le bois, le Taillis en
Dentelles, qui longe l'école. Il abusa du nom de la
duchesse. Voilà pourquoi l'enfant s'y trouva. Ce soir-
là, James sortit à bicyclette... Je vous raconte maintenant ce qu'il m'a avoué... Il a dit à Arthur que sa mère
souffrait de leur séparation, qu'elle l'attendait sur la
lande, et qu'il n'avait qu'à venir à minuit dans le bois :
un homme avec un cheval le conduirait à elle. Le
pauvre Arthur tomba dans le piège. Il alla au rendez-
vous, trouva Hayes avec un poney qu'il tenait par la
bride. Arthur se mit en selle et ils partirent ensemble.
Il apparaît, mais James ne l'a appris qu'hier, qu'ils
furent poursuivis, que Hayes frappa l'homme avec sa
cravache et que celui-ci mourut de ses blessures.
Hayes entraîna Arthur au « Coq de combat » où il fut
emprisonné dans une chambre d'en haut sous la
garde de Mme Hayes, qui est une brave femme mais
qui est entièrement sous la coupe de son mari.

« Voilà, monsieur Holmes, où en était l'affaire
quand je vous ai vu avant-hier. J'ignorais tout autant
que vous la vérité. Vous me demanderez le mobile de
l'acte de James ? Je vous réponds que j'y vois surtout
un effet de la haine irraisonnée et fanatique qu'il
avait vouée à mon héritier. Il pensait qu'il aurait dû
être lui-même l'héritier de tous mes biens, et il
n'avait que du mépris pour les lois de la société qui
l'en empêchaient. En même temps il avait un autre
mobile précis : il aurait voulu que j'annulasse la
substitution d'héritiers que j'avais faite au moment
de la naissance d'Arthur, et il croyait qu'il était en
mon pouvoir de l'annuler. Il avait l'intention de
conclure avec moi un marché : me rendre Arthur si
j'annulais la substitution, si je pouvais lui léguer mes
biens par testament. Il savait que je ne ferais jamais
appel à la police contre lui. Je dis qu'il m'aurait
proposé un tel marché, mais il ne l'a pas fait : les
événements en effet l'ont devancé et il n'a pas eu le
temps de passer à la réalisation de ce projet.

« Ce qui ruina son plan, ce fut votre découverte du cadavre de Heidegger. James fut horrifié par la nouvelle. Elle nous parvint hier pendant que nous étions ensemble dans mon bureau. James fut tellement bouleversé de chagrin et d'indignation que mes soupçons, latents depuis le début, se transformèrent en certitude. Je l'accusai du crime. Alors il me fit volontairement sa confession. Puis il me supplia de garder le secret pendant trois jours afin de permettre à son misérable complice de sauver sa tête. J'ai cédé... J'ai toujours cédé ! Immédiatement James s'est précipité au « Coq de combat » pour avertir Hayes et lui donner les moyens de fuir. Je ne pouvais pas m'y rendre en plein jour sans provoquer des commentaires, mais dès que la nuit fut tombée je me dépêchai d'aller voir mon cher Arthur. Je le trouvai en bonne santé, en bon état, mais épouvanté et horrifié au-delà de toute expression par l'acte abominable dont il avait été le témoin. Par respect pour ma promesse, et bien contre mon désir, je consentis à le laisser pendant trois jours là-bas sous la garde de Mme Hayes, puisqu'il était évident que je ne pouvais dire à la police où il se trouvait sans lui dire également qui était l'assassin, et que je ne voyais que trop combien l'assassin ne saurait être châtié sans entraîner mon malheureux James dans son déshonneur. Vous m'avez demandé d'être franc, monsieur Holmes, et je vous ai pris au mot, car je vous ai tout dit sans circonlocution ni réserve. Je vous prierai d'être en échange aussi franc.

— Je le serai, dit Holmes. Tout d'abord, Votre Grâce, je suis obligé de vous informer que vous vous êtes placé vous-même dans une position très grave vis-à-vis de la loi. Vous avez excusé une félonie, et vous avez aidé un assassin à s'enfuir. Car je me doute bien que l'argent remis par James Wilder à l'assassin pour qu'il puisse se sauver provient de la bourse de Votre Grâce. »

Le duc fit un signe de tête d'assentiment.

« Cela est en vérité une affaire grave. A mon avis est encore plus répréhensible, Votre Grâce, votre attitude envers votre fils cadet. Vous le laissez dans cet antre pendant trois jours...

— Contre des promesses solennelles !

— Que valent les promesses de pareilles gens ? Vous n'avez aucune garantie qu'il ne sera pas kidnappé encore une fois. Pour ménager votre fils aîné le coupable, vous exposez votre plus jeune fils l'innocent à un danger inutile. Voilà un acte parfaitement injustifiable. »

Le fier Lord Holdernesse n'était pas accoutumé à être traité ainsi dans son château ducal. Le sang lui monta aux joues, mais sa conscience le força à se taire.

« Je vous aiderai, mais seulement à une condition. Vous allez appeler votre valet et vous m'autoriserez à lui donner mes instructions. »

Sans un mot le duc appuya sur un bouton électrique. Un valet entra.

« Vous serez heureux d'apprendre, lui dit Holmes, que votre jeune maître a été retrouvé. Le duc désire que la voiture aille immédiatement à l'auberge du « Coq de combat » afin que Lord Saltire soit ramené chez lui... Maintenant, ajouta Holmes quand le laquais eut disparu, ayant préservé l'avenir, nous pouvons nous efforcer d'être indulgents pour le passé. Je n'ai pas de situation officielle et il n'y a aucune raison pour que je dévoile ce que je sais, du moment que la justice est satisfaite. Pour Hayes je ne dis rien : la corde l'attend, et je ne ferai rien pour la lui épargner. Je ne puis dire ce qu'il révélera, mais je ne doute pas que Votre Grâce n'ait les moyens de lui faire comprendre que son intérêt est d'être discret. Du point de vue de la police il peut avoir kidnappé l'enfant pour obtenir une rançon. Si les policiers ne découvrent rien d'autre, je ne vois pas pourquoi je les aiderais à voir plus clair. Je me permets néanmoins d'avertir Votre Grâce que la présence de M. James Wilder dans votre maison amènera uniquement votre perte.

— Je le comprends, monsieur Holmes. Et il est d'ores et déjà décidé qu'il me quitte pour toujours et qu'il ira chercher fortune en Australie.

— En ce cas, Votre Grâce, puisque vous avez vous-même déclaré que les suites malheureuses de votre mariage ont eu sa présence pour origine, je vous suggérerais de réparer comme vous le pourrez vos torts avec la duchesse et de reprendre avec elle des relations qui ont été si malencontreusement interrompues.

— Cela aussi est arrangé, monsieur Holmes. J'ai écrit à la duchesse ce matin.

— En ce cas, fit Holmes en se levant, je crois que mon ami et moi pouvons nous complimenter mutuellement des quelques résultats heureux qu'a eus notre bref séjour dans le Nord. Il y a un autre détail sur lequel j'aimerais bien un éclaircissement. Ce Hayes avait ferré ses chevaux avec des fers qui contrefaisaient des empreintes de sabots de vache. Est-ce de M. Wilder qu'il a appris un truc aussi ingénieux ? »

Le duc réfléchit un moment ; son visage exprima une surprise profonde. Puis il ouvrit une porte et nous introduisit dans une grande pièce, meublée comme une salle de musée. Il nous mena devant un coffret vitré, et nous montra l'inscription.

« Ces fers, nous dit-il, furent extraits des douves de Holdernesse Hall. Ils servaient à des chevaux. Mais ils sont façonnés par-dessous avec un pied fourchu en fer, de manière à dépister les poursuivants. On suppose qu'ils ont appartenu à l'un des barons pillards de Holdernesse du Moyen Âge. »

Holmes ouvrit le coffret et, humectant son doigt, il le passa sur le bord d'un fer. Une petite trace de boue récente demeura sur sa peau.

« Merci ! fit-il en refermant le coffret. C'est le deuxième objet intéressant que j'ai vu dans le Nord.

— Et le premier était... ? »

Holmes plia son chèque et le rangea soigneusement.

« Je ne suis pas riche ! » fit-il en caressant son portefeuille et en l'enfouissant au plus profond de sa poche intérieure.

CHAPITRE VI

## PETER LE NOIR

Je ne me rappelle pas avoir connu mon ami dans une meilleure forme, physique et intellectuelle, qu'au cours de l'année 1895. L'extension de sa réputation lui avait apporté une immense clientèle, et je commettrais une indiscrétion impardonnable si je laissais soupçonner l'identité de quelques-uns des clients illustres qui franchirent notre humble seuil de Baker Street. Holmes, cependant, comme tous les grands artistes vivait pour l'amour de l'art : si j'excepte le cas du duc de Holdernesse, je ne le vis jamais revendiquer une forte récompense pour ses services inestimables. Il était si détaché de ce monde (ou si capricieux) qu'il refusait souvent d'aider le riche et le puissant quand l'affaire n'éveillait pas sa sympathie. Par contre il lui arrivait de consacrer des semaines d'application intense aux intérêts d'un client modeste dont le cas présentait des traits étranges ou dramatiques qui excitaient son imagination et défiaient son ingéniosité.

En cette mémorable année 1895, une bizarre succession de problèmes avait retenu son attention, depuis sa célèbre enquête sur la mort subite du cardinal Tosca (enquête qu'il mena à la requête de Sa Sainteté le pape) jusqu'à la capture de Wilson, le célèbre éleveur de canaris, dont la disparition assainit un moment l'East End de Londres. Presque immédiatement après ces deux affaires retentissantes, il y eut la tragédie de Woodman's Lee et les très obscures conditions dans lesquelles mourut le capitaine Peter Carey. Aucun récit des faits et gestes de M. Sherlock Holmes ne serait complet sans le compte rendu de cette dernière affaire.

Pendant la première semaine de juillet, mon ami s'était absenté si fréquemment et si longuement de notre appartement que je pensais bien qu'il avait quelque chose en train. Plusieurs individus à mine patibulaire s'étaient présentés et avaient demandé le capitaine Basil : Holmes devait donc travailler quelque part sous l'un des nombreux déguisements qui lui permettaient de dissimuler sa puissante personnalité. Il possédait au moins cinq refuges dans Londres où il pouvait se maquiller et se transformer à sa guise. Comme il ne me disait rien, et comme je n'avais pas l'habitude de forcer ses confidences, je me perdais en conjectures. La première indication positive du sens que prenait son enquête s'avéra extraordinaire. Il était sorti bien avant son petit déjeuner. J'étais assis devant le mien quand il pénétra dans la chambre, chapeau sur la tête et sous le bras un formidable harpon barbelé.

« Mon Dieu, Holmes ! m'écriai-je. Vous n'allez pas me faire croire que vous vous êtes promené dans Londres avec un pareil objet ?

— Je suis allé jusque chez le boucher et je suis revenu.

— Le boucher ?

— Me voici de retour avec un appétit excellent. Je vous assure, Watson, qu'il serait absurde de mettre en doute la valeur de l'exercice physique avant le petit déjeuner ! Mais je parierais bien que vous ne devinez pas à quel genre d'exercice je me suis livré.

— Je n'essaierai même pas ! »

Il gloussa de joie en se versant du café.

« Si vous aviez pu jeter un coup d'œil dans l'arrière-boutique d'Allardyce, vous auriez vu un cochon bien mort suspendu au plafond par un crochet, et un gentleman en bras de chemise le transperçant férocement à coups de harpon. Le gentleman féroce c'était moi. Je me suis assuré qu'en dépit de toute ma force il m'était impossible de transpercer le cochon de part en part d'un seul coup. Peut-être voudriez-vous faire l'expérience vous-même ?

— Pour rien au monde ! Mais pourquoi avez-vous fait cela ?

— Parce que cela, comme vous dites, me semblait avoir un rapport indirect avec le mystère de Woodman's Lee. Ah ! Hopkins ! J'ai reçu votre télégramme hier soir et je vous attendais. Entrez et installez-vous. »

Notre visiteur était un homme d'une trentaine d'années, extrêmement vif, vêtu d'un banal costume de tweed, mais se tenant tout droit, pour ne pas dire raide, comme tous ceux qui sont accoutumés à porter un uniforme. Je le reconnus tout de suite. Stanley Hopkins était un jeune inspecteur de police sur qui Holmes fondait de grands espoirs et qui, en revanche, témoignait pour les méthodes scientifiques du célèbre amateur autant d'admiration que de respect. Il avait le visage assombri, et il s'assit avec un air de profond dégoût.

« Non merci, monsieur. J'ai pris mon petit déjeuner avant de venir vous voir. J'ai passé la nuit à Londres, car je suis remonté hier soir pour faire mon rapport.

— Et qu'aviez-vous à rapporter ?

— Un échec, monsieur. Un échec total !

— Vous n'avez pas fait de progrès ?

— Aucun.

— Mon Dieu ! Il faudra que je m'en occupe, alors ?

— Je le voudrais bien, monsieur Holmes ! C'est ma première grosse affaire et je suis au bout de mon rouleau. Je vous en supplie, venez et donnez-moi un coup de main !

— Eh bien, il se trouve que j'ai déjà lu sur l'affaire un certain nombre de choses, y compris le rapport de l'enquête. A propos que pensez-vous de cette blague à tabac qui a été trouvée sur les lieux du crime ? N'y a-t-il pas là un indice ? »

Hopkins parut surpris.

« C'était la blague de la victime, monsieur, avec ses initiales gravées à l'intérieur. Une blague en peau de phoque. Et c'était un vieux pêcheur de phoques.

— Mais il n'avait pas de pipe.

— Non, monsieur, nous n'avons pas retrouvé sa pipe. En réalité il fumait très peu. Tout de même il pouvait avoir du tabac à offrir à ses amis.

— Sans doute ! Je ne mentionne ce fait que parce que, si j'avais pris l'affaire en main, je crois que j'en

aurais fait le point de départ de mon enquête. Mais
mon ami le docteur Watson n'est au courant de rien,
et je ne demanderais pas mieux que d'entendre une
nouvelle fois cette succession d'événements.
Résumez-nous simplement l'essentiel. »

Stanley Hopkins tira de sa poche un papier.

« J'ai ici quelques renseignements qui vous retrace-
ront la carrière de la victime. Le capitaine Peter
Carey était né en 1845 ; il avait donc cinquante ans.
Il comptait parmi les plus audacieux et les plus
habiles des pêcheurs de baleines et de phoques. En
1883 il commandait le vapeur spécialisé dans la
pêche aux phoques, La *Licorne de mer*, de Dundee. Il
fit alors plusieurs croisières réussies et, l'année
suivante, donc en 1884, il prit sa retraite. Il voyagea
pendant quelques années avant d'acheter une petite
maison appelée Woodman's Lee, près de Forest Row,
dans le Sussex. Ce fut là qu'il vécut six années, et
qu'il mourut il y a juste une semaine.

« Cet homme n'était pas dépourvu de singularités.
Dans la vie ordinaire il se comportait en strict puri-
tain : taciturne, ténébreux. Sa maisonnée se compo-
sait de sa femme, de sa fille qui a vingt ans, et de
deux servantes. Celles-ci changeaient constamment,
car la place n'avait rien de drôle : parfois même elle
était difficilement supportable. Peter Carey buvait ;
quand il était soûl il devenait un vrai suppôt de
Satan. On dit qu'au milieu de la nuit il lui arrivait de
jeter dehors sa femme et sa fille et de les conduire
dans le parc où il les fustigeait jusqu'à ce que leurs
cris amenassent aux grilles tous les gens du village.

« Il fut une fois convoqué devant le tribunal parce
qu'il s'était livré à une sauvage agression contre le
vieux pasteur qui était allé le voir pour lui reprocher
sa conduite. Bref, monsieur Sherlock Holmes, il
aurait fallu courir loin avant de rencontrer un individu aussi redoutable ! On m'a affirmé qu'il exhibait
le même caractère sur les bateaux qu'il commandait.
Dans sa profession, on le connaissait sous le nom
de Peter le Noir ; sobriquet que lui avaient valu non
seulement ses traits hâlés et la couleur de sa barbe

mais aussi son humeur, qui répandait la terreur autour de lui. Je n'ai pas besoin de préciser qu'il était détesté et tenu à l'écart par tous ses voisins. Je n'ai entendu aucune parole de regret qui saluât sa fin terrible.

« Dans le rapport pour l'enquête, monsieur Holmes, vous avez dû lire ce qui avait trait à la cabine. Mais votre ami l'ignore peut-être. A quelques centaines de mètres de sa maison il s'était construit de ses mains une sorte de dépendance en bois qu'il surnommait sa cabine : c'était là qu'il dormait. Imaginez une cabane d'une seule pièce, mesurant cinq mètres sur trois. Il en gardait la clef dans sa poche, la nettoyait lui-même, et ne permettait à personne d'en franchir le seuil. De chaque côté il y avait une petite fenêtre ; elles étaient recouvertes par des rideaux ; il ne les ouvrait jamais. L'une de ces fenêtres était orientée vers la grand-route. Quand une lampe brûlait derrière, les gens la désignaient en se demandant ce que Peter le Noir était en train de faire. C'est cette fenêtre, monsieur Holmes, qui m'a fourni l'une des rares indications positives que j'ai pu réunir au cours de l'enquête.

« Vous vous rappelez qu'un maçon du nom de Slater, venant de Forest Row vers une heure du matin deux jours avant le meurtre, s'arrêta en passant devant la propriété et regarda le carré de lumière qui brillait parmi les arbres. Il affirme, il jure que sur le store le profil d'un homme se détachait nettement, et que cette ombre n'était pas celle de Peter Carey. C'était l'ombre d'un homme barbu, mais dont la barbe plus courte pointait en avant, pas du tout comme celle du capitaine. Il le prétend. Mais il avait passé deux heures à boire dans un cabaret, et la fenêtre n'est tout de même pas au bord de la route. D'autre part, ceci se rapporte à lundi, et le crime fut commis mercredi.

« Le mardi, Peter Carey était d'une humeur massacrante. Il avait bu, et il était aussi féroce et dangereux qu'une bête sauvage. Il rôda autour de la maison, où les deux femmes s'étaient réfugiées dès qu'elles s'étaient aperçues de son état. Tard dans la soirée il regagna sa cabine. Vers deux heures le lendemain matin, sa fille qui dormait la fenêtre ouverte entendit un cri terrible venant de cette direction ; comme il n'avait pas l'habitude de hurler ni de brailler quand il était ivre, elle le remarqua. En se levant à sept heures, l'une des servantes constata que la porte de la cabane était ouverte, mais telle était la terreur que cet homme inspirait qu'avant midi personne ne s'aventura à l'intérieur pour voir ce qu'il était devenu. Pourtant elles allèrent jeter un coup d'œil par la porte, et ce qu'elles distinguèrent suffit pour les faire fuir dans le village en hurlant. Moins d'une heure après j'arrivai sur les lieux et je pris l'affaire en main.

« Ma foi, j'ai des nerfs assez solides ! Vous le savez, monsieur Holmes. Mais je vous assure que lorsque j'ai passé ma tête dans la petite cabane, j'ai subi un choc. La pièce bourdonnait comme un harmonium : des mouches à viande ! Le sol, les murs ressemblaient à ceux d'un abattoir. Il avait appelé cela sa cabine : oui, on aurait dit une cabine sur un bateau. Il y avait une couchette à un bout, un coffre de marin, des cartes, des graphiques, un tableau représentant la *Licorne de mer*, une rangée de livres de bord sur un rayon, à peu près tout ce qu'on trouve généralement dans la cabine d'un capitaine. Et puis, au milieu, le capitaine en personne, avec des traits révulsés par la souffrance et sa grande barbe tachetée toute tirée vers le haut. En plein cœur était fiché un harpon d'acier qui avait non seulement traversé le corps, mais qui s'était enfoncé profondément dans le bois du mur derrière lui. Il était épinglé comme un papillon dans une boîte. Naturellement il était mort ; son décès devait remonter au moment où il avait hurlé dans son agonie.

« Connaissant vos méthodes, monsieur, je les ai appliquées. Avant de donner l'autorisation de déplacer quoi que ce fût, j'ai examiné avec le plus grand soin le sol à l'extérieur ainsi que le plancher de la cabine. Il n'y avait pas de traces de pas.

— Ou du moins vous n'en avez pas vu.

— Je vous assure, monsieur, qu'il n'y en avait pas.

— Mon bon Hopkins, j'ai enquêté sur beaucoup de crimes, mais je n'en ai encore jamais vu qui eussent été commis par une créature ailée. Du moment que le criminel se déplace sur ses deux pieds, il y a toujours un foulage, une dentelure, une éraflure, une modification minime de l'état du sol que le chercheur scientifique peut détecter. Il est incroyable qu'une pièce maculée de sang n'ait contenu aucune trace capable de nous aider ! D'après l'enquête je me suis toutefois aperçu qu'il y avait quelques objets que vous aviez remarqués ? »

Le jeune inspecteur tressaillit sous les commentaires ironiques de mon compagnon.

« J'ai été idiot de ne pas avoir fait appel à vous tout de suite, monsieur Holmes ! Mais il ne sert à rien de revenir là-dessus. Oui, plusieurs objets dans la pièce ont retenu mon attention. En particulier le harpon, l'arme du crime. Il avait été arraché d'un râtelier sur le mur. Il en restait deux ; il y avait la place vide pour le troisième. Sur le manche était gravé « S. s. Licorne de mer, Dundee ». Tout ceci paraissait établir que le crime avait été commis dans une explosion de fureur et que l'assassin s'était emparé de la première arme qui lui était tombée sous la main. Le fait que le meurtre avait eu lieu à deux heures du matin et que la victime était habillée me fit penser qu'il avait eu un rendez-vous avec son assassin, ce que confirmerait la découverte d'une bouteille de rhum et de deux verres sales sur la table.

— Oui, dit Holmes, je pense que les deux déductions sont correctes. Y avait-il d'autre alcool que du rhum dans la cabine ?

— Oui. Une petite cave à liqueurs contenait du cognac et du whisky ; elle était posée sur le coffre de marin. Mais c'est un détail sans importance, puisque les bouteilles étaient pleines et que personne ne s'en était servi.

— Malgré cela, la présence de cette cave à liqueurs est significative ! répondit Holmes. Mais parlez-nous un peu des objets auxquels vous attachez de l'importance.

— Sur la table il y avait la blague à tabac.

— Où, sur la table ?

— Juste au centre. C'est une blague en peau de phoque grossière, avec un cordon en cuir pour la fermer. À l'intérieur du rabat il y avait « P. C. ». Dans la blague il restait à peu près quinze grammes d'un fort tabac de marin.

— Excellent ! Et quoi encore ? »

Stanley Hopkins tira de sa poche un carnet à couverture beige. L'extérieur était rugueux et usé, les feuillets décolorés. Sur la première page étaient écrites les initiales « J. H. N. » et la date « 1883 ». Holmes le posa sur la table et l'examina avec sa minutie habituelle. Hopkins et moi regardions chacun par-dessus une épaule. Sur la deuxième page il y avait les lettres « C. P. R. ». Puis suivaient plusieurs pages de chiffres dont les titres étaient Argentine, Costa-Rica, Sao Paulo...

« Que pensez-vous de cela ? interrogea Holmes.

— On dirait des listes de valeurs de Bourse. J'ai pensé que « J. H. N. » pouvait être les initiales d'un agent de change et « C. P. R. » celles de son client.

— Et pourquoi pas Canadian Pacific Railway ? » dit Holmes.

Stanley Hopkins poussa un juron entre ses dents.

« Quel imbécile j'ai été ! s'écria-t-il. Bien sûr, c'est vous qui avez raison ! Donc les initiales « J. H. N. » sont les seules que nous ayons à déchiffrer. J'avais déjà vérifié les vieux répertoires de la Bourse et je n'ai trouvé personne, en 1883, ni à la Bourse ni parmi les coulissiers, qui portât un nom correspondant à ces initiales. Pourtant je suis persuadé que je tiens là l'indice le plus important. Vous conviendrez bien, monsieur Holmes, qu'il n'est pas impossible que ces initiales soient celles de la deuxième personne qui était présente... en d'autres termes de l'assassin ? J'insiste aussi sur le fait qu'un tel document se rapportant à un gros volume de valeurs nous donne la première indication quant au mobile du crime. »

La physionomie de Sherlock Holmes prouva qu'il n'avait pas prévu ce nouvel élément de l'affaire.

« Je me vois forcé d'admettre vos deux idées, dit-il. J'avoue que le carnet, dont l'enquête n'avait pas révélé l'existence, modifie l'opinion que j'avais pu me former. J'avais formulé une théorie sur le crime, dans laquelle ceci n'a pas sa place. Avez-vous essayé de trouver trace des valeurs mentionnées dans le carnet ?

— On s'en occupe. Mais je crains que la liste complète des porteurs de ces actions sud-américaines ne soit en Amérique du Sud, ce qui nous obligera à attendre plusieurs semaines. »

Holmes examinait maintenant à la loupe la couverture du carnet.

« Il y a eu ici une décoloration, déclara-t-il.

— Oui, monsieur. Une tache de sang. Je vous ai dit que j'avais ramassé le carnet sur le plancher.

— La tache de sang était-elle dessus ou dessous ?

— En dessous, sur le côté touchant le plancher.

— Ce qui prouve que le carnet est tombé après que le crime a été commis.

— Exactement, monsieur Holmes. J'ai mesuré l'importance de ce détail, et j'ai supposé que le meurtrier l'avait laissé tomber dans sa fuite. Il était près de la porte.

— Je suppose qu'on n'a retrouvé aucune de ces valeurs dans la propriété de la victime ?

— Non, monsieur.

— Avez-vous un indice qui vous incline à croire à un vol ?

— Aucun, monsieur. Il semble qu'on n'ait touché à rien.

— Décidément, l'affaire est très intéressante ! Ah ! il y avait un couteau, n'est-ce pas ?

— Un couteau à gaine, encore dans sa gaine. Il a été trouvé aux pieds de la victime. Mme Carey l'a reconnu comme appartenant à son mari. »

Holmes réfléchit quelques instants.

« Eh bien, dit-il enfin, je crois que je vais vous accompagner et voir les choses d'un peu plus près. »

Stanley Hopkins ne put retenir un cri de joie.

« Merci, monsieur ! Vous m'enlevez un gros poids. »

Holmes menaça du doigt l'inspecteur.

« Il y a huit jours, ç'aurait été beaucoup plus facile ! Mais maintenant encore je pense que ma présence ne sera pas tout à fait inutile. Watson, si vous pouvez vous arranger pour être libre, j'aimerais beaucoup vous avoir avec moi. Voulez-vous aller nous chercher un fiacre, Hopkins ? Nous partirons pour Forest Row dans un quart d'heure. »

Nous descendîmes à une station d'intérêt local, puis nous traversâmes en voiture quelques kilomètres de bois épars qui constituent aujourd'hui tout ce qui reste de l'immense forêt qui arrêta si longtemps les Saxons et qui pendant soixante ans fut la digue imprenable sur laquelle se brisèrent les efforts impétueux des envahisseurs de l'Angleterre. De grandes parcelles de terrain ont été dénudées, car les premières mines de fer y furent découvertes et on utilisa les arbres pour la fonte du métal. A présent les gisements plus riches du Nord ont monopolisé l'industrie extractive, et seuls des bois dévastés ou de larges tranchées dans le sol rappellent le passé. Dans une éclaircie sur la pente verte d'une colline se dressait une maison en maçonnerie longue et basse ; la route s'en approchait en dessinant un large virage à travers les champs. Plus près de la route, entourée sur trois côtés par des buissons, il y avait une cabane dont la porte et une fenêtre nous regardaient : c'était le lieu du crime.

Stanley Hopkins nous conduisit d'abord dans la maison où il nous présenta à une femme grisonnante, décharnée, qui était la veuve de la victime ; son visage sillonné de rides profondes, la terreur qui persistait au fond de ses yeux bordés de rouge, évoquaient avec éloquence des années de travaux pénibles et de mauvais traitements. Sa fille lui tenait compagnie : pâle, blonde, elle nous regarda avec défi pour nous lancer qu'elle était contente que son père fût mort et qu'elle bénissait la main qui l'avait tué.

C'était vraiment une charmante ambiance familiale !
Nous nous retrouvâmes dehors avec soulagement.
Sous le bon soleil pur, nous nous dirigeâmes vers la
cabine par le sentier que les pieds du mort avaient
tracé à travers les champs.

La cabine était une fort modeste bâtisse : des murs
en bois, une toiture d'un seul tenant, une fenêtre à
côté de la porte et une autre sur la cloison opposée.
Stanley Hopkins tira la clef de sa poche. Il s'était
baissé pour ouvrir, quand il s'immobilisa brusquement.

« Quelqu'un a tripoté la serrure ! » dit-il.

C'était incontestable. La boiserie était fendue et la
peinture montrait des éraflures aussi fraîches que si
elles venaient d'être faites. Holmes, qui examinait la
fenêtre, nous cria :

« Quelqu'un a également essayé de forcer la
fenêtre. De toute façon il n'a pas réussi. Ce doit être
un débutant dans le cambriolage.

— Voilà quelque chose d'extraordinaire ! fit
l'inspecteur. Je jurerais volontiers que ces marques
n'étaient pas là hier soir !

— Un curieux du village ? hasardai-je.

— Oh ! cela m'étonnerait ! Bien peu oseraient
s'aventurer dans la propriété ; et de là à vouloir
forcer la porte de la cabine ! Qu'en pensez-vous,
monsieur Holmes ?

— Je pense que la chance nous sourit aimablement.

— Vous croyez que le voleur reviendra ?

— C'est probable ! Il est venu en s'attendant à
trouver la porte ouverte. Il a essayé d'entrer au
moyen de la lame d'un très petit canif. Il a échoué.
Que voulez-vous qu'il fasse ?

— Revenir la nuit prochaine avec un instrument
de meilleure qualité.

— C'est mon avis. Et nous serions bien coupables
si nous n'étions pas là pour le recevoir. Mais laissez-
moi inspecter l'intérieur de cette cabine... »

Les traces du drame avaient disparu, mais le mobilier était demeuré disposé comme pendant la nuit du

crime. Pendant deux heures Holmes concentra toutes ses facultés à examiner les uns après les autres les objets qui s'y trouvaient. A l'expression de son visage, je compris que cette inspection ne le satisfaisait guère. Il ne s'arrêta qu'une fois pour demander :

« Avez-vous retiré quelque chose de ce rayon, Hopkins ?

— Non. Je n'ai rien déplacé.

— Mais on a pris quelque chose. Il y a moins de poussière sur le coin de ce rayon qu'ailleurs. Sans doute un livre était-il placé là, de flanc. Ou une boîte. Bon, je ne peux rien dire de plus. Marchons un peu dans ces bois magnifiques, Watson, et accordons quelques heures aux oiseaux et aux fleurs. Nous nous reverrons plus tard, Hopkins, et j'espère que nous ne raterons pas notre visiteur nocturne. »

Il était onze heures passées quand nous tendîmes notre petite embuscade. Hopkins penchait pour laisser la porte ouverte, mais Holmes émit l'avis que l'inconnu pourrait soupçonner quelque chose. La serrure était d'une simplicité banale : une lame assez solide devait suffire à la faire fonctionner. Holmes suggéra aussi qu'il vaudrait mieux attendre non pas dans la cabine, mais à l'extérieur parmi les buissons qui cernaient l'autre fenêtre. De cette manière nous pourrions surveiller notre homme s'il faisait de la lumière, et repérer l'objet de sa curiosité.

Ce fut une faction longue et mélancolique ; pourtant elle s'accompagnait de l'excitation qu'éprouve le chasseur quand il est dissimulé près d'un étang et qu'il attend l'arrivée de la bête assoiffée. Quelle brute féroce allait se faufiler et surgir de l'obscurité ? Serait-ce le tigre du crime, qui ne se laisserait capturer qu'après avoir joué des crocs et des griffes ? Serait-ce plutôt un chacal hypocrite qui s'attaque seulement aux faibles ou aux désarmés ? Absolument silencieux, nous étions blottis dans les buissons, et nous attendions. D'abord des pas de paysans attardés ou des bruits de voix au village nous aidèrent à patienter. Mais le calme total de la nuit nous enveloppa bientôt ; une lointaine église nous informait

par son carillon des progrès de l'heure ; au-dessus de
nous une petite pluie fine chuchotait dans le feuil-
lage.

Deux heures et demie avaient sonné ; c'était le
moment le plus noir de la nuit : celui qui précède
l'aube. Une sorte de déclic venant de la grille nous fit
sursauter. Quelqu'un s'engageait dans l'allée. Un long
silence s'écoula. Je commençais à me demander si
nous n'avions pas été victimes d'une illusion quand
nous entendîmes un pas furtif de l'autre côté de la
cabine, puis un cliquetis métallique. L'inconnu
essayait de forcer la serrure ! Cette fois, ou bien il se
montra plus adroit, ou bien il disposait d'un meilleur
outil, car un bruit sec précéda le grincement des
gonds. Il y eut le frottement d'une allumette, une
lumière fixe éclaira l'intérieur de la cabine : le visiteur avait allumé la bougie. De tous nos yeux nous
regardâmes par le rideau transparent.

Notre cambrioleur était un jeune homme, frêle et
maigre, et la pâleur de son visage était soulignée par
une moustache noire. Il n'avait guère plus de vingt
ans. Je n'ai jamais vu d'être humain plus épouvanté :
il claquait des dents, tremblait de tous ses membres.
Il était correctement habillé d'une veste de tweed et
d'une culotte de golf, et coiffé d'une casquette de
drap. Nous le voyions explorer autour de lui avec des
yeux affolés. Puis il posa la bougie sur la table et,
passant dans un angle, disparut à notre vue. Il
reparut avec un gros volume, l'un des livres de bord
qui étaient rangés sur un rayon. S'appuyant sur la
table, il le feuilleta rapidement jusqu'à ce qu'il eût
trouvé ce qu'il cherchait. Avec un geste de colère, il
referma le livre, le replaça sur le rayon et éteignit la
lumière. A peine avait-il fait demi-tour pour sortir
de la cabine que Hopkins lui mit la main au collet.
J'entendis le jeune homme pousser une exclamation
de terreur quand il comprit qu'il était pris. La bougie
fut rallumée, et nous pûmes observer à loisir notre
prisonnier qui frissonnait comme une feuille sous la
rude poigne de l'inspecteur. Il s'affaissa sur le coffre

de marin et nous regarda désespérément tous les trois.

« Maintenant, mon bon ami, fit Hopkins, qui êtes-vous, et que veniez-vous faire ici ? »

Le jeune homme se ressaisit.

« Vous êtes de la police, je suppose ? dit-il. Vous croyez sans doute que j'ai quelque chose à voir dans la mort du capitaine Peter Carey ? Je vous assure que je suis innocent.

— Nous en reparlerons, répondit Hopkins. D'abord comment vous appelez-vous ?

— John Hopley Neligan. »

Holmes et Hopkins échangèrent un clin d'œil.

« Qu'est-ce que vous étiez venu faire ici ?

— Puis-je vous parler sous le sceau du secret ?

— Non, certainement pas !

— Alors pourquoi vous le dirais-je ?

— Si vous ne répondez pas, il pourrait vous en cuire au procès ! »

Le jeune homme cilla.

« Eh bien, je vais vous le dire. Pourquoi pas, après tout ? Et cependant l'idée que ce vieux scandale pourrait revenir à la surface me fait mal. Avez-vous déjà entendu parler de la firme Dawson & Neligan ? »

Le visage fermé de Hopkins montra que non, mais je vis que Holmes, par contre, était vivement intéressé.

« Vous voulez dire les banquiers de l'Ouest ? interrogea-t-il. Ils ont fait une faillite d'un million de livres, ruiné la moitié des familles du comté des Cornouailles, et Neligan a disparu ?

— C'est juste. Neligan était mon père. »

Au moins nous entrions dans du positif ! Et pourtant il y avait une marge considérable entre un banquier en déconfiture et le capitaine Peter Carey épinglé au mur par son harpon. Nous écoutâmes avidement les paroles du jeune homme.

« C'était mon père qui dirigeait réellement la banque. Dawson s'était retiré. Je n'avais que dix ans à l'époque, mais j'étais déjà assez mûr pour saisir toute la honte et toute l'horreur de cela. On a toujours prétendu que mon père s'était enfui avec les valeurs. Ce n'est pas vrai ! Il pensait que si on lui laissait le temps de les réaliser, ses créanciers seraient tous remboursés. Il partit pour la Norvège sur son petit yacht juste avant que le mandat d'arrêt fût décerné. Je me rappelle le dernier soir où il fit ses adieux à ma mère. Il nous laissa une liste des valeurs qu'il emportait, et il lui jura qu'il reviendrait quand son honneur aurait été lavé, et que ceux qui lui avaient fait confiance ne perdraient rien. Nous n'avons plus jamais eu de ses nouvelles. Le yacht et lui disparurent. Nous crûmes, ma mère et moi, qu'il avait fait naufrage avec toutes les valeurs qu'il avait emportées. Mais nous avions un ami fidèle, un homme d'affaires, et ce fut lui qui découvrit il y a quelque temps que quelques-unes de ces valeurs avaient fait leur réapparition sur le marché de Londres. Vous imaginez notre surprise ! Je passai des mois à rechercher leurs traces, et enfin, après quantité de tâtonnements et de difficultés, j'appris que le vendeur à l'origine avait été le capitaine Peter Carey, le propriétaire de cette cabane.

« Naturellement je procédai à une enquête sur lui. Je découvris qu'il avait commandé un bateau équipé pour la pêche à la baleine et que ce navire revenait des mers arctiques au moment où mon père traversait la mer du Nord pour se rendre en Norvège. Cette année-là l'automne avait été très orageux et il y avait eu toute une série de tempêtes venant du sud. Le yacht de mon père avait peut-être infléchi sa route vers le nord, où il aurait alors rencontré le navire du capitaine Carey. Dans cette hypothèse, qu'était devenu mon père ? De toute manière, si je pouvais prouver par un témoignage de Peter Carey comment ces valeurs étaient venues sur le marché, je démontrerais que mon père ne les avait pas vendues et qu'il n'avait pas obéi à une volonté de profit personnel en les emportant.

« Je descendis dans le Sussex avec l'intention de voir le capitaine, mais entre-temps il trouva la mort horrible que vous savez. Je lus lors de la publication de l'enquête la description de sa cabine. On disait qu'il avait conservé ses vieux livres de bord. J'eus l'idée que je pourrais y lire ce qui s'était passé en août 1883, à bord de la *Licorne de mer*, et connaître ainsi le sort de mon père. J'ai essayé la nuit dernière d'examiner ces volumes, mais j'ai été incapable d'ouvrir la porte. Cette nuit j'ai réussi à pénétrer et j'ai regardé les livres de bord. Mais j'ai constaté que les pages relatives à ce mois d'août avaient été arrachées. Et puis, vous m'avez arrêté...

— Est-ce tout ? questionna Hopkins.

— Oui, c'est tout. »

Le jeune homme détourna son regard.

« Vous n'avez rien de plus à nous dire ? »

Il hésita.

« Non, rien.

— Vous n'êtes jamais venu ici avant la nuit dernière ?

— Non.

— Alors, comment expliquez-vous cela ? » cria Hopkins en tirant de sa poche le carnet qui portait sur la première page les initiales de notre prisonnier et la tache de sang sur la couverture.

Le malheureux s'effondra. Il se cacha la tête dans les mains et fut secoué par un tremblement terrible.

« Où l'avez-vous trouvé ? gémit-il. Je ne savais pas. Je croyais l'avoir perdu à l'hôtel.

— En voilà assez ! fit Hopkins sévèrement. Tout ce que vous avez à dire de plus, vous le direz devant le tribunal. Venez avec moi au commissariat de police. Eh bien, monsieur Holmes, je vous suis très reconnaissant à vous et à votre ami de m'avoir accompagné ici pour me donner un coup de main. Les circonstances ont fait que votre présence s'est trouvée presque superflue, et j'aurais réussi l'affaire sans vous. Tout de même, je vous remercie. Des chambres ont été retenues pour vous à l'hôtel, si bien que nous pouvons nous rendre ensemble au village. »

Au cours de notre voyage de retour, le lendemain matin, Holmes me demanda :

« Eh bien, Watson, qu'en dites-vous ?

— J'en dis d'abord que vous n'êtes pas satisfait.

— Oh ! si, mon cher Watson ! Je suis complètement satisfait. Tout de même les méthodes de Stanley Hopkins ne sont pas à mon goût. Je suis déçu par Stanley Hopkins. J'attendais mieux de sa part. Il faut toujours examiner deux hypothèses : l'une pour, l'autre contre. C'est la règle numéro 1 dans toute enquête criminelle.

— Alors quelle est la deuxième hypothèse ?

— Celle que je cherche à vérifier. Peut-être ne donnera-t-elle rien. Je ne puis pas le dire. Mais au moins je la suivrai jusqu'au bout ! »

Plusieurs lettres attendaient Holmes à Baker Street. Il en décacheta immédiatement une, la lut et partit d'un éclat de rire victorieux.

« Excellent, Watson ! La deuxième hypothèse prend corps. Avez-vous des formules de télégramme ? Écrivez, s'il vous plaît, deux messages pour moi : « Sumner, courtier maritime, Ratcliff Highway. Envoyez trois hommes pour demain matin dix heures. Basil. » Dans ce coin, je m'appelle Basil. L'autre maintenant : « Inspecteur Stanley Hopkins, 46, Lord Street, Brixton. Venez prendre demain petit déjeuner à neuf heures trente. Important. Télégraphiez si ne pouvez pas venir. Sherlock Holmes. » Là ! Watson, cette infernale affaire m'aura hanté dix jours. D'ores et déjà je la bannis de mes préoccupations. Demain nous en entendrons parler pour la dernière fois. »

A l'heure militaire, l'inspecteur Stanley Hopkins arriva, et nous prîmes place devant un excellent petit déjeuner préparé par Mme Hudson. Le jeune détective était tout glorieux de sa réussite.

« Sincèrement, lui demanda Holmes, vous croyez que votre solution est juste ?

— Je ne crois pas possible d'avoir une évidence plus complète.

— Elle ne me paraît pas concluante, à moi.

— Vous me surprenez, monsieur Holmes ! Que voudriez-vous de plus ?

— Votre explication répond-elle à tous les points ?

— Sans aucune faille. Je trouve que le jeune Neligan est arrivé dans le village et descendu à l'hôtel le jour même du crime. Il est venu sous le prétexte de jouer au golf. Sa chambre était située au rez-de-chaussée. Il pouvait sortir quand il le voulait. Dès la première nuit il est allé à Woodman's Lee, a vu Peter Carey dans sa cabane, s'est disputé avec lui et l'a tué avec le harpon. Puis, horrifié par l'acte qu'il avait commis, il s'est enfui de la cabane en laissant tomber le carnet qu'il avait apporté pour interroger Carey sur ces diverses valeurs. Vous pouvez avoir remarqué que certaines étaient pointées au crayon ; les autres, en majorité, ne l'étaient pas. Celles qui étaient pointées sont celles dont la trace a été retrouvée sur le marché de Londres. Les autres étaient sans doute restées dans le portefeuille de Carey. Le jeune Neligan, conformément à son propre récit, était désireux de les récupérer afin de désintéresser les créanciers de son père. Après avoir fui, il n'a pas osé revenir dans la cabine pendant quelque temps. Mais finalement il s'est contraint à s'y rendre pour obtenir les renseignements dont il avait besoin. Tout cela est clair comme de l'eau de roche ! »

Holmes sourit et secoua la tête.

« Il n'y a qu'un inconvénient, Hopkins : c'est que votre théorie ne tient pas. Avez-vous essayé de transpercer un corps d'un coup de harpon ? Non ? Tut, tut, mon cher monsieur, vous devriez réellement faire attention à de si petits détails ! Mon ami Watson pourra vous dire que j'ai passé toute une matinée à pratiquer ce sport. Croyez-moi : ce n'est pas chose facile ! Il faut posséder un bras musclé et entraîné. Or, ce coup mortel a été assené avec une violence telle que la pointe du harpon s'est enfoncée profondément dans le mur. Vous représentez-vous cet adolescent anémique pourfendant Peter le Noir ? Est-il homme à vider des petits verres de rhum et à trinquer avec le capitaine au milieu de la nuit ? Est-ce son profil qui a été vu sur le store l'avant-veille ? Non, Hopkins ! C'est sûrement un autre individu, bien plus redoutable, que nous devons accuser du crime ! »

Pendant le petit discours de Holmes, le visage du détective s'était notablement allongé. Ses espérances, ses ambitions avaient éclaté en miettes. Mais il n'allait pas abandonner sa position sans lutte.

« Il est indéniable que Neligan était présent cette, nuit-là, monsieur Holmes. Le carnet le prouve ! J'imagine que je possède suffisamment de preuves pour contenter un jury, même si vous m'en démolissez une. De plus, moi, monsieur Holmes, j'ai mis la main sur MON homme. Le vôtre, s'il vous plaît, cet individu si redoutable, où est-il ?

— Je crois qu'il monte justement l'escalier, répondit Holmes avec sérénité. Et je crois aussi, Watson, que vous feriez bien de placer ce revolver à portée de votre main... »

Il se leva, posa une feuille de papier sur une petite table.

« ... Maintenant nous sommes prêts », ajouta-t-il.

Nous entendîmes de grosses voix discuter dehors, puis Mme Hudson ouvrit la porte pour nous annoncer que trois hommes demandaient le capitaine Basil.

« Faites-les entrer un par un », dit Holmes.

Le premier était un petit joufflu arborant des favoris blancs floconneux. Holmes avait tiré une lettre de sa poche.

« Quel nom ? demanda-t-il.

— James Lancaster.

— Je regrette, Lancaster, mais la place est prise. Voici un demi-souverain pour le dérangement. Passez dans cette pièce et attendez quelques instants. »

Le deuxième était aussi long que sec, avec des cheveux hirsutes et des joues creuses. Il s'appelait Hugh Pattins. Lui aussi fut renvoyé avec un demi-souverain et l'ordre d'attendre.

Le troisième n'avait pas un aspect commun. Il avait une tête féroce de bouledogue encadrée par un fouillis de cheveux et de barbe, deux hardis yeux noirs abrités par d'épais sourcils en bataille. Il salua et se tint debout, tournant, comme les marins, sa casquette dans ses mains.

« Votre nom ? demanda Holmes.

— Patrick Cairns.

— Harponneur ?

— Oui, monsieur. Vingt-six voyages.

— De Dundee, je suppose ?

— Oui, monsieur.

— Et prêt à partir sur un bateau d'exploration ?

— Oui, monsieur.

— A quel tarif ?

— Huit livres par mois.

— Vous êtes libre tout de suite ?

— Le temps de prendre mon fourniment.

— Vous avez vos papiers ?

— Oui, monsieur. »

Il tira une liasse de papiers graisseux et déchirés. Holmes y jeta un coup d'œil et les lui rendit.

« Vous êtes exactement l'homme qu'il me fallait ! dit-il. Voilà le contrat sur la table. Si vous signez, l'affaire est réglée. »

Le marin traversa gauchement la pièce et prit la plume.

« Où dois-je signer ? » questionna-t-il en se penchant au-dessus de la table.

Holmes allongea son buste par-dessus l'épaule de Patrick Cairns et lui passa les deux mains autour du cou.

« Ceci suffira ! » dit-il.

J'entendis un cliquetis métallique et le mugissement d'un taureau en colère. Dès la seconde qui suivit, Holmes et le marin roulaient par terre. Le marin était doué d'une force de géant : malgré les menottes que Holmes avait si habilement refermées sur ses poignets, il serait venu à bout de notre ami si Hopkins et moi n'avions pas été là pour voler à son secours. Il fallut que je braquasse le canon du revolver contre sa tempe pour qu'il comprît que toute résistance serait inutile. Nous le ligotâmes aux chevilles avec de la corde et nous nous relevâmes tout essoufflés.

« Je vous dois réellement des excuses, Hopkins ! fit Sherlock Holmes. Je crains que les œufs brouillés ne soient froids. Néanmoins vous profiterez mieux de votre petit déjeuner, n'est-ce pas, en pensant que vous avez conclu triomphalement l'affaire ? »

Hopkins, encore stupéfait, était sans voix. Après un long effort qui le rendit tout rouge, il se décida.

« Je ne sais pas quoi dire, monsieur Holmes ! Sinon que je me suis conduit comme un idiot depuis le début. Je réalise à présent ce que je n'aurais jamais dû oublier : à savoir que je suis l'élève et vous le maître. En cet instant même, je vois bien ce que vous avez fait, mais pas du tout comment vous vous y êtes pris, ni ce que cela veut dire.

— Bon, bon ! fit Holmes avec bonne humeur. Tous nous apprenons par l'expérience, et cette fois-ci la leçon que vous devez tirer est qu'il ne faut jamais perdre de vue l'autre hypothèse... Vous étiez si absorbé par le jeune Neligan que vous n'avez pas eu une pensée pour Patrick Cairns, le véritable assassin de Peter Carey. »

La voix rude du matelot interrompit ce dialogue.

« Dites donc, monsieur ! Je ne me plains pas d'être dans cette situation, mais je voudrais bien que vous appeliez les choses par leur nom. Vous racontez que j'ai assassiné Peter Carey. Moi je dis : j'ai tué Peter Carey. C'est toute la différence. Peut-être que vous ne me croyez pas. Peut-être que vous pensez que je vous chante une romance...

— Pas du tout ! répondit Holmes. Voyons un peu ce que vous avez à dire là-dessus.

— Ça sera vite dit et, par le Seigneur, je vous jure que je vous apprendrai la vérité ! Je connaissais Peter le Noir. Quand il a tiré son couteau, j'ai bondi sur le harpon, car je savais que ce serait lui ou moi. Voilà comment il est mort. Vous pouvez dire que c'est un meurtre. De toute façon j'aime mieux mourir avec une corde autour de mon cou, qu'avec le couteau de Peter le Noir dans le ventre !

— Comment en êtes-vous arrivé là ? demanda
Holmes.

— Je vais vous dire tout, depuis le commencement. Mais laissez-moi me redresser un peu pour
que je puisse parler plus facilement. C'était en 1883,
au mois d'août. Peter Carey était maître à bord de la
*Licorne de mer* où j'avais embarqué comme harponneur auxiliaire. Nous rentrions chez nous. Nous
venions juste de sortir des banquises. Nous avions le
vent debout ; depuis une semaine il y avait eu des
tempêtes qui remontaient du sud. Là nous ramas-
sâmes un petit bateau qui avait dérivé vers le nord.
Il n'y avait qu'un homme à bord : le propriétaire.
L'équipage avait cru que le bateau allait sombrer et
les matelots l'avaient abandonné pour se rendre en
Norvège dans le canot. Je pense qu'ils se sont tous
noyés en route. Alors nous l'avons monté à bord, cet
homme, et lui et le patron ont beaucoup parlé tous
les deux dans la cabine. Pour tout bagage il n'avait
qu'une boîte en fer-blanc. Je ne sais pas comment il
s'appelait. Ce que je sais, c'est que, la deuxième nuit,
il a disparu comme si on ne l'avait jamais vu. On a
raconté qu'il s'était jeté à l'eau ou qu'il était tombé
par-dessus bord à cause du mauvais temps. Une
seule personne a su ce qui lui était arrivé : moi. Car
de mes propres yeux j'avais vu le patron le tirer par
les talons et le faire basculer par-dessus le bastingage
au cours du quart du milieu, deux jours avant que
nous ne soyons en vue des phares des Shetland.

« Je n'ai rien dit. J'ai attendu pour voir ce qui allait
se passer. Nous sommes arrivés en Écosse. Tout s'est
trouvé étouffé. Personne n'a posé de questions. Un
inconnu mort accidentellement : personne n'avait à
y voir. Presque aussitôt Peter Carey abandonnait la
mer. De longues années passèrent avant que je pusse
savoir ce qu'il était devenu. J'avais compris : il avait
agi comme ça à cause de la boîte en fer-blanc. Il
faudrait qu'il paye pour que je me taise.

« Je l'ai retrouvé par l'intermédiaire d'un marin qui
l'avait rencontré à Londres. Alors je suis descendu
pour presser le citron. La première nuit il s'est

montré assez raisonnable : il était prêt à me donner suffisamment pour que je n'aie plus besoin de reprendre la mer. Nous devions passer accord le surlendemain. Quand j'arrivai, je m'aperçus qu'il était aux trois quarts ivre et que son humeur était plutôt méchante. Nous nous sommes assis et nous avons bu et nous avons bavardé du bon vieux temps. Mais plus il buvait, moins j'aimais la tête qu'il faisait. J'avais repéré le harpon sur le mur. Je me suis dit que je pourrais en avoir besoin avant le règlement des comptes. Et puis tout à coup il a avancé sur moi en crachant, en jurant, et il a sorti son grand couteau en proférant des menaces de mort. Avant qu'il ait eu le temps de tirer le couteau de sa gaine, je l'avais transpercé du harpon : de part en part. Grands dieux ! Quel cri il poussa ! J'ai encore son visage de ce moment-là qui m'empêche de dormir. Je suis resté là, avec tout autour de moi des éclaboussures de son sang. J'ai attendu un moment. Tout était calme. J'ai repris courage. J'ai regardé dans la cabine. Sur le rayon il y avait la boîte en fer-blanc. De toute façon j'y avais droit autant que Peter Carey. Alors je l'ai prise et j'ai quitté la cabine. Comme un imbécile j'ai laissé sur la table ma blague à tabac.

« Maintenant je vais vous raconter le plus étrange. A peine étais-je sorti de la cabine que j'ai entendu quelqu'un approcher. Je me suis caché dans les buissons. J'ai vu un homme se glisser vers la cabine, y pénétrer... Il a poussé un cri comme s'il avait vu un fantôme, et puis il s'est enfui aussi vite que ses jambes pouvaient le porter. Qui il était, ce qu'il voulait, je l'ignore. Pour ma part j'ai marché pendant quinze kilomètres, j'ai pris le train à Tunbridge Wells et je suis rentré à Londres ni vu ni connu.

« Quand j'ai regardé ce que contenait la boîte en fer-blanc, je n'y ai pas trouvé d'argent, mais rien que des papiers que je n'oserais jamais vendre. Je ne pouvais plus faire chanter Peter le Noir et j'étais à Londres sans un shilling. J'ai vu ces annonces qui demandaient des harponneurs et qui promettaient de bons salaires, alors je suis allé voir le courtier maritime et c'est lui qui m'a envoyé ici. Voilà tout ce que je sais, et je répète que si j'ai tué Peter le Noir, la loi devrait me remercier car j'ai économisé à la justice une belle corde de chanvre ! »

Holmes se leva et alluma sa pipe.

« Très claire, cette déposition ! fit-il. Je crois, Hopkins, que vous n'avez pas un instant à perdre pour conduire votre prisonnier en lieu sûr. Cette pièce n'a pas été conçue pour servir de cellule et M. Patrick Cairns occupe sur le tapis une place trop importante.

— Monsieur Holmes, dit Hopkins, je ne sais pas comment vous exprimer ma reconnaissance. Même à présent je ne vois pas comment vous avez obtenu ce résultat.

— Simplement parce que j'ai eu la chance de saisir la bonne indication dès le début. Il est fort possible que si j'avais appris l'existence du carnet je me serais égaré comme vous. Mais tout ce que je connaissais ne m'indiquait qu'une direction. La force stupéfiante, l'habileté dans le maniement du harpon, le rhum et l'eau, la blague en peau de phoque, tout me suggérait un matelot qui avait pratiqué la pêche à la baleine. J'étais convaincu que les initiales « P. C. » sur la blague étaient une coïncidence, puisque Peter le Noir fumait très peu, et qu'on n'avait pas trouvé de pipe dans sa cabine. Vous rappelez-vous que je vous ai demandé s'il y avait dans la cabine du whisky et du cognac ? Vous m'avez répondu que oui. Connaissez-vous beaucoup de terriens qui boivent du rhum quand il y a autre chose à boire ? Oui, j'étais certain que l'assassin était un marin !

— Et comment l'avez-vous trouvé ?

— Mon cher monsieur, le problème était devenu très simple. Si c'était un marin, ce ne pouvait être qu'un marin qui avait embarqué à bord de la *Licorne de mer*. J'ai perdu trois jours à écrire à Dundee et à attendre la réponse : mais j'ai obtenu les noms des matelots de la *Licorne de mer* en 1883. Quand j'ai lu celui de Patrick Cairns, harponneur, j'ai compris que mon enquête touchait à son terme. Je réfléchis que l'homme pouvait être encore à Londres mais qu'il ne devait avoir qu'un désir : quitter le pays. Alors j'ai passé quelques jours dans East End, annoncé le départ prochain d'une expédition polaire, promis des salaires intéressants pour des harponneurs désireux de servir sous les ordres du capitaine Basil... Et voyez le résultat !

— Merveilleux ! s'écria Hopkins. Merveilleux !

— Débrouillez-vous pour faire relâcher le jeune Neligan le plus tôt possible ! ajouta Holmes. J'avoue que vous lui devez quelques excuses. La boîte en fer-blanc doit lui être restituée. Mais, bien sûr, les valeurs que Peter Carey a vendues sont perdues à jamais. Votre fiacre est là, Hopkins. Vous pouvez nous débarrasser de votre prisonnier. Si vous avez besoin de moi pour le procès, mon adresse et celle de Watson sera : « Quelque part en Norvège. » Je vous enverrai des précisions plus tard ! »

## CHAPITRE VII

## CHARLES AUGUSTE MILVERTON

De nombreuses années se sont écoulées depuis les événements que je vais raconter, et c'est pourtant avec réticence que j'en aborde le récit. Pendant longtemps il aurait été impossible de les publier, même discrètement. Mais aujourd'hui la principale personne en cause échappe à la loi des hommes et quelques suppressions suffiront pour qu'ils ne nuisent à personne. Il s'agit d'une aventure absolument unique dans la carrière de M. Sherlock Holmes et dans la mienne. Le lecteur voudra bien m'excuser si je ne précise ni une date ni un fait qui pourraient lui permettre de reconstituer l'affaire dans sa réalité.

Nous étions sortis pour prendre l'air, Holmes et moi, et nous étions rentrés vers six heures du soir.

C'était par un jour d'hiver. Il avait gelé. Quand Holmes alluma la lampe, la lumière éclaira une carte de visite posée sur la table. Il la prit et, avec une exclamation de dégoût, la jeta par terre. Je la ramassai et lus à mon tour :

« Charles Auguste Milverton
Appledore Towers
Hampstead
Agent d'affaires »

« Qui est-ce ? demandai-je.

— Le pire des habitants de Londres ! répondit Holmes en s'asseyant et en étirant ses longues jambes devant le feu. Y a-t-il quelque chose d'écrit au verso de la carte ? »

Je la retournai.

« Oui. Viendrai à 6 heures 30. C.A.M. »

— Hum ! C'est presque l'heure. Dites, Watson, est-ce que vous n'éprouvez pas une sorte de contraction avec de la chair de poule quand vous vous tenez devant les serpents du Zoo et que vous voyez ces bêtes glissantes, rampantes, avec leurs yeux méchants et ternes, leurs têtes aplaties ? Eh bien, voilà l'effet que me procure la présence de Milverton. Dans ma carrière j'ai eu affaire avec cinquante assassins ; mais le plus féroce d'entre eux n'a jamais suscité en moi la répulsion que j'éprouve à l'égard de cet individu. Et pourtant je suis professionnellement obligé de le rencontrer : en fait, il va venir ici sur mon invitation.

— Mais qui est-il ?

— Vous allez le savoir, Watson. Il est le roi des maîtres chanteurs. Que le Ciel protège l'homme et surtout la femme dont un secret ou la réputation tombe entre les mains de Milverton ! Avec un bon sourire et un cœur de marbre il pressera, pressera jusqu'à ce que le citron soit complètement sec. A sa manière il a du génie. Dans une profession plus honorable il aurait fait son chemin. Voici comment il opère. Il s'est fait la réputation de quelqu'un

capable de payer un bon prix des lettres compromet-
tant des gens riches ou bien placés. Il reçoit cette
marchandise non seulement de valets ou de femmes
de chambre, mais assez souvent de canailles distin-
guées qui ont gagné l'affection de femmes trop
confiantes. Il n'est pas mesquin. J'ai appris qu'il avait
payé une fois à un chasseur sept cents livres pour un
billet de deux lignes : une noble famille ne s'en releva
pas. Tout ce qui traîne va chez Milverton. Dans cette
grande ville, des centaines et des centaines de gens
pâlissent en entendant prononcer son nom. Personne
ne peut prévoir où sa poigne s'abattra, car il est bien
trop riche et bien trop astucieux pour travailler au
jour le jour. Il tient en réserve une carte pendant des
années, et il la jouera au moment où l'enjeu sera le
plus gros. Je vous ai dit que c'était le pire homme
de Londres. Maintenant je vous demande comment
qualifier le scélérat qui profite d'une passion pour
vendre sa partenaire à ce Milverton lequel, méthodi-
quement et à son heure, torturera son âme et jouera
avec ses nerfs simplement en vue d'arrondir une
bourse déjà bien pleine ? »

J'avais rarement entendu mon ami s'exprimer avec
une telle véhémence.

« Mais enfin, dis-je, ce Milverton doit bien tomber
sous le coup de la loi ?

— Théoriquement bien sûr ! Mais pratiquement
jamais. Quel intérêt aurait une femme, par exemple,
à le faire condamner à quelques mois de prison si
elle devait ensuite être complètement ruinée dans sa
fortune et son honneur ? Ses victimes n'osent pas lui
rendre coup pour coup. Si au moins il faisait chanter
une personne parfaitement innocente, alors nous
pourrions le pincer. Mais il est aussi rusé que le
Malin. Non, il faut d'autres armes pour le battre.

— Et pourquoi l'avez-vous invité ici ?

— Parce qu'une cliente célèbre m'a confié son cas
pitoyable. Il s'agit de Lady Eva Brackwell, la plus
ravissante débutante de la saison. Elle doit se marier
dans quinze jours au comte de Dovercourt. Cette
canaille a entre les mains quelques lettres impru-

dentes... Imprudentes, Watson, pas davantage !... Elle les avait écrites à un jeune propriétaire impécunieux de la campagne. Ces lettres suffiraient pour rompre les fiançailles. Et Milverton les fera parvenir au comte s'il n'a auparavant reçu une grosse somme. J'ai été chargé de le rencontrer et... d'obtenir le meilleur marché possible. »

A cet instant un bruit de roues et de sabots se fit entendre en bas dans la rue. Regardant par la fenêtre je vis une voiture confortable, majestueuse, à deux chevaux. Un valet de pied ouvrit la portière. Un homme petit, fort, vêtu d'un manteau aux parements d'astrakan descendit. Une minute plus tard il était dans notre salon.

Charles Auguste Milverton avait une cinquantaine d'années. Il possédait une tête imposante et intelligente. Son visage rond et rose était imberbe. Sur les lèvres un éternel sourire semblait avoir gelé là par hasard. Deux yeux gris perçants brillaient derrière de grosses lunettes en or. Extérieurement il rappelait assez bien la bienveillance de M. Pickwick, mais celle-ci était démentie par ce sourire immuable et l'éclat dur de ses yeux mobiles et pénétrants. Sa voix était aussi suave et douce que sa contenance. Il avança la main tendue en murmurant ses regrets de nous avoir manqués à son premier passage.

Holmes dédaigna la petite main bouffie et le regarda avec un visage de granit. Le sourire de Milverton s'élargit. Il haussa les épaules, retira sa pelisse, la plia avec grand soin sur le dossier d'une chaise et s'assit.

« Ce monsieur ? dit-il avec un geste vague dans ma direction. Est-il discret ? régulier ?

— Le docteur est mon ami et associé.

— Parfait, monsieur Holmes. C'est uniquement dans l'intérêt de votre cliente que je posais la question. L'affaire est tellement délicate...

— Le docteur Watson en a déjà entendu parler.

— Alors nous pouvons discuter. Vous dites que vous êtes le représentant de Lady Eva. Vous a-t-elle autorisé à accepter mes conditions ?

— Quelles sont vos conditions ?

— Sept mille livres.

— Sinon ?...

— Mon cher monsieur, il m'est pénible d'en parler. Mais si l'argent n'est pas versé le 14, le mariage ne sera sûrement pas célébré le 18. »

Son insupportable sourire devint plus affable que jamais. Holmes réfléchit.

« J'ai l'impression, dit-il enfin, que vous prenez l'affaire pour plus sûre qu'elle ne l'est. Je connais naturellement le genre de ces lettres. Ma cliente suivra mon avis. Je lui conseillerai de s'ouvrir de toute l'histoire à son futur mari et de s'en remettre à sa générosité. »

Milverton eut un petit rire.

« On voit bien que vous ne connaissez pas le comte ! » fit-il.

Du regard de Holmes je déduisis qu'au contraire il le connaissait.

« Quel mal y a-t-il dans ces lettres ? interrogea-t-il.

— Elles sont primesautières... Très primesautières ! répondit Milverton. La lady était vraiment une correspondante pleine d'esprit. Mais je puis vous affirmer que le comte de Dovercourt n'apprécierait pas du tout le badinage de ces lettres. Comme toutefois vous jugez différemment, restons-en là. C'est uniquement un problème d'affaires. Si vous estimez qu'il est dans l'intérêt supérieur de votre cliente que ces lettres soient communiquées au comte, alors vous trouvez certainement absurde de débourser autant d'argent pour les récupérer. »

Il se leva et prit sa pelisse d'astrakan.

Holmes, mortifié, était gris de fureur.

« Attendez un moment ! dit-il. Vous allez trop vite. Nous serions évidemment désireux d'éviter tout scandale dans une affaire aussi délicate. Pour cela nous pourrions essayer un effort... »

Milverton se laissa retomber sur sa chaise.

« J'étais sûr que vous verriez les choses sous cet angle ! ronronna-t-il.

— Mais d'autre part, enchaîna Holmes, Lady Eva

n'est pas fortunée. Je vous assure que deux mille livres seraient une rude saignée. La somme que vous réclamez est au-dessus de ses moyens. Je vous prierai donc de réduire vos exigences, et je vous demande de rendre les lettres au prix que je viens d'indiquer : croyez-moi, c'est le plus élevé qu'elle puisse payer. »

Le sourire de Milverton s'élargit et il nous cligna malicieusement de l'œil.

« Je sais que vous êtes dans le vrai à propos des ressources de Lady Eva. Mais d'autre part vous admettrez bien que le mariage d'une lady est une occasion rêvée pour ses amis et sa famille de consentir un petit effort en son honneur. Peut-être hésitent-ils sur le choix d'un cadeau de noces acceptable ? Laissez-moi leur dire que ce petit paquet de lettres sera beaucoup mieux accueilli que tous les chandeliers et tous les beurriers de Londres !

— C'est impossible ! dit Holmes.

— Mon Dieu, mon Dieu, quel malheur ! s'écria Milverton en tirant de sa poche un gros carnet. Je ne peux pas m'empêcher de penser que les dames se font bien du tort quand elles renâclent devant un effort. Regardez ceci !... »

Il brandit un petit billet avec des armes sur l'enveloppe.

« ... Ceci appartient à... Bah, il ne serait pas très gentil de dire le nom avant demain matin ! Mais demain matin ce billet sera entre les mains du mari d'une lady. Et tout cela parce qu'elle n'a pas trouvé une misérable petite somme d'argent qu'elle aurait pu se procurer en une heure : il lui aurait suffi de troquer ses vrais diamants contre des faux. C'est tellement dommage ! Tenez, vous vous rappelez la rupture subite des fiançailles entre l'honorable Mlle Miles et le colonel Dorking ? Deux jours seulement avant les noces parut dans le *Morning Post* un entrefilet annonçant que le mariage n'aurait pas lieu. Et pourquoi ? C'est presque incroyable, mais un chiffre absurde, douze cents livres, aurait tout arrangé ! N'est-ce pas lamentable ? Et là je vous trouve, vous un homme sensé, rechignant sur des conditions dont dépendent l'avenir et la réputation de votre cliente. Vous m'étonnez, monsieur Holmes !

— Ce que je dis est la vérité, répondit Holmes. Il est impossible de réunir l'argent. Sûrement vous auriez intérêt à accepter la somme substantielle que je vous offre plutôt qu'à ruiner la carrière d'une femme. Ruine qui ne vous rapportera rien !

— Là vous vous trompez, monsieur Holmes. Un scandale me rapporterait indirectement beaucoup. J'ai en train huit ou dix affaires semblables. Si le bruit circulait que je m'étais montré inflexible avec Lady Eva, j'aurais ensuite devant moi des gens bien plus raisonnables. Vous voyez mon point de vue ? »

Holmes sauta de sa chaise.

« Mettez-vous derrière lui, Watson ! Ne le laissez pas sortir ! Maintenant, monsieur, voyons un peu ce que contient ce carnet. »

Milverton avait filé comme un rat à l'autre bout de la pièce et il s'était adossé au mur.

« Monsieur Holmes, monsieur Holmes ! dit-il en retournant sa pelisse et en exhibant la crosse d'un gros revolver qui dépassait de la poche intérieure. Moi qui attendais de vous quelque chose d'original ! Ceci a été fait mille fois, et il n'en est jamais rien sorti de bon. Je vous assure que je suis armé jusqu'aux dents, et parfaitement disposé à tirer si c'est nécessaire : j'aurai la loi pour moi. En outre, votre supposition que j'aurais apporté les lettres dans ce carnet ne tient pas debout : je ne commettrais jamais une bêtise pareille ! Maintenant, messieurs, j'ai encore différents rendez-vous ce soir, et la route est longue jusqu'à Hampstead. »

Il avança, enfila sa pelisse non sans avoir empoigné son revolver, et se dirigea vers la porte. Je saisis une chaise, mais Holmes secoua la tête, et je la reposai. Sur un salut, un sourire et un clin d'œil, Milverton sortit. Quelques instants après, une portière de voiture claqua et le bruit des roues nous avertit qu'il était parti.

Holmes s'assit près du feu, les mains enfouies au fond des poches de son pantalon, le menton coincé contre sa poitrine, les yeux fixés sur les charbons qui se consumaient. Pendant une demi-heure il demeura silencieux et immobile. Puis, avec le geste de l'homme qui a pris une décision, il se leva et passa dans sa chambre. Bientôt en sortit un jeune ouvrier désinvolte, portant le bouc et marchant d'un air avantageux. Avant de descendre il alluma sa pipe en terre à la lampe.

« Je reviens, Watson ! » se borna-t-il à me dire.

Il disparut dans la nuit. Je comprenais bien qu'il avait déclaré la guerre à Charles Auguste Milverton. Mais j'étais loin de me douter de la tournure qu'allait prendre cette campagne.

Pendant quelques jours Holmes entra et sortit à toute heure sous ce déguisement. En dehors d'une phrase aux termes de laquelle je compris qu'il passait son temps à Hampstead et que ce temps-là n'était pas perdu, je n'obtins rien de lui. Enfin, cependant, par un soir où la tempête faisait rage, où le vent hurlait et cognait aux fenêtres, il revint de sa dernière expédition, ôta son accoutrement, s'assit devant le feu et rit de bon cœur.

« Vous ne me verriez pas marié, n'est-ce pas, Watson ?

— Non, certainement pas !

— Eh bien, je suis sûr que vous apprendrez avec intérêt que je suis fiancé.

— Mon cher ami ! Je vous féli...

— A la femme de chambre de Milverton.

— Grands dieux, Holmes !

— J'avais besoin de renseignements, Watson !

— Vous êtes allé trop loin !

— C'était une étape indispensable. Je suis plombier. J'ai une affaire qui monte. Je m'appelle Escott. Je suis sorti tous les soirs avec elle et nous avons bavardé. Seigneur, quelles séances ! Néanmoins j'ai su ce que je voulais savoir. Je connais la maison de Milverton comme la paume de ma main.

— Mais la femme de chambre, Holmes ? »

Il haussa les épaules.

« Vous ne pouvez rien y faire, mon cher Watson. Il

faut jouer ses cartes du mieux qu'on le peut quand un tel enjeu est sur la table ! Cependant je suis heureux de dire que j'ai un rival qui me hait et qui me remplacera avantageusement dès que j'aurai le dos tourné. Quelle merveilleuse nuit, n'est-ce pas ?

— Vous aimez ce temps-là ?

— Il est propice à mes desseins. Watson, je vais cambrioler ce soir la maison de Milverton. »

J'en eus le souffle coupé. Un froid mortel glissa le long de mon échine. Il avait prononcé ces mots avec une lenteur résolue. Comme une suite d'éclairs au sein d'une nuit noire dévoile subitement tous les détails du paysage, de même j'entrevis d'un coup les résultats possibles d'un acte pareil : sa découverte, sa capture, sa carrière honorée s'achevant sur un échec irréparable et dans le déshonneur. Sherlock Holmes en tout cas à la merci de l'ignoble Milverton.

« Pour l'amour de Dieu, Holmes ! m'écriai-je. Réfléchissez à ce que vous voulez faire !

— Mon cher ami, j'y ai beaucoup réfléchi. Je ne précipite jamais mes actions, et je n'adopterais pas une méthode aussi énergique, et en effet aussi dangereuse, si j'avais le choix. Considérons l'affaire de sang-froid et loyalement. Je suppose que vous admettrez que cet acte est moralement justifiable, quoique théoriquement criminel. Cambrioler une maison n'est pas plus grave que de dérober de force un carnet... Un vol, mon cher Watson, que vous étiez disposé à commettre avec moi ! »

Je réfléchis.

« Oui, dis-je. Il est moralement justifiable sous la réserve que vous ne vous empariez pas d'autres objets que ceux dont il se sert pour un dessein illégal.

— Exactement. Puisqu'il est moralement justifiable, je n'ai plus qu'à envisager l'aspect du risque personnel. Un gentleman, Watson, ne doit pas s'attarder longuement sur cette considération quand une femme a un besoin désespéré de son aide.

— Vous serez dans une situation bien fausse !

— Eh bien, cela fait partie du risque ! Il n'y a pas d'autres moyens de récupérer ces lettres. La malheu-

reuse lady Eva n'a pas l'argent et elle n'a personne
dans sa famille à qui se confier. Demain est le dernier
jour de grâce. Si d'ici là nous n'avons pas les lettres,
cette canaille tiendra parole, et le scandale éclatera.
L'alternative est donc pour moi la suivante : ou bien
abandonner ma cliente à son destin, ou jouer cette
dernière carte. Entre nous, Watson, c'est un joli duel
entre ce Milverton et moi. Il a eu, vous le savez, le
dessus dans les premiers échanges. Mais ma réputation et le respect de moi-même me commandent de
le battre au finish !

— Je n'aime pas cela ! Mais je suppose qu'il faut le
faire, dis-je. Quand partons-nous ?

— Oh ! pas vous !

— Alors, vous n'irez pas ! m'exclamai-je. Je vous
fais le serment, et je n'ai jamais manqué à ma parole
d'honneur, que si vous ne me laissez pas partager
votre danger, je me précipite au plus proche commissariat de police et je vous dénonce !

— Vous ne pouvez pas m'aider, Watson.

— Qu'en savez-vous ? Qui peut dire ce qui arrivera ? De toute manière, ma résolution est prise. Il
existe d'autres gens que vous qui ont le respect de
soi-même et, peut-être, une réputation ! »

Holmes avait eu l'air ennuyé, mais son visage
s'éclaira et il posa sa main sur mon épaule.

« Bon, bon, mon cher ami ! Qu'il en soit ainsi.
Depuis quelques années nous partageons le même
appartement. Ce serait amusant si nous partagions
la même cellule ! Vous savez, Watson, ça ne me gêne
pas du tout de vous avouer que j'ai toujours eu l'idée
que j'aurais fait un criminel de très grande classe. La
chance de ma vie se présente aujourd'hui : je pourrai
vérifier si j'avais tort ! Regardez... »

Il sortit d'un tiroir un étui de cuir, l'ouvrit, et me
montra quelques outils étincelants.

« ... Voici l'attirail perfectionné, dernier cri, du
cambrioleur : une pince-monseigneur nickelée, un
diamant pour couper les vitres, des clefs adaptables...
bref, tout le progrès moderne qu'exige la marche en
avant de la civilisation ! Là, ma lanterne sourde. Tout

est en ordre. Avez-vous une paire de chaussures silencieuses ?

— J'ai des souliers de tennis à semelle caout-choutée.

— Très bien ! Et un masque ?

— Je peux en faire un avec une paire de bas de soie.

— Je m'aperçois que vous avez de l'inclination pour ce genre de choses ! Très bien. Confectionnez les masques. Nous mangerons froid avant de partir. Il est maintenant neuf heures et demie. A onze heures nous irons en voiture jusqu'à Church Row. De là il y a un quart d'heure de marche jusqu'à Apple-dore Towers. Nous nous mettrons au travail avant minuit. Milverton a le sommeil lourd, il se couche ponctuellement à dix heures et demie. Avec un peu de chance, nous devrions être de retour à deux heures, les lettres de Lady Eva dans ma poche. »

Nous nous mîmes en habit afin de ressembler à deux amateurs de théâtre rentrant chez eux. Dans Oxford Street nous hélâmes un fiacre qui nous con-duisit à une adresse quelconque dans Hampstead. Là, nous réglâmes la course et, boutonnés jusqu'au col dans nos grands pardessus (car il faisait un froid très vif et le vent nous fouettait le visage) nous prîmes la route d'Appledore Towers à pied.

« C'est le type même de l'affaire qui réclame du tact, me dit Holmes. Ces documents sont contenus dans un coffre qui se trouve dans le bureau de Milverton, et ce bureau sert d'antichambre à sa chambre à coucher. D'autre part, comme tous les hommes de petite taille et corpulents qui se soignent bien, c'est un dormeur redoutable. Agatha, ma fiancée, m'a dit qu'à l'office le sommeil du maître était un sujet de plaisanteries inépuisable. Il a un secrétaire qui lui est farouchement dévoué et qui ne bouge pas du bureau de toute la journée. Voilà pour-quoi nous attaquons de nuit. Il a aussi un monstre de chien qui se promène dans le jardin. Les deux derniers soirs j'ai rencontré Agatha assez tard et maintenant elle enferme cette brute pour me laisser le champ libre. Voici la maison. C'est la grande bâtisse dans cette propriété. Passons par la grille. Maintenant à droite, derrière les lauriers. Ici, nous pourrions nous masquer, je crois. Vous voyez, aucune fenêtre n'est éclairée. Tout est merveilleux. »

Nos visages recouverts de bas de soie nous donnaient sûrement l'allure la plus truculente qui se pût trouver à Londres ! Nous avançâmes vers la maison silencieuse, lugubre. Une sorte de véranda en tuiles courait le long d'un côté, avec plusieurs fenêtres et deux portes.

« Voilà sa chambre, chuchota Holmes. Cette porte ouvre sur son bureau. Elle nous conviendrait mieux, mais elle est pourvue de verrous et de barres, et nous ferions trop de bruit en la forçant. Tournons par ici. Une serre donne sur le salon. »

La porte était fermée, mais Holmes découpa une circonférence dans la vitre et tourna la clef de l'intérieur. Un moment après il avait refermé la porte derrière nous. Aux yeux de la loi nous étions devenus criminels. L'air chaud et épais de la serre et les riches odeurs des plantes exotiques nous prirent à la gorge. Holmes me saisit la main dans l'obscurité et me conduisit rapidement au-delà de parterres d'arbustes dont les branches nous balayèrent la figure. Holmes possédait le don, qu'il avait soigneusement développé et entretenu, de voir dans le noir. Toujours emprisonnant ma main dans l'une des siennes, il ouvrit une porte et j'eus vaguement l'impression que nous pénétrions dans une pièce où l'on avait fumé tout récemment un cigare. Il tâtonna parmi les meubles, ouvrit une autre porte et la referma derrière nous. J'étendis une main et je sentis plusieurs vêtements qui pendaient contre le mur : je compris que j'étais dans un corridor. Nous le longeâmes et très doucement Holmes ouvrit une autre porte sur la droite. Quelque chose se précipita vers nous, et je frémis ; mais je faillis éclater de rire quand je réalisai que c'était le chat. Un feu achevait de se consumer dans la pièce, et l'atmosphère était également alourdie par de la fumée de tabac. Holmes entra sur la pointe des pieds, m'attendit, puis sans faire de bruit referma la porte. Nous nous trouvions dans le bureau de Milverton ; à l'autre extrémité, une portière masquait l'entrée de sa chambre.

Le feu n'était pas encore mort ; il éclairait bien la pièce. Près de la porte j'aperçus un bouton électrique qui miroitait, mais il n'était pas nécessaire de le tourner. Sur l'un des côtés de la cheminée était tiré un rideau épais qui recouvrait la baie vitrée que nous avions vue de l'extérieur. De l'autre côté se trouvait la porte qui communiquait avec la véranda. Un bureau trônait au centre, avec un fauteuil tournant de cuir rouge. En face, une grande bibliothèque était coiffée d'une Minerve de marbre. Dans l'angle entre la bibliothèque et le mur, je vis un gros coffre-fort vert : la lumière du feu se reflétait sur sa surface polie. Holmes traversa la pièce et l'inspecta. Puis il se glissa jusqu'à la porte de la chambre à coucher et se tint immobile, la tête penchée, pour écouter. Aucun bruit. Entre-temps, j'eus l'idée que nous ferions bien de nous assurer une retraite par la porte qui donnait sur l'extérieur et je l'examinai. A ma stupéfaction je constatai qu'elle n'était ni verrouillée ni barricadée ! Je touchai Holmes au bras et il tourna son visage masqué dans la direction que je lui indiquais. Je le vis sursauter. Évidemment il était aussi étonné que moi.

« Je n'aime pas ça ! murmura-t-il en collant sa bouche contre mon oreille. Je ne comprends pas. De toute façon, nous n'avons pas de temps à perdre.

— Puis-je faire quelque chose ?

— Oui. Restez près de la porte. Si vous entendez quelqu'un approcher, verrouillez-la de l'intérieur et nous partirons comme nous sommes venus. Si on vient de l'autre côté, nous partirons par la porte extérieure si notre travail est fait ; sinon nous nous cacherons derrière ces rideaux. Comprenez-vous ? »

Je fis un signe de tête affirmatif et me postai près de la porte. Mon premier sentiment de peur avait disparu, et j'étais bien plus excité maintenant que

lorsque nous nous faisions les défenseurs de la loi.
La nature élevée de notre mission, la conscience que
j'avais de notre désintéressement et de notre esprit
chevaleresque, l'odieux caractère de notre adversaire, tout cela s'ajoutait au côté sportif de l'aventure.
Loin de me sentir coupable, j'exultais à la pensée des
dangers que nous courions. Avec admiration je regar-
dais Holmes dérouler son étui d'outils et choisir avec
calme celui qui convenait : il ressemblait au chirurgien qui se prépare pour une opération délicate. Je
savais que l'ouverture d'un coffre était une manie
qu'il affectionnait et je participais à la joie qu'il
ressentait de se trouver en face de ce monstre vert et
doré, de ce dragon qui retenait dans ses griffes la
réputation de tant de femmes. Holmes avait posé son
pardessus sur une chaise. Il releva les pans de son
habit, prit deux mèches, une pince-monseigneur, et
plusieurs petites clefs. Je restais devant la porte, les
yeux bien ouverts et prêt à tout. En vérité mes plans
étaient assez vagues quant à ce que je devrais faire si
nous étions interrompus ! Pendant une demi-heure,
Holmes travailla avec une énergie intense, posant un
outil, en reprenant un autre, les manipulant tous
avec la douceur et la force d'un spécialiste entraîné.
Finalement j'entendis un déclic. La lourde porte
verte s'ouvrit. A l'intérieur du coffre j'aperçus plusieurs paquets de papiers ; chacun était ficelé, scellé,
avec une inscription. Holmes en sortit un, mais
il était difficile de lire rien qu'à la lueur du feu qui
mourait. Il tira sa petite lanterne sourde : allumer
l'électricité aurait été trop dangereux, avec Milverton
dans la pièce voisine. Soudain je le vis qui dressait
l'oreille : en un instant il referma la porte du coffre,
ramassa son manteau, enfouit ses outils dans une
poche, se précipita derrière le rideau de la fenêtre et
d'un geste m'intima d'avoir à en faire autant.

Ce fut seulement après que je l'eus rejoint que
j'entendis ce qui avait alerté ses sens aiguisés.
Quelque part dans la maison il y eut un bruit. Dans le
lointain une porte claqua. Puis un murmure confus,
sourd, se précisa bientôt : des pas lourds appro-

chaient rapidement. Ils avançaient dans le couloir.
Ils s'arrêtèrent un instant devant la porte. La porte
s'ouvrit. Il y eut un déclic : on allumait l'électricité.
La porte fut refermée. Le relent d'un cigare fort nous
chatouilla les narines. Puis les pas continuèrent : on
allait, on venait ; on venait, on allait ; tout cela à quelques mètres de nous. Enfin le fauteuil craqua et le
bruit de pas cessa. Puis une clef fut introduite dans
une serrure, et j'entendis un bruissement de papiers.
Jusque-là je n'avais pas osé regarder, mais j'écartai
doucement les rideaux. L'épaule de Holmes s'appuya
contre la mienne, et je devinai qu'il observait lui
aussi. Juste devant nous, et presque à le toucher,
s'étalait le large dos rond de Milverton. Il était
évident que nous avions commis une grossière erreur
de calcul et qu'il n'était pas encore passé dans sa
chambre ; il avait dû demeurer dans son fumoir ou
dans sa salle de billard, à l'autre aile de la maison
dont nous n'avions pas vu les fenêtres. Sa grosse tête
grisonnante avec une tache de calvitie luisante se
détachait au premier plan. Il était adossé à son
fauteuil de cuir rouge, les jambes allongées, et un
long cigare noir sortait d'un côté de sa bouche. Il
portait une veste d'intérieur de couleur claire, avec
un col de velours noir. D'une main il tenait un long
document officiel qu'il lisait avec indolence tout en
crachant des ronds de fumée. Cette attitude confortable et ce maintien paisible ne laissaient pas
présager un départ imminent.

Je sentis la main de Holmes se glisser contre la
mienne et il me la serra d'une manière rassurante,
comme pour m'indiquer qu'il dominait la situation
parfaitement et qu'il était tranquille. Je n'étais pas
sûr qu'il eût remarqué ce que je ne voyais que trop
de ma place : la porte du coffre-fort était imparfaite-
ment refermée ; à tout moment Milverton pouvait
s'en apercevoir. J'étais résolu, si la fixité d'un regard
m'avertissait qu'il l'avait observé, à bondir, à
l'étouffer sous mon manteau, à le ligoter, et à laisser
Holmes s'occuper du reste. Mais Milverton ne levait
pas les yeux. Il était nonchalamment intéressé par

les papiers qu'il lisait : page après page il suivait le législateur dans son argumentation. Au moins, pensai-je, quand il aura terminé sa lecture et son cigare, il ira dans sa chambre. Mais avant qu'il eût achevé l'un ou l'autre, il se produisit un événement inattendu qui modifia le cours de nos pensées.

A plusieurs reprises j'avais constaté que Milverton regardait sa montre. Une fois il s'était levé, puis s'était rassis avec un geste d'impatience. L'idée qu'il pouvait avoir un rendez-vous à une heure aussi tardive ne m'était pas toutefois venue à l'esprit, avant le moment où j'entendis un faible bruit provenant de la véranda à l'extérieur. Milverton laissa tomber ses papiers et se redressa sur son fauteuil. Le bruit se répéta, et puis on frappa doucement à la porte. Milverton se leva et alla ouvrir.

« Eh bien, dit-il brusquement, vous avez près d'une demi-heure de retard ! »

Voilà donc l'explication de la porte verrouillée et de la veillée de Milverton ! J'entendis le faible frou-frou d'une robe de femme. J'avais refermé les rideaux, car Milverton avait tourné la tête de notre côté. Mais je m'aventurai à les écarter légèrement à nouveau. Il s'était rassis, son cigare formait toujours un angle insolent avec sa bouche. En face de lui, en plein sous la lumière électrique, se tenait une grande femme brune, mince, voilée, le manteau remonté jusqu'au cou. Elle avait le souffle court, rapide. Toute sa silhouette frémissait d'une émotion intense.

« Alors ? demanda Milverton. Vous m'avez fait perdre une bonne nuit de repos, ma chère ! J'espère que vous m'en récompenserez. Vous ne pouviez pas venir à une autre heure, eh ? »

La femme secoua la tête.

« Bon. Eh bien, si vous ne le pouviez pas, vous ne le pouviez pas, voilà tout ! Si la comtesse est une maîtresse dure, vous avez maintenant une chance de pouvoir lui tenir la dragée haute. Mais qu'avez-vous à frissonner comme cela ? Allons, remettez-vous ! et parlons affaires ! »

Il prit un papier dans le tiroir de son bureau et poursuivit.

« Vous dites que vous avez cinq lettres qui compromettent la comtesse d'Albert. Vous voulez les vendre. Je veux les acheter. Jusqu'ici, très bien. Reste à fixer un prix. Je voudrais regarder ces lettres, évidemment ! Si réellement elles sont de bons morceaux... Mon Dieu, c'est vous ? »

Sans un mot la femme avait levé son voile et laissé tomber le manteau qu'elle avait maintenu jusque sous son menton. Une figure sombre, belle, racée, affrontait le hideux visage de Milverton. Une figure avec un nez busqué, des forts sourcils noirs, des yeux brillants, une bouche rectiligne aux lèvres minces serrées dans un sourire dangereux.

« C'est moi ! dit-elle. Moi, la femme dont vous avez ruiné la vie ! »

Milverton se mit à rire, mais la peur vibrait dans sa voix quand il parla :

« Vous étiez si entêtée ! fit-il. Pourquoi m'avez-vous poussé à de telles extrémités ? Je vous assure que de mon plein gré je ne ferais pas de mal à une mouche, mais chaque homme a ses affaires, et que devais-je faire ? J'ai fixé un prix tout à fait dans vos moyens. Vous n'avez pas voulu payer !

— Alors vous avez envoyé les lettres à mon mari, et lui... Lui, l'homme le plus noble qui ait jamais vécu sur cette terre, un homme dont je ne serais pas digne de lacer les chaussures ! Il en a eu le cœur brisé et il en est mort... Vous vous rappelez cette nuit où à travers votre porte je vous ai supplié : vous m'avez ri au nez comme vous essayez de rire maintenant. Seulement votre cœur de lâche ne peut pas empêcher vos lèvres de trembler. Oui, vous pensiez ne jamais me revoir, mais c'est cette nuit-là qui m'a appris comment je pourrais me retrouver face à face avec vous. Eh bien, Charles Milverton, qu'avez-vous à dire ?

— N'imaginez pas que vous pouvez m'épouvanter ! dit-il en se levant. Je n'ai qu'à élever la voix, je pourrais appeler mes serviteurs et vous faire arrêter. Mais je consens à excuser cette colère naturelle. Quittez cette pièce à l'instant même, et je ne dirai rien. »

La femme avait une main enfouie dans son corsage. Elle arborait toujours le même sourire mortel sur ses lèvres minces.

« Vous ne ruinerez plus d'autres vies comme vous avez détruit la mienne. Vous ne tordrez plus de cœurs comme vous avez tordu le mien. Je vais libérer le monde d'un être abominable. Prenez cela, bête immonde ! Et cela ! Et cela ! Et cela ! Et encore cela ! »

Elle avait démasqué un petit revolver qu'elle déchargea dans le corps de Milverton, à deux mètres. Il voulut s'enfuir, mais il tomba sur la table en toussant furieusement et en agrippant ses papiers. Puis il se remit debout, reçut une autre balle et roula sur le plancher.

« Vous m'avez eu ! » cria-t-il.

Il ne bougea plus. La femme le considéra avec des yeux grands ouverts et lui martela la tête à coups de talon. Après quoi elle le regarda encore. J'entendis un léger frou-frou. L'air nocturne pénétra dans la pièce chaude. La vengeresse était partie.

Nulle intervention de notre part n'aurait pu sauver Milverton. Mais au moment où la femme déchargeait son revolver, j'avais failli m'élancer. La poigne de Holmes m'avait retenu. J'avais compris ce que signifiait cette solide étreinte : ce n'était pas notre affaire, la justice se payait sur le corps d'une canaille, et nous avions notre propre mission à remplir. Mais à peine la femme était-elle sortie que Holmes sans faire de bruit se précipita à l'autre porte et la ferma à clef. Presque tout de suite la maison retentit de voix et de pas. Les coups de revolver avaient réveillé les domestiques. Holmes, dont le sang-froid ne se démentit pas un instant, courut vers le coffre-fort, remplit ses bras de paquets de lettres qu'il déversa dans le feu. Il recommença autant de fois qu'il le fallut pour vider le coffre. Dans le couloir on tournait le loquet de la porte, on frappait. Holmes jeta un rapide coup d'œil autour de lui. La lettre qui avait été pour Milverton un message de mort se trouvait encore sur la table, toute maculée de sang. Holmes la jeta parmi les autres papiers qui flambaient. Puis il ouvrit paisiblement la porte qui donnait sur le jardin, me fit passer le premier, et la referma à clef de l'extérieur.

« Par ici, Watson ! De ce côté nous escaladerons le mur du jardin. »

Je n'aurais jamais cru qu'une alerte pouvait se propager aussi vite. Je me retournai : toute la maison regorgeait de lumières. La porte du devant était ouverte ; des formes humaines se bousculaient dans l'allée principale. Le jardin était plein de monde. Lorsque nous quittâmes la véranda quelqu'un poussa un cri et se lança à notre poursuite. Holmes semblait connaître la propriété dans ses moindres détails. Il se faufila dans une plantation de petits arbres. Je le suivis. Notre poursuivant haletait derrière moi. Le mur avait au moins un mètre cinquante, mais Holmes opéra un savant rétablissement et passa par-dessus. Au moment où je l'imitais, une main d'homme se cramponna à ma cheville. Je me libérai et sautai de l'autre côté. Je retombai la tête la première parmi les buissons. Holmes me remit debout et, ensemble, nous fonçâmes à travers Hampstead. Je crois que nous courûmes pendant trois kilomètres. Enfin Holmes s'arrêta, prêta l'oreille. Derrière nous, tout était parfaitement silencieux. Nous avions semé nos poursuivants. Nous étions sains et saufs.

Le lendemain de cette aventure mémorable, nous fumions après le petit déjeuner notre pipe du matin quand Monsieur Lestrade, de Scotland Yard, solennel et impressionnant, fut introduit dans notre modeste salon.

« Bonjour, monsieur Holmes ! dit-il. Bonjour... Puis-je vous demander si vous êtes très occupé maintenant ?

— Pas suffisamment pour ne pas vous écouter.

— Je pensais que, peut-être, si vous n'aviez rien de spécial en train, vous pourriez nous aider dans une affaire sensationnelle qui a eu lieu cette nuit à Hampstead.

— Tiens, tiens ! fit Holmes. De quoi s'agit-il ?

— D'un meurtre. D'un assassinat tout à fait dramatique et très exceptionnel. Je sais que les cas de ce genre vous intéressent. Je vous serais très reconnaissant si vous vouliez descendre jusqu'à Appledore Towers et nous donner votre avis. Le crime n'est pas ordinaire ! Depuis quelque temps nous surveillions M. Milverton et, entre nous, c'était plutôt une canaille ! Nous savions qu'il détenait certains papiers dont il se servait pour faire chanter. Ces papiers ont tous été brûlés par les assassins. Aucun objet de valeur n'a disparu. Il est probable que les assassins appartenaient à la bonne société et n'avaient pas d'autre dessein que d'empêcher un scandale public.

— Les assassins ! s'exclama Holmes. Il y en avait donc plusieurs ?

— Oui. Ils étaient au moins deux. Ils ont failli être pris en flagrant délit. Nous avons leurs empreintes, leur description. Il y a dix chances contre une pour que nous les identifions. L'un d'eux s'est révélé un peu trop agile, mais le deuxième a été appréhendé par l'aide-jardinier et il ne s'est libéré qu'au prix d'une lutte violente. C'était un individu de taille moyenne, costaud, large d'épaules et de mâchoire, un cou épais, une moustache, un masque sur les yeux...

— Plutôt imprécis ! remarqua Sherlock Holmes. Ma foi, ce pourrait être le signalement de Watson !

— Exact ! fit l'inspecteur en riant. Ce pourrait être le signalement de Watson !

— Eh bien, je regrette, Lestrade ! répondit Holmes. Mais je connais moi aussi ce Milverton. Je le considérais comme l'un des hommes les plus dangereux de Londres. Je pense que la loi est impuissante à punir certains crimes, qui justifient jusqu'à un certain point une vengeance privée. Non, mon cher, inutile de discuter ! J'ai dit non. Ma sympathie va plutôt au criminel qu'à la victime. Je ne me mêlerai donc pas de cette affaire. »

De toute la matinée Holmes ne me souffla mot de la tragédie dont nous avions été les témoins. Mais il réfléchissait sans cesse et je pus voir, à son œil vide et à ses distractions, qu'il essayait de se rappeler quelque chose. Nous finissions notre déjeuner quand il bondit en criant :

« Mon Dieu, Watson ! Prenez votre chapeau ! Venez avec moi ! »

Il descendit Baker Street à toutes jambes, enfila Oxford Street. Nous arrivâmes près de Regent Circus. Sur la gauche un magasin affichait les photographies de toutes les célébrités et des vedettes de l'actualité. Les yeux de Holmes s'immobilisèrent brusquement. Suivant son regard, je vis le portrait d'une dame majestueuse, vraiment royale, en robe de cour, avec un haut diadème de diamants qui couronnait une tête noble. Je considérai le nez délicatement busqué, les sourcils épais, la bouche rectiligne au-dessus d'un petit menton volontaire. Je perdis le souffle en lisant le nom et le titre du célèbre aristocrate et homme d'État dont elle avait été la femme. Mes yeux se croisèrent avec ceux de Holmes. Il posa un doigt sur ses lèvres. Et nous nous éloignâmes.

## CHAPITRE VIII

## LES SIX NAPOLÉONS

M. Lestrade, de Scotland Yard, ne dédaignait pas de passer chez nous le soir, et ses visites étaient bien accueillies par Sherlock Holmes : elles lui permettaient de se renseigner sur tout ce qui se disait au quartier général de la police. En échange des nouvelles que lui apportait Lestrade, Holmes se montrait toujours disposé à écouter attentivement les détails d'une affaire dont l'inspecteur avait été chargé : sans s'en mêler activement il lui donnait parfois un avis ou une suggestion que lui dictait sa vaste expérience.

Ce soir-là Lestrade avait parlé du temps et des journaux. Puis il s'était tu. Mais il tirait pensivement sur son cigare. Holmes lui décocha un coup d'œil aigu.

« Rien d'intéressant en cours ? demanda-t-il.

— Oh ! non, monsieur Holmes ! Rien de très particulier.

— Alors racontez-le moi. »

Lestrade se mit à rire.

« Ma foi, monsieur Holmes, je ne vois pas pourquoi je nierais que j'ai une histoire en tête. Mais il s'agit d'une affaire si absurde que j'hésitais à vous en parler. D'un autre côté, elle est incontestablement étrange, et je sais que vous avez un faible pour ce qui sort de l'ordinaire. Selon moi elle relèverait plus de la compétence du docteur Watson que de la vôtre.

— Affaire de santé ? questionnai-je.

— Un vrai cas de folie ! Et de folie bizarre ! Vous n'imagineriez pas que de nos jours vit quelqu'un dont la haine pour Napoléon Ier est telle qu'il démolit toutes les statues de l'Empereur qu'il aperçoit ? »

Holmes s'enfonça dans son fauteuil.

« Ce n'est pas une affaire pour moi ! dit-il.

— Naturellement ! C'est ce que je vous ai dit. Mais quand cet individu se livre à des cambriolages pour briser des bustes qui ne lui appartiennent pas, le cas ne relève plus du médecin mais du policier. »

Holmes se redressa.

« Des cambriolages ! Voilà qui est plus intéressant. Racontez-moi tout, Lestrade ! »

Lestrade tira de sa poche son carnet professionnel et rafraîchit sa mémoire en parcourant les pages.

« Le premier épisode remonte à quatre jours. Il s'est déroulé au magasin de Morse Hudson qui possède un local où il vend des tableaux et des statues dans Kennington Road. Le commis avait un moment abandonné le magasin et était passé dans l'arrière-boutique : tout à coup il entendit un bruit de casse ; il se précipita et il découvrit en miettes un

buste en plâtre de Napoléon qui trônait sur un comptoir parmi diverses autres œuvres d'art. Il courut
dans la rue. Des passants lui dirent avoir remarqué
un homme qui venait de sortir du magasin ; mais
personne ne lui donna un signalement précis de
l'auteur du méfait. Sans doute se trouvait-on devant
un acte stupide de voyou, comme il s'en produit de
temps à autre ; c'est ce qui fut mentionné sur le
constat dressé par l'agent de ronde dans le secteur.
Le plâtre ne valait pas plus de quelques shillings.
L'affaire était par trop insignifiante pour mériter une
enquête approfondie : elle en resta là.

« Une deuxième cependant devait lui succéder :
plus grave et plus extraordinaire que la première.
Elle se produisit la nuit dernière.

« Dans Kennington Road, à quelques centaines de
mètres du magasin de Morse Hudson, habite un
vieux médecin, le docteur Barnicot, qui a l'une des
plus importantes clientèles sur la rive sud de la
Tamise. Sa résidence et son principal cabinet de
consultation sont situés dans Kennington Road,
mais il a une annexe de chirurgie et une clinique à
trois kilomètres de là, dans Lower Brixton Road. Ce
docteur Barnicot est un admirateur fanatique de
Napoléon, et sa maison est pleine de livres, reproduc-
tions et reliques de l'Empereur. Il y a quelque temps
il avait acheté chez Morse Hudson deux copies du
moulage de la tête de Napoléon exécutée par le
sculpteur français Devine. Il avait placé l'une d'elles
dans le hall de sa maison dans Kennington Road et
l'autre sur la cheminée de son cabinet de chirurgien
dans Lawer Brixton. Eh bien, quand le docteur
Barnicot descendit ce matin, il découvrit avec stupéfaction que sa maison avait été cambriolée pendant
la nuit, mais que les voleurs n'avaient dérobé que le
buste en plâtre du hall. Il avait été transporté dehors,
puis fracassé avec sauvagerie contre le mur du jardin
au bas duquel ses morceaux furent retrouvés. »

Holmes se frotta les mains.

« Voilà qui est assurément nouveau !

— Je pensais bien que mon histoire vous amuserait ! Mais je n'ai pas tout dit. Le docteur Barnicot avait rendez-vous à son cabinet chirurgical à midi. Imaginez son étonnement quand en arrivant il s'aperçut que pendant la nuit la fenêtre avait été ouverte, et que le plancher de son bureau était jonché des débris du deuxième buste ! Celui-ci avait été proprement atomisé. Ni dans ce cas ni dans l'autre on ne décela aucun indice pouvant nous permettre d'identifier le criminel ou le fou qui s'était livré à ces actes de vandalisme. Voilà, monsieur Holmes ! Vous en savez autant que moi.

— Ces événements sont singuliers, pour ne pas dire grotesques ! répondit Holmes. Puis-je vous demander si les deux bustes achetés par le docteur Barnicot étaient les copies exactes de celui qui a été démoli dans le magasin de Morse Hudson ?

— Ils provenaient du même moulage.

— Ceci s'inscrit donc en faux contre la thèse d'un individu inspiré par une haine générale contre Napoléon. Quand on réfléchit à la quantité de statues du grand Empereur qu'il y a dans Londres, on ne saurait parler de coïncidence à propos d'un iconoclaste qui commencerait par démolir trois exemplaires du même buste !

— Je pense comme vous, dit Lestrade. D'un autre côté ce Morse Hudson est le grand pourvoyeur de bustes dans ce quartier de Londres, et ces trois étaient les seuls qu'il avait eus récemment dans son magasin. Je sais bien que Londres abrite des centaines de statues, mais il est très probable que dans ce quartier il n'y ait eu que ces trois-là. Donc un fanatique local aurait pu commencer par eux. Qu'en pensez-vous, docteur Watson ?

— Les possibilités de monomanie sont infinies, répondis-je. Il existe l'état que les psychologues français modernes appellent « idée fixe » qui peut ne pas se manifester dans le caractère mais qui ailleurs s'accompagne d'une folie véritable. Un homme qui a beaucoup lu sur Napoléon, ou dont la famille a été victime d'un tort grave pendant les guerres de l'Empire, pourrait sans doute se forger une « idée fixe » et sous son influence se rendre coupable de n'importe quelle iconoclastie.

— L'explication ne cadre pas ici, mon cher Watson ! dit Holmes. Car aucune quantité d'idée fixe n'aurait permis à votre intéressant monomaniaque de découvrir où se trouvaient ces bustes.

— Alors comment l'expliquez-vous ?

— Je n'essaie pas d'expliquer. J'observe seulement que ce gentleman excentrique n'est pas dépourvu de méthode. Par exemple, dans le hall du docteur Barnicot où un bruit aurait pu réveiller tout le monde, le buste a été porté dehors pour y être brisé. Tandis que dans le cabinet chirurgical où nulle alerte n'était à craindre, il a été fracassé à l'endroit même où il se tenait. Cette affaire semble absurdement futile, et pourtant je n'ose rien traiter de banal quand je me rappelle que mes cas les plus classiques ont commencé par des riens. Souvenez-vous, Watson, de cette terrible affaire de la famille Albernetty : elle a commencé pour moi à partir du moment où j'ai remarqué à quelle profondeur le persil s'enfonçait dans le beurre un jour de grande chaleur. Je ne saurais donc sourire de vos trois bustes brisés, Lestrade, et je vous serai très reconnaissant de me tenir au courant des suites de cette mystérieuse histoire. »

Elles ne tardèrent pas. Et elles revêtirent un aspect infiniment plus tragique qu'il ne l'aurait imaginé. Le lendemain matin, j'étais en train de m'habiller dans ma chambre quand Holmes, après avoir frappé, entra un télégramme à la main. Il me le lut à haute voix.

« Venez immédiatement 131, Pitt Street, Kensington. Lestrade. »

— De quoi s'agit-il donc ? demandai-je.

— Sais pas. N'importe quoi. Mais je pense que c'est un nouvel épisode de l'histoire des statues. Dans ce cas, notre ami l'iconoclaste aurait commencé ses opérations dans un autre quartier de Londres. Le café est sur la table, Watson, et un fiacre nous attend. »

En une demi-heure nous avions atteint Pitt Street, paisible petite rue située juste derrière l'une des plus grosses artères de la capitale. Le numéro 131 désignait une habitation longue, plate, respectable, pas romantique pour un sou. Quand nous nous arrêtâmes, des barricades étaient tendues devant la porte principale et les badauds se pressaient autour. Holmes siffla.

« Mais c'est au moins une tentative de meurtre ! Il faut au moins une tentative de meurtre pour retenir les garçons livreurs de Londres ! Je vois dans les épaules arrondies et le cou tendu de cet homme l'indication qu'un acte de violence a été commis. Qu'est ceci, Watson ? La marche supérieure du perron dégoutte d'eau et les autres sont sèches. De toute façon les empreintes de pas ne manquent pas ! Voilà Lestrade à la fenêtre. Nous allons tout savoir. »

L'inspecteur nous accueillit avec une mine fort grave et nous conduisit dans un salon qu'arpentait un homme âgé, aussi agité que mal peigné, et vêtu d'une robe de chambre en flanelle. Il nous fut présenté comme le propriétaire de la maison : Monsieur Horace Harker, du syndicat central de la Presse.

« C'est encore l'affaire des bustes de Napoléon ! dit Lestrade. Hier soir j'ai vu qu'elle vous intéressait, monsieur Holmes, et j'ai pensé que vous seriez peut-être content de vous trouver là car elle a pris une tournure beaucoup plus sérieuse.

— Elle a tourné en quoi ?

— En meurtre. Monsieur Harker, voudriez-vous dire à ces messieurs ce qui s'est passé exactement ? »

L'homme en robe de chambre dirigea vers nous un regard très mélancolique.

« Il m'arrive une chose extraordinaire ! commença-t-il. Toute ma vie j'ai publié des informations sur autrui. Et maintenant qu'il m'arrive à moi-même une aventure vraiment nouvelle, je suis si abasourdi et embarrassé que je ne sais plus accoler deux mots. Si j'étais venu ici comme journaliste je me serais interviewé moi-même et j'aurais donné deux colonnes aux journaux du soir. Au lieu de cela, je renonce à toute copie valable en répétant mon histoire à toutes sortes de gens, et je suis incapable de m'en servir pour moi. Néanmoins je vous connais de nom, monsieur Sherlock Holmes, et si seulement vous pouvez expliquer cette mystérieuse affaire, je serais récompensé de ma peine en vous contant mon histoire. »

Holmes s'assit et écouta.

« Tout semble centré sur le buste de Napoléon que j'ai acheté pour cette pièce il y a quatre mois. Je l'ai eu pour presque rien chez les frères Harding, à deux maisons de High Street Station. Je travaille surtout la nuit, et il m'arrive souvent d'écrire jusqu'à l'aube. Le cas s'est produit aujourd'hui. J'étais assis dans mon antre, là-haut, quand vers trois heures j'entendis du bruit en bas. Je prêtai l'oreille, mais les sons que j'étais persuadé avoir entendus ne se répétèrent pas. J'en conclus qu'ils venaient du dehors. Or, soudain, cinq minutes plus tard éclata un hurlement horrible... le cri le plus terrible, monsieur Holmes, que j'aie jamais entendu ! Il retentira dans mes oreilles tant que je vivrai. Pendant une minute ou deux je restai glacé d'effroi. Puis je m'emparai du tisonnier et je descendis. Quand j'entrai dans cette pièce je trouvai la fenêtre ouverte, et tout de suite je m'aperçus que le buste avait disparu de la cheminée. Qu'un cambrioleur vole un objet pareil, voilà qui passe l'imagination : c'était un moulage en plâtre qui ne valait rien !

« Vous voyez par vous-même que si l'on sort par cette fenêtre ouverte on peut atteindre le perron au moyen d'une longue enjambée. C'était certainement ce qu'avait fait le cambrioleur. Aussi je sortis du salon et j'ouvris la porte donnant sur le perron. En avançant dans l'obscurité je butai sur un corps allongé sur la première marche. Je courus chercher une lampe. Le pauvre diable avait une énorme entaille dans la gorge. Son sang coulait à flots. Il gisait sur le dos, les genoux remontés ; la bouche bâillait horriblement. Oh ! je le reverrai dans mes rêves, c'est sûr ! J'ai eu juste le temps de donner un coup de sifflet pour la police avant de m'évanouir. Oui, j'ai dû m'évanouir car je ne me souviens plus de rien avant le moment où j'ai vu un agent penché au-dessus de moi dans le vestibule.

— Bon. Qui est la victime ? demanda Holmes.

— Nous n'avons rien pour l'identifier, répondit Lestrade. Vous le verrez à la morgue. Jusqu'ici nous n'avons rien trouvé. C'est un homme de grande taille, hâlé, très bien bâti, qui ne paraît guère plus de trente ans. Il est pauvrement vêtu, mais il ne donne pas l'impression d'un cultivateur. A côté de lui dans une mare de sang il y avait un couteau à cran d'arrêt à manche de corne. Je ne sais pas si c'est l'arme de l'assassin ou de la victime. On n'a découvert aucun nom sur les vêtements ; il n'avait rien dans ses poches sauf une pomme, un peu de ficelle, un petit plan de Londres, et une photographie que voici. »

La photographie était un instantané pris avec un petit appareil. Elle représentait un homme au visage simiesque, à l'air éveillé, aux traits aigus, aux sourcils épais. La partie inférieure de la figure pointait curieusement en avant comme le museau d'un babouin.

« Et qu'est devenu le buste ? demanda Holmes après avoir étudié scrupuleusement la photographie.

— Nous en avons eu des nouvelles un peu avant votre arrivée. Il a été trouvé dans le jardin bordant la façade d'une maison vide dans Campden House Road. En mille morceaux. Je vais aller le voir. Voulez-vous m'accompagner ?

— Certainement. Simplement je voudrais jeter un coup d'œil... »

Il examina le tapis et la fenêtre.

« ... Ou bien le cambrioleur avait de très longues jambes, ou bien il était très agile ! observa-t-il. Avec un espace pareil, ce n'a pas été un mince exploit d'atteindre le rebord de cette fenêtre et d'ouvrir. Le retour était comparativement plus simple... Venez-vous avec nous pour voir les débris de votre buste, monsieur Harker ? »

Le journaliste désolé s'était assis devant une table.

« Il faut que j'essaie d'écrire quelque chose là-dessus, répondit-il. Remarquez que les premières éditions des journaux du soir doivent déjà regorger de détails. C'est bien ma chance ! Vous rappelez-vous l'estrade qui s'affaissa à Doncaster ? Eh bien, j'étais le seul journaliste présent, et mon journal a été le seul à ne pas publier de compte rendu de l'accident : j'étais trop secoué pour l'écrire ! Et aujourd'hui je vais arriver trop tard pour un crime commis sur mon propre perron. »

Il se mit néanmoins à gratter du papier avec frénésie.

L'endroit où avaient été découverts les morceaux du buste n'était distant que de quelques centaines de mètres. Pour la première fois nous eûmes sous les yeux cette image impériale qui semblait susciter chez notre inconnu une fureur invincible. Le buste gisait en miettes sur l'herbe. Holmes ramassa quelques morceaux et les regarda avec un soin méticuleux. A l'intensité de ses yeux je devinai qu'enfin il était sur une piste.

« Alors ? » interrogea Lestrade.

Holmes haussa les épaules.

« Nous ne sommes pas au bout du chemin ! fit-il. Et cependant nous disposons de quelques éléments suggestifs qui sont un point de départ. La possession de ce buste apparemment sans valeur importait plus aux yeux de cet étrange criminel qu'une vie humaine. Voilà un élément. Puis il y a ce fait bizarre qu'il ne l'a pas cassé dans la maison, ou tout près de la maison : ce qu'il aurait fait s'il n'avait pas eu d'autre dessein que de le briser.

— Il a été gêné en rencontrant quelqu'un. Il n'a plus su ce qu'il faisait.

— C'est vraisemblable. Mais je voudrais attirer tout spécialement votre attention sur la maison dans le jardin de laquelle le buste a été détruit. »

Lestrade regarda autour de lui.

« C'est une maison inhabitée. Il savait qu'il ne serait pas dérangé dans le jardin.

— Oui, mais il y a une autre maison inhabitée

dans la rue, et il est passé devant elle avant d'arriver à celle-ci. Pourquoi n'a-t-il pas détruit le buste dans l'autre maison, alors que de toute évidence plus il avançait avec son buste, plus il avait de chances de se faire remarquer par un passant ?

— Je donne ma langue au chat ! » fit Lestrade.

Holmes désigna un lampadaire au-dessus de nos têtes.

« Il pouvait voir ici ce qu'il faisait, et pas là-bas. Voilà la raison.

— Mais c'est vrai ! s'exclama l'inspecteur. Maintenant que j'y réfléchis, le buste appartenant à M. Barnicot a été brisé tout près de sa lampe rouge. Eh bien, monsieur Holmes, que déduisez-vous de ce fait ?

— Qu'il faut le garder en mémoire, le classer. Peutêtre tomberons-nous plus tard sur un élément s'y raccordant. Que comptez-vous faire maintenant, Lestrade ?

— A mon avis il faudrait commencer par identifier l'homme assassiné, ce qui ne sera sans doute pas trop difficile. Quand nous aurons découvert qui il est et qui sont ses proches, nous disposerons d'une bonne base pour savoir ce qu'il faisait la nuit dernière dans Pitt Street, qui il y a rencontré et qui l'a tué sur le seuil de la maison de M. Horace Parker. Vous n'êtes pas de mon avis ?

— Vous avez raison. Et pourtant ce n'est pas tout à fait ainsi que moi, j'aborderais l'affaire.

— Que feriez-vous ?

— Oh ! vous n'avez pas à vous laisser influencer par moi ! Je vous suggère ceci : manœuvrons chacun de notre côté. Ensuite nous comparerons nos résultats et nous les additionnerons.

— Très bien.

— Si vous rentrez à Pitt Street, vous verrez sans doute M. Horace Parker. Dites-lui de ma part que je me suis fait une opinion, et que c'est certainement un dangereux maniaque à hallucinations napoléoniennes qui se trouvait la nuit dernière dans sa maison. Cela lui sera utile pour son article. »

Lestrade regarda Holmes avec étonnement.

« Sérieusement ! Vous ne croyez pas cela ? »

Holmes sourit.

« Je ne le crois pas ? Ma foi, peut-être qu'en effet je ne le crois pas. Mais je suis sûr que cette opinion intéressera M. Horace Parker et les abonnés du Syndicat central de la Presse... Dites, Watson, j'ai l'impression que nous avons devant nous une longue journée de travail compliqué ! Je vous serais obligé, Lestrade, si vous pouviez venir à Baker Street ce soir à six heures. Jusque-là je voudrais conserver cette photographie que vous avez trouvée dans la poche de la victime. Il est possible qu'alors je requière votre société et votre assistance pour une petite expédition nocturne, si l'enchaînement logique de mes déductions se vérifie. En attendant, au revoir, et bonne chance ! »

Sherlock Holmes et moi, nous nous rendîmes dans High Street, au magasin des frères Harding où le buste avait été acheté. Un jeune employé nous informa que M. Harding serait absent jusqu'au début de l'après-midi, qu'il était lui-même un nouveau commis et qu'il ne pouvait nous fournir aucun renseignement. Le visage de Holmes manifesta une déception et de l'ennui.

« Eh bien, Watson, tout ne peut pas marcher comme sur des roulettes, n'est-ce pas ? Nous reviendrons cet après-midi puisque ce M. Harding ne sera pas là plus tôt. Je m'efforce actuellement, comme vous l'avez certainement deviné, de remonter jusqu'à la source de ces bustes, afin de voir s'ils ne présentent pas un détail particulier qui expliquerait leur destin étrange. Allons chez M. Morse Hudson, dans Kennington Road, et espérons qu'il nous permettra de voir plus clair dans notre problème. »

Une course d'une heure nous mena au magasin du commerçant d'objets d'art. C'était un petit bonhomme corpulent qui avait le teint rouge et des manières irascibles.

« Oui, monsieur. Sur mon comptoir, monsieur. Je me demande pourquoi nous payons des taxes et des impôts, puisque n'importe quel butor peut pénétrer chez vous et tout casser ! Oui, monsieur, c'est moi qui ai vendu au docteur Barnicot ses deux bustes. C'est honteux, monsieur ! Un complot nihiliste, voilà mon avis. Il n'y a qu'un anarchiste pour briser des statues. Des rouges, voilà comment je les appelle, moi ! Chez qui me suis-je procuré les bustes ? Je ne vois pas ce que cela a à voir avec l'affaire. Bon, si vous tenez à le savoir, je les ai achetés à Gelder & Co, dans Church Street, Stepney. Une maison de commerce bien connue. Depuis vingt ans. Combien en avais-je acheté ? Trois. Deux et un font trois. Deux qui sont allés chez le docteur Barnicot, plus un brisé en plein jour sur mon comptoir. Si je connais cette photographie ? Non, je ne connais pas ce monsieur. Si, je le connais pourtant. Hé quoi, c'est Beppo ! Une sorte d'Italien, un tâcheron, qui m'a été utile dans le magasin. Il était capable de graver un peu, de dorer un cadre, d'exécuter des petits travaux, quoi ! Il m'a quitté la semaine dernière. Depuis, plus de nouvelles, non ! Non, je ne sais pas d'où il venait ni où il est allé. Je n'ai rien eu à lui reprocher quand il travaillait chez moi. Il est parti deux jours avant l'histoire du buste. »

« Bon. Nous avons tiré le maximum, je crois, de M. Morse Hudson, me dit Holmes quand nous nous retrouvâmes dehors. Nous avons ce Beppo, facteur commun à Kennington et à Kensington, ce qui valait bien une course de quinze kilomètres. Maintenant, Watson, en route pour Gelder & Co, à Stepney, source et origine des bustes. Je serais bien surpris si nous n'obtenions rien là-bas. »

Nous traversâmes successivement le Londres de la mode, le Londres des hôtels, le Londres des théâtres, le Londres littéraire, le Londres commercial, et, finalement, le Londres maritime avant d'arriver à une ville au bord de l'eau, forte de cent mille âmes, où transpirent et puent dans des logements ouvriers tous les émigrés de l'Europe. Dans une grande artère qu'habitaient les riches marchands de la cité, nous trouvâmes ce que nous cherchions. Une cour immense regorgeait de travaux de maçonnerie pour monuments. A l'intérieur de l'établissement cinquante ouvriers étaient rassemblés dans un grand atelier : tous moulaient ou sculptaient. Le directeur était un gros Allemand blond. Il nous reçut aimablement et répondit clairement à toutes les questions de Holmes. Il se référa à ses livres, et il nous indiqua que des centaines de moulages avaient été effectués sur une reproduction en marbre de la tête de Napoléon par Devine, mais que les trois qui avaient été achetés par Morse Hudson, il y avait un an environ, constituaient la moitié d'un lot de six, les trois autres ayant été envoyés aux frères Harding de Kensington. Il ne voyait aucune raison pour que ces six-là fussent différents des autres. Il ne pouvait vraiment pas s'expliquer pourquoi quelqu'un voulait les détruire. Il ne put s'empêcher d'en rire. Leur prix de gros était de six shillings, mais le détaillant les revendait à douze shillings ou davantage. Le moulage était pris avec deux moules de chaque côté de la tête, et ensuite ces deux profils de plâtre étaient réunis pour constituer le buste complet. Le travail était habituellement exécuté par des Italiens dans l'atelier. Quand les bustes étaient achevés ils étaient placés sur une table dans le couloir pour sécher. Il ne pouvait pas nous en dire plus.

Mais la photographie, quand Holmes la lui présenta, déclencha chez le directeur une réaction considérable. Il rougit de colère, et ses sourcils se nouèrent au-dessus de ses yeux bleus de Teuton.

« Ah ! le bandit ! s'écria-t-il. Oui, en vérité, je le connais ! Et même je le connais très bien ! Cet établissement a toujours été respectable : la seule fois que nous avons eu la visite de la police ç'a été à cause de cet individu. L'histoire remonte à plus d'un an. Il avait poignardé dans la rue un autre Italien, puis il était quand même venu travailler avec les agents aux trousses, et on l'a arrêté ici. Il s'appelait Beppo... Je n'ai jamais su son deuxième nom. J'ai bien eu tort d'engager un type qui avait cette figure-là ! Mais c'était un bon ouvrier, l'un des meilleurs.

— Combien a-t-il écopé ?

— Sa victime a survécu. Il s'en est tiré avec un an. Je suis sûr qu'il est dehors maintenant. Mais il n'ose pas se montrer ici. Nous employons un de ses cousins qui pourrait vous dire où il est.

— Non, non ! s'écria Holmes. Surtout, pas un mot au cousin ! Pas un mot, je vous en prie ! Il s'agit d'une affaire très importante : plus j'avance, plus elle se ramifie. Quand vous avez cherché dans votre registre pour la vente de ces moulages, j'ai remarqué que la date était le 3 juin de l'année dernière. Pourriez-vous me dire quand exactement Beppo a été arrêté ?

— Je n'ai qu'à regarder sur mon livre de paie, répondit le directeur. Oui, sa dernière paie remonte au 20 mai.

— Merci beaucoup, dit Holmes. J'espère que je n'aurai plus à abuser de votre temps et de votre patience. »

Sur un dernier mot de recommandation pour qu'il ne bavarde pas, nous le quittâmes et nous reprîmes à nouveau la route de l'ouest.

L'après-midi se trouva fort avancé quand nous fûmes en mesure d'avaler un morceau dans un restaurant. L'affichette d'un journal portait en manchettes : « Attentat à Kensington. Le crime d'un fou. » M. Horace Parker avait tout de même réussi à rédiger et à faire imprimer son compte rendu : deux colonnes ruisselant de sensationnel ! Holmes cala son journal contre l'huilier et le lut tout en mangeant. Il poussa quelques petits gloussements de joie.

« Tout va bien, Watson ! fit-il. Écoutez ceci : « Il est réconfortant d'apprendre que cette affaire ne soulève aucune divergence d'appréciation, puisque Monsieur Lestrade, l'un des représentants les plus expérimentés de la police officielle, et Monsieur Sherlock Holmes, l'expert bien connu des questions criminelles, sont tous deux parvenus à la conclusion que cette grotesque série d'incidents qui se sont terminés d'une manière si tragique relève de la folie plutôt que d'un crime délibéré. En dehors de l'aberration

mentale, aucune explication ne cadre avec les faits. »
La Presse, Watson, est une institution fort utile
quand on sait s'en servir. Et maintenant, si vous avez
fini, retournons dans Kensington et voyons ce que les
frères Harding ont dans leur sac. »

Le fondateur de ce grand magasin était un petit
personnage vif, brusque, tiré à quatre épingles.

Il avait le crâne dégarni, mais la langue prompte.

« Oui, monsieur, j'ai déjà lu le journal du soir.
M. Horace Parker est l'un de nos clients. Nous lui
avons fourni le buste il y a quelques mois. Nous
avons acheté trois bustes semblables chez Gerder &
Co, de Stepney. Ils sont vendus maintenant. A qui ?
Oh ! je crois qu'en consultant nos livres de vente nous
pourrons vous le dire facilement. Oui, voici les arti-
cles en écriture. Un à M. Parker, vous voyez. Un autre
à M. Josiah Brown de Laburnum Lodge, Laburnum
Vale, Chiswick. Le troisième à M. Sandeford, Lower
Grove Road, Reading. Non, je n'ai jamais vu cette
tête auparavant. On ne l'oublierait guère, n'est-ce
pas, tellement elle est laide ? Si nous employons des
Italiens ? Oui, monsieur, nous en comptons plusieurs
parmi nos ouvriers et nos nettoyeurs. Ils peuvent
compulser le livre des ventes : nous n'avons pas de
raison particulière pour le surveiller spécialement.
Oui, c'est une affaire bizarre. J'espère que vous me
ferez savoir si vous avez du neuf... »

Pendant ce petit discours de M. Harding, Holmes
avait pris des notes. Il était apparemment très satisfait par la marche de son enquête. Il ne fit toutefois
aucune observation sauf celle que, si nous ne nous
hâtions pas, nous serions en retard pour notre
rendez-vous avec Lestrade. Quand nous arrivâmes à
Baker Street, l'inspecteur était déjà là ; il faisait les
cent pas avec fièvre. Son regard important nous
apprit qu'il était content de sa journée.

« Alors ?    questionna-t-il.    Avez-vous eu de la
chance, monsieur Holmes ?

— Nous avons eu une journée chargée qui n'a pas
été entièrement perdue, expliqua mon ami. Nous
avons vu les deux marchands et aussi le fabricant des

bustes. Je peux vous donner pour chacun la filière depuis l'origine.

— Les bustes ! s'exclama Lestrade. Ma foi, vous avez vos méthodes personnelles, monsieur Sherlock Holmes ! Et il ne m'appartient pas de les critiquer. Mais je crois que ma journée a été meilleure que la vôtre. J'ai identifié le cadavre.

— Non ?

— Et j'ai découvert un mobile du crime.

— Merveilleux !

— Nous avons un inspecteur qui s'est spécialisé dans Saffron Hill et le quartier italien. Eh bien, ce cadavre avait une sorte d'insigne catholique autour de son cou. Ce qui me fit supposer, étant donné son teint, qu'il venait du Midi. L'inspecteur Hill l'a reconnu dès qu'il l'a vu. Il s'appelle Pietro Venucci, il est originaire de Naples, et il est l'un des plus redoutables joueurs de poignard de Londres. Il appartient à la Maffia qui, vous le savez, est une association politique secrète dont les ordres sont exécutés sous menace de mort. Vous le voyez : l'affaire commence à prendre son vrai visage. L'autre type est probablement aussi un Italien, membre également de la Maffia. Il a enfreint les règlements de la Maffia d'une façon quelconque. Pietro est lancé sur sa piste. Probablement la photographie que nous avons trouvée dans sa poche est l'homme lui-même, afin qu'il n'égorge personne d'autre. Il a suivi le type, il l'a vu entrer dans la maison, il l'a guetté dehors et en récompense il s'est fait tuer. Que pensez-vous de ça, monsieur Holmes ? »

Holmes battit des mains.

« Excellent, Lestrade ! Excellent ! s'écria-t-il. Mais je ne vois pas bien comment vous expliquez la destruction des bustes.

— Les bustes ? Vous ne pouvez pas chasser les bustes de votre tête ! Après tout, qu'est-ce qu'un buste ? Un petit larcin. Six mois au maximum. Tandis qu'un assassinat, c'est autre chose ! Moi, je tiens tous les fils dans ma main.

— Et la prochaine étape ?

— Très simple. Je descends avec Hill dans le quartier italien, je trouve le type dont nous avons la photographie, je l'arrête sous l'inculpation de meurtre. Voulez-vous venir avec nous ?

— Je ne crois pas. Je pense que nous pouvons atteindre notre but plus simplement encore. Je ne dis pas que ce soit certain, car tout dépend... Oui, tout dépend d'un facteur qui se trouve complètement hors de notre contrôle. Mais j'ai de grands espoirs... En fait c'est du deux contre un. Si vous vouliez venir avec nous ce soir, je vous aiderais à lui mettre la main au collet.

— Dans le quartier italien ?

— Non. Je crois que c'est à Chiswick que nous le trouverons plus vraisemblablement. Si vous m'accompagnez à Chiswick ce soir, Lestrade, je vous promets de vous accompagner demain dans le quartier italien, et le mal ne sera pas grand. Mais pour l'instant je pense que quelques heures de sommeil nous feraient du bien à tous, car je ne me propose pas de partir avant onze heures. Dînez avec nous, Lestrade, ensuite ce sofa vous accueillera jusqu'à l'heure de notre départ. Entre-temps, Watson, je vous serais obligé de faire venir un chasseur pour porter un message, car il faut que j'envoie une lettre qui doit partir tout de suite. »

Holmes passa la soirée à fourrager dans des collections de vieux journaux dont était bourré l'un de nos débarras. Quand enfin il redescendit, le triomphe illuminait son regard, mais il ne souffla mot sur le résultat de ses recherches. Pour ma part j'avais suivi pas à pas la méthode par laquelle il avait progressé dans les sinueux méandres de cette affaire compliquée. Évidemment je ne pouvais pas encore discerner le but précis à atteindre, mais je comprenais que Holmes comptait bien que le criminel grotesque se hasarderait contre les deux bustes restants, et je me rappelais que l'un d'eux se trouvait à Chiswick. Sans aucun doute notre déplacement visait à le prendre en flagrant délit, et je ne pouvais qu'admirer l'astuce qui avait poussé mon ami à indiquer une fausse piste dans le journal du soir afin de donner au criminel une impression d'impunité s'il persévérait dans ses entreprises. Je ne fus pas surpris quand Holmes me conseilla de prendre un revolver. Lui-même emporta son stick de chasse plombé qui était son arme favorite.

Un fiacre s'arrêta à onze heures devant notre porte. Il nous conduisit de l'autre côté du pont de Hammersmith. Holmes dit au cocher d'attendre. Une courte marche nous mena dans une route isolée, bordée de maisons de plaisance, toutes entourées d'un jardin. A la lueur d'un réverbère nous lûmes *Laburnum Villa* sur la grille de l'une d'elles. Les occupants devaient être couchés car tout était sombre à l'exception d'un vasistas au-dessus de la porte principale, qui dessinait sur l'allée du jardin une circonférence brouillée. La clôture en bois qui séparait la propriété de la route projetait une ombre noire derrière elle. Nous l'escaladâmes et nous nous blottîmes dans l'obscurité.

« Je crains que vous n'ayez longtemps à attendre, chuchota Holmes. Remercions notre bonne étoile : il ne pleut pas. Mais je ne crois pas que nous pourrons allumer une cigarette pour tuer le temps. Bref, à deux contre un, nous devons réussir quelque chose qui nous récompensera de nos peines. »

Notre faction fut moins longue que ne l'avait pensé Holmes, et elle se termina d'une manière aussi brusque que bizarre. Tout à coup, sans que le moindre bruit nous eût alertés, la grille du jardin s'ouvrit et une silhouette sombre, agile, souple et vive comme un singe, se précipita dans l'allée. Nous la vîmes traverser la lueur projetée par le vasistas et se fondre dans l'ombre noire de la maison. Suivit un long moment de silence, pendant lequel nous retînmes notre souffle. Puis le faible bruit d'un grincement parvint à nos oreilles. On ouvrait la fenêtre. Le bruit cessa. De nouveau un long silence s'écoula. Le cambrioleur se frayait son chemin à l'intérieur de la maison. Dans une pièce une lueur surgit : celle d'une lanterne sourde. Ce qu'il cherchait ne se trouvait évidemment pas là, car la lueur de la lanterne se déplaça derrière un deuxième store, puis derrière un troisième.

« Embusquons-nous au bas de la fenêtre ouverte, murmura Lestrade. Nous le cueillerons quand il sortira. »

Mais avant que nous ayons pu bouger, l'homme apparut. Quand il passa dans le cercle de lumière, nous vîmes qu'il portait quelque chose sous son bras. Il examina du regard les alentours. Le silence de la rue déserte le rassura. Il nous tourna le dos, posa par terre son fardeau, et nous entendîmes un coup sec suivi d'un bruit de casse. Il était tellement absorbé par ce qu'il était en train de faire qu'il ne nous entendit pas courir sur la pelouse. Holmes bondit comme un tigre sur son dos, Lestrade et moi l'attrapâmes chacun par un poignet, les menottes se refermèrent sur ses mains. Quand nous le retournâmes, je distinguai un hideux visage jaunâtre avec des traits déformés par la fureur : c'était l'homme dont nous avions la photographie.

Mais Holmes se désintéressa vite du prisonnier pour examiner attentivement l'objet que Beppo avait volé dans la maison. Il s'agissait d'un buste de Napoléon comme celui que nous avions vu le matin, et il était cassé de la même manière. Accroupi sur le seuil, Holmes leva à la lumière tous les tessons les uns après les autres. Mais aucun ne présentait de particularité spéciale. Il venait de terminer son inspection quand le vestibule s'éclaira, la porte s'ouvrit, et le propriétaire de la maison s'avança.

« Monsieur Josiah Brown, je suppose ? demanda Holmes.

— Oui, monsieur. Et vous êtes sans doute monsieur Sherlock Holmes ? J'ai bien reçu le billet que vous m'avez envoyé par exprès, et je me suis exactement conformé à vos instructions. Nous avions fermé toutes les portes de l'intérieur et nous attendions les événements. Ma foi, je suis content que vous ayez capturé ce bandit ! J'espère, messieurs, que vous voudrez bien entrer et vous rafraîchir un peu ? »

Mais Lestrade tenait à mettre son prisonnier en lieu sûr. Aussi nous retrouvâmes-nous quelques minutes plus tard dans le fiacre sur la route de Londres. Notre prisonnier ne desserra pas les dents, mais il nous regardait par en dessous et, à un moment où ma main était à portée de sa bouche, il essaya de la mordre comme un loup affamé. Nous demeurâmes au commissariat le temps qu'il fallait pour apprendre qu'une fouille des vêtements n'avait rien révélé sinon quelques shillings et un long couteau dans une gaine, dont le manche portait de récentes traces de sang.

« C'est parfait ! nous dit Lestrade quand nous sortîmes. Hill connaît tous ces gens-là, et il nous donnera son nom. Vous vous apercevrez que ma théorie sur la Maffia tient debout. Mais en attendant je vous suis infiniment obligé, monsieur Holmes, pour la manière dont vous l'avez saisi au collet. Un vrai chef-d'œuvre ! Tout de même il y a certaines choses que je ne comprends pas encore.

— Je crois qu'il est un peu tard pour les explications, répondit Holmes. En outre, il y a quelques détails qui ne sont pas encore éclaircis, et l'affaire mérite que nous allions jusqu'au bout de ses mystères. Si vous revenez demain soir à six heures, je pense être alors en mesure de vous montrer que même à présent vous n'avez pas encore saisi toute la signification des faits dont quelques-uns sont absolument sans précédent dans l'histoire criminelle. Si jamais je vous autorise à publier de nouveaux petits récits, Watson, je prévois que la singulière aventure des bustes de Napoléon enrichira votre collection. »

Quand nous nous réunîmes le lendemain soir, Lestrade était bourré de renseignements concernant le prisonnier. Il s'appelait bien Beppo, mais on ne lui connaissait pas d'autre nom. Dans la colonie italienne il était réputé comme un vaurien. Jadis il avait été un habile sculpteur et il avait honnêtement gagné sa vie, mais il s'était engagé sur une mauvaise pente et deux fois déjà il était allé en prison : une fois pour un larcin, une deuxième fois, comme on l'a lu plus haut, pour avoir poignardé un compatriote. Il parlait couramment l'anglais. On ignorait les raisons pour lesquelles il détruisait les bustes de Napoléon, et il s'était refusé à répondre sur ce point. Mais la police avait établi que ces bustes avaient fort bien pu être fabriqués par lui-même, puisqu'il avait été employé dans l'atelier spécialisé chez Gelder & Co. Holmes écouta poliment ces renseignements dont la plupart ne lui étaient pas inconnus. Mais moi qui avais l'habitude de ses manières, je voyais bien que ses pensées étaient ailleurs, et je décelai sous le masque de sa physionomie un mélange de gêne et d'anxiété. Soudain il sursauta sur sa chaise et ses yeux brillèrent. On avait sonné. Des pas retentirent dans notre escalier. Un homme âgé, au teint cramoisi et aux favoris grisonnants, fut introduit. De sa main droite il tenait un vieux sac de voyage, qu'il posa sur la table.

« M. Sherlock Holmes est-il ici ? »

Mon ami s'inclina et sourit.

« Monsieur Sandeford, de Reading, je suppose ?

— Oui, monsieur. Je crois que je suis légèrement en retard. Mais les trains en sont responsables. Vous m'avez écrit au sujet d'un buste qui m'appartient ?

— Exactement.

— J'ai ici votre lettre. Vous me dites : « Je désire posséder une reproduction du buste de Napoléon par Devine, et je suis disposé à vous offrir dix livres pour celui qui vous appartient. » Est-ce vrai ?

— Certainement.

— J'ai été très surpris par votre lettre, car je me suis demandé comment vous saviez que je possédais ce buste.

— Naturellement ! L'explication est très simple. M. Harding, des frères Harding, m'a dit qu'il vous avait vendu son dernier exemplaire, et il m'a donné votre adresse.

— Oh ! je comprends ! Vous a-t-il dit combien je l'avais acheté ?

— Non.

— Écoutez, je suis, sinon très riche, du moins honnête. J'ai acheté ce buste quinze shillings. J'estime que vous deviez savoir ce chiffre avant de m'offrir dix livres.

— Ce scrupule vous honore grandement, monsieur Sandeford. Mais j'ai fixé un prix, et je m'y tiens.

— Eh bien, c'est très élégant de votre part. Monsieur Holmes ! J'ai apporté le buste, comme vous me le demandiez. Le voici. »

Il ouvrit son sac, et enfin nous vîmes posée sur notre table une reproduction intacte de ce buste que nous n'avions jamais vu qu'en morceaux.

Holmes tira un papier de sa poche et plaça un billet de dix livres sur la table.

« Auriez-vous l'obligeance de signer ce papier, monsieur Sandeford, en présence de ces témoins ? C'est simplement pour préciser que vous me cédez tous les droits que vous aviez sur ce buste. Je suis méthodique, voyez-vous, et on ne sait jamais quelle tournure peuvent prendre les événements par la suite. Merci, monsieur Sandeford. Voici votre argent. Je vous souhaite le bonsoir. »

Quand notre visiteur eut disparu, les gestes de Sherlock Holmes captivèrent notre attention. Il commença par prendre une nappe propre dans un tiroir et il la déploya sur la table. Puis il plaça au centre sa nouvelle acquisition. Il prit alors son stick plombé et assena sur le crâne de Napoléon un coup violent. Le buste vola en éclats, et Holmes se pencha avidement sur les débris. Presque aussitôt, il poussa un cri de joie. Il brandit un tesson dans lequel un objet noir, rond, était fixé comme un raisin sec dans un pudding.

« Messieurs ! s'écria-t-il. Permettez-moi de vous présenter la célèbre perle noire des Borgia. »

Lestrade et moi demeurâmes d'abord muets d'étonnement, puis d'un même mouvement impulsif nous battîmes des mains au spectacle d'un dénouement si bien amené. Les joues pâles de Holmes s'empourprèrent légèrement, et il s'inclina comme l'auteur qui vient saluer le public à la fin d'une représentation de son dernier chef-d'œuvre. Dans de tels instants il cessait d'être une pure et simple machine à raisonner, et il trahissait son penchant humain pour l'admiration et les applaudissements. Sa fierté singulière, sa discrétion qui dédaignaient toute gloire populaire pouvaient fondre sous l'émerveillement spontané d'un ami.

« Oui, messieurs ! nous dit-il. C'est la perle actuellement la plus célèbre du monde, et j'ai eu la chance, par toute une suite de déductions logiques, d'en retrouver la trace depuis la chambre du prince de Colonna à l'hôtel Dacre, où il la perdit, jusqu'à l'intérieur du dernier des six bustes de Napoléon fabriqués par Gelder & Co, de Stepney. Vous vous rappelez, Lestrade, la sensation provoquée par la disparition de ce joyau inestimable, ainsi que les vains efforts de la police de Londres pour le retrouver. J'avais été consulté à l'époque, et j'avais été incapable de résoudre le problème. On soupçonna la femme de chambre de la princesse, qui était Italienne, et il fut établi qu'elle avait un frère à Londres, mais il fut impossible de détecter l'ombre d'une complicité entre eux. Le nom de la femme de chambre était Lucretia Venucci. Sans aucun doute, ce Pietro assassiné avant-hier était son frère. J'ai vérifié quelques dates dans de vieux journaux, et j'ai découvert que la disparition de la perle s'était produite exactement l'avant-veille du jour où Beppo fut arrêté pour tentative de meurtre, arrestation qui eut lieu dans l'atelier même de Gelder & Co, au moment où ces bustes étaient en fabrication. A présent vous devinez toute la succession des faits, dans l'ordre inversement opposé à celui où ils se présentaient à moi. Beppo avait eu la perle en sa possession. Peut-être l'avait-il volée à Pietro, peut-être était-il le complice de Pietro, peut-être avait-il servi d'intermédiaire entre Pietro et sa sœur ? Il nous importe peu de savoir l'exacte vérité là-dessus.

« Le fait principal est qu'il avait eu la perle en sa

possession, qu'elle était sur sa personne quand il fut poursuivi par la police. Il fonça vers l'établissement où il travaillait ; il savait qu'il ne disposait que de quelques minutes pour dissimuler ce joyau sensationnel, puisqu'on le trouverait sur lui lorsqu'il serait fouillé une fois arrêté. Six plâtres de Napoléon étaient en train de sécher dans le couloir. L'un d'eux était encore mou. En une minute Beppo, qui était un habile ouvrier, avait fait un petit trou dans le plâtre humide, y avait introduit la perle et avait rebouché l'ouverture. C'était une cachette admirable. Personne n'aurait pu la suspecter. Mais Beppo fut condamné à un an de prison et, dans l'intervalle, ses six bustes s'éparpillèrent dans Londres. Il ne savait pas lequel contenait son trésor. Il ne pouvait le savoir qu'en les brisant. Même en les secouant il n'aurait rien appris car, le plâtre étant humide, la perle y avait adhéré. Beppo ne désespéra pas, et il conduisit ses recherches avec une ingéniosité et une persévérance admirables. Par l'intermédiaire d'un cousin qui travaillait chez Gelder il obtint le nom des détaillants qui avaient acheté les bustes. Il se débrouilla pour trouver de l'embauche chez Morse Hudson et, par ce moyen, retrouva trace de trois des six bustes. La perle n'y était pas. Alors avec le concours d'un employé de Harding frères il parvint à savoir où étaient les trois autres. Le premier appartenait à Harker. Là il se heurta à son complice qui l'avait filé et le tenait pour responsable de la perte de la perle. Il le poignarda dans la bagarre qui s'ensuivit.

— S'il était son complice, pourquoi Pietro portait-il sa photographie sur lui ? objectai-je.

— Pour le filer s'il avait besoin du concours d'une tierce personne. C'est évident ! Après le meurtre je calculai que Beppo accélérerait ses mouvements plutôt qu'il ne les ralentirait. Il devait craindre que la police ne perçât son secret. Aussi se hâta-t-il d'opérer avant d'être arrêté. Bien sûr je ne pouvais pas affirmer que la perle ne se trouvât pas dans le buste appartenant à Harker. Je n'étais même pas arrivé alors à la conclusion qu'il s'agissait de la perle. Mais je me doutais déjà qu'il cherchait quelque chose, puisqu'il avait transporté le buste sous un lampadaire. Comme le buste appartenant à Harker était l'un des trois, il y avait exactement deux chances contre une pour que la perle n'y fût pas. Restaient deux bustes. De toute évidence il commencerait par celui se trouvant à Londres. J'avertis les habitants de la villa afin d'éviter une deuxième tragédie et nous y sommes allés avec l'heureux résultat que vous savez. Entre-temps j'avais acquis la certitude que nous courions après la perle des Borgia. Le nom de l'homme assassiné constituait le lien entre les deux affaires. Il ne restait plus que le buste de Reading : la perle devait s'y trouver. Je l'ai acheté à son détenteur en votre présence. La voilà.

— Eh bien, fit Lestrade après un moment de silence, je vous ai vu dans beaucoup d'affaires, monsieur Holmes ! Mais je ne crois pas avoir jamais assisté à un pareil chef-d'œuvre. Nous ne vous jalousons pas à Scotland Yard... Non, monsieur, nous sommes très fiers de vous ! Et si vous vous y rendiez demain, il n'y aurait pas un policier, depuis le plus vieil inspecteur jusqu'au plus jeune de nos agents, qui ne serait heureux de vous serrer la main !

— Merci ! dit Holmes. Je vous remercie ! »

Il se détourna. Qu'il était donc près à ce moment-là, de l'émotion humaine ! Une minute plus tard il était redevenu un logicien froid et pratique :

« Rangez la perle dans le coffre-fort, Watson ! Et faites-moi passer s'il vous plaît le dossier de l'affaire de faux Conk-Singleton. Bonsoir, Lestrade. Si vous avez ces temps-ci un autre petit problème qui vous intéresse, je ne demanderai pas mieux que de vous donner, si je le peux, un ou deux tuyaux pour le résoudre. »

CHAPITRE IX

# LES TROIS ÉTUDIANTS

Au cours de l'année 1895 une combinaison de circonstances dont le détail serait sans intérêt pour le lecteur nous incita, M. Sherlock Holmes et moi, à séjourner pendant plusieurs semaines dans l'une de nos grandes villes universitaires où il nous arriva l'aventure, modeste mais instructive, que je vais maintenant vous conter.

Il va sans dire que je me garderai bien de donner des indications trop précises. Un scandale si douloureux ne mériterait que l'oubli s'il n'avait fourni à mon ami l'occasion de faire valoir quelques-uns de ses dons remarquables.

Nous habitions alors dans un meublé proche d'une bibliothèque où Sherlock Holmes poursuivait de laborieuses recherches sur les chartes de l'Angleterre primitive (recherches qui aboutirent à des résultats si frappants que je les évoquerai peut-être dans un récit ultérieur). Ce fut là qu'un soir nous reçûmes la visite d'une relation, M. Hilton Soames, directeur des études et conférencier au collège Saint-Luc. M. Soames était grand et fluet ; il avait un caractère nerveux et émotif. Je ne l'avais jamais vu qu'agité, mais ce jour-là sa surexcitation était si grande qu'il fallait s'attendre à un événement sortant de l'ordinaire.

« J'espère, monsieur Holmes, que vous pourrez me consacrer quelques heures d'un temps qui vous est pourtant si précieux. Un incident très pénible s'est produit à Saint-Luc. Et en vérité, si un bienheureux hasard ne vous avait pas conduit dans cette ville, je ne saurais quoi faire !

— Je suis très occupé pour le moment, répondit mon ami. Et je désire ne pas être distrait. Je préférerais de beaucoup que vous fissiez appel à la police.

— Non, mon cher monsieur ! Impossible ! Tout à fait impossible ! Quand la loi se met en marche, il serait vain de prétendre l'arrêter. Or, justement il s'agit d'un cas où, pour la réputation du collège, il faut à tout prix éviter le scandale. Votre discrétion est aussi célèbre que vos qualités. Vous êtes le seul homme au monde à pouvoir m'aider. Je vous en supplie monsieur Holmes, aidez-moi ! »

Le caractère de mon ami ne s'était pas amélioré depuis qu'il avait délaissé l'ambiance familière de Baker Street. Sans ses gros livres, ses analyses chimiques, son désordre habituel, il n'était pas à l'aise. Tout de même il haussa les épaules pour exprimer un acquiescement bourru. Aussitôt notre visiteur débita son histoire par phrases précipitées et à grands renfort de gestes.

« Il faut d'abord que vous sachiez, monsieur Holmes, que le concours pour la bourse Fortescue commence demain. Je suis l'un des examinateurs. Pour le grec. J'ai choisi pour sujet une version assez longue qu'aucun candidat n'avait eue à traduire. Le texte en est imprimé sur la feuille d'examen. Naturellement tout candidat qui en aurait eu connaissance et l'aurait préparée à l'avance bénéficierait d'un avantage considérable.

Voilà pourquoi on veille toujours à ce que le secret soit bien gardé.

« Aujourd'hui vers trois heures, les épreuves de la version me sont revenues de l'imprimerie. Il s'agit d'un chapitre de Thucydide. Je devais les relire avec grand soin afin que le texte fût parfaitement correct. A quatre heures et demie je n'avais pas encore fini. Or j'avais accepté une invitation à un thé à l'extérieur. J'ai donc laissé les épreuves sur mon bureau. Je me suis absenté un peu plus d'une heure. Vous savez, monsieur Holmes, que les portes de notre collège sont doubles : à l'extérieur c'est du bon chêne épais et à l'intérieur une tapisserie. Quand je suis arrivé devant ma porte, à l'extérieur, j'ai constaté avec stupéfaction qu'une clef se trouvait dans la serrure. D'abord j'ai cru que j'y avais laissé la mienne, mais j'ai tâté mes poches et je l'ai trouvée. Le seul double qui en existait était détenu par mon domestique Bannister, homme qui me sert depuis dix ans et dont l'honnêteté est au-dessus de tout soupçon. J'ai découvert que cette clef était effectivement la sienne, qu'il avait pénétré chez moi pour me demander si je voulais du thé, et qu'en ressortant il avait très négligemment oublié sa clef dans la serrure. Il a dû entrer quelques minutes après mon départ. N'importe quel autre jour, sa négligence n'aurait pas tiré à conséquence. Mais elle a entraîné aujourd'hui des effets déplorables.

« En regardant mon bureau, j'ai tout de suite su que quelqu'un avait remué mes papiers. Les épreuves de l'imprimerie faisaient trois longs feuillets. Je les avais laissés ensemble. Et maintenant j'en trouvais un sur le plancher, un autre sur une petite table près de la fenêtre, et le troisième là où je l'avais mis.

— La première page sur le plancher, la deuxième près de la fenêtre et la troisième où vous l'aviez posée, interrompit Holmes qui sembla brusquement intéressé.

— Exactement, monsieur Holmes. Vous m'étonnez. Comment l'avez-vous deviné ?

— Je vous en prie, continuez votre récit.

— Pendant quelques instants je me suis dit que Bannister avait pris la liberté inexcusable d'examiner mes papiers. Il m'a assuré que non, avec beaucoup de force, et je suis persuadé qu'il m'a dit la vérité. Restait alors l'hypothèse que quelqu'un, passant devant ma porte, eût remarqué la clef et deviné que j'étais sorti, fût entré et eût regardé mes épreuves. Une grosse somme d'argent est en jeu, comprenez-vous ? Car la bourse est très importante ; un étudiant peu scrupuleux aurait fort bien pu courir un risque afin de s'assurer un avantage sur ses concurrents.

« Bannister a été très bouleversé par l'incident. Il s'est presque évanoui quand nous avons découvert que les épreuves avaient été indiscutablement déplacées. Je lui ai donné quelques gouttes de cognac et je l'ai laissé effondré sur un fauteuil tandis que j'inspectais méticuleusement la pièce. Je n'ai pas tardé à m'apercevoir que l'intrus avait laissé d'autres témoignages de sa visite. Sur la petite table près de la fenêtre j'ai trouvé les rognures d'un crayon qui avait été taillé. Il y avait aussi une mine de plomb cassée. Évidemment le coquin avait recopié le texte à la hâte ; en se dépêchant il avait cassé son crayon, et il avait dû en retailler la pointe.

— Excellent ! s'écria Holmes qui retrouvait sa bonne humeur au fur et à mesure que l'affaire l'intéressait. La chance vous a souri !

— Ce n'est pas tout. J'ai une table à écrire neuve, recouverte d'un beau cuir rouge. Je suis prêt à le jurer... Bannister et moi nous en mettrions notre tête à couper !... La surface en était lisse et propre. Or, j'ai trouvé une entaille nette de dix centimètres de long : pas une éraflure, mais une véritable coupure. Et non seulement ceci, mais sur la table elle-même j'ai trouvé une petite boule de pâte noire, ou d'argile, avec dedans quelques petits grains d'une matière qui ressemble à de la sciure de bois. Je suis convaincu que ces traces ont été laissées par l'auteur du pillage. Je n'ai vu aucune empreinte de pas ni rien d'autre qui pût me révéler son identité. J'étais complètement découragé quand je me suis rappelé que vous étiez dans notre ville. Alors je me suis précipité chez vous pour vous prier de prendre l'affaire en main. Aidez-moi, monsieur Holmes ! Vous comprenez bien le dilemme où je me débats : ou bien je trouve mon homme, ou bien l'examen doit être reporté jusqu'à ce que de nouveaux textes soient imprimés. Et ce retard m'obligerait à tout révéler. D'où un odieux scandale qui se répercuterait sur le collège et aussi sur l'Université. Par-dessus tout, je voudrais régler l'affaire le plus discrètement possible !

— Je serai très heureux de m'en occuper et de vous conseiller, dit Holmes en se levant et en mettant son pardessus.. Ce cas n'est pas totalement dépourvu d'intérêt. Quelqu'un vous a-t-il rendu visite après que les épreuves vous avaient été apportées ?

— Oui. Le jeune Daulat Ras, un étudiant hindou qui loge dans le même escalier ; il est entré et m'a posé quelques questions de détail sur l'examen.

— Auquel il est candidat ?

— Oui.

— Et les papiers étaient sur votre bureau ?

— Pour autant que je me rappelle, ils étaient encore en rouleau.

— Mais on pouvait deviner qu'il s'agissait d'épreuves ?

— Sans doute.

— Personne d'autre chez vous ?

— Non.

— Quelqu'un pouvait-il savoir que les épreuves étaient là ?

— Personne, sauf l'imprimeur.

— Ce Bannister l'ignorait ?

— Certainement. Tout le monde l'ignorait !

— Où est Bannister maintenant ?

— Il était malade, le pauvre diable ! Je l'ai abandonné sur mon fauteuil. J'étais tellement pressé de me rendre chez vous !

— Vous avez laissé votre porte ouverte ?

— J'ai d'abord mis les papiers sous clef.

— Résumons-nous, monsieur Soames : à moins que l'étudiant hindou n'ait deviné que le rouleau contenait les épreuves, celui qui y a touché est tombé dessus par hasard sans savoir qu'elles étaient là.

— C'est ce qu'il me semble. »

Holmes sourit énigmatiquement.

« Eh bien, fit-il, allons voir chez vous. Ce n'est pas une affaire pour vous, Watson : il s'agit d'un cas mental, pas physique. Très bien ! Venez si vous en avez envie. Maintenant, monsieur Soames, à votre disposition ! »

La pièce qui servait de bureau à notre client donnait par une longue et basse fenêtre grillagée sur l'ancienne cour couleur de mousse du vieux collège. Une porte gothique ouvrait sur un escalier de pierre. Le directeur des études habitait au rez-de-chaussée. Trois étudiants logeaient au-dessus, un à chaque étage. Quand nous arrivâmes sur les lieux, il faisait déjà presque nuit. Holmes commença par examiner de près la fenêtre par l'extérieur. Il se tint sur la pointe des pieds pour tordre son long cou et regarder dans la pièce.

« Il a dû entrer par la porte. Le grillage l'aurait arrêté, dit notre guide.

— Vraiment ? fit Holmes en jetant un coup d'œil bizarre à son client. Alors si nous n'avons rien à apprendre ici, nous ferions mieux d'entrer. »

Le directeur des études ouvrit la porte et nous introduisit dans son bureau. Mais nous demeurâmes sur le seuil pendant que Holmes inspectait le tapis.

« J'ai peur qu'on ne trouve aucune trace ici, dit-il. La journée a été si sèche ! Votre domestique semble s'être remis. Vous l'aviez laissé sur un fauteuil, m'avez-vous dit ? Quel fauteuil ?

— Près de la fenêtre.

— Je vois. Près de la petite table. Vous pouvez entrer à présent. J'en ai terminé avec le tapis. Prenons d'abord la petite table. Évidemment ce qui s'est passé est assez clair. L'homme est entré, a pris les épreuves, feuillet après feuillet, sur votre bureau. Il s'est installé sur la petite table près de la fenêtre parce que de là il pouvait surveiller votre retour par la porte principale, et s'enfuir.

— En fait il ne l'aurait pas pu ! dit Soames. Car je suis rentré par une petite porte, de l'autre côté.

— Ah ! voilà qui est bon ! De toute façon il y avait pensé. Passez-moi ces trois feuillets. Pas de traces de doigts... non ! Il a d'abord pris celui-ci et l'a copié. Combien de temps lui a-t-il fallu pour cette tâche ingrate ? Au minimum un quart d'heure ! Puis il l'a jeté par terre, et a pris le deuxième. Il devait en être arrivé au milieu quand votre retour l'a obligé à fuir précipitamment, très précipitamment puisqu'il n'a pas pris le temps de replacer les feuillets, ce qui vous a révélé sa visite. Vous n'avez pas entendu de pas rapides dans l'escalier quand vous êtes entré par la porte extérieure ?

— Non. Je ne peux pas le dire.

— Il a écrit avec une telle hâte qu'il a cassé son crayon, comme vous l'avez remarqué, et qu'il a dû le retailler. Ceci est intéressant, Watson. Le crayon n'était pas d'un modèle courant. Il avait une taille normale et une mine tendre. Sa couleur extérieure était bleu foncé. Le nom du fabricant était gravé en lettres argentées. Le bout qui reste doit mesurer à peu près cinq centimètres de long. Cherchez un crayon de ce genre, monsieur Soames, et vous trouverez votre homme. J'ajoute même, pour vous aider davantage, qu'il possède un gros canif très émoussé. »

M. Soames parut quelque peu débordé par ce torrent d'informations.

« Je vous suis sur certains points, dit-il, mais quant à la longueur... »

Holmes lui montra une rognure avec les lettres NN qui ne suivait aucune autre inscription.

« Voyez-vous ?

— Non, j'avoue que même maintenant...

— Watson, j'ai toujours été injuste envers vous. Vous n'êtes pas le seul... Que peuvent être ces NN ? Deux lettres en bout de mot. Vous savez que Johann Faber est la marque la plus répandue. N'est-il pas évident qu'il ne reste du crayon que ce qui suit habituellement le Johann ?... »

Il inclina la petite table sous la lumière électrique.

« ... J'espérais qu'il avait écrit sur du papier mince et que j'aurais pu trouver trace de son écriture sur cette surface polie. Mais non, je ne vois rien. Je ne crois pas que nous ayons beaucoup plus à apprendre ici. Voyons votre bureau. Cette petite boulette est, je suppose, le tas de matière noirâtre dont vous m'avez parlé. Pyramidale de forme, et creuse. Vous avez raison, on dirait qu'il y a des grains de sciure de bois à l'intérieur. Mais c'est très intéressant ! Et l'entaille... une vraie déchirure, qui commence par une mince éraflure et qui se termine par un trou déchiqueté. Je vous suis très reconnaissant de m'avoir soumis cette affaire, monsieur Soames ! Où conduit cette porte ?

— A ma chambre à coucher.

— Y avez-vous pénétré depuis votre aventure ?

— Non. Je suis allé tout de suite chez vous.

— J'aimerais y jeter un coup d'œil. Quelle char-

mante pièce, avec ce style ancien ! Peut-être aurez-
vous l'obligeance d'attendre une minute que j'exa-
mine le plancher... Je ne vois rien. Ce rideau ?
Derrière, vous suspendez vos vêtements. Si quelqu'un avait eu l'intention de se dissimuler dans cette
pièce, c'est là qu'il se serait réfugié, car le lit est trop
bas et le cabinet de toilette pas assez vaste. Il n'y a
personne, sans doute ? »

A la façon dont Holmes souleva le rideau, je
compris qu'il était prêt à tout. En fait, le réduit ne
contenait rien d'autre que quelques costumes
suspendus à une série de portemanteaux. Holmes
vira sur ses talons et brusquement se baissa.

« Hello ! Qu'est ceci ? » s'exclama-t-il.

C'était une petite pyramide de substance noire,
comme du mastic, qui ressemblait en tout point à
celle que nous avions vue sur la table du bureau.
Holmes la prit et la cala dans la paume de sa main
pour l'examiner à la lueur d'une lampe électrique.

« Votre visiteur me semble avoir laissé des traces
de son passage aussi bien dans votre chambre que
dans votre bureau, monsieur Soames !

— Qu'était-il donc venu faire ici ?

— Je crois que c'est assez clair. Vous êtes rentré
par un chemin qu'il n'avait pas prévu, et il n'a été
alerté que lorsque vous êtes arrivé devant votre porte.
Que pouvait-il faire d'autre que de prendre tout ce
qui aurait pu le trahir et de se précipiter dans votre
chambre pour s'y cacher ?

— Mon Dieu, monsieur Holmes ! Voulez-vous dire
que tout le temps que j'ai causé avec Bannister dans
mon bureau, cet individu était prisonnier dans ma
chambre ? Ah ! si j'avais su !...

— C'est du moins ce que je comprends.

— Mais une autre possibilité existe, monsieur
Holmes ? Je ne crois pas que vous ayez observé la
fenêtre de ma chambre.

— Carreaux en losanges, charpente en plomb,
trois vitres séparées, l'une pivotant sur ses charnières
et assez grande pour permettre à un homme de
passer.

« — Exactement. Et elle donne sur un angle de la cour, ce qui la rend à peu près invisible. L'homme a pu entrer par la fenêtre, laisser des traces de son passage dans la chambre qu'il a traversée, puis sortir par la porte qu'il a trouvée ouverte. »

Impatienté, Holmes hocha la tête.

« Soyons pratiques ! fit-il. Je crois que vous m'avez dit qu'il y avait trois étudiants qui utilisaient cet escalier et qui passaient fréquemment devant votre porte ?

— Oui.

— Et tous trois sont candidats à l'examen ?

— Oui.

— Avez-vous un motif quelconque d'en soupçonner un plutôt que les deux autres ? »

Soames hésita.

« C'est une question très délicate, répondit-il. Je n'aime guère émettre des soupçons quand il n'y a pas de preuves.

— Faites-moi d'abord connaître vos soupçons. Je m'occuperai ensuite des preuves.

— Je vais vous décrire en quelques mots le caractère des trois étudiants qui logent au-dessus. Au premier il y a Gilchrist, excellent sujet et bel athlète. Il fait partie de l'équipe de rugby et de cricket du collège, et il est champion de courses de haies et en saut en longueur. Je le considère comme un étudiant très distingué. Son père était le célèbre Sir Jabez Gilchrist qui se ruina sur les champs de course. Le fils est pauvre, mais c'est un rude travailleur et il est intelligent. Il arrivera.

« Au deuxième étage, c'est Daulat Ras qui y habite. Cet Hindou est tranquille, très renfermé comme presque tous ses compatriotes. Il travaille bien, mais le grec est son point faible. Il est studieux et méthodique.

« Au dernier étage habite Miles McLaren. Quand il se donne la peine de travailler c'est un sujet brillant : l'une des intelligences les plus lumineuses de l'Université. Mais il est capricieux, dissipé, sans principes. Au cours de sa première année il faillit être mis à la porte pour une histoire de cartes. Il a flâné tout ce trimestre et il doit envisager son examen avec terreur.

— Vous le soupçonnez donc ?

— Je n'ose pas aller aussi loin. Mais des trois c'est sans doute de sa part qu'un tel acte serait le moins invraisemblable.

— Parfait. Maintenant, monsieur Soames, je voudrais bien voir votre domestique Bannister. »

C'était un petit bonhomme d'une cinquantaine d'années : teint blanc, pas de barbe, cheveux grisonnants. Il était encore tout troublé par l'événement qui avait contrarié la routine quotidienne de son existence. Sa figure ronde était traversée de tics et ses doigts se croisaient et se décroisaient constamment.

« Nous sommes en train d'enquêter sur cette malheureuse affaire, Bannister ! lui dit son maître.

— Oui, monsieur.

— Je crois, lui dit Holmes, que vous aviez laissé votre clef sur la porte ?

— Oui, monsieur.

— N'est-ce pas extraordinaire que vous commettiez cette négligence le jour même où des documents étaient à l'intérieur ?

— C'est tout à fait regrettable, monsieur.

— A quelle heure êtes-vous entré ?

— Vers quatre heures et demie. C'est l'heure à laquelle M. Soames prend son thé.

— Combien de temps êtes-vous resté ?

— Quand j'ai vu qu'il n'était pas là, je me suis retiré aussitôt.

— Avez-vous regardé les papiers sur la table ?

— Non, monsieur. Oh ! non, monsieur !

— Comment avez-vous pu laisser votre clef sur la serrure ?

— J'avais à la main le plateau du thé. Je me suis dit que je reviendrais chercher la clef. Et puis j'ai oublié.

— Est-ce que la porte extérieure a une fermeture automatique ?

— Non, monsieur.

— Alors elle est restée ouverte tout le temps ?

— Oui, monsieur.

— N'importe qui, de l'intérieur de la pièce, pouvait sortir ?

— Oui, monsieur.

— Quand M. Soames est rentré et vous a fait demander, vous avez été très troublé ?

— Oui, monsieur. Il y a longtemps que je sers ici, et une telle affaire ne m'était jamais arrivée. Je me suis presque évanoui, monsieur !

— Oui, je sais. Où étiez-vous quand vous avez commencé à vous trouver mal ?

— Où j'étais, monsieur ? Eh bien, là, près de la porte.

— C'est singulier. Vous êtes allé vous asseoir dans ce fauteuil là-bas, dans ce coin. Pourquoi ne vous êtes-vous pas arrêté à ces autres sièges ?

— Je ne sais pas, monsieur. Pour moi, ça n'avait pas d'importance. Pourvu que je m'asseye...

— Je crois que vraiment il est en dehors du coup, monsieur Holmes. Il était très pâle. Presque cadavérique.

— Vous êtes resté là quand votre maître est parti ?

— Seulement une ou deux minutes. Puis j'ai refermé la porte et je suis monté dans ma chambre.

— Qui soupçonnez-vous ?

— Oh ! je ne me risque pas à soupçonner quelqu'un, monsieur ! Je ne crois pas qu'il y ait dans cette Université un seul de ces messieurs qui soit capable d'accomplir une chose semblable. Non, monsieur, je ne le crois pas !

— Merci, cela suffit ! répondit Holmes. Oh ! encore quelque chose : vous n'avez pas dit à l'un des trois étudiants que vous servez qu'un incident désagréable s'était produit ?

— Non, monsieur. Je n'ai pas dit un mot.

— Très bien. Maintenant, monsieur Soames, promenons-nous quelques instants dans la cour, s'il vous plaît. »

Trois carrés jaunes brillaient dans l'obscurité au-dessus de nous.

« Vos trois oiseaux sont dans leurs nids, fit Holmes en levant le nez. Tiens, que se passe-t-il ? L'un d'eux me paraît assez agité ! »

C'était l'Hindou, dont la silhouette sombre apparut soudain sur le store. Il faisait les cent pas dans sa chambre.

« J'aimerais bien les voir un peu de près, dit Holmes. Est-ce possible ?

— Rien de plus simple, répondit Soames. Ces chambres sont situées dans la partie la plus ancienne du collège, et nous les faisons parfois visiter à nos hôtes. Venez avec moi, et je vais vous conduire personnellement.

— Surtout pas de noms ! » murmura Holmes quand nous frappâmes à la porte de Gilchrist.

Un grand jeune homme élancé, aux cheveux couleur de lin, nous ouvrit et nous souhaita la bienvenue quand il comprit le but de notre visite. Sa chambre ne manquait pas de vestiges de l'architecture médiévale, dont certains étaient assez curieux. Holmes fut si captivé par l'un d'eux qu'il voulut le dessiner sur son carnet, cassa la mine de son crayon, en emprunta un à son hôte, et finalement son canif pour retailler le sien. Le même incident bizarre se reproduisit dans la chambre de l'étudiant hindou (petit type au nez crochu qui nous regarda de travers et qui manifesta une satisfaction évidente quand Holmes eut terminé ses croquis architecturaux). Je ne remarquai rien qui m'indiquât que Holmes avait trouvé une piste dans l'une ou l'autre de ces chambres. Mais notre troisième tentative se solda par un échec complet. La porte ne s'ouvrit pas quand nous frappâmes ; et nous n'obtînmes en réponse qu'un torrent de grossièretés :

« Je me fiche pas mal de vous ! Allez vous faire voir ! hurla une voix furieuse. C'est demain l'examen, et je ne veux être dérangé par personne, entendez-vous ?

— Un individu pas commode ! commenta notre guide rouge de mécontentement dans l'escalier. Évidemment il n'a pas compris que c'était moi qui frappais. Néanmoins il s'est conduit fort discourtoisement et, étant donné les circonstances, d'une manière assez suspecte. »

La réponse de Holmes fut tout à fait imprévue.

« Pouvez-vous me dire sa taille exacte ?

— En vérité, monsieur Holmes, je ne m'y hasarderai pas. Il est plus grand que l'Hindou, mais moins que Gilchrist. Je crois qu'un mètre soixante-dix...

— C'est très important, dit Holmes. Et maintenant, monsieur Soames, je vous souhaite une bonne nuit. »

Notre guide manifesta hautement sa surprise et sa détresse.

« Mais monsieur Holmes, vous n'allez tout de même pas m'abandonner aussi brusquement ! Vous ne semblez pas comprendre la situation. L'examen est demain. Il faut que ce soir je fasse quelque chose de précis, de décisif. Je ne peux pas maintenir cet examen si on a touché à mes épreuves ! Il faut regarder les choses en face.

— Laissez-les en cet état. Je viendrai de bonne heure demain matin et nous rediscuterons de l'affaire. Il est possible que je sois alors en possession d'éléments qui me permettent de vous conseiller un mode d'action. D'ici là, ne modifiez rien. Ne changez rien du tout !

— Très bien, monsieur Holmes.

— Vous pouvez dormir parfaitement tranquille. Nous trouverons sûrement un moyen de vous tirer de vos difficultés. J'emporte les deux pyramides noires ainsi que les rognures du crayon. Bonsoir ! »

Quand nous sortîmes dans la cour, nous observâmes encore une fois les fenêtres. L'Hindou continuait à arpenter sa chambre. Les autres étaient invisibles.

« Eh bien, Watson, qu'en pensez-vous ? me demanda Holmes dès que nous fûmes dans la rue. Tout à fait un petit jeu de société, n'est-ce pas ? Une sorte de tour à trois ? Vous avez trois hommes. Ce doit être l'un d'eux. Faites votre choix. Lequel ?

— Le grossier personnage d'en haut. Il est celui

qui a la moins bonne réputation. Et pourtant cet Hindou était bien sournois, lui aussi. Pourquoi arpentait-il sa chambre de cette façon ?

— Rien de mal à cela. Beaucoup de gens font les cent pas pour essayer d'apprendre quelque chose par cœur.

— Il nous a regardés avec une répugnance...

— Et que diriez-vous si une bande d'inconnus faisait irruption chez vous la veille de votre examen, alors que chaque minute compte ? Non, je ne vois rien d'extraordinaire là-dedans. Les crayons, les canifs, tout était correct. Mais ce type m'intrigue quand même.

— Qui ?

— Bannister, le domestique. Quel jeu joue-t-il ?

— Il m'a donné l'impression qu'il était très honnête.

— A moi aussi. Et c'est ce qui m'intrigue. Pourquoi un si honnête homme... ? Voilà une grande papeterie : commençons ici nos recherches. »

Dans la ville il n'y avait que quatre papeteries d'importance. Holmes montra ses rognures et demanda le même crayon. On lui répondit chaque fois qu'on pouvait lui en commander un, mais que ce n'était pas un crayon de taille ordinaire et qu'on n'en avait pas en stock. Mon ami ne parut pas déprimé par cet échec et se borna à hausser les épaules avec un geste de résignation amusée.

« Pas de chance, mon cher Watson ! Ceci, notre meilleur indice, notre piste suprême, ne mène à rien. Mais il me semble que malgré tout nous pourrons bâtir quelque chose de suffisant. Mon Dieu ! Mais il est près de neuf heures, mon cher ami. Et notre hôtesse nous a raconté je ne sais quoi au sujet de petits pois à sept heures et demie. Avec votre éternel tabac, Watson, et l'irrégularité de vos repas, je m'attends à ce que l'on vous prie de chercher un autre gîte et à être entraîné dans votre catastrophe... Non sans que nous ayons auparavant, bien entendu, résolu le problème de cet agité directeur, du domestique négligent, et des trois étudiants entreprenants. »

Après notre dîner tardif, Holmes ne fit aucune allusion à l'affaire. Il demeura pensif, reclus dans ses méditations. A huit heures du matin il pénétra dans ma chambre au moment où je finissais ma toilette.

« Eh bien, Watson, c'est l'heure de partir pour Saint-Luc. Pouvez-vous vous passer de petit déjeuner ?

— Certainement.

— Soames ne tiendra pas en place avant que nous puissions lui dire quelque chose de positif.

— Avez-vous quelque chose de positif à lui dire ?

— Je le crois.

— Vous avez tiré vos conclusions ?

— Oui, mon cher Watson. J'ai résolu mon problème.

— Mais qu'avez-vous appris de neuf ?

— Aha ! Ce n'est pas pour rien que je suis sorti du lit à une heure indue : six heures, Watson ! J'ai durement travaillé pendant deux heures, et j'ai marché pendant au moins huit kilomètres en quête de quelque chose. Regardez cela ! »

Il ouvrit sa main. Sur la paume retournée je vis trois petites pyramides d'argile noire, pâteuse.

« Comment, Holmes ! Vous n'en aviez que deux, hier ?

— Et ce matin, une de plus. Il est juste de dire, n'est-ce pas que, quelle que soit l'origine de la N° 3, elle est aussi celle des N° 2 et N° 1. Eh, Watson ? Allons tirer l'ami Soames de sa perplexité. »

L'infortuné directeur des études était dans un état d'agitation pitoyable quand nous le trouvâmes dans sa chambre. L'examen allait commencer dans quelques heures et il se demandait encore s'il expliquerait tout ou s'il allait permettre au coupable de concourir. Il ne put pas se maîtriser et il courut au-devant de Holmes avec ses deux bras tendus.

« Dieu merci, vous êtes venu ! Je craignais que vous ne vous fussiez découragé. Que dois-je faire ? L'examen aura-t-il lieu ?

— Oui. Il aura lieu, à tout prix.

— Mais le coquin qui... ?

— Il ne concourra pas.

— Vous le connaissez ?

— Je crois que oui. Puisque cette affaire doit demeurer secrète, nous allons nous attribuer certains pouvoirs et nous constituer en cour martiale. Vous là, Soames, s'il vous plaît. Watson, placez-vous ici. Je m'assieds sur votre grand fauteuil au milieu. Il me semble que nous sommes suffisamment imposants pour frapper de terreur une âme coupable. Ayez l'obligeance de sonner. »

Bannister entra et faillit tomber à la renverse de surprise et de peur devant ce tribunal imprévu.

« Veuillez, je vous prie, fermer cette porte ! dit Holmes. Maintenant, Bannister, dites-nous toute la vérité au sujet de l'incident d'hier. »

Bannister pâlit jusque sous la racine des cheveux.

« Je vous ai tout dit, monsieur.

— Vous n'avez rien à ajouter ?

— Rien à ajouter, monsieur.

— Dans ce cas, il faut que je vous suggère quelques idées. Quand vous vous êtes assis là sur ce fauteuil, hier, n'auriez-vous pas choisi cette place pour dissimuler un objet susceptible de révéler l'identité de la personne qui était entrée dans cette pièce ?

Le visage de Bannister devint livide.

« Non, monsieur. Sûrement pas.

— Ce n'était qu'une suggestion ! fit Holmes avec suavité. J'admets volontiers que je suis incapable de le prouver. Mais il semble assez probable que, dès que monsieur Soames a eu le dos tourné, vous avez fait sortir la personne qui s'était cachée dans la chambre. »

Bannister humecta ses lèvres sèches.

« Il n'y avait personne, monsieur.

— Ah ! c'est dommage, Bannister ! Jusqu'à maintenant vous auriez pu avoir dit la vérité, mais je sais à présent que vous mentez. »

La physionomie de Bannister n'exprima plus qu'un défi maussade.

« Il n'y avait personne, monsieur !

— Allons, allons, Bannister !

— Non, monsieur, il n'y avait personne.

— Dans ce cas, vous ne pouvez plus rien nous apprendre. Voudriez-vous demeurer ici ? Mettez-vous là, près de la porte de la chambre à coucher. A présent, Soames, je vous prierai de monter jusque chez le jeune Gilchrist, et de lui demander de descendre chez vous. »

Un moment plus tard le directeur des études revint avec l'étudiant. C'était un beau garçon, grand, élancé, souple, avançant avec une démarche élastique, plaisante ; il avait le visage ouvert. Ses yeux bleus troublés nous dévisagèrent avant de se poser avec une expression de consternation sur Bannister.

« Fermez la porte, dit Holmes. Maintenant, monsieur Gilchrist, vous voyez que nous sommes absolument seuls ici ; personne n'entendra jamais souffler mot de ce qui se passe entre nous. Nous pouvons donc parler en toute franchise. Nous voudrions savoir, monsieur Gilchrist, comment vous, un homme d'honneur, vous en êtes venu à commettre une action comme celle d'hier ? »

Le malheureux jeune homme chancela et jeta sur Bannister un regard chargé d'horreur et de reproche.

« Non, non, monsieur Gilchrist ! Non, monsieur ! Je n'ai rien dit ! Rien ! cria le domestique.

— Mais à présent vous avez parlé ! répondit Holmes. Voyons, monsieur, vous sentez bien qu'après ce qui vient d'échapper à Bannister, votre position est désespérée. Il ne vous reste qu'une chance : une confession sincère. »

Pendant un moment Gilchrist, une main levée, tenta de maîtriser l'émotion qui l'avait bouleversé. Tout à coup il tomba à genoux à côté de la table, enfouit son visage dans ses mains et éclata en sanglots convulsifs, passionnés.

« Allons, allons ! fit doucement Holmes. Pécher est humain, et au moins personne ne vous accusera d'être un criminel endurci. Peut-être préférez-vous que ce soit moi qui dise à M. Soames ce qui s'est passé ? Vous rétablirez les faits si je me trompe. Acceptez-vous ? Bon, ne prenez pas la peine de me répondre. Écoutez, et veillez à ce que je ne commette pas d'injustice à votre égard.

« A partir du moment, monsieur Soames, où vous m'avez dit que personne, pas même Bannister, ne pouvait savoir que les épreuves étaient dans votre bureau, l'affaire a pris une tournure précise dans ma tête. On pouvait écarter l'imprimeur : il avait la faculté de copier chez lui les textes en question. J'écartai également l'Hindou : si les épreuves étaient en rouleau, il ne pouvait pas deviner ce que c'était. Par ailleurs, il aurait fallu une coïncidence impensable pour que quelqu'un osât entrer chez vous et que par hasard ce jour-là les textes fussent sur la table ! J'écartai aussi cette hypothèse. La personne qui était entrée savait que les épreuves étaient là. Comment pouvait-elle le savoir ?

« Quand je me suis approché de votre bureau j'ai examiné la fenêtre. Vous m'avez fait sourire lorsque vous avez cru que je considérais la possibilité que quelqu'un, en plein jour et face aux autres fenêtres de la cour, fût passé par là. Une telle supposition eût été absurde. Je calculais la hauteur nécessaire à un homme pour qu'il vît en passant quels papiers se trouvaient sur votre bureau. Je mesure un peu plus d'un mètre quatre-vingts : au prix d'un léger effort, j'ai pu voir. Personne d'une taille inférieure n'en aurait été capable. Déjà, vous voyez, j'avais une bonne raison de penser que si l'un de vos trois étudiants avait une taille supérieure à la normale, c'était celui sur qui reposait la plus forte présomption.

« Je suis entré, et je vous ai confié ce que me suggérait la petite table. De votre bureau je ne pouvais rien tirer, mais vous m'avez dépeint Gilchrist comme un champion de haies et de saut en longueur. Alors je compris tout. Seulement j'avais besoin de preuves corroboratives. Je les ai obtenues rapidement.

« Voilà ce qui se produisit. Ce jeune homme avait passé son après-midi sur le terrain de sport et il s'était entraîné au saut. Il revint en portant ses souliers de sauteur qui sont pourvus, comme vous le savez, de pointes. Quand il passa devant votre fenêtre il vit, grâce à sa haute taille, ces épreuves sur votre table et il devina à quoi elles se rapportaient. Il n'y aurait sans doute pas pensé autrement si, en remontant chez lui, il n'avait pas vu sur votre porte la clef que votre domestique négligent avait oubliée. Une soudaine impulsion le poussa à entrer et à voir si vraiment c'était les épreuves de la version du lendemain. Ce n'était pas un exploit bien risqué : il pouvait toujours prétendre qu'il était venu vous poser une question.

« Quand il vit que c'était bien les épreuves des textes pour l'examen, eh bien, que voulez-vous, il céda à la tentation ! Il posa ses souliers à pointes sur la table. Qu'aviez-vous donc posé sur ce fauteuil près de la fenêtre ?

— Mes gants ! » répondit le jeune homme.

Holmes regarda triomphalement Bannister.

« Il mit ses gants sur le fauteuil et il prit les feuillets, l'un après l'autre, pour les copier. Il pensait que son directeur rentrerait par la porte principale et qu'il le verrait. Or, il revint par la petite porte. Tout à coup Gilchrist l'entendit derrière la porte. Pas de fuite possible ! Il oublia ses gants, mais il ramassa ses souliers à pointes et se précipita dans la chambre. Vous remarquerez que l'éraflure sur votre table est légèrement imprimée d'un côté, mais s'accentue en direction de la porte de la chambre. Cela suffisait à nous indiquer que les souliers avaient été emportés par là et que le coupable s'était réfugié dans la chambre. La terre autour d'une pointe était restée sur la table, et une deuxième petite motte se détacha et tomba dans la chambre. Je puis ajouter que je me suis rendu ce matin sur le sautoir et j'ai vu qu'il est rempli de cette terre noire tenace. J'en ai emporté un peu, et j'ai pu constater qu'on y avait jeté dessus de la sciure de bois, parce qu'elle empêche un athlète de glisser. Ai-je dit la vérité, monsieur Gilchrist ? »

L'étudiant s'était redressé.

« Oui, monsieur, c'est la vérité ! dit-il.

— Mais grands dieux, vous n'avez rien à ajouter ? s'écria Soames.

— Si, monsieur, j'ai beaucoup de choses à ajouter. Mais ce dévoilement m'a stupéfié. J'ai une lettre, monsieur Soames, dans ma poche. Je vous l'ai écrite très tôt ce matin, au milieu d'une nuit où je n'ai pas trouvé le repos. En tout cas avant de savoir que ma faute avait été découverte. La voici, monsieur. Vous verrez surtout cette phrase : « Je suis résolu à ne pas me présenter au concours ; on m'avait offert un emploi dans la police de Rhodésie ; je pars immédiatement pour l'Afrique du Sud. »

— Je suis réellement heureux d'apprendre que vous n'aviez pas l'intention de profiter d'un avantage injustement acquis, dit Soames. Mais pourquoi avez-vous changé d'avis ? »

Gilchrist désigna Bannister.

« Voilà l'homme qui m'a remis dans le droit chemin, dit-il.

— Allons, Bannister ! s'écria Holmes. D'après ce que je viens d'expliquer, vous comprenez bien que c'est vous, seulement vous, qui avez laissé sortir ce jeune homme, puisque vous étiez resté seul dans le bureau et que vous avez fermé la porte à clef après votre départ. L'hypothèse qu'il aurait pu sortir par la fenêtre était incroyable. Ne voulez-vous pas nous éclaircir le seul point mystérieux dans cette affaire et nous dire pourquoi vous avez agi ainsi ?

— C'est assez simple, monsieur. Mais encore aurait-il fallu que vous fussiez au courant d'une chose que, malgré toute votre habileté, vous ignoriez. Il fut un temps, monsieur, où je servais en qualité de maître d'hôtel chez le vieux M. Jabez Gilchrist, le père de ce jeune étudiant. Quand il a été ruiné, je suis devenu employé de ce collège, mais je n'ai jamais oublié mon ancien maître parce qu'il n'avait plus d'argent. J'ai veillé sur son fils du mieux que je le pouvais en souvenir du bon vieux temps. Eh bien, monsieur, quand je suis entré hier dans le bureau, la première chose que j'ai vue, ç'a été les gants de M. Gilchrist qui étaient posés sur ce fauteuil. Je les connaissais bien, ces gants, et j'ai compris ce que signifiait leur présence. Si M. Soames les voyait aussi, la partie était perdue ! Je me suis alors effondré sur ce fauteuil et rien n'aurait pu m'en faire bouger jusqu'à ce que M. Soames se rendît chez vous. Mon pauvre jeune maître est sorti de sa cachette et m'a tout avoué. Je l'avais porté sur mes genoux, monsieur ! De ma part, n'était-ce pas naturel de faire n'importe quoi pour le sauver ? N'était-il pas normal, aussi, de lui parler comme son vieux père l'aurait fait, et de lui faire sentir qu'il ne devait pas profiter d'une pareille action ? Me blâmez-vous, monsieur ?

— Non, en vérité ! répondit avec chaleur Holmes en se levant. Eh bien, Soames, je crois que votre problème est résolu et que notre petit déjeuner, Watson, nous attend à la pension. Quant à vous, monsieur, je suis persuadé qu'un brillant avenir vous attend en Rhodésie. Vous avez fait une chute. Nous verrons jusqu'à quelle hauteur vous vous relèverez. »

## CHAPITRE X

## LE PINCE-NEZ EN OR

Quand je compulse les trois énormes volumes manuscrits qui contiennent tout notre travail pour 1894, j'avoue qu'il m'est très difficile, devant une telle richesse de matériaux, de sélectionner les cas qui à la fois sont par eux-mêmes les plus intéressants et mettent en lumière les facultés particulières qui ont rendu mon ami célèbre. Feuilletant les pages, je parcours mes notes sur la répugnante histoire de la sangsue rouge et sur la mort terrible de Crosby le banquier. Je trouve également un récit de la tragédie d'Appleton et le compte rendu des singulières découvertes qui furent faites dans un vieux tombeau anglais. L'affaire de la fameuse succession Smith-Mortimer s'inclut aussi dans cette période, ainsi que le dépistage et l'arrestation de Huret, l'assassin du boulevard (exploit qui valut à Holmes une lettre autographe du président de la République française et la croix de chevalier de la Légion d'honneur). Chacun de ces hauts faits mériterait une publication, mais tout bien considéré je crois qu'aucun ne réunit tant de détails étranges, passionnants, que l'épisode de Yoxley Old Place, qui comporte non seulement la mort déplorable du jeune Willoughby Smith, mais encore tous les événements qui suivirent et projettent un éclat si singulier sur l'ambiance entourant le crime.

Novembre touchait à sa fin. La soirée était sinistre, du fait de la tempête qui régnait sur Londres. Holmes et moi, nous étions assis et nous n'avions pas échangé un mot depuis des heures. Holmes essayait de déchiffrer au moyen d'une loupe puissante les restes d'une inscription effacée sur un palimpseste, pendant que je m'étais plongé dans la lecture d'un nouveau traité de chirurgie. Dehors le vent balayait Baker Street en hurlant, et la pluie battait furieusement nos fenêtres. C'était étrange qu'en plein centre de la capitale, avec quinze kilomètres de gigantesques œuvres humaines autour de nous, la poigne de fer de la nature se fît sentir comme si Londres n'était qu'une taupinière dans les champs. J'allai vers la fenêtre et regardai la rue déserte. Les réverbères éclairaient une chaussée boueuse et les trottoirs luisants. Un fiacre venant d'Oxford Street éclaboussait tout sur son passage.

« Dites donc, Watson, heureusement que nous n'avons pas à sortir ! s'écria Holmes en posant sa loupe et en pliant son palimpseste. J'en ai assez de ce déchiffrage : c'est terrible pour les yeux ! Pour autant que j'y aie compris quelque chose, il s'agit des comptes d'une abbaye remontant à la deuxième moitié du XV<sup>e</sup> siècle... Oh ! Oh ! Qu'est-ce que cela veut dire ? »

Se détachant sur le bourdonnement du vent, les sabots d'un cheval avaient claqué le long de la maison, puis une roue en s'arrêtant avait grincé contre le trottoir. Le fiacre que j'avais aperçu était immobilisé devant notre porte.

« Que peut-il vouloir ? m'exclamai-je en voyant un homme qui en descendait.

— Vouloir ? Mais il nous veut, tout simplement ! Et nous, mon pauvre Watson, nous voulons des pardessus, des foulards, des souliers en caoutchouc, et tout ce que l'homme a inventé pour se protéger du mauvais temps. Attendez un moment, tout de même ! Le fiacre repart. Tout espoir n'est pas perdu. Ce quidam l'aurait conservé s'il avait voulu nous entraîner dehors. Courez en bas, mon cher ami, et ouvrez vite la porte ; car à cette heure-ci tous les gens vertueux sont au lit ! »

Quand la lumière de la lampe du vestibule éclaira notre visiteur de minuit, je n'eus pas de peine à l'identifier. C'était le jeune Stanley Hopkins, un inspecteur qui promettait et à la carrière de qui Holmes s'était plusieurs fois intéressé.

« Est-il là ? me jeta-t-il au passage.

— Montez, cher monsieur ! répondit Holmes du dessus. J'espère que par une nuit pareille vous ne nourrissez pas de mauvais desseins contre nous ? »

L'inspecteur gravit quatre à quatre l'escalier. Son imperméable ruisselait. Je l'aidai à s'en débarrasser, pendant que Holmes activait le feu.

« Maintenant, mon cher Hopkins, approchez-vous du feu et chauffez-vous les pieds. Voici un cigare. Le docteur est disposé à exécuter une ordonnance de sa composition, qui contient de l'eau brûlante et un citron, et qui paraît tout indiquée en cette saison. Il faut que quelque chose d'important vous amène, par ce mauvais vent !

— Vous l'avez dit, monsieur Holmes. J'ai eu un après-midi plutôt agité, je vous assure ! Dans les dernières éditions des journaux avez-vous lu quelque chose sur l'affaire de Yoxley ?

— Passé le xv<sup>e</sup> siècle je ne sais plus rien.

— Bon. Oh ! il s'agissait seulement d'un entrefilet ! Et comme il fourmille d'erreurs, vous n'avez pas raté grand-chose. Je n'ai pas laissé l'herbe me pousser sous les pieds. C'est dans le Kent, à dix kilomètres de Chatham et à cinq de la voie ferrée. On m'a averti par télégramme à trois heures et quart, j'étais à Yoxley Old Place à cinq heures, j'ai mené mon enquête, j'étais de retour à Charing Cross par le dernier train et j'ai foncé droit chez vous en fiacre.

— Ce qui laisse supposer que vous ne voyez pas très clair dans cette affaire ?

— Ce qui signifie que j'y perds mon latin ! Jusqu'ici l'affaire m'apparaît comme la plus embrouillée de toutes celles que j'ai eues. Et pourtant au départ elle me semblait si simple que je ne voyais pas le moyen de me tromper. Il n'y a pas de mobile au crime, monsieur Holmes, et voilà ce qui m'ennuie. Je ne peux pas mettre la main sur un mobile. Voici un homme mort, il n'est pas possible de le nier, mais je ne discerne absolument pas pourquoi quelqu'un aurait voulu le tuer. »

Holmes alluma un cigare et se rencogna dans son fauteuil.

« Nous vous écoutons, dit-il.

— Oh ! j'ai tous les faits bien ordonnés dans ma tête ! s'écria Stanley Hopkins. Je ne souhaite plus qu'une chose : comprendre ce qu'ils signifient. L'histoire, en gros, ressemble à ceci. Il y a quelques années une maison de campagne, Yoxley Old Place, a été achetée par un homme âgé qui se présenta comme le professeur Coram. Il était malade, infirme, il gardait le lit la moitié du temps et il consacrait l'autre moitié à boitiller tout autour de la maison avec une canne, quand il n'était pas véhiculé sur un fauteuil roulant par le jardinier dans la propriété. Il était aimé par les quelques voisins qui lui rendaient visite, et il avait auprès d'eux la réputation d'un savant. Sa domesticité était composée d'une concierge âgée, Mme Marker, et d'une femme de chambre, Susan Tarlton. Toutes deux étaient avec lui depuis son arrivée, et on les considère dans le pays comme de très braves femmes. Le professeur s'était mis à écrire un livre. Il a trouvé utile, l'an dernier, d'engager un secrétaire. Les deux premiers qu'il a essayés n'ont pas réussi ; mais le troisième, M. Willoughby Smith, un jeune homme directement issu de l'Université, semble avoir exactement répondu aux désirs du professeur. Son travail consistait à écrire chaque matin sous la dictée de son employeur, et il passait généralement le soir à potasser des références et des citations ayant trait au travail du lendemain. Impossible de trouver quelque chose contre ce Willoughby Smith, soit quand il était enfant à Uppingham, soit quand il étudiait à Cambridge. J'ai vu ses certificats et ses lettres de recommandation. Il a toujours été paisible, gros travailleur, honnête et correct. Pas de point faible. Tel est le garçon qui a pourtant trouvé la mort ce matin dans le bureau du professeur, et les circonstances indiquent formellement un meurtre. »

Le vent gémissait, hurlait à nos fenêtres. Holmes et moi nous rapprochâmes du feu pendant que le jeune inspecteur développait point par point son histoire.

« Dans toute l'Angleterre, continua-t-il, vous ne trouveriez pas de foyer davantage replié sur lui-même et plus dégagé d'influences extérieures. Des semaines entières pouvaient passer sans qu'un étranger franchît la grille du jardin. Le professeur était absorbé par son travail et il n'existait pour rien d'autre. Le jeune Smith ne connaissait personne dans le voisinage et il vivait exactement comme son maître. Les deux femmes n'avaient pas d'attache qui les attirât hors de la maison. Mortimer, le jardinier, qui poussait le fauteuil roulant, est un retraité de l'armée : il a fait la guerre de Crimée et c'est un brave homme. Il n'habite pas dans la maison, mais dans une petite villa de trois pièces à l'autre bout du jardin. Voilà les gens qui vivent sur la propriété de Yoxley Old Place. Par ailleurs, la grille du jardin est à cent mètres de la route de Londres à Chatham. Elle est fermée au loquet ; rien n'empêche qui que ce soit d'entrer.

« A présent je vais vous donner connaissance du témoignage de Susan Tarlton. Elle est la seule qui puisse dire quelque chose de positif sur l'affaire. C'était ce matin, entre onze heures et midi. Elle était occupée à ce moment-là à suspendre des rideaux dans la chambre du haut sur le devant. Le professeur Coram était encore couché, car lorsqu'il fait mauvais temps il se lève rarement avant midi. La femme de charge s'affairait dans le fond de la maison à je ne sais quelle besogne. Willoughby Smith était allé dans sa chambre qu'il utilise aussi comme petit bureau personnel. Mais la femme de chambre l'a entendu qui sortait, prenait le couloir et descendait dans le bureau juste au-dessous de l'endroit où elle était. Elle ne l'a pas vu, mais elle assure qu'elle ne pouvait pas se tromper, qu'elle connaissait bien son pas rapide et ferme. Elle n'a pas entendu la porte du bureau se refermer, mais quelques instants après un cri terrible a retenti dans la pièce du dessous. Un cri, ou plutôt un hurlement sauvage, rude, si étrange et si anormal qu'il aurait pu être poussé indifféremment par une femme ou par un homme. Au même moment il y a eu le bruit sourd d'une chute lourde, qui a résonné et ébranlé toute la maison, et puis plus rien : le silence. La femme de chambre est restée pétrifiée mais ensuite elle a repris courage et est descendue en courant. La porte du bureau était fermée. Elle l'a ouverte. A l'intérieur de la pièce le jeune monsieur Willoughby était allongé par terre. D'abord elle n'a vu aucune blessure ; mais quand elle a tenté de le relever, elle s'est aperçue que le sang coulait de dessous son cou. Le cou avait été transpercé. La blessure était toute petite, mais la carotide avait été tranchée. L'instrument qui avait été utilisé gisait sur le tapis à côté de lui. C'était l'un de ces petits canifs pour cire à cacheter, une sorte de poinçon qu'on trouve parfois dans les vieux bureaux et qui était muni d'un manche en ivoire et d'une lame solide. Il faisait partie des accessoires de travail du professeur.

« D'abord la femme de chambre a cru que le jeune Smith était déjà mort, mais quand elle s'est mise en devoir de lui asperger la tête avec l'eau d'une carafe, il a ouvert les yeux un instant.

« — Le professeur ! a-t-il murmuré. C'était elle ! »

« La femme de chambre est prête à déposer sous la foi du serment que ces mots sont l'exacte vérité de ce qu'elle a entendu. Désespérément il a essayé de dire quelque chose de plus, et il a levé sa main droite. Puis il est retombé mort.

« Entre-temps la femme de charge était aussi arrivée sur la scène du crime, mais trop tard pour entendre les dernières paroles du mourant. Elle a laissé Susan avec le cadavre et elle s'est précipitée dans la chambre du professeur. Il était dans son lit, redressé sur son séant, terriblement agité, car il avait entendu assez pour être persuadé qu'un événement horrible était intervenu. Mme Marker témoignera que le professeur était encore dans ses vêtements de nuit et, réellement, il lui aurait été impossible de s'habiller sans l'aide de Mortimer, qui avait reçu l'ordre de monter à midi. Le professeur déclare qu'il a entendu le cri, mais qu'il ne sait rien d'autre. Il est incapable d'expliquer les derniers mots du jeune homme : « Le professeur... c'était elle ! » Il suppose qu'ils ont été un effet de délire. Il croit que Willoughby Smith n'avait pas d'ennemis sur la terre, et il ne voit aucun mobile valable pour le crime. Son premier geste a été d'envoyer Mortimer, le jardinier, chercher la police locale. Un peu plus tard, l'agent-chef m'a fait convoquer. Rien n'a été déplacé avant mon arrivée. Des ordres stricts ont été donnés pour que personne ne marche sur les allées du jardin conduisant à la maison. C'était l'occasion rêvée de mettre vos théories en pratique, monsieur Sherlock Holmes. Il ne manquait rigoureusement rien...

— Sauf M. Sherlock Holmes ! fit mon compagnon dans un sourire plutôt acide. Bon, écoutons la suite. Qu'avez-vous fait ?

— Je voudrais d'abord vous prier, monsieur Holmes, de jeter un coup d'œil sur ce plan sommaire, qui vous donnera une idée générale de l'emplacement du bureau du professeur et des autres lieux intéressants. »

Il déplia le plan que je reproduis ici, et il l'étala sur les genoux de Holmes. Je me levai et allai l'étudier par-dessus l'épaule de mon ami.

« Il est très sommaire, je le répète, et il se réfère seulement aux endroits qui me paraissent essentiels. Vous verrez le reste plus tard de vos propres yeux. Maintenant, premier point : en admettant que l'assassin soit entré dans la maison, par où est-il passé ? Incontestablement par l'allée du jardin et la porte de service, par où l'on accède directement au bureau. Tout autre chemin aurait présenté des difficultés extrêmes. Sa fuite a dû également s'effectuer par là, car sur les deux autres sorties de la pièce, l'une était bloquée par Susan qui accourait, et l'autre mène tout droit à la chambre du professeur. J'ai donc concentré immédiatement toute mon attention sur l'allée du jardin, détrempée par une pluie récente et qui était un excellent terrain pour révéler des empreintes de pas.

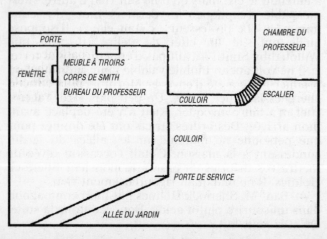

« Mon examen m'a prouvé que j'avais affaire avec un criminel prudent et adroit. Je n'ai trouvé aucune empreinte sur l'allée. Par contre il était incontestable que quelqu'un avait longé l'allée en marchant dans l'herbe de façon à ne pas laisser de traces. Je n'ai pas pu trouver une empreinte nette, mais l'herbe était couchée : quelqu'un était certainement passé par là. Et ce quelqu'un ne pouvait être que le meurtrier, puisque ni le jardinier ni personne d'autre ne s'étaient promenés le matin et que la pluie s'était mise à tomber pendant la nuit.

— Un moment ! fit Holmes. Où aboutit cette allée ?

— A la route.

— Quelle est la longueur ?

— Cent mètres à peu près.

— A l'endroit où l'allée aboutit à la grille, vous avez bien dû recueillir des empreintes ?

— Malheureusement, à cet endroit, l'allée est pavée.

— Mais sur la route, de l'autre côté de la grille ?

— C'était un vrai bourbier, sans rien de distinct.

— Tut, tut ! Bon. Revenons à ces empreintes sur l'herbe : dans quel sens se dirigeaient-elles ?

— Impossible à dire. Il n'y avait pas de contours, comprenez-vous ?

— Un grand pied ou un petit pied ?

— Vous ne pourriez pas le préciser ! »

Holmes poussa une exclamation d'impatience.

« Depuis lors la pluie n'a pas cessé de tomber et la tempête souffle ! grogna-t-il. Ce sera plus difficile maintenant à déchiffrer que le palimpseste. Tant pis, nous n'y pouvons rien ! Alors, qu'avez-vous fait, Hopkins, quand vous avez été certain que vous n'étiez certain de rien ?

— Je pense que j'étais certain de plusieurs choses, monsieur Holmes. Je savais que quelqu'un était entré dans la maison, venant de l'extérieur, et en ne négligeant aucune précaution. J'ai ensuite examiné le corridor, garni d'une natte en fibre de coco ; aucune empreinte. Cette inspection m'a conduit dans le bureau même. Le meuble principal est une grande table pour écrire posée sur deux piles de tiroirs reliés entre eux par une sorte de petit buffet. Les tiroirs étaient ouverts, le buffet fermé à clef. Il paraît que les tiroirs ne sont jamais fermés et qu'ils ne renferment pas d'objets de valeur. Dans le buffet il y avait quelques papiers importants, mais on ne paraissait pas y avoir touché, et le professeur m'a déclaré qu'aucun ne manquait. Il est certain qu'il n'y a pas eu de vol.

« Maintenant, le corps du jeune homme. Il a été trouvé près du meuble, juste sur sa gauche, comme l'indique le plan. La blessure était sur le côté droit du cou et d'arrière en avant, si bien qu'il est presque impossible de croire à un suicide.

— Sauf dans le cas où il serait tombé sur le canif, dit Holmes.

— Très juste. L'idée m'en est venue. Mais nous avons trouvé le canif assez loin du corps, donc cette hypothèse ne tient pas. Et puis il y a, bien sûr, les dernières paroles de la victime. Enfin voici la pièce à conviction, très importante, que le mort serrait dans sa main droite crispée. »

De sa poche, Stanley Hopkins tira un petit paquet. Il déplia le papier, et exhiba un pince-nez en or, avec deux bouts de cordon en soie noire qui se balançaient.

« Willoughby Smith avait une vue excellente ! ajouta-t-il. Sans aucun doute possible, ce pince-nez a été arraché au visage ou sur la personne de l'assassin. »

Sherlock Holmes prit l'objet dans sa main et l'examina avec autant d'attention que d'intérêt. Il le posa sur son nez, essaya de lire, alla à la fenêtre et regarda la rue, puis le retira pour le placer sous la lampe. Finalement, il émit un petit rire, s'assit devant sa table et écrivit quelques lignes sur une feuille de papier qu'il tendit à Stanley Hopkins.

« Voilà ce que je puis faire de mieux pour vous, dit-il. Nous verrons si c'est utile ou non. »

L'inspecteur, surpris, lut le billet à haute voix. Il était ainsi rédigé :

« On recherche une dame présentant bien, élégamment vêtue. Elle a un nez extraordinairement épais, et des yeux qui sont placés près de chaque côté du nez. Elle a le front plissé, un regard scrutateur, et sans doute des épaules voûtées. Il est probable qu'elle a eu recours à un opticien au moins deux fois ces derniers mois. Comme ses verres sont d'une puissance anormale et comme les opticiens ne sont pas très nombreux, il ne devrait pas être difficile de retrouver sa trace. »

Holmes sourit devant l'ahurissement de Hopkins.

« Mes déductions sont la simplicité même ! dit-il. Il n'y a pas beaucoup d'objets qui offrent un meilleur champ déductif qu'une paire de lunettes, et tout spécialement un pince-nez comme celui-ci. Qu'il appartienne à une femme, je le déduis de sa délicatesse et, aussi, des dernières paroles de la victime. Pour ce qui est de la bonne présentation et de l'élégance, songez que ce pince-nez est en or massif, et il serait inconcevable que quelqu'un portant des lunettes pareilles fût négligé dans le reste de sa tenue. Vous constaterez aussi que les pinces sont trop larges pour votre nez, ce qui prouve que le nez de la dame est très fort à la base. Cette sorte de nez est généralement court et gros, mais les exceptions à cette règle sont suffisamment nombreuses pour que je m'abstienne de tout dogmatisme en la matière. J'ai un visage étroit, allongé, et pourtant je ne peux pas regarder au centre, ou près du centre de ces verres. Donc les yeux de la dame sont placés tout contre le nez. Vous remarquerez, Watson, que les verres sont concaves et d'une force exceptionnelle. Une femme dont la vision a été tellement réduite toute sa vie possède certainement les caractéristiques physiques en rapport avec cette vision, à savoir un front plissé, des paupières tendues pour le regard scrutateur, et des épaules voûtées.

— Oui, dis-je, je suis fort bien toutes vos déductions sauf une : comment êtes-vous arrivé à la double visite chez l'opticien ? »

Holmes prit le pince-nez dans sa main.

« Vous pouvez voir que les pinces sont bordées de minuscules bagues de liège afin d'adoucir la pression sur le nez. L'une de ces bagues est décolorée et légèrement usée mais l'autre est neuve. Donc l'une est tombée, et on l'a remplacée. A mon avis la plus ancienne ne remonte pas à plus de quelques mois. Et comme elles correspondent exactement, j'en déduis que la dame est revenue la deuxième fois chez le même opticien.

— Vous êtes formidable ! s'écria Hopkins bavant d'admiration. Quand je pense que j'avais dans la main toutes ces évidences et que je n'avais songé à aucune ! J'avais simplement eu l'idée de faire le tour des opticiens de Londres.

— Très bonne idée ! En attendant, voyez-vous autre chose à nous dire sur l'affaire ?

— Rien, monsieur Holmes. Je crois que vous en savez autant que moi... et probablement un peu plus. Nous avons enquêté sur la présence éventuelle d'un étranger ou d'une étrangère, soit sur les routes soit à la gare. Sans résultats. Ce qui me tourmente, c'est le manque de mobiles pour ce crime. Personne n'est capable de m'en suggérer un.

— Ah ! là, je ne suis pas en mesure de vous aider ! Mais je suppose que vous ne demanderiez pas mieux que de nous voir demain sur les lieux ?

— Si ce n'est pas abuser, monsieur Holmes ! A six heures du matin il y a un train qui part de Charing Cross pour Chatham. Nous pourrions arriver à Yoxley Old Place entre huit et neuf heures.

— Nous le prendrons. Votre affaire présente évidemment quelques aspects intéressants, et je ne serais pas mécontent de l'examiner de plus près. Dites, Hopkins, il est près d'une heure du matin. Le canapé devant la cheminée est à votre disposition. Avant de partir, j'allumerai ma lampe à alcool et je nous ferai chauffer du café. »

Pendant la nuit la tempête se calma ; mais quand

nous sortîmes pour effectuer notre voyage, la matinée ne s'annonçait pas gaie. Nous assistâmes au lever du soleil d'hiver au-dessus des marais lugubres de la Tamise et de ses méandres monotones. Et puis nous descendîmes du train à une petite gare située à quelques kilomètres de Chatham. Le temps de mettre un cheval entre les brancards d'un cabriolet nous engloutîmes un médiocre petit déjeuner. Cependant en arrivant à Yoxley Old Place nous étions prêts à travailler. Un agent nous accueillit à la grille du jardin.

« Alors, Wilson, rien de neuf ?

— Non, monsieur, rien de neuf.

— On n'a toujours pas signalé un étranger au pays ?

— Non, monsieur. En bas à la gare, ils sont sûrs qu'aucune personne étrangère au pays n'est venue ici ou n'en est repartie.

— Vous avez enquêté dans les auberges et les meublés ?

— Oui, monsieur. Tout le monde est en règle avec des alibis valables et vérifiés.

— D'ici à Chatham la route n'est pas trop longue. N'importe qui aurait pu y descendre et prendre le train sans se faire remarquer... Voici l'allée du jardin dont je vous ai parlé, monsieur Holmes. Je vous garantis qu'hier il n'y avait pas d'empreintes.

— De quel côté y avait-il des traces sur l'herbe ?

— Par là, monsieur. Dans cette étroite bande d'herbe entre l'allée et les parterres. Je ne les vois plus maintenant, mais elles étaient nettes quand je les ai observées.

— Oui, oui ! fit Holmes. Quelqu'un est passé par là. Notre dame inconnue a dû marcher avec précaution, n'est-ce pas, puisque de ce côté elle aurait laissé une trace sur l'allée, et de l'autre une trace encore plus nette sur le parterre tout tendre ?

— Elle possède un sang-froid extraordinaire ! »

Brusquement Holmes se concentra.

« Vous dites qu'elle a dû repartir par là ?

— Oui, monsieur. Il n'y a pas d'autre issue.

— Sur cette bande de gazon ?

— Certainement, monsieur Holmes !

— Hum ! Il s'agirait d'un exploit très remarquable... Très remarquable ! Bon. Je crois que nous avons épuisé les ressources de l'allée. Allons plus loin. Cette porte du jardin est habituellement ouverte, je présume ? Donc la visiteuse n'avait qu'à entrer. L'idée d'un meurtre n'était pas dans sa tête, sinon elle se serait munie d'une arme quelconque au lieu de se servir du canif sur le bureau. Elle a avancé dans ce corridor, sans laisser trace de son passage sur la natte en fibres de coco. Puis elle s'est trouvée dans ce bureau... Depuis combien de temps était-elle là ? Nous n'en avons aucune idée.

— Pas depuis plus de quelques minutes, monsieur. J'ai oublié de vous dire que Mme Marker, la femme de charge, avait nettoyé le bureau peu de temps auparavant... Un quart d'heure, affirme-t-elle.

— Voilà une limite. Notre inconnue entre dans ce bureau, et que fait-elle ? Elle va vers le meuble. Pourquoi ? Pas pour trouver quelque chose dans les tiroirs. S'il s'était trouvé là quelque chose d'important, les tiroirs auraient été fermés à clef. Non, elle cherchait quelque chose dans ce buffet en bois. Tiens, tiens ! Cette éraflure, là, sur le devant ? Tenez-moi une allumette, Watson. Pourquoi ne m'en avez-vous pas parlé, Hopkins ? »

La marque qu'il examinait commençait sur le cuivre à droite de la serrure, et elle s'étendait sur une dizaine de centimètres dans le bois, dont le vernis avait été égratigné à cet endroit.

« Je l'avais vue, monsieur Holmes. Mais on trouve toujours autour d'une serrure des éraflures comme celle-ci.

— Celle-ci est toute fraîche... Très fraîche. Voyez comme le cuivre brille là où il est entaillé. Une vieille éraflure aurait pris la teinte de la surface. Regardez avec ma loupe. On aperçoit le vernis, là, comme la terre de chaque côté d'un sillon. Est-ce que Mme Marker est ici ? »

Une femme âgée, au visage morose, entra.

« Avez-vous épousseté hier matin ce bureau ?

— Oui, monsieur.

— Avez-vous remarqué cette éraflure ?

— Non, monsieur, je ne l'ai pas vue.

— Je suis sûr que vous ne l'avez pas vue, car une ménagère soigneuse aurait épousseté ces débris de vernis. Qui a la clef de ce meuble ?

— Le professeur la porte à sa chaîne de montre.

— Est-ce une clef ordinaire ?

— Non, monsieur. C'est une clef Chubb.

— Très bien, madame Marker, vous pouvez disposer. Voici que nous progressons un peu. Notre inconnue entre dans la pièce, s'avance vers le bureau, et l'ouvre ou essaie de l'ouvrir. Pendant qu'elle opère, le jeune Willoughby Smith apparaît. Dans sa hâte de retirer la clef elle fait cette éraflure sur la porte. Il l'empoigne, mais elle saisit le premier objet à sa portée, par hasard le canif, et le frappe afin de lui faire lâcher prise. Le coup est mortel. Il tombe et elle s'enfuit, avec ou sans ce qu'elle était venue chercher. Est-ce que Susan, la femme de chambre, est là ? Susan, quelqu'un a-t-il pu sortir par cette porte après que vous avez entendu le cri ?

— Non, monsieur. C'est impossible. Avant de descendre l'escalier, j'aurais vu quelqu'un dans le couloir. De plus, on n'a pas ouvert la porte : je l'aurais entendue.

— Voilà qui règle un point. Sans aucun doute la dame en question est sortie par le chemin qu'elle avait pris pour entrer. Cette autre porte conduit directement à la chambre du professeur ? Il n'y a pas de sortie par là ?

— Non, monsieur.

— Nous allons donc l'emprunter et faire la connaissance du professeur. Oh ! oh ! Hopkins ! Voici qui est très important : de la plus haute importance ! Le couloir du professeur est aussi recouvert d'une natte en fibres de coco ?

— Eh bien, monsieur, pourquoi pas ?

— Vous ne voyez pas l'intérêt que représente ce détail ? Bon, bon ! Je n'insiste pas. J'ai probablement tort. Pourtant je le trouve très suggestif. Entrez et présentez-moi. »

Nous prîmes le couloir qui avait la même longueur que celui qui menait à l'allée. Au bout, quelques marches aboutissaient à une porte. Notre guide frappa, puis nous poussa dans la chambre du professeur.

C'était une très grande chambre, garnie de livres innombrables qui avaient submergé les rayons et qui gisaient en tas dans les angles ou étaient empilés au-dessous des rayons tout le long de la chambre. Le lit était au milieu. Adossé contre des oreillers se tenait sur son séant le propriétaire de la maison. J'ai rarement vu quelqu'un présentant une physionomie plus intéressante. Imaginez un visage décharné, un profil d'aigle tourné vers nous, des yeux noirs perçants tapis dans des orbites profondes et protégés par des sourcils retombants, broussailleux. Il avait les cheveux et la barbe du même blanc de neige, à cette exception près que la barbe était bizarrement jaunie autour de la bouche. Une cigarette se consumait parmi cette masse de poils blancs et l'air de la pièce était irrespirable, tant la fumée était épaisse. Il tendit une main à Holmes : ses doigts étaient également tout tachés de nicotine.

« Vous fumez, monsieur Holmes ? dit-il en parlant un anglais irréprochable quoique avec à l'arrière-plan un accent étranger. Je vous en prie, acceptez une cigarette. Et vous, monsieur ? Je peux vous les recommander car elles sont spécialement fabriquées pour moi par Ionodès, d'Alexandrie. Il m'en envoie mille à la fois, et je regrette d'avoir à avouer qu'il faut que j'achète un supplément pour ma provision de la quinzaine. Très mauvais, monsieur, très mauvais ! Mais un vieil homme n'a plus guère de plaisirs. Le tabac et mon travail, voilà tout ce qui me reste. »

Holmes avait allumé sa cigarette et il jetait des regards furtifs à travers la pièce.

« Le tabac et mon travail, mais maintenant uniquement le tabac ! s'exclama le vieillard. Hélas ! quelle interruption fatale ! Qui aurait pu prévoir une pareille catastrophe ? Un jeune homme si digne d'estime ! Je vous assure qu'après quelques mois de mise en train, il était devenu un collaborateur admirable. Que pensez-vous de tout cela, monsieur Holmes ?

— Je ne me suis pas encore fait une opinion.

— En vérité je vous devrai beaucoup si vous parvenez à éclairer ce qui nous paraît si obscur. A un pauvre bouquineur infirme comme moi, un coup pareil est paralysant : je crois que j'ai même perdu la faculté de penser. Mais vous êtes homme d'action, spécialiste des affaires mystérieuses. Vous en avez l'habitude : une routine quotidienne, n'est-ce pas ? Vous êtes capable de conserver votre équilibre dans n'importe quelle circonstance. Nous avons bien de la chance de vous avoir à nos côtés ! »

Pendant que le professeur parlait, Holmes marchait de long en large dans une partie de la pièce. Je remarquai qu'il fumait avec une rapidité extraordinaire. Sûrement partageait-il la préférence de notre hôte pour les cigarettes fraîches d'Alexandrie.

« Oui, monsieur, c'est un coup écrasant ! poursuivait le vieil homme. Voilà mon *magnum opus*, cette pile de papiers que vous voyez là sur la table latérale : j'ai analysé des documents trouvés dans les monastères coptes de Syrie et d'Égypte ; mon travail bouleversera les fondations de la religion révélée. Eh bien je me demande maintenant, étant donné ma faible santé et la perte de mon collaborateur, si je pourrai l'achever. Mon Dieu, monsieur Holmes, mais vous fumez plus vite que moi ! »

Holmes sourit.

« Je suis un connaisseur ! fit-il en prenant une autre cigarette (la quatrième) de la boîte et en l'allumant au bout incandescent de la précédente. Je ne vous ferai pas subir l'ennui d'un interrogatoire contradictoire, professeur Coram, puisque je crois que vous étiez au lit à l'heure du crime et que vous en ignorez tout. Je voudrais simplement vous poser une question. A votre avis, qu'a voulu dire ce pauvre diable avant de mourir : « Le professeur... c'était elle » ?

Le professeur hocha la tête.

« Susan est une fille de la campagne, et vous connaissez l'indécrottable stupidité de cette sorte de gens. Je pense que le pauvre diable a murmuré dans le délire quelques mots incohérents et qu'elle en a fabriqué une phrase qui ne veut rien dire.

— Je vois. Vous n'avez pas une explication personnelle de ce drame à nous proposer ?

— Peut-être un accident. Peut-être... Que ceci reste entre nous, n'est-ce pas ?... Peut-être un suicide. Les jeunes gens tiennent cachés leurs soucis et leurs peines... Une affaire de cœur, peut-être, que personne n'aurait sue. C'est selon moi une hypothèse plus raisonnable qu'un assassinat.

— Mais le pince-nez ?

— Ah ! Je ne suis qu'un intellectuel. Un homme qui étudie et qui rêve. Je suis incapable d'expliquer les choses pratiques de l'existence. Encore savons-nous bien, mon ami, que les gages d'amour peuvent avoir de curieuses apparences ! En tout cas prenez une autre cigarette. C'est un plaisir de voir quelqu'un qui les apprécie autant. Un éventail, un gant, des lunettes... Qui sait à quel objet l'homme qui va mettre un terme à sa vie attachera une valeur de symbole ? Ce monsieur m'a affirmé avoir vu sur l'herbe des traces de pas : après tout, sur un détail semblable, une erreur est toujours possible ! Quant au canif, il a pu être rejeté par le malheureux quand il est tombé. Je vous parais sans doute puéril, mais il me semble, à moi, que Willoughby Smith s'est donné la mort. »

Holmes sembla frappé par la théorie qu'il venait d'entendre. Il continuait à arpenter la pièce, tout en réfléchissant et en fumant cigarette sur cigarette.

« Dites-moi, professeur Coram, fit-il enfin, qu'enfermez-vous dans la partie centrale de votre bureau ?

— Rien qui puisse tenter un voleur. Des papiers de famille, des lettres de ma pauvre femme, des diplômes que diverses Universités m'ont fait l'honneur de me décerner... Voici la clef. Regardez vous-même. »

Holmes prit la clef et la considéra un instant. Puis il la rendit à son détenteur.

« Non. Je ne crois pas qu'elle puisse m'être d'une grande utilité. Je préférerais descendre tranquillement dans votre jardin et méditer sur toute l'affaire. Je vois quelque chose à tirer de cette théorie du suicide que vous avez développée. Nous vous présentons nos excuses, professeur Coram, pour notre importunité, et je vous promets que nous ne vous redérangerons pas d'ici le déjeuner. A deux heures nous reviendrons et nous vous rapporterons tout ce qui aura pu se produire dans l'intervalle. »

Holmes était curieusement absorbé. Nous fîmes les cent pas en silence dans le jardin, puis je ne pus m'empêcher de lui demander s'il avait une piste.

« Cela dépend de ces cigarettes que j'ai fumées, répondit-il. Il se peut que je me sois complètement trompé. Les cigarettes me le diront.

— Mon cher Holmes ! m'exclamai-je. Comment diable... ?

— Bien, bien ! Vous verrez vous-même. Si je me suis trompé il n'y aura pas grand mal. Bien sûr, nous avons toujours la piste des opticiens sur laquelle nous pourrons retomber, mais je prends les raccourcis quand j'en trouve. Ah ! voici la bonne Mme Marker ! Offrons-nous le plaisir de sa conversation pendant cinq minutes. »

J'ai dû déjà indiquer que Holmes, quand il le voulait, usait avec les femmes de manières très insinuantes et qu'il les mettait rapidement en confiance. En moins de deux minutes il avait conquis la femme de charge, et il bavardait avec elle comme s'il la connaissait depuis des années.

« Oui, monsieur Holmes, c'est comme vous dites, monsieur. Il fume, c'est terrible ! Toute la journée et parfois toute la nuit, monsieur. J'ai vu sa chambre le matin... Eh bien, monsieur, vous vous seriez cru dans la purée de pois. Pauvre M. Smith ! C'était aussi un fumeur, mais pas autant que le professeur. Sa santé...

Ma foi, je ne sais pas s'il s'en porte mieux ou plus mal !

— Ah ! dit Holmes, mais fumer beaucoup tue l'appétit !

— Eh bien, je n'en sais rien, monsieur !

— Je suppose que le professeur mange peu ?

— Oh ! cela dépend !

— Je parierais bien qu'il n'a pas pris de petit déjeuner ce matin, et qu'il ne fera guère honneur à son repas de midi après toutes les cigarettes que je lui ai vu fumer.

— Eh bien, là, vous tombez à côté, monsieur ! Car justement il a mangé ce matin, il a même dévoré ! Je ne me rappelle pas l'avoir vu prendre son petit déjeuner avec autant d'appétit, et il a commandé pour déjeuner une grosse assiette de côtelettes ! J'en suis la première étonnée, car moi, depuis que je suis entrée hier dans ce bureau et que j'y ai vu le pauvre M. Smith allongé par terre, je suis incapable de toucher à quoi que ce soit. Bah, il faut de tout pour faire un monde, pas vrai ? Et le professeur, lui au moins, n'a pas perdu son appétit ! »

Nous flânâmes toute la matinée dans le jardin. Stanley Hopkins était descendu au village pour vérifier des bruits qui circulaient sur une étrangère que des enfants auraient vue la veille au matin sur la route de Chatham. Quant à mon ami, toute énergie semblait l'avoir abandonné. Je ne l'avais jamais vu s'occuper d'une affaire avec un intérêt aussi mitigé. Même la nouvelle que rapporta Hopkins, à savoir qu'il avait interrogé les enfants et que ceux-ci avaient indubitablement vu une femme dont la description ressemblait exactement à celle que lui en avait faite Holmes, ne réussit pas à le tirer de son apathie. Il dressa par contre l'oreille quand Susan, qui servait à table, l'informa spontanément qu'elle croyait que M. Smith était sorti la veille au matin et qu'il n'était rentré qu'une demi-heure avant le drame. Je ne pus pas comprendre la portée de cet incident, mais je devinai que Holmes l'incluait dans le schéma général qu'il avait conçu. Tout à coup il se leva et regarda sa montre.

« Deux heures, messieurs ! dit-il. Il faut que nous montions et que nous voyions notre ami le professeur. »

Le vieillard venait de terminer son déjeuner, et son assiette vide témoignait du bon appétit que lui avait attribué sa femme de charge. Il avait vraiment un air singulier, avec sa crinière blanche et ses yeux brillants. Son éternelle cigarette se consumait dans sa bouche. Il s'était habillé et il était assis dans un fauteuil au coin du feu.

« Eh bien, monsieur Holmes, avez-vous déjà éclairci ce mystère ? »

Il poussa sa grande boîte de cigarettes, qui était à côté de lui sur la table, vers mon ami. Holmes au même moment allongea le bras. A eux deux ils renversèrent la boîte. Pendant quelques instants nous fûmes tous à genoux pour ramasser les cigarettes qui avaient roulé dans des coins impossibles. Quand nous nous redressâmes je vis que le regard de Holmes étincelait et que ses joues avaient pris de la couleur. C'était toujours dans le paroxysme d'une crise qu'il arborait son pavillon de combat.

« Oui, répondit-il, je l'ai éclairci. »

Stanley Hopkins et moi le dévisageâmes avec stupéfaction. Sur les traits ascétiques du vieux professeur passa quelque chose comme un ricanement.

« Vraiment ! Dans le jardin ?
— Non, ici.
— Ici ! Quand ?
— A l'instant.
— Vous êtes certainement en train de plaisanter, monsieur Sherlock Holmes. Vous m'obligez à vous dire que l'affaire est trop grave pour se prêter à une plaisanterie.
— J'ai forgé et éprouvé chaque maillon de ma chaîne, professeur Coram, et je suis sûr qu'elle est solide. A quels mobiles vous obéissez, ou quel est le rôle exact que vous jouez dans cette étrange tragédie,

je suis encore incapable de le préciser. Dans quelques minutes je l'apprendrai probablement de votre bouche.

En attendant je vais reconstituer les faits à votre intention afin que vous sachiez bien de quel renseignement j'ai encore besoin.

« Hier une femme a pénétré dans votre bureau. Elle était venue dans l'intention de prendre certains documents qui s'y trouvaient. Elle avait une clef à elle. J'ai eu l'occasion d'examiner la vôtre, et je n'ai pas décelé cette légère décoloration que l'éraflure infligée au vernis aurait produite. Vous n'étiez donc pas un complice. Elle est venue, du moins pour autant que je sache interpréter les faits, pour vous voler sans que vous soyez au courant de ses intentions. »

Le professeur chassa de ses lèvres un épais nuage de fumée.

« Ceci est aussi intéressant qu'instructif ! fit-il. N'avez-vous rien de plus à ajouter ? Sûrement, puisque vous avez pisté cette femme jusque-là, nous direz-vous ce qu'elle est devenue ?

— Je vais m'y employer. D'abord elle fut appréhendée par votre secrétaire, et elle l'a poignardé afin de s'enfuir. Je penche à considérer cette catastrophe comme un accident malheureux, car je suis convaincu que la femme en question n'avait nullement l'intention d'infliger une blessure aussi grave. Un assassin ne se présente pas sans armes. Horrifiée par ce qu'elle avait fait, elle s'est enfuie comme une folle. Elle n'a pas eu de chance : dans la bagarre elle avait perdu son pince-nez. Étant extrêmement myope, elle s'est trompée. Elle a pris un couloir en s'imaginant que c'était celui par lequel elle était venue. Tous deux sont garnis de nattes en fibres de coco. Et c'est trop tard qu'elle s'est aperçue de son erreur, et qu'elle a compris que sa retraite était coupée. Qu'allait-elle faire ? Elle ne pouvait pas revenir sur ses pas. Elle ne pouvait pas demeurer où elle était. Elle devait poursuivre en avant. Elle continua d'avancer dans le couloir. Elle a gravi un escalier. Elle a poussé une porte. Elle s'est trouvée dans votre chambre. »

Le vieil homme, bouche bée, regardait Holmes avec férocité. La stupéfaction et la peur se confondaient sur sa physionomie expressive. Au prix d'un effort visible il éclata d'un gros rire et haussa les épaules.

« Parfait, monsieur Holmes ! Mais dans votre cristal il y a un léger défaut : j'étais moi-même dans ma chambre d'où je n'ai pas bougé de toute la journée.

— Je le sais, professeur Coram.

— Et vous voulez faire croire que j'aurais pu être couché dans mon lit et ne pas me rendre compte qu'une femme pénétrait chez moi ?

— Je n'ai pas dit cela. Vous vous en êtes rendu compte. Vous avez causé avec elle. Vous l'avez reconnue. Vous l'avez aidée à échapper aux recherches. »

De nouveau le professeur éclata de rire. Il s'était redressé. Ses yeux brillaient comme des charbons ardents.

« Vous êtes fou ! s'écria-t-il. Vous dites des stupidités ! Je l'ai aidée à s'échapper ? Alors où est-elle maintenant ?

— Elle est là ! » dit Holmes en désignant une haute bibliothèque dans un angle de la chambre.

Je vis le vieil homme lever les bras. Une convulsion terrible le défigura. Il retomba sur son fauteuil. Au même instant la bibliothèque qu'avait désignée Holmes s'ouvrit comme par miracle, et une femme en jaillit.

« Vous avez raison ! cria-t-elle avec un fort accent étranger. Vous avez raison ! Je suis ici ! »

Elle était noircie de poussière, couverte de toiles d'araignée qu'elle avait arrachées aux cloisons de sa cachette. Elle avait le visage sale. Même si elle avait été propre, elle n'aurait pas réussi à faire impression par sa beauté, car elle possédait exactement toutes les caractéristiques devinées par Holmes, avec, en plus, un long menton volontaire. Était-ce sa myopie

naturelle, ou son passage de l'obscurité à la lumière ?
Toujours est-il qu'elle demeurait éblouie, ahurie,
clignant des yeux pour voir qui nous étions. Et pourtant, en dépit de tous ces désavantages physiques,
elle ne manquait pas d'une certaine noblesse dans le
maintien, de défi dans le port du menton et de la tête
bien droite... Oui, il y avait en elle quelque chose qui
commandait le respect et l'admiration ! Stanley
Hopkins avait posé une main sur son bras et la tenait
prisonnière, mais elle le repoussa doucement avec
une dignité extraordinaire qui imposait qu'on lui
obéît. Le vieil homme était effondré sur son fauteuil,
le visage tordu de chagrin, et il la regardait avec des
yeux désespérés.

« Oui, monsieur, je suis votre prisonnière ! dit-elle.
De l'endroit où je me tenais j'ai pu tout entendre, et
je sais que vous avez appris la vérité. J'avoue tout.
C'est moi qui ai tué le jeune homme. Mais vous avez
raison, vous qui avez dit que ce fut par accident ! Je
ne savais même pas que c'était un canif que je tenais
dans ma main, car dans mon désespoir j'ai pris la
première chose que j'ai trouvée sur la table et je
l'ai frappé pour qu'il me laisse aller. C'est la vérité
absolue !

— Madame, dit Holmes, je suis sûr que c'est la
vérité. Je crains que vous ne vous sentiez pas bien ! »

Elle avait pâli ; sous la couche de poussière, son
visage devenait tout blanc. Elle s'assit sur le bord du
lit. Puis elle se reprit.

« Je n'ai ici devant moi que peu de temps, dit-elle.
Mais je voudrais vous faire connaître toute la vérité.
Je suis la femme de cet homme. Il n'est pas Anglais.
Il est Russe. Mais je ne dirai pas son nom. »

Pour la première fois le vieillard s'agita :

« Dieu te bénisse Anna ! s'écria-t-il. Dieu te
bénisse ! »

Elle lui décocha un regard de dédain.

« Pourquoi te cramponnes-tu, Serge, à cette vie
misérable ? Elle a fait du mal à beaucoup, et du bien
à personne : pas même à toi ! Toutefois il ne m'appartient pas de trancher ce fil fragile avant l'heure de

Dieu. J'en ai déjà assez sur la conscience depuis que j'ai franchi le seuil de cette demeure maudite ! Mais il faut que je parle, sinon il sera trop tard.

« J'ai déclaré, messieurs, que je suis la femme de cet homme. Quand nous nous sommes mariés il avait cinquante ans et moi j'étais une jeune fille stupide. Cela se passait en Russie, dans une Université... que je ne nommerai pas !

— Dieu te bénisse, Anna ! répéta dans un murmure le vieil homme.

— Nous étions des réformateurs, des révolutionnaires, des nihilistes, comprenez-vous ? Lui, moi, beaucoup d'autres. Puis des troubles sont survenus ; un officier de police a été tué ; il y a eu quantité d'arrestations. Il fallait des preuves. Pour sauver sa vie et pour gagner une forte prime, mon mari trahit sa propre femme et ses camarades. Oui. Nous avons tous été arrêtés sur sa déposition. Quelques-uns d'entre nous allèrent à l'échafaud et d'autres en Sibérie. Je fis partie de ceux-ci, mais je ne fus pas condamnée à perpétuité. Mon mari vint s'établir en Angleterre avec son argent qui aurait dû lui brûler les mains, et il a vécu paisiblement ici. Mais il savait que si la grande Fraternité savait où il s'était caché, une semaine ne s'écoulerait pas avant que justice fût faite. »

Le vieil homme allongea la main et prit une cigarette.

« Tu disposes de mon sort, Anna ! lui dit-il. Tu as toujours été bonne pour moi.

— Je ne vous ai pas encore dit jusqu'à quel degré il poussa la vilenie ! poursuivit-elle. Parmi nos camarades de l'Ordre il y en avait un qui était l'ami de mon cœur. Il était noble, désintéressé, aimant : tout ce que mon mari n'était pas. Il détestait la violence. Tous nous avons été coupables, en admettant qu'il y eût de la culpabilité là-dedans, sauf lui. Il m'avait écrit pour me dissuader de me ranger dans ce camp. Ses lettres auraient dû le sauver, ainsi que le carnet sur lequel au jour le jour je notais à la fois mes sentiments à son égard et les oppositions de nos points de vue. Mon mari découvrit ses lettres et mon carnet. Il les cacha. Il tenta de faire fusiller ce jeune homme. Il échoua, mais Alexis fut déporté en Sibérie où il travaille actuellement dans une mine de sel. Pense à cela, lâche ! Aujourd'hui, à cette heure où je parle, Alexis dont tu serais indigne de prononcer le nom travaille et vit comme un esclave. Et moi, qui détiens ton sort entre mes mains, je te laisse la vie !

— Tu as toujours été un noble cœur, Anna ! » s'écria le vieil homme en tirant sur sa cigarette.

Elle s'était levée, mais elle retomba en arrière avec un petit cri de souffrance.

« Il faut que je finisse ! dit-elle. Quand j'eus accompli mon temps d'emprisonnement, je me mis en quête du carnet et des lettres qui, une fois parvenus au gouvernement russe, auraient entraîné la mise en liberté de mon ami. Je savais que mon mari était allé en Angleterre. Après plusieurs mois de recherches je découvris son refuge. Je savais qu'il possédait toujours le carnet, car pendant que j'étais en Sibérie j'avais reçu une lettre de lui pleine de reproches et de citations tirées de ses feuillets. Mais j'étais sûre que son tempérament rancunier lui interdirait de me le rendre de son plein gré ! J'avais donc à le récupérer moi-même. Dans ce but j'engageai un détective privé qui entra dans la maison de mon mari comme secrétaire particulier. C'était ton deuxième secrétaire, Serge, celui qui t'a quitté si précipitamment. Il avait découvert que ces papiers étaient renfermés dans la partie centrale de ton bureau, et il avait pris une empreinte de la clef. Il ne voulut pas aller plus loin. Il me communiqua un plan de la maison en me disant que le matin, juste avant midi, le bureau était toujours vide, car le secrétaire travaillait ici dans ta chambre avec toi. Si bien que je pris mon courage à deux mains et que je vins moi-même rechercher mon carnet. Je réussis, mais à quel prix !

« Je venais de me saisir de mes papiers et je refermais le meuble quand le jeune homme m'empoigna. Je l'avais déjà vu le matin. Nous nous étions rencontrés sur la route et je l'avais prié de me dire où habitait le professeur Coram. Je ne savais pas qu'il était à son service.

— Exactement ! Exactement ! fit Holmes. Le secrétaire est revenu sur ses pas et a parlé à son patron de la femme qu'il venait de croiser. Puis, dans son dernier souffle, il a essayé de faire parvenir le message que c'était elle... Elle, la femme dont il venait de lui parler.

— Laissez-moi achever ! dit-elle d'une voix impérieuse tandis que son visage se contractait douloureusement. Quand il tomba, je me précipitai hors du bureau, je pris la mauvaise porte, et je me retrouvai dans la chambre de mon mari. Il me menaça de me dénoncer. Je lui prouvai que s'il le faisait, sa vie était entre mes mains. S'il m'abandonnait à la loi, je l'abandonnerais à la Fraternité. Ce n'était pas que je désirasse de vivre, mais je tenais à accomplir mon dessein jusqu'au bout. Il savait que je ferais ce que je disais, que son sort était lié au mien. Voilà la raison, celle-là et non une autre, pour laquelle il me protégea. Il me jeta dans cette cachette obscure, vestige des temps anciens, que lui seul connaissait. Il prit ses repas dans sa chambre afin de pouvoir me nourrir. Il était convenu que quand la police aurait quitté la maison il me laisserait fuir de nuit à condition que je ne revienne plus. Mais vous avez contrecarré nos projets... »

Elle tira de son corsage un petit paquet et ajouta :

« ... Et maintenant, mes dernières paroles. Voici ce qui sauvera Alexis. Je confie ce paquet à votre honneur et à votre amour de la justice. Prenez-le. Vous le remettrez à l'ambassade de Russie. Maintenant j'ai accompli mon devoir, et...

— Arrêtez ! » cria Holmes.

Il avait bondi, lui avait arraché une petite fiole.

« Trop tard ! murmura-t-elle en retombant sur le lit. Trop tard ! J'avais pris le poison avant de quitter ma cachette. Ma tête tourne ! Je me meurs ! Je vous en supplie, monsieur ! Souvenez-vous du paquet. »

« Une affaire simple, et pourtant par certains côtés pleine d'enseignements ! observa Holmes tandis que nous rentrions à Londres. Depuis le début elle gravitait autour du pince-nez. Si nous n'avions pas eu la chance que cet infortuné jeune homme s'en fût saisi, je ne sais pas si nous aurions jamais trouvé la solution du problème. D'après la force des verres j'étais sûr que leur propriétaire était très myope, donc perdue si elle en était privée. Quand vous m'avez demandé de croire qu'elle avait marché sur une étroite bande de gazon sans faire un faux pas, je vous ai répondu, rappelez-vous, que ç'aurait été un exploit. Je pensais bien que l'exploit était irréalisable, à moins qu'elle n'eût bénéficié d'une deuxième paire de lunettes. J'étais donc obligé de considérer sérieusement l'hypothèse selon laquelle elle n'avait pas bougé de la maison. En constatant l'identité absolue des deux couloirs il m'est apparu qu'elle avait pu se tromper et que dans ce cas elle avait pénétré chez le professeur. J'étais par conséquent en état d'alerte, et je cherchais tout ce qui pouvait étayer cette supposition. J'ai soigneusement inspecté la chambre dans l'espoir de découvrir une cachette. Le tapis semblait bien natté et continu. Aussi ai-je renoncé à l'idée d'une trappe. Peut-être y avait-il un recoin derrière les livres. Comme vous le savez, cela se rencontre dans de vieilles bibliothèques. J'ai observé d'autre part que les livres étaient en tas sur le plancher sauf devant une bibliothèque. Ce dégagement pouvait constituer un accès. Je ne voyais nulle trace pour me guider, mais le tapis était d'une couleur sombre qui se prêtait fort bien à un examen. Aussi ai-je fumé le plus de cigarettes que j'ai pu, en secouant la cendre devant la bibliothèque suspecte. C'était un truc simple qui s'est avéré efficace. Je suis descendu, et j'ai obtenu l'information, Watson, que vous n'avez peut-être pas tout à fait pesée à son juste poids ; à savoir que la consommation alimentaire du professeur Coram s'était notablement accrue, ce à quoi il fallait s'attendre pour le cas où il nourrirait une deuxième personne. Nous sommes ensuite remontés et, après avoir renversé le coffret à cigarettes, je me suis offert une excellente inspection du parquet. Alors je me suis aperçu nettement, d'après les traces laissées sur la cendre de cigarettes, que la prisonnière était, en notre absence, sortie de sa retraite... Eh bien, Hopkins, nous voilà à Charing Cross, et je vous félicite d'avoir réussi cette affaire. Vous vous rendez à Scotland Yard, sans doute ? Je crois, Watson, que pour notre part nous allons nous faire conduire à l'ambassade de Russie. »

## CHAPITRE XI

## UN TROIS-QUARTS A ÉTÉ PERDU !

Nous avions l'habitude de recevoir d'étranges télégrammes à Baker Street ! Mais je me souviens particulièrement bien d'une dépêche qui nous fut délivrée par un triste matin de février il y a quelque sept ou huit ans et qui procura à M. Sherlock Holmes un quart d'heure de perplexité. Elle lui était en effet adressée et contenait le message suivant :

PRIÈRE DE M'ATTENDRE. MALHEUR ÉPOUVANTABLE. PERDU TROIS-QUARTS AILE DROITE. INDISPENSABLE DEMAIN. OVERTON.

« Cachet de la poste du Strand. Heure d'envoi : dix heures trente-six, commenta Holmes après avoir lu et relu le télégramme. M. Overton était certainement très énervé quand il l'a envoyé ; il a donc rédigé un texte incohérent... Bah ! le temps que je parcoure le *Times*, il sera ici. A ce moment nous saurons tout. Les journées sont tellement creuses que n'importe quel petit problème sera le bienvenu. »

De fait les affaires étaient calmes. J'avais appris à redouter ces périodes d'inaction car le cerveau de

mon ami travaillait à un rythme tel qu'il était dangereux de le laisser fonctionner à vide. Progressivement
je l'avais détaché de sa manie de la drogue, qui avait
jadis failli entraver l'épanouissement de sa prodigieuse carrière. Je savais qu'à présent, dans des
circonstances ordinaires, il n'avait plus envie de ce
stimulant artificiel ; mais je savais aussi que son
démon n'était pas tué, qu'il était seulement assoupi,
que son sommeil était léger, et qu'il s'agitait dans
les périodes d'oisiveté : alors le visage ascétique
de Holmes se crispait, et ses yeux profondément
enfoncés dans les orbites, impénétrables, étaient
l'image même de la méditation morose où il
sombrait.

Voilà pourquoi je bénis ce M. Overton, quel qu'il
pût être, puisque son message énigmatique interrompait ce calme mortel qui exposait mon ami à des
périls plus considérables que toutes les tempêtes de
la vie.

Comme prévu, le télégramme ne tarda pas à être
suivi de son expéditeur. La carte de M. Cyril Overton,
de Trinity College, à Cambridge, nous annonça
l'arrivée d'un homme jeune, énorme, fort de cent
kilos d'os et de muscles, qui boucha la porte de ses
épaules et dont le visage sympathique nous regarda
alternativement avec une anxiété visible.

« Monsieur Sherlock Holmes ? »

Mon camarade salua.

« Je sors de Scotland Yard, monsieur Holmes. J'ai
vu l'inspecteur Stanley Hopkins. Il m'a conseillé
d'aller vous voir. Il m'a dit que l'affaire, du moins
jusqu'à présent, était plutôt de votre ressort que du
ressort de la police officielle.

— Asseyez-vous, je vous prie. Et dites-moi ce dont
il s'agit.

— C'est terrible, monsieur Holmes ! Tout simplement terrible ! Je me demande comment mes
cheveux ne sont pas devenus blancs. Godfrey
Staunton... Vous avez entendu parler de lui, sûrement ?... Il est la charnière de toute l'équipe. Je préférerais me priver de deux avants dans mon pack et

avoir Godfrey dans ma ligne de trois-quarts. Soit qu'il fasse une passe, soit qu'il crochète, soit qu'il dribble, il n'y a personne pour l'arrêter. Et puis il a la tête, comprenez-vous ? Nous sommes tous des enfants à côté de lui. Que dois-je faire ? Voilà ce que je vous demande, monsieur Holmes. Il y a Moorhouse, en première réserve, mais il a l'habitude de jouer demi de mêlée, et il a toujours tendance à se jeter dans la bagarre au lieu de se tenir le long de la touche. Il a un bon coup de pied, ça oui ! Mais il a une cervelle grosse comme une noix, et un bébé de cinq ans le battrait au sprint ! Vous voyez ? Morton ou Johnson, les ailiers d'Oxford, le passeraient à chaque coup. Stevenson est assez rapide, mais il raterait tous ses drops même dans les vingt-deux mètres, et un trois-quarts qui est maladroit du pied n'a pas sa place pour demain. Non, monsieur Holmes, nous sommes perdants si vous ne m'aidez pas à retrouver Godfrey Staunton ! »

Mon ami avait écouté ce long discours avec une surprise amusée. M. Overton avait parlé avec une passion et une vigueur extraordinaires, martelant chaque phrase d'une claque de son poing fermé sur sa cuisse. Quand il se tut, Holmes allongea le bras et prit le volume « S » de sa collection personnelle. Pour une fois il creusa inutilement cette mine d'informations variées.

« Je vois Arthur H. Staunton, un jeune faussaire qui promet, dit-il, et je vois aussi Henry Staunton, que j'ai aidé à faire pendre, mais Godfrey Staunton m'est tout à fait inconnu. »

Ce fut au tour de notre visiteur de paraître surpris.

« Voyons, monsieur Holmes, je vous croyais au courant ! Dois-je penser alors que, si vous n'avez jamais entendu parler de Godfrey Staunton, vous ignorez qui est Cyril Overton ? »

Avec bonne humeur Holmes fit signe qu'il l'ignorait.

« Formidable ! rugit l'athlète. Eh bien, j'ai été remplaçant de l'équipe d'Angleterre pour jouer contre le Pays de Galles, et cette année j'ai commandé l'équipe de l'université. Mais moi, ça n'est rien ! Je ne me doutais pas qu'il y avait en Angleterre quelqu'un pour ne pas connaître Godfrey Staunton, le champion des trois-quarts, l'as de Cambridge, de Blackheath, cinq fois international... Mais mon Dieu, monsieur Holmes, où donc avez-vous vécu ? »

Holmes éclata de rire devant le naïf étonnement du jeune géant.

« Nous ne vivons pas tout à fait dans le même univers, monsieur Overton. Vous vivez dans un monde plus sain, plus agréable. Mes ramifications s'étendent dans de nombreuses fractions de la société, mais elles ignorent, je suis heureux de le dire, le sport amateur qui est ce qu'on a fait de mieux et de plus solide, en Angleterre. Néanmoins votre visite imprévue de ce matin atteste que même dans ce monde d'air pur et de loyauté il y a du travail pour moi ? Je vous prie donc, mon bon monsieur, de vous rasseoir et de me dire posément ce qui s'est passé et quel secours je puis vous apporter. »

Le visage du jeune Overton trahit l'embarras du garçon plus habitué à se servir de ses muscles que de son esprit. Mais graduellement, parmi d'innombrables répétitions et obscurités, il détailla l'étrange histoire que voici.

« Les choses se sont passées ainsi, monsieur Holmes. Je vous l'ai dit, c'est moi qui commande l'équipe de rugby de l'Université de Cambridge, et Godfrey Staunton est la vedette de l'équipe. Demain nous jouons contre Oxford. Hier nous sommes tous arrivés à Londres et nous sommes descendus à l'hôtel Bentley. A dix heures j'ai fait la tournée des chambres pour m'assurer que tous mes équipiers étaient au lit, car je crois qu'il n'y a rien de mieux pour mettre une équipe en forme qu'un entraînement sévère et beaucoup de sommeil. J'ai échangé quelques phrases avec Godfrey Staunton avant qu'il ne soit couché. Il m'a paru pâle, préoccupé. Je lui ai demandé pourquoi. Il m'a répondu qu'il allait très bien, qu'il avait un tout petit peu mal à la tête. Je lui ai souhaité une bonne nuit et je l'ai quitté. Une demi-heure plus tard le portier est venu me dire qu'un individu d'allure vulgaire, avec une barbe, avait apporté une lettre pour Godfrey. Comme Godfrey n'était pas couché, le portier la lui avait remise en main propre. Godfrey l'avait lue et s'était effondré sur une chaise comme s'il avait reçu un coup de matraque. Le portier en avait été si bouleversé qu'il avait voulu aller me chercher, mais Godfrey l'en avait empêché, avait bu un grand verre d'eau et s'était rhabillé. Il était descendu, avait dit quelques mots à l'homme qui attendait dans le hall, puis ils étaient partis tous les deux. Quand le portier les avait aperçus une dernière fois, ils couraient dans la rue en direction du Strand. Ce matin, la chambre de Godfrey était vide, son lit pas défait, ses affaires comme je les avais vues la veille au soir. Il s'est enfui avec cet inconnu et depuis je n'ai aucune nouvelle de lui. Je ne crois pas qu'il reviendra. C'est un grand sportif, ce Godfrey, sportif jusque dans la moelle des os. Il n'aurait pas interrompu son entraînement et il n'aurait pas plaqué son capitaine s'il n'avait pas eu un motif grave pour le faire. Et un motif trop puissant pour lui ! Non : j'ai l'impression qu'il est parti pour de bon et que nous ne le reverrons jamais ! »

Sherlock Holmes avait écouté attentivement.

« Qu'avez-vous fait ? demanda-t-il.

— J'ai télégraphié à Cambridge pour savoir s'il avait donné de ses nouvelles là-bas. J'ai eu la réponse : personne ne l'a vu.

— Aurait-il pu rentrer à Cambridge ?

— Oui. Il y avait un dernier train à onze heures et quart.

— Mais, d'après vos informations, il ne l'a pas pris ?

— Non. Personne ne l'a vu à Cambridge.

— Et qu'avez-vous fait ensuite ?

— J'ai télégraphié à Lord Mount-James.

— Pourquoi à Lord Mount-James ?

— Godfrey est orphelin, et Lord Mount-James est son plus proche parent. Son oncle, je crois.

— Tiens, tiens ! Voilà qui éclaire l'affaire d'une

façon particulière. Lord Mount-James est l'un des Anglais les plus fortunés.

— Godfrey l'a dit devant moi.

— Et votre ami était son proche parent ?

— Oui, son héritier. Et le vieux bonhomme a près de quatre-vingts ans et la goutte. On dit de lui qu'il pourrait se servir de la craie de ses articulations pour frotter ses queues de billard. Il n'a jamais donné un sou à Godfrey, car c'est un avare parfait, mais tout finira par lui revenir directement.

— Avez-vous une réponse de Lord Mount-James ?

— Non.

— Pourquoi votre ami serait-il allé chez Lord Mount-James ?

— Quelque chose le tracassait hier soir. Si c'était une question d'argent, peut-être se serait-il rendu chez son plus proche parent qui est si riche... Quoique après tout ce que j'ai entendu dire, ç'aurait été une démarche pour rien ! Et puis Godfrey n'aimait pas beaucoup le vieux bonhomme. Il n'y serait allé que s'il n'avait pas pu faire autrement.

— Eh bien, nous serons bientôt fixés. Si votre ami s'est rendu chez son parent Lord Mount-James, vous aurez alors à expliquer la visite à une heure si tardive de l'individu à mine patibulaire, et sa surexcitation à la suite de cette visite. »

Cyril Overton se prit la tête à deux mains.

« Je ne m'explique plus rien ! fit-il.

— Bon. Ma journée est libre. Je serai heureux de m'occuper de cette affaire, dit Holmes. Je ne saurais trop vous recommander de vous préparer au match sans trop compter sur ce jeune homme. Comme vous l'avez dit vous-même, il a fallu que ce fût une obligation bien pressante qui le bouleversât de cette façon ; la même obligation risque de le retenir. Allons jusqu'à votre hôtel et bavardons avec le portier. »

Sherlock Holmes était passé maître dans l'art de mettre à l'aise un humble témoin. Très vite, dans le privé de la chambre déserte de Godfrey Staunton, il avait tiré du portier tout ce qu'il avait envie de savoir. Le visiteur de la veille n'était ni un homme bien vêtu, ni un ouvrier. Il était tout bonnement ce que le portier baptisa « de la catégorie intermédiaire ». Un homme d'une cinquantaine d'années, à la figure pâle, grisonnant, décemment habillé. Le portier avait remarqué que sa main tremblait quand il avait sorti la lettre. Godfrey Staunton l'avait enfouie dans sa poche. Staunton n'avait pas serré la main de l'homme dans le hall. Ils avaient bavardé un très court moment. Le portier avait seulement distingué le mot « temps ». Puis ils s'étaient hâtés de sortir. Ils étaient partis juste à dix heures et demie à l'horloge du hall.

« Voyons ! réfléchit Holmes qui s'assit sur le lit de Staunton. Vous êtes le portier de jour, n'est-ce pas ?

— Oui, monsieur. Je termine mon service à onze heures.

— Le portier de nuit n'a rien vu, je suppose ?

— Non, monsieur. Un groupe d'amateurs de théâtre est rentré tard. Personne d'autre.

— Hier, vous étiez de service toute la journée ?

— Oui, monsieur.

— Avez-vous reçu un message pour M. Staunton ?

— Oui, monsieur. Un télégramme.

— Ah ! voilà qui est intéressant. A quelle heure ?

— Vers six heures.

— Où était M. Staunton quand il lui a été remis ?

— Ici dans sa chambre.

— Étiez-vous présent quand il l'a reçu ?

— Oui, monsieur. J'ai attendu pour savoir s'il y avait une réponse.

— Alors, y en a-t-il eu une ?

— Oui, monsieur. Il a écrit une réponse.

— L'avez-vous prise ?

— Non, monsieur. Il l'a emportée lui-même.

— Mais il l'a écrite en votre présence ?

— Oui, monsieur. J'étais près de la porte, et lui me tournait le dos, assis à cette table. Quand il eut fini d'écrire, il m'a dit : « Ça va bien, portier ! Je m'en chargerai moi-même. »

— Avec quoi a-t-il écrit ?

— Une plume, monsieur.

— Il a utilisé l'une des formules de télégramme sur cette table ?

— Oui, monsieur. Celle du dessus. »

Holmes se leva. Il prit les formules, les apporta près de la fenêtre et examina soigneusement celle du dessus.

« Quel dommage qu'il n'ait pas écrit au crayon ! fit-il en les reposant avec un haussement d'épaules. Comme vous l'avez souvent remarqué, Watson, le crayon laisse au-dessous une impression... Trace qui a désuni beaucoup d'époux jusque-là heureux ! Tout de même je me réjouis d'apprendre qu'il a écrit avec une plume à pointe large, car nous allons bien trouver une impression sur le papier buvard... Voilà ! »

Il arracha une feuille de buvard et nous montra les hiéroglyphes suivants :

Cyril Overton fut très excité.

« Tournez-le devant la glace ! s'écria-t-il.

— Inutile ! dit Holmes. Le buvard est mince, au verso nous pourrons lire le message. Regardez !... »

Il le retourna et nous lûmes :

« ... Telle est la fin du télégramme que Godfrey Staunton a envoyé quelques heures avant sa disparition. Il y a au moins six mots qui nous ont échappé, mais ce qui reste : « Ne nous abandonnez pas, pour l'amour de Dieu ! » témoigne que ce jeune homme a vu un danger formidable qui s'approchait, et duquel quelqu'un pouvait le protéger. « Nous », remarquez bien ! Une autre personne est impliquée. Qui donc, sinon cet individu à la figure blême et barbue qui semblait si nerveux ? Mais quel lien unit cet homme à Godfrey Staunton ? Et qui peut être la troisième personne à qui tous deux pensaient pour échapper au péril ? Voilà au moins le sens de notre enquête.

— Il suffit de savoir à qui ce télégramme a été adressé ! dis-je.

— Exactement, mon cher Watson ! Votre idée, bien qu'originale, avait déjà pénétré mon esprit. Mais peut-être avez-vous eu l'occasion d'apprendre que si vous entrez dans un bureau de poste pour demander à lire le talon du récépissé de quelqu'un d'autre, les employés se montrent fort peu disposés à vous faire plaisir. Nous nous heurtons aux chinoiseries administratives. Je pense toutefois qu'avec un peu de finesse et de tact nous arriverons à nos fins. En attendant j'aimerais bien regarder un peu en votre présence, monsieur Overton, les papiers que Godfrey Staunton a laissés sur sa table. »

Holmes inspecta avec soin des lettres, des reçus, des carnets.

« Rien là-dedans, déclara-t-il. A propos, je suppose que votre ami se portait admirablement bien ? Il n'avait pas d'anicroches relativement à sa santé ?

— Il était solide comme un roc !

— L'avez-vous déjà vu malade ?

— Pas un seul jour ! Il a dû rester alité à la suite d'un coup de pied sur le tibia. Une autre fois il s'est démis la rotule. Autant dire rien.

— Peut-être n'était-il pas aussi fort que vous le pensez. J'inclinerais à croire qu'il avait des ennuis secrets. Si vous m'y autorisez je vais emporter deux ou trois papiers, dans le cas où ils présenteraient de l'intérêt pour la suite de l'enquête.

— Un instant, un instant ! » cria une voix dolente.

Nous nous retournâmes, pour nous trouver en face d'un étrange petit vieillard qui se contorsionnait sur le seuil de la porte. Il était habillé de noir rouilleux, coiffé d'un chapeau haut de forme à bords très larges, paré d'une cravate blanche mal nouée. Il nous fit l'impression d'un campagnard ou d'un employé des pompes funèbres. Pourtant, en dépit de son aspect grotesque, sa voix était sèche, son attitude autoritaire. Il forçait l'attention.

« Qui êtes-vous, monsieur, et de quel droit touchez-vous aux papiers de ce monsieur ?

— Je suis un détective privé, et j'essaie d'expliquer sa disparition.

— Tiens, tiens ! Et qui vous a engagé pour cela, eh ?

— Ce monsieur, l'ami de M. Staunton, m'a été envoyé par Scotland Yard.

— Qui êtes-vous, monsieur ?

— Je m'appelle Cyril Overton.

— C'est donc vous qui m'avez télégraphié. Je suis Lord Mount-James. Je suis arrivé aussi vite que l'autobus me l'a permis. Ainsi vous avez demandé les services d'un détective ?

— Oui, monsieur.

— Et vous êtes disposé à en assumer les frais ?

— Je suis absolument sûr, monsieur, que mon ami Godfrey, quand nous l'aurons retrouvé, sera prêt à le faire.

— Mais si on ne le retrouve pas, eh ? Répondez à cela !

— Dans ce cas, nul doute que sa famille...

— Rien à faire, monsieur ! hurla le petit vieillard. Ne comptez pas sur moi pour donner un sou ! Un sou, vous entendez ? Vous m'avez compris, monsieur détective ? Je suis toute la famille de ce jeune homme et je vous déclare que je ne suis responsable de rien ! S'il a quelques espérances, cela est dû au fait que je n'ai jamais gaspillé de l'argent, et je n'entends pas commencer aujourd'hui. Quant à ces papiers que vous manipulez avec une telle liberté, je puis vous assurer qu'au cas où ils contiendraient quelque chose ayant une valeur, vous aurez à m'en rendre compte strictement !

— Parfait, monsieur ! dit Sherlock Holmes. Puis-je en attendant vous demander si vous avez une idée sur la disparition de votre parent ?

— Non, monsieur. Je n'en ai aucune. Il est assez grand et assez âgé pour prendre soin de lui, et s'il est assez bête pour se perdre, je refuse absolument de chercher à le rattraper.

— Je comprends très bien votre position, répondit Holmes avec une lueur de malice dans le regard. Peut-être ne comprenez-vous pas exactement la mienne. Godfrey Staunton semble avoir été un homme pauvre. S'il a été kidnappé, ce n'est certainement pas pour qu'on lui ravisse un bien à lui. La réputation de votre fortune est mondiale, Lord Mount-James, et il est très possible qu'un gang de voleurs ait enlevé votre neveu dans l'espoir d'obtenir de lui des renseignements sur votre maison, vos habitudes, vos richesses. »

Notre déplaisant visiteur devint aussi blanc que sa cravate.

« Mon Dieu, monsieur, quelle idée ! Jamais je n'aurais pensé à une telle scélératesse ! Que de bandits courent en liberté de par le monde ! Mais Godfrey est un brave garçon... un garçon qui ne trahirait pas un parent ! Rien ne pourrait l'amener à vendre son vieil oncle. Dès ce soir je porterai mon argenterie à la banque. En attendant, monsieur détective, n'épargnez pas votre peine. Je vous prie de ne pas laisser une pierre non retournée avant que vous ne l'ayez retrouvé. Quant à l'argent... Allons, jusqu'à concurrence de cinq livres, disons dix livres, vous pouvez compter sur moi ! »

Même radouci, l'avare ne put nous donner aucun renseignement de nature à faciliter notre tâche, car il connaissait peu de chose de la vie privée de son neveu. Notre seule piste consistait donc dans ce bout de télégramme. Holmes en prit copie, nous serrâmes la main de lord Mount-James, Overton partit pour consulter ses équipiers sur le remède à apporter au malheur qui les accablait, et nous nous dirigeâmes, Holmes et moi, vers le plus proche bureau de poste. Devant l'entrée nous fîmes halte.

« Cela vaut la peine d'essayer, Watson ! me dit Holmes. Évidemment avec un mandat nous pourrions exiger de voir le talon, mais nous n'avons pas encore gagné nos galons à la police officielle. Je ne pense pas que dans un endroit aussi affairé les employés se rappellent les têtes. Essayons !... Je suis au regret de vous déranger, dit-il fort poliment à une jeune femme derrière un guichet, mais il doit y avoir une erreur à propos d'un télégramme que j'ai expédié hier. Je n'ai pas reçu de réponse, et je crains d'avoir oublié d'écrire mon nom à la fin. Pourriez-vous le vérifier ? »

La jeune dame feuilleta les pages d'un registre.

« A quelle heure l'avez-vous expédié ? demanda-t-elle.

— Un peu après six heures.

— A qui était-il destiné ? »

Holmes mit un doigt sur ses lèvres et murmura sur le ton de la confidence :

« Les derniers mots étaient : « Pour l'amour de Dieu. » Je me fais beaucoup de souci parce que je n'ai pas eu de réponse. »

La jeune femme détacha un talon.

« Le voici. Non, vous n'avez pas mis votre nom ! dit-elle en l'étalant sur le guichet.

— Voilà donc pourquoi je n'ai pas reçu de réponse ! s'exclama Holmes. Oh ! que je suis étourdi ! Au revoir, madame, et merci beaucoup de m'avoir tranquillisé. »

Il émit un petit rire de gorge et se frotta les mains dès que nous fûmes sortis dans la rue.

« Eh bien ? lui demandai-je.

— Nous progressons, mon cher Watson, nous progressons ! J'avais envisagé sept trucs pour pouvoir jeter un coup d'œil sur ce télégramme, car je ne comptais pas réussir du premier coup.

— Et qu'avez-vous gagné ?

— Un point de départ pour notre enquête ! A la gare de King's Cross ! cria-t-il à un cocher qu'il avait hélé.

— Partirions-nous en voyage ?

— Oui, je pense que nous devons aller ensemble à Cambridge. Toutes les indications convergent dans cette direction.

— Dites-moi, Holmes, soupçonnez-vous déjà la cause de cette disparition ? Je ne crois pas que dans toutes nos affaires nous en ayons attaqué une qui ait des mobiles si obscurs. Vous n'imaginez sûrement pas qu'il ait été kidnappé pour fournir des renseignements aux dépens de son oncle ?

— J'avoue, mon cher Watson, que cette hypothèse ne me paraît pas très vraisemblable. Elle m'est venue à l'esprit parce que je n'ai trouvé que ce moyen d'intéresser à l'affaire cette vieille personne si désagréable.

— L'effet cherché a été atteint. Mais à quelles autres hypothèses songez-vous ?

— Je pourrais vous en citer plusieurs. Vous admettrez bien qu'il est curieux et digne d'attention que cette disparition intervienne la veille d'un match important, et que le disparu soit justement le seul joueur dont la présence semble capitale pour le succès de son équipe. Peut-être n'y a-t-il là qu'une coïncidence, mais elle est intéressante. Le sport amateur n'autorise pas les paris mutuels, mais de gros paris s'engagent en privé dans le public, et il se pourrait que quelqu'un eût intérêt à enlever un joueur pendant quelques jours, comme certains bandits du turf le font avec des pur-sang. Voilà une explication. Une deuxième très plausible est que ce jeune homme est vraiment l'héritier d'une grande fortune en dépit de la modicité de ses moyens actuels, et il n'est pas impossible que nous nous trouvions en face d'un complot pour obtenir une rançon.

— Théories qui ne tiennent pas compte du télégramme !

— Très juste, Watson ! Le télégramme demeure la seule chose solide de l'affaire, et il ne faut pas laisser galoper notre imagination. C'est pour apprendre quelque chose au sujet de ce télégramme que nous roulons vers Cambridge. Notre enquête débute sur une voie obscure, mais je serais bien étonné si avant ce soir nous ne l'avions pas éclairée et si nous n'avions pas progressé d'un pas de géant. »

Quand nous arrivâmes dans la vieille cité universitaire il faisait déjà sombre. Holmes prit un fiacre à la gare et lui donna l'adresse du docteur Leslie Armstrong. Quelques minutes plus tard le fiacre nous déposa devant une grande maison dans l'artère principale. Nous fûmes introduits et, après une longue attente, nous trouvâmes le docteur assis derrière la table de son cabinet de consultations.

Pour montrer à quel point j'avais perdu le contact avec ma profession, je confesse ici que le nom de Leslie Armstrong m'était inconnu. Maintenant je sais qu'il n'est pas seulement l'un des grands patrons de la Faculté de médecine, mais qu'il est aussi un penseur de réputation européenne dans plusieurs disciplines scientifiques. Il n'était d'ailleurs pas nécessaire d'être informé pour ressentir la forte impression que dégageait ce savant : un visage massif carré, des yeux mélancoliques sous des sourcils couleur de chaume, la solidité granitique d'une mâchoire inflexible. Je devinai en le docteur Leslie Armstrong un homme de tempérament, un esprit vif, un caractère farouche, une nature ascétique, une maîtrise de soi indomptable, formidable... Il tenait la carte de mon ami à la main, et il nous regarda d'un air fort peu aimable.

« Je connais votre nom, monsieur Sherlock Holmes, et je sais quel est votre métier : l'un de ceux que je réprouve hautement.

— Cette appréciation est partagée par tous les criminels de notre pays, docteur ! répondit paisiblement mon ami.

— Tant que vos efforts tendent à la suppression du crime, monsieur, ils doivent recevoir l'appui de tous les membres raisonnables de la communauté. Je ne doute guère pourtant que l'administration officielle suffise amplement à cet effet. Là où votre activité est davantage sujette à critique, c'est lorsque vous furetez dans les secrets des individus, lorsque vous fouillez dans des affaires de famille dont il vaudrait mieux qu'elles ne fussent jamais exposées, et lorsque incidemment vous faites perdre une heure à des gens dont le temps est plus précieux que le vôtre. En ce moment présent, par exemple, je devrais être en train de rédiger un traité au lieu de converser avec vous.

— Sans doute, docteur ! Mais notre conversation peut s'avérer plus importante que votre traité. Incidemment je puis vous dire que nous faisons tout le contraire de ce que vous blâmez fort justement, et que nous nous efforçons d'éviter quoi que ce soit qui ressemble à l'exhibition publique d'affaires privées... Exhibition qui est l'une des conséquences inévitables de l'immixtion de la police officielle dans ces mêmes affaires privées. Considérez-moi, si vous voulez, comme un franc-tireur qui marche à l'avant-garde de la force régulière du pays. Je suis venu vous parler de M. Godfrey Staunton.

— A propos de quoi ?

— Vous le connaissez, n'est-ce pas ?

— C'est un ami intime.

— Vous savez qu'il a disparu ?

— Ah ! tiens ?... »

Pas un muscle de la figure du médecin ne bougea.

« Il a quitté la nuit dernière son hôtel. Depuis, plus de nouvelles.

— Il reviendra certainement !

— Demain, c'est le grand match Oxford-Cambridge.

— Je ne sympathise nullement avec ces puérilités. Le sort du jeune homme m'intéresse profondément, puisque je le connais et que je l'aime. Le match de rugby est tout à fait en dehors de mon horizon.

— Je sollicite donc votre sympathie pour mon enquête sur le sort de M. Staunton. Savez-vous où il est ?

— Pas du tout.

— Vous ne l'avez pas vu depuis hier ?

— Non.

— M. Staunton était-il en bonne santé ?

— En excellente santé.

— Vous ne l'avez jamais vu malade ?

— Jamais. »

Holmes plaça sous les yeux du docteur une feuille de papier.

« Alors peut-être m'expliquerez-vous ce reçu de treize guinées, payées le mois dernier par M. Godfrey Staunton au docteur Leslie Armstrong de Cambridge. Je l'ai trouvé parmi d'autres papiers dans ses affaires. »

Le médecin devint écarlate de fureur.

« Je ne sens pas que je vous doive une explication, à vous, monsieur Holmes. »

Holmes remit le reçu dans son portefeuille.

« Si vous préférez une explication publique elle viendra tôt ou tard, dit-il. Je vous ai déjà dit que je peux taire ce que d'autres sont obligés de rendre public, et vous seriez beaucoup plus avisé de vous ouvrir à moi.

— Je ne sais rien.

— Avez-vous reçu des nouvelles de M. Godfrey Staunton de Londres ?

— Pas du tout !

— Mon Dieu ! Ah ! cette poste ! soupira Holmes. Un télégramme très urgent vous a été expédié de Londres par Godfrey Staunton à six heures quinze hier au soir... Un télégramme qui est incontestablement en rapport avec sa disparition... Et cependant voilà que vous ne l'avez pas reçu ! Il s'agit là d'une défaillance grave. Je vais me rendre au bureau de poste d'ici et rédiger une réclamation ! »

Le docteur Leslie Armstrong sauta sur ses pieds derrière son bureau. Son visage était passé au cramoisi.

« Je vous ordonne de sortir de chez moi, monsieur ! s'écria-t-il. Vous pourrez dire à votre maître, Lord Mount-James, que je ne veux avoir affaire ni avec lui, ni avec ses agents. Non, monsieur, plus un mot !... »

Il sonna avec rage.

« ... John, reconduisez ces messieurs ! »

Un imposant maître d'hôtel nous poussa sévèrement vers la porte. Nous nous retrouvâmes dans la rue. Holmes éclata de rire.

« Le docteur Leslie Armstrong est à coup sûr un gaillard énergique qui a du tempérament ! dit-il. Je n'ai vu personne qui, comme lui, à condition qu'il orientât ses talents différemment, fût aussi doué pour combler le vide laissé par la mort de l'illustre Moriarty. Et maintenant, mon pauvre Watson, nous voici échoués, sans amis, dans une ville inhospitalière que nous ne pouvons pas quitter sans renoncer à notre affaire. Cette petite auberge, juste en face de la maison d'Armstrong, est parfaitement adaptée à nos nécessités. Si vous vouliez bien retenir une chambre sur le devant et nous acheter ce qui nous sera utile pour la nuit, je m'occuperais pendant ce temps de deux ou trois petites choses. »

Ces deux ou trois petites choses se transformèrent en une enquête plus longue que Holmes ne l'avait cru, car il ne rentra pas à l'auberge avant neuf heures. Il était pâle, abattu, souillé de poussière, épuisé par la faim et la fatigue. Un souper froid était servi sur la table. Quand il se fut restauré, il alluma sa pipe et se montra alors enclin à affecter des manières un peu ironiques et très philosophiques, ce qui lui arrivait généralement quand ses affaires allaient de travers. Le bruit d'une voiture le fit se lever et regarder par la fenêtre. Une charrette anglaise et une paire de chevaux gris étaient immobilisés devant la porte du docteur sous un lampadaire.

« Elle est restée dehors trois heures, dit Holmes. Elle est sortie à six heures et demie ; la voilà de retour. Ce qui nous donne un rayon de quinze ou dix-huit kilomètres. Et il fait cela une fois par jour, sinon deux fois.

— Cela n'a rien d'étonnant pour un médecin à clientèle.

— Mais Armstrong ne possède pas vraiment une clientèle. C'est un conférencier, un consultant, mais il n'a pas une clientèle nombreuse qui le distrairait de ses travaux littéraires. Pourquoi donc accomplit-

il ces longs déplacements qu'il doit juger assom-
mants, et qui va-t-il voir ?

— Son cocher...

— Mon cher Watson, vous pensez bien que c'est à
lui d'abord que je me suis adressé ! Je ne sais pas
si l'idée a jailli de sa propre perversité innée ou des
exemples que lui donne son maître, mais il a été
assez mal élevé pour lâcher un chien à mes chausses.
Heureusement il n'y a ni chien ni homme qui aiment
ma canne. Les choses en restèrent là. Mais les relations furent plutôt tendues, et toute question aurait
été déplacée. Ce que j'ai appris je le tiens d'un
aimable indigène que j'ai rencontré dans la cour de
notre auberge. C'est lui qui m'a mis au courant des
habitudes du docteur et de son voyage quotidien. Au
moment précis où nous causions, comme pour souli-
gner ses paroles, la voiture est sortie.

— Vous n'avez pas pu la suivre ?

— Bravo, Watson ! Vous êtes éblouissant, ce soir !
J'en ai eu l'intention, figurez-vous. Comme vous avez
pu le voir, un marchand de cycles tient boutique à
côté de notre auberge. Je me suis précipité, j'ai loué
une bicyclette, et j'ai pu démarrer avant que la
voiture ne fût au diable. J'ai comblé une partie de
mon handicap. Puis, je l'ai suivie à une distance que
j'évalue à cent mètres jusqu'à ce que nous fussions
loin de la ville. Nous étions bel et bien engagés sur
la grand-route quand s'est produit un incident passa-
blement mortifiant. La voiture s'est arrêtée. Le
docteur est descendu et il a marché d'un pas vif vers
l'endroit où je m'étais moi aussi arrêté. Il m'a déclaré
sur le mode sardonique... parfaitement sardonique,
Watson !... qu'il craignait que la route ne fût étroite,
et qu'il espérait que sa voiture ne gênait pas le
passage de ma bicyclette. Il m'a débité ce compliment d'une façon admirable ! Aussitôt j'ai doublé la
voiture, j'ai roulé pendant plusieurs kilomètres sur la
route, puis j'ai stoppé à un endroit convenable pour
voir si la voiture survenait. Elle n'est pas passée,
Watson. Elle avait certainement bifurqué sur l'une
des routes secondaires que j'avais remarquées. J'ai

rebroussé chemin, mais sans apercevoir la voiture qui, vous l'avez constaté, est rentrée après moi. Bien sûr, je n'avais aucun motif particulier d'établir une liaison entre ces voyages et la disparition de Godfrey Staunton, et je ne m'inquiétais des déplacements du docteur Armstrong que parce que tout ce qui le concerne présente maintenant de l'intérêt pour nous. Mais à présent, puisqu'il veille si bien à ce que personne ne le suive au cours de ses excursions, l'affaire prend de l'importance et je ne serai satisfait que lorsque je l'aurai tirée au clair.

— Nous pourrions le suivre demain.

— Sera-ce possible ? Je ne le crois pas aussi facile que vous semblez le penser. Vous connaissez peu la géographie du Cambridgeshire, n'est-ce pas ? Elle ne se prête nullement au camouflage. Toute la contrée que j'ai traversée ce soir est aussi plate et nue que la paume de votre main. De plus l'homme que nous suivons n'est pas bête, comme il l'a surabondamment prouvé tout à l'heure. J'ai télégraphié à Overton de nous faire savoir ici s'il y avait des suites londoniennes. En attendant il nous faut concentrer notre attention sur le docteur Armstrong, puisque c'est son nom que j'ai lu sur le talon que m'a obligeamment montré la postière. Il sait où est le jeune homme, j'en jurerais ! Et s'il le sait, ce sera entièrement de notre faute si nous ne l'apprenons pas. Pour l'instant il a les atouts en main, mais vous n'ignorez pas, Watson, que ce n'est pas mon habitude de laisser un adversaire les abattre. »

Et cependant, le lendemain ne nous rapprocha pas de la solution du problème. A l'heure du petit déjeuner on nous apporta une lettre, que Holmes me fit passer en souriant.

*Monsieur,*
*Je vous assure que vous perdez votre temps en me suivant à la trace. Comme vous avez pu vous en rendre compte hier soir j'ai une vitre derrière ma charrette anglaise. Si vous avez envie de faire une course de trente kilomètres qui vous ramènera à votre point de*

*départ, vous n'avez qu'à me suivre. En attendant je puis vous informer que ce n'est pas en m'espionnant que vous pourrez aider M. Godfrey Staunton. Je suis convaincu au contraire que le meilleur service que vous puissiez rendre à ce monsieur est de rentrer au plus tôt à Londres et de prévenir votre employeur que vous n'avez pas réussi à retrouver sa piste. Vous perdrez sûrement votre temps à Cambridge.*

   *Votre dévoué*
                        *Leslie Armstrong.*

   « Un adversaire loyal, carré, ce docteur ! fit Holmes. Ma foi, il excite ma curiosité et il faut vraiment que je lie connaissance avec lui avant de le quitter !

   — Sa voiture est maintenant devant sa porte, dis-je. Le voici qui monte dedans. Je l'ai vu jeter un coup d'œil vers notre fenêtre. Vous ne voulez pas que je tente ma chance sur la bicyclette ?

   — Oh ! non, mon cher Watson ! Avec tout le respect que je dois à votre finesse naturelle, je ne crois pas que vous soyez de taille à rivaliser avec ce digne médecin. Peut-être atteindrai-je notre but grâce à quelques explorations personnelles. J'ai peur d'être obligé de vous laisser à vos pensées, car l'apparition de deux inconnus à l'affût dans cette campagne endormie pourrait susciter des commérages. Sans aucun doute vous trouverez dans cette ville vénérable des spectacles propres à vous distraire, et j'espère vous rapporter d'ici ce soir quelques informations. »

   Une fois encore mon ami rentra bredouille et las.

   « Zéro pour la journée, Watson ! J'ai pris la direction générale du docteur, j'ai passé tout ce jour à visiter chaque petit village de ce côté de Cambridge, j'ai bavardé avec des aubergistes et des commères. J'ai exploré sans succès Chesterton, Histon, Water-beach, Oakington. Dans ce royaume des endormis, l'apparition quotidienne d'une charrette anglaise attelée de deux chevaux n'a même pas été remarquée.

Le docteur a marqué un point de plus. Un télégramme pour moi ?

— Oui. Je l'ai ouvert. Le voici : « *Demandez Pompey à Jeremy Dixon, Trinity College.* » Je n'y comprends goutte.

— Oh ! il est assez clair ! Il émane de notre ami Overton, et il répond à une question que je lui avais posée. Je vais écrire un mot à M. Jeremy Dixon, et notre chance va enfin tourner. A propos, a-t-on le résultat du match ?

— Oui, le journal local du soir en donne un excellent compte rendu dans sa dernière édition. Oxford a gagné par un but et deux essais. Les dernières phrases disent : « La défaite des Bleu clair peut être entièrement attribuée à l'absence regrettable de la vedette internationale, Godfrey Staunton. Cette absence se fit sentir tout au long de la partie. Le manque d'entente dans la ligne de trois-quarts et leur faiblesse tant en attaque qu'en défense ont plus que neutralisé les efforts d'un pack lourd et fort actif. »

— Les pronostics de notre ami Overton se sont réalisés, dit Holmes. Personnellement je m'accorde sur un point avec le docteur Armstrong : le rugby n'entre pas dans mon horizon. Couchons-nous de bonne heure, Watson, car je prévois que demain sera une journée à grands événements. »

A mon réveil je fus horrifié : Holmes était assis auprès du feu, sa petite seringue hypodermique à la main. J'associai aussitôt ce spectacle à la seule faiblesse de sa nature, et je redoutai le pire. Il éclata de rire devant mon expression d'épouvante, et posa la seringue sur la table.

« Non, mon cher ami ! Vous n'avez nul motif de vous inquiéter. Elle ne sera pas pour une fois l'instrument du mal, mais au contraire la clef qui résoudra notre problème. Je base tous mes espoirs sur cette seringue. Je viens de faire une petite promenade en éclaireur, et tout est favorable. Prenez un solide petit déjeuner, Watson, car je propose que nous nous mettions aujourd'hui sur la piste du docteur Armstrong. Nous ne prendrons ni repos ni nourriture avant de l'avoir suivi jusqu'à son terrier.

— Dans ce cas, dis-je, mieux vaudrait emporter notre petit déjeuner, car il part ce matin de bonne heure. Sa voiture est déjà devant sa porte.

— Aucune importance. Laissez-le partir. Il sera bien malin s'il peut rouler vers un endroit où je ne pourrais pas le rattraper. Quand vous aurez fini vous me rejoindrez en bas et je vous présenterai à un détective qui est un très éminent spécialiste du travail qui nous attend. »

Je trouvai Holmes dans la cour des écuries ; il ouvrit la porte d'une niche et en sortit un chien trapu, aux oreilles pendantes, blanc et jaune, qui tenait le milieu entre un basset et un lévrier.

« Permettez-moi de vous présenter Pompey, dit-il. Pompey est l'orgueil des chiens courants ; il n'a pas son pareil pour suivre une piste, mais il n'a rien d'un champion de vitesse. Bien, Pompey, tu peux ne pas être rapide, mais je crains que tu ne sois trop rapide pour deux Londoniens d'un certain âge. Aussi je prends la liberté d'attacher à ton cou cette laisse de cuir. A présent, mon ami, en route et montre-nous ce dont tu es capable ! »

Il le mena à la porte du docteur. Le chien renifla autour de lui quelques instants, puis avec un grogne- ment excité il dévala la rue, tirant sur sa laisse pour filer de l'avant. En moins d'une demi-heure nous avions quitté la ville et nous nous hâtions sur une route de campagne.

« Qu'avez-vous manigancé, Holmes ? question- nai-je.

— Un vieux truc usé jusqu'à la corde, mais utile pour l'occasion. J'ai été me promener ce matin dans la cour du docteur, et j'ai aspergé d'anis avec ma seringue la roue arrière de la voiture. Vous pensez bien qu'un chien courant suivrait une piste à l'anis jusqu'au bout du monde ! Oh ! le coquin ! Voilà par où il m'a échappé l'autre soir. »

Le chien avait tout d'un coup renoncé à la grand- route pour s'enfoncer dans un sentier herbeux. Huit cents mètres plus loin le sentier débouchait dans une autre route importante, et la piste obliqua à angle droit sur la droite dans la direction de la ville que nous venions de quitter. La route prit un virage au sud de la ville et continua exactement dans le sens opposé à celui que nous avions suivi au départ.

« Ce détour était donc destiné à nous semer ? fit Holmes. Je ne m'étonne plus que mes recherches n'aient pas abouti. Le docteur s'est vraiment donné beaucoup de mal, et j'aimerais connaître la raison d'une ruse si compliquée ! Sur notre droite se doit être le village de Trumpington. Tiens, tiens ! Voici la charrette anglaise qui débouche du virage. Vite, Watson ! Vite, ou nous sommes perdus ! »

Il se jeta à travers une brèche dans un champ. Pompey renâclait pour le suivre. Nous eûmes à peine le temps de nous jeter à l'abri de la haie : la voiture passa en cahotant sur la route. J'aperçus à l'intérieur le docteur Armstrong, tout voûté, la tête plongée dans ses mains : l'image même de la détresse. Le visage soudain devenu grave de mon ami m'apprit qu'il l'avait vu lui aussi.

« J'ai peur que notre enquête n'ait une conclusion sinistre ! murmura-t-il. Nous allons le savoir bientôt. Allons, Pompey ! Ah ! il y a une villa dans le champ ! »

Nous touchions en vérité au terme de notre voyage. Pompey poussa des grognements passionnés à l'extérieur de la grille, là où les traces des roues de la charrette anglaise étaient encore visibles. Une allée conduisait à la villa. Holmes attacha le chien à la haie, et nous pressâmes le pas. Mon ami frappa à la petite porte rustique plusieurs fois sans obtenir de réponse. Et pourtant la villa n'était pas déserte, car un bruit étouffé parvint à nos oreilles : une sorte de gémissement désespéré, un bourdonnement affreusement triste. Holmes s'arrêta, il hésita, il regarda derrière nous. Sur la route que nous venions d'emprunter, une charrette anglaise apparaissait. Les chevaux gris ne nous permirent pas de douter du visiteur.

« Allons bon ! s'écria Holmes. Le docteur revient. Voilà qui règle tout. Nous sommes obligés de voir avant son arrivée ce qui se passe ici. »

Il ouvrit la porte et nous pénétrâmes dans le vestibule. Le bourdonnement s'accentuait ; il grossit pour se terminer sur une longue note grave de désespoir. Il venait d'en haut. Holmes s'élança et je le suivis. Il poussa une porte entrouverte. Tous deux nous nous immobilisâmes, pétrifiés par le spectacle qui s'offrit à nos yeux.

Une femme, jeune et belle, était étendue sur le lit, morte. Son visage paisible, pâle, aux yeux bleus ternes grands ouverts, émergeait d'un cadre de cheveux dorés. Au pied du lit, mi-assis mi-agenouillé, la figure enfouie dans sa poitrine, se tenait un jeune homme dont le corps était secoué par des sanglots véhéments. Il était si absorbé par sa douleur qu'il ne leva la tête que lorsque Holmes lui mit une main sur l'épaule.

« Êtes-vous monsieur Godfrey Staunton ?

— Oui. Je suis... Mais vous arrivez trop tard. Elle est morte. »

Le malheureux était si bouleversé qu'il nous avait pris pour des médecins appelés en consultation. Holmes se mit en demeure de lui adresser quelques mots de consolation et de lui expliquer l'affolement que sa disparition avait provoqué chez ses amis, mais un pas se fit entendre dans l'escalier, et la silhouette lourde, grave, austère du docteur Armstrong se profila sur le seuil.

« Ainsi, messieurs, nous dit-il, vous avez atteint votre but ? Vous avez évidemment choisi le moment le plus délicat pour pénétrer ici. En présence de la mort je n'élèverai pas la voix, mais je vous jure que si j'étais plus jeune votre monstrueux comportement ne resterait pas impuni !

— Excusez-moi, docteur Armstrong, je crois qu'il y a malentendu ! dit mon ami avec dignité. Si vous voulez bien descendre avec nous, nous pourrons éclairer réciproquement notre lanterne. »

Nous nous installâmes dans le salon au rez-de-chaussée.

« Eh bien, monsieur ? interrogea-t-il.

— Je voudrais vous persuader, d'abord, que je ne suis pas l'employé de Lord Mount-James, et que mes sentiments de sympathie, en cette affaire, ne vont nullement à cet aristocrate. Quand un homme disparaît, mon devoir consiste à chercher ce qu'il est devenu. Je l'ai retrouvé. En ce qui me concerne, l'affaire est donc classée. Du moment que cette disparition n'implique rien de criminel, je préfère cent fois qu'elle demeure dans le domaine privé plutôt que d'en faire un scandale public. Si, comme je le crois, la loi n'a pas été violée, vous pouvez absolument compter sur ma discrétion et ma coopération pour que les journaux ne soufflent mot de ceci. »

Le docteur Armstrong avança d'un pas et serra la main de Holmes.

« Vous êtes un brave homme ! dit-il. Je m'étais trompé sur votre compte. Je remercie le Ciel que le remords m'ait saisi de laisser seul le pauvre Staunton dans la désolation ; j'ai fait demi-tour, ce qui me vaut de faire votre connaissance. Vous savez déjà beaucoup ; le reste vous sera facilement expliqué. Il y a un an Godfrey Staunton séjourna à Londres, et il tomba passionnément amoureux de la fille de sa logeuse, qu'il épousa. Elle était aussi bonne que belle, et intelligente autant que bonne. Personne n'aurait eu honte d'une telle femme. Mais Godfrey était l'héritier de ce vieil aristocrate grognon, et l'annonce de son mariage aurait anéanti toutes ses espérances. J'ai bien connu ce garçon. Je l'aime pour ses grandes et nombreuses qualités. J'ai fait tout mon possible pour l'aider à demeurer dans le droit chemin. Nous avons agi au mieux pour cacher le mariage à tout le monde, car à partir du moment où une seule personne l'aurait appris, où les bavardages se seraient-ils arrêtés ? Grâce à cette villa isolée et aussi à sa discrétion personnelle, Godfrey avait réussi jusqu'ici à garder le secret, qui n'était connu que de moi et d'une domestique de confiance qui est partie chercher de l'aide à Trumpington. Mais soudain une dangereuse maladie s'est déclarée chez la jeune femme : une consumption virulente. Le pauvre garçon était à moitié fou de chagrin. Il fallait qu'il partît pour Londres où il devait jouer son match, car sa défection aurait tout révélé. J'ai essayé de le réconforter par un télégramme et il m'en a envoyé un autre en réponse, m'adjurant de faire tout mon possible. C'est la dépêche que vous semblez avoir lue par je ne sais quel moyen invraisemblable. Je ne lui avais point dit le degré du péril, car je me rendais bien compte que sa présence ici n'arrangerait rien, mais j'avais appris par lettre la vérité au père de sa femme, et celui-ci, très maladroitement, est venu avertir Godfrey. Le résultat a été qu'il est entré dans un état proche de la folie. Depuis son retour il est resté là, à genoux près du lit, mais ce matin la mort a fait son œuvre. Voilà tout, monsieur Holmes ! Je suis sûr que je puis me reposer entièrement sur votre discrétion et sur celle de votre ami. »

Holmes étreignit la main du docteur.

« Allons-nous-en, Watson ! » me dit-il.

Et nous quittâmes cette maison mortuaire pour la pâle lumière du soleil d'hiver.

CHAPITRE XII

## LE MANOIR DE L'ABBAYE

Il faisait très froid, ce matin-là de l'hiver 1897 où je fus réveillé par une main qui me secouait l'épaule. C'était Holmes. La bougie qu'il tenait éclairait son visage aigu. Du premier regard je compris que quelque chose n'allait pas.

« Debout, Watson ! me cria-t-il. Il y a du neuf. Non, pas de questions. Enfilez vos vêtements et venez ! »

Dix minutes plus tard nous roulions en fiacre dans

les rues silencieuses vers la gare de Charing Cross. Les premières lueurs blafardes de l'aube commençaient à paraître. De temps à autre nous apercevions la silhouette confuse d'un ouvrier qui se rendait à son travail à travers la brume opalescente de Londres. Holmes silencieux était emmitouflé dans son épais manteau. Je l'imitai car l'air était très vif, et nous n'avions rien mangé depuis la veille. A la gare nous avalâmes une tasse de thé brûlant avant de prendre place dans le train du Kent, et nous nous sentîmes suffisamment dégelés, lui pour parler, moi pour écouter. Holmes tira de sa poche une lettre qu'il lut à haute voix.

« Manoir de l'Abbaye, Marsham, Kent, 3 heures 30 du matin.

« Mon cher monsieur Holmes, je serais heureux de vous avoir auprès de moi pour une affaire qui promet d'être très extraordinaire. Elle est tout à fait dans votre genre. Sauf en ce qui concerne la femme qui a été déliée, les choses sont demeurées exactement dans l'état où je les ai trouvées. Mais je vous prie de ne pas perdre une minute, car il est difficile de laisser Sir Eustace là où il est.

« Votre bien dévoué,

« Stanley Hopkins. »

« Hopkins m'a alerté sept fois, et chaque fois son appel s'est trouvé amplement justifié, ajouta Holmes. Je crois que ces sept affaires ont trouvé place dans votre collection. A propos, Watson, je conviens que votre sélection des cas compense les défauts que je déplore dans vos récits. Vous avez la détestable habitude de considérer toute chose du point de vue du conteur et non du point de vue du chercheur scientifique. Par là vous avez démoli ce qui aurait pu être une suite instructive et même classique de démonstrations. Vous négligez la finesse et la délicatesse de mes déductions pour insister sur des détails dont le caractère sensationnel excite peut-être la curiosité du lecteur mais ne l'éduque sûrement pas !

— Pourquoi n'écrivez-vous pas vos mémoires vous-même ? lui demandai-je non sans amertume.

— Je le ferai, mon cher Watson, je le ferai ! A présent je suis très occupé, vous le savez. Mais je me propose de consacrer les années de ma vie déclinante à réunir en un seul volume tout l'art du détective. Dans l'affaire qui nous vaut la convocation de Hopkins, il doit s'agir d'un meurtre.

— Vous pensez que Sir Eustace est mort ?

— Je le croirais. L'écriture de Hopkins témoigne d'une agitation extrême, et ce n'est pas un émotif. Oui, je pense qu'il y a eu homicide et qu'il a laissé le corps pour que nous l'examinions. Un simple suicide ne lui aurait pas donné l'idée de m'alerter. Quant à la dame déliée, il veut dire sans doute qu'elle a été ligotée dans sa chambre pendant le drame. Nous allons avoir affaire avec la haute société, Watson : ce papier qui craque, le monogramme « E. B. », les armoiries, le lieu pittoresque... J'espère que notre ami Hopkins ne fera pas mentir sa réputation et que nous aurons une matinée intéressante. Le crime a été commis avant minuit la nuit dernière.

— Comment pouvez-vous avancer cela ?

— En calculant les horaires des trains et en tenant compte des délais. La police locale a été appelée d'abord. Elle a communiqué avec Scotland Yard. Hopkins a dû partir. Et à son tour il m'a prévenu. Tout cela a demandé une nuit. Mais nous voici à Chislehurst. Nous saurons bientôt de quoi il retourne au juste. »

Après une course de cinq kilomètres sur d'étroits chemins de campagne, nous arrivâmes devant la grille d'un parc. Une vieille concierge à la figure bouleversée nous ouvrit. L'avenue traversait un parc splendide et était bordée de chaque côté par des ormes antiques. Elle aboutit à une grande maison basse dont la façade était décorée de colonnades fort élégantes. La partie centrale était évidemment fort ancienne ; elle était recouverte de lierre ; mais de grandes fenêtres montraient que des changements y avaient été apportés ; une aile semblait entièrement neuve. La silhouette jeune, agile, et le visage ardent de l'inspecteur Stanley Hopkins nous accueillirent sur le perron.

« Je suis bien content que vous soyez venu, monsieur Holmes ! Et vous aussi, docteur Watson ! Mais en vérité si c'était à refaire, je ne vous aurais pas dérangés, car la dame, depuis qu'elle a repris ses sens, m'a fait un récit si clair de l'affaire qu'il ne nous reste plus grand-chose à démêler. Vous vous rappelez le gang des cambrioleurs de Lewisham ?

— Comment, les trois Randall ?

— Mais oui : le père et les deux fils. Ce sont eux qui ont fait le coup. J'en suis sûr. Ils ont opéré à Sydenham il y a une quinzaine de jours : on les a vus et décrits. Il faut avoir de l'audace pour recommencer si tôt et si près ! Mais il n'y a pas de doute. Cette fois la corde les attend !

— Sir Eustace est mort, alors ?

— Oui. Il a eu la tête fracassée d'un coup de son tisonnier.

— Sir Eustace Brackenstall, m'a dit le cocher ?

— Exactement. L'un des plus riches propriétaires du Kent. Lady Brackenstall est dans le petit salon. Pauvre femme ! Elle a vécu une aventure terrible. Quand je l'ai vue elle était aux trois quarts morte. Le mieux serait de la voir et d'écouter son récit. Puis nous irons ensemble examiner la salle à manger. »

Lady Brackenstall n'était pas une personne banale. Rarement me suis-je trouvé en face d'une silhouette plus gracieuse, d'une féminité plus délicate, d'un visage plus ravissant. Blonde avec des cheveux d'or, elle nous aurait sans doute montré le teint parfait qui s'harmonise si bien avec cette couleur si les récents événements ne l'avaient laissée crispée et décomposée. Elle souffrait d'ailleurs dans son corps comme dans son âme : au-dessus d'un œil s'étalait une énorme bosse tuméfiée couleur de prune qu'une grande femme de chambre austère baignait consciencieusement avec de l'eau vinaigrée. Lady Brackenstall reposait sur le dos sur un canapé, mais son regard prompt et perçant, ainsi que la mobilité de ses traits, nous apprirent que ni son intelligence ni son courage n'avaient été ébranlés. Elle était drapée dans une ample robe de chambre bleu et argent, mais une robe noire de dîner était suspendue à côté d'elle.

« Je vous ai tout raconté, monsieur Hopkins ! fit-elle d'un air las. Ne pourriez-vous le redire à ma place ?... Eh bien, puisque vous le jugez nécessaire, je vais expliquer à ces messieurs ce qui est arrivé. Sont-ils déjà allés dans la salle à manger ?

— J'ai pensé qu'il était préférable qu'ils entendissent d'abord votre récit, madame.

— Je suis impatiente que vous en finissiez. C'est horrible pour moi de penser qu'il est toujours là... »

Elle frissonna et enfouit pendant quelques secondes son visage entre ses mains. Ce geste fit glisser la robe de chambre sur son avant-bras. Holmes poussa une exclamation.

« Mais vous avez d'autres blessures, madame ! Qu'est ceci ? »

Deux taches d'un rouge violent se détachaient sur le membre blanc et rond. Elle se hâta de les recouvrir.

« Ce n'est rien. Sans aucun rapport avec l'horrible affaire de cette nuit. Si vous voulez vous asseoir, ainsi que votre ami, je vous dirai tout ce que je peux.

« Je suis l'épouse de Sir Eustace Brackenstall. Nous nous sommes mariés il y a environ un an. Je suppose qu'il est inutile que j'essaie de vous présenter cette union comme heureuse. Tous nos voisins me démentiraient. Peut-être suis-je en partie responsable. J'ai été élevée dans l'ambiance plus libre, moins conventionnelle de l'Australie méridionale, et cette vie anglaise, avec ses convenances et son air guindé, ne me convient guère. Mais la raison véritable, principale, de notre désaccord résidait dans le fait que Sir Eustace était un ivrogne invétéré. Passer une heure dans la société d'un tel homme est déplaisant. Imaginez ce que cela représentait pour une femme sensible et ardente d'être attachée à lui jour et nuit ! C'est un sacrilège, un crime, une vilenie de soutenir qu'un mariage pareil constitue un lien ! Je vous assure que vos lois monstrueuses apporteront une malédiction sur ce pays... Non, le Ciel ne permettra pas que cette abomination subsiste ! »

Elle se dressa sur son séant, joues enflammées, yeux étincelants sous la terrible tuméfaction qui marquait son front. Puis la forte main de la femme de chambre l'obligea à reposer doucement sa tête sur les coussins, et la colère furieuse fit place à des sanglots passionnés. Finalement elle reprit :

« Je vais vous parler de la nuit dernière. Vous ignorez peut-être que dans cette maison tous les domestiques dorment dans l'aile moderne. Cette partie centrale se compose des pièces de séjour, avec la cuisine derrière et notre chambre au-dessus. Ma femme de chambre Theresa dort au-dessus de ma chambre. Il n'y a personne d'autre. Aucun bruit ne pourrait alerter les gens qui habitent dans l'aile. Ce détail devait être connu des cambrioleurs. Sinon ils n'auraient pas agi comme ils l'ont fait.

« Sir Eustace s'est retiré à dix heures et demie. Les domestiques avaient déjà gagné leurs chambres. Seule, ma femme de chambre veillait : elle était demeurée dans sa chambre tout en haut de la maison, attendant que j'eusse besoin de ses services. Je restai assise jusqu'à onze heures passées dans cette pièce. Un livre me tenait compagnie. Je fis un tour pour m'assurer que tout était normal avant de monter. J'en avais l'habitude : je le faisais moi-même car, comme je vous l'ai dit, je ne pouvais pas toujours me fier à Sir Eustace. J'allai dans la cuisine, dans l'office, dans la salle d'armes, dans la salle de billard, dans le salon et enfin dans la salle à manger. Quand je m'approchai de la fenêtre qui est protégée par des rideaux épais, je sentis soudain le vent me souffler au visage, et je compris qu'elle était ouverte. J'écartai le rideau et je me trouvai face à face avec un homme âgé aux larges épaules qui venait de se glisser dans la pièce. La fenêtre est plutôt une porte-fenêtre qui donne sur le jardin. Je tenais à la main la bougie de ma chambre et, grâce à cette lumière, derrière cet homme j'en aperçus deux autres qui étaient en train d'entrer. Je reculai, mais l'individu en question se jeta sur moi. Il me saisit d'abord par le poignet, puis à la gorge. J'ouvris la bouche pour crier, mais il me frappa sauvagement de son poing fermé au-dessus de l'œil et ce coup me jeta par terre. J'ai dû perdre connaissance pendant quelques instants, car lorsque je suis revenue à moi je me suis trouvée ligotée par le cordon de sonnette qu'ils avaient arraché ; j'étais attachée solidement au fauteuil en chêne qui préside à la table de la salle à manger. J'étais si bien immobilisée qu'il m'était impossible de faire un geste. Un mouchoir sur la bouche m'interdisait d'émettre le moindre son. C'est à ce moment que mon malheureux mari pénétra dans la pièce. Sans doute avait-il entendu des bruits suspects, et il arrivait tout prêt à n'importe quelle éventualité. Il avait passé une chemise et un pantalon, et il tenait à la main son gourdin d'épine favori. Il se rua sur l'un des voleurs, mais un autre, le plus âgé, se baissa, ramassa le tisonnier et lui en assena un coup terrible. Il tomba comme une masse et ne bougea plus. Je m'évanouis une fois encore, mais sûrement pas plus de quelques minutes. Quand j'ouvris les yeux, je constatai qu'ils avaient sorti l'argenterie du buffet, qu'ils avaient débouché une bouteille, que chacun avait un verre en main. Je vous ai déjà dit, je crois, que l'un d'eux était âgé, avec une barbe, tandis que les deux autres étaient de jeunes garçons imberbes. On aurait dit un père avec ses deux fils. Ils parlaient à voix basse. Puis ils s'approchèrent et vérifièrent mes liens. Après quoi ils se retirèrent en fermant la porte-fenêtre derrière eux. Il me fallut un bon quart d'heure avant que je pusse libérer mes mains. Quand j'y fus parvenue mes cris alertèrent ma femme de chambre qui descendit. Les autres domestiques furent réveillés, et nous envoyâmes chercher la police locale. Voilà vraiment tout ce que je peux vous dire, messieurs, et j'espère qu'il ne me sera pas nécessaire de le redire encore une fois.

« Avez-vous une question à poser, monsieur Holmes ? demanda Hopkins.

— Je n'imposerai pas à la patience et au temps de Lady Brackenstall une nouvelle épreuve, dit Holmes. Avant de me rendre dans la salle à manger, je serais heureux d'entendre votre témoignage. »

Il s'adressait à la femme de chambre.

« J'ai aperçu les voleurs avant qu'ils n'entrent dans la maison, dit-elle. J'étais assise près de la fenêtre de ma chambre et j'ai vu au clair de lune trois hommes non loin de la grille du parc. Sur le moment je n'y ai pas prêté attention. C'est une heure plus tard que j'ai entendu crier ma maîtresse. Alors je suis descendue en courant et je l'ai trouvée, pauvre agnelle, comme elle vous l'a dit. Et lui était couché par terre, sa cervelle et son sang répandus dans la pièce. C'était suffisant pour provoquer l'évanouissement d'une femme, ligotée là, avec sa robe toute tachée de ce sang. Mais elle n'a jamais manqué de courage quand elle était Mlle Mary Fraser d'Adélaïde, et Lady Brackenstall du manoir de l'Abbaye est restée pareille. Vous l'avez interrogée assez longtemps, vous messieurs ! Maintenant elle va regagner sa chambre, avec sa vieille Theresa, pour prendre le repos dont elle a tant besoin ! »

Avec une tendresse maternelle la vieille servante passa un bras autour de la taille de sa maîtresse et l'entraîna hors du salon.

« Depuis toujours elle est avec elle ! expliqua Hopkins. Elle a été sa nourrice, puis elle l'a accompagnée en Angleterre quand elles partirent d'Australie il y a dix-huit mois. Elle s'appelle Theresa Wright, et c'est ce genre de femme de chambre qu'on ne trouve plus aujourd'hui. Par ici, monsieur Holmes, s'il vous plaît. »

L'expression de Holmes laissait deviner qu'avec le mystère tout le charme de l'aventure s'en était allé. Il restait une arrestation à effectuer, mais il n'avait pas à s'en mêler. Pourtant le spectacle dans la salle à manger du manoir de l'Abbaye était assez singulier pour retenir son attention et ressusciter l'intérêt évanoui.

C'était une pièce monumentale : très haute et très

grande. Le plafond était lambrissé de chêne. Les murs étaient joliment décorés de têtes de cerfs et d'armes anciennes. Face à la porte il y avait la porte-fenêtre dont nous avions entendu parler. Trois fenêtres plus petites, sur le mur de droite, laissaient filtrer la pâle lumière d'un soleil d'hiver. A gauche se dressait une immense cheminée très profonde, surplombée par un chambranle en chêne massif. Un lourd fauteuil de chêne à tapisserie armoriée trônait à côté ; un cordon pourpre était passé entre les barres de bois ; il avait été attaché par chaque extrémité à la barre transversale. Pour se libérer Lady Brackenstall avait fait glisser ses liens, mais les nœuds n'avaient pas été défaits, et ils étaient intacts. C'est seulement plus tard que ces détails retinrent notre attention. Pour l'instant elle était accaparée par l'image terrible du corps étendu sur la peau d'ours devant la cheminée.

C'était le corps d'un homme de grande taille qui pouvait avoir quarante ans. Il gisait sur le dos, le visage tourné vers la lumière. Ses dents blanches luisaient dans sa courte barbe noire. Ses deux mains crispées étaient levées au-dessus de la tête, et le gourdin d'épine était encore posé en travers. Ses nobles traits aquilins étaient déformés, convulsés par un rictus de haine vindicative qui donnait à la physionomie de ce mort un aspect diabolique. Il était certainement au lit quand un bruit l'avait alerté, car il portait une élégante chemise de nuit, et ses pieds nus émergeaient de son pantalon. Il avait à la tête une horrible blessure. Toute la pièce témoignait de la fureur sauvage du coup qui l'avait abattu. A côté du cadavre, le lourd tisonnier s'était courbé sous le choc. Holmes l'examina, ainsi que la blessure.

« Ce vieux Randall doit être costaud ? fit-il.

— Oui, dit Hopkins. D'après ce dont je me souviens, il n'a rien d'un client commode !

— Pour le capturer, pas de difficultés en vue ?

— Pas la moindre. Nous l'avions tenu un moment sous surveillance, et nous avions cru qu'il était parti pour l'Amérique. Mais maintenant que nous savons que la bande est par ici, je ne vois pas comment ils pourraient nous échapper. Nous avons alerté déjà tous les ports ; d'ici ce soir une récompense sera offerte. Ce que je n'arrive pas à comprendre, c'est pourquoi ils ont fait cela, sachant fort bien que Lady Brackenstall donnerait leur description et que nous les identifierons à coup sûr.

— Très juste. Il aurait été plus normal qu'ils se fussent débarrassés aussi de Lady Brackenstall.

— Ils ne se sont sans doute pas rendu compte, suggérai-je, qu'elle avait repris connaissance.

— Vraisemblablement. Si elle leur a donné l'impression qu'elle était toujours évanouie, ils l'ont épargnée. Que savez-vous sur ce pauvre diable, Hopkins ? Je me rappelle vaguement qu'il courait d'étranges histoires sur son compte.

— Quand il était sobre il avait bon cœur, mais quand il avait bu c'était un vrai démon. Ou plutôt : quand il était à moitié ivre, car il allait rarement jusqu'au bout de l'ivrognerie. Mais à de pareils moments, il agissait comme s'il avait porté le diable en lui, il était capable de tout. D'après ce que je connais il a bien failli de temps à autre, en dépit de sa fortune et de son titre, nous mettre dans l'obligation de nous occuper de lui. Il y a eu un scandale à propos d'un chien qu'il a inondé d'essence et qu'il a brûlé vif... Le chien de Lady Brackenstall, ce qui n'arrangea rien entre eux ! L'affaire fut étouffée, mais pas sans mal. Une autre fois il a lancé à la tête de Theresa Wright une carafe de vin. Il fallut encore arranger les choses. Entre nous, la maison sera plus vivable maintenant ! Que regardez-vous ? »

Holmes à genoux examinait avec une vive attention les nœuds du cordon rouge avec lequel Lady Brackenstall avait été ligotée. Puis il inspecta soigneusement la rupture à l'endroit où le cambrioleur l'avait arraché.

« Quand il a tiré dessus pour l'arracher, observat-il, la sonnerie de la cuisine a dû faire un beau vacarme.

— Personne ne pouvait l'entendre. La cuisine est tout au fond de la maison.

— Comment le cambrioleur savait-il que personne ne l'entendrait ? Comment a-t-il osé tirer le cordon de sonnette avec autant d'insouciance ?

— Exactement, monsieur Holmes, exactement ! Vous venez de soulever un problème que je me suis posé moi aussi. Il est hors de doute que cet individu était au fait des habitudes d'ici et connaissait la maison. Il devait certainement savoir que les domestiques seraient tous couchés à cette heure relativement peu tardive, et que personne n'entendrait la sonnette dans la cuisine. Donc il a reçu les confidences d'un valet. C'est évident ! Mais il y a ici huit domestiques, tous de confiance.

— Toutes choses étant égales, dit Holmes, le soupçon devrait se porter naturellement sur celle à la tête de qui son maître a lancé un carafon. Et pourtant cette complicité impliquerait une trahison à l'égard d'une maîtresse pour qui elle semble manifester une grande dévotion. Après tout, ce point est peu important. Quand vous aurez mis la main sur Randall, il ne vous sera sans doute pas bien difficile d'arrêter ses complices. Le récit de Lady Brackenstall paraît être confirmé, pour autant qu'il ait besoin de l'être, par tout ce que nous pouvons voir ici... »

Il alla vers la porte-fenêtre et l'ouvrit.

« ... Aucune empreinte par terre, mais le sol glacé est dur comme du fer. Il ne faut donc pas s'en étonner. Je vois que ces bougies sur la cheminée ont été allumées.

— Oui. C'est grâce à celles-ci et à celles de la chambre de Lady Brackenstall que les cambrioleurs ont trouvé leur chemin.

— Et qu'ont-ils emporté ?

— Ma foi, pas grand-chose : une demi-douzaine d'objets de vaisselle dans le buffet. Lady Brackenstall pense qu'ils étaient affolés par la mort de Sir Eustace, ce qui les a empêchés de piller la maison.

— Qu'ils auraient évidemment pillée en toute autre occasion ! Et ils ont bu du vin, je crois ?

— Pour calmer leurs nerfs.

— Bien sûr ! Ces trois verres sur le buffet n'ont pas été touchés, je suppose ?

— Non. Et la bouteille non plus.

— Voyons un peu... Tiens, tiens ! Que veut dire ceci ? »

Les trois verres étaient rassemblés. Ils étaient teintés par le vin. L'un d'eux contenait quelques pellicules comme on en voit dans du vieux porto. La bouteille était placée à côté, pleine aux deux tiers. Le bouchon était long, très coloré. La poussière sur la bouteille et l'aspect de ce vénérable bouchon indiquaient clairement que les assassins ne s'étaient pas contentés d'un vin ordinaire.

L'attitude de Holmes se transforma soudain. Ses yeux éteints se rallumèrent. Il prit le bouchon et l'examina minutieusement.

« Comment l'ont-ils retiré ? » demanda-t-il.

Hopkins désigna un tiroir entrouvert où l'on apercevait du linge de table et un gros tire-bouchon.

« Lady Brackenstall vous a-t-elle dit qu'ils se sont servis du tire-bouchon ?

— Non. Rappelez-vous : elle était évanouie au moment où ils ont débouché la bouteille.

— C'est vrai. En fait, ils ne se sont pas servis de ce tire-bouchon. C'est un tire-bouchon de poche qui a été utilisé, sans doute l'un de ceux qui sont adaptés sur un canif ou un couteau. Il n'avait pas plus de cinq centimètres de long. Si vous examinez le haut du bouchon vous remarquerez que le tire-bouchon a été enfoncé trois fois avant que le bouchon n'ait pu être extrait. Le bouchon n'a pas été transpercé de part en part. Or, ce long tire-bouchon l'aurait transpercé et en une fois il serait venu à bout du bouchon. Quand vous attraperez votre meurtrier, vous constaterez qu'il possède un couteau à multiples usages.

— Bravo ! fit Hopkins.

— Mais ces verres m'intriguent, je l'avoue. Lady Brackenstall a bien vu boire les trois hommes, n'est-ce pas ?

— Oui, elle a été formelle là-dessus.

— Alors n'en parlons plus ! Et pourtant ces verres sont dignes d'intérêt, Hopkins ! Comment, vous ne voyez pas pourquoi ? Bon, bon, passons ! Il se peut après tout qu'un homme qui a quelques connaissances particulières et des facultés non moins particulières incline à chercher midi à quatorze heures... Bien sûr, ce doit être un hasard, ces verres ! Eh bien, au revoir, Hopkins. Je ne vois pas quels services je pourrais vous rendre, puisque l'affaire paraît si claire... Faites-moi savoir quand Randall sera arrêté, et s'il y a des développements imprévus, avertissez-moi. J'espère que je pourrai bientôt vous féliciter de votre succès. Venez, Watson ; sans doute nous occuperons-nous d'une manière plus profitable à Baker Street qu'ici. »

Au cours de notre voyage de retour, je remarquai que Holmes était très intrigué par une observation qu'il avait faite. Au prix d'un effort il parlait de l'affaire comme s'il ne subsistait rien d'obscur, puis des doutes le reprenaient et je voyais son front se plisser, ses yeux se vider de toute expression : son esprit le ramenait au manoir de l'Abbaye, dans la grande salle à manger qui avait été le théâtre du drame de minuit. Enfin, dans une impulsion soudaine, au moment où notre train démarrait d'une gare de banlieue, il bondit sur le quai et m'entraîna derrière lui.

« Excusez-moi, mon cher ami ! s'écria-t-il pendant que nous regardions les derniers wagons du convoi disparaître dans un virage. Je suis désolé de faire de vous une victime de ce qui peut vous sembler un simple caprice. Mais sur mon âme, Watson, je vous jure qu'il m'est impossible d'abandonner une affaire dans ces conditions. Tous mes instincts s'accordent pour protester. Tout est faux ! Oui, tout est faux... J'en ferais le serment : il y a tromperie ! Et pourtant l'histoire de Lady Brackenstall était sans failles, sa confirmation par la femme de chambre suffisante, tout était presque exact. Qu'ai-je à opposer à cela ? Trois verres de vin, un point c'est tout. Mais si je n'avais pas considéré les choses comme sûres et certaines, si j'avais procédé à mes examens avec le soin que j'aurais déployé si nous avions abordé l'affaire l'esprit libre, sans histoires toutes faites pour me brouiller la cervelle, n'aurais-je pas alors découvert une piste sur laquelle nous aurions pu galoper ? Bien sûr que si ! Asseyons-nous sur ce banc, Watson, jusqu'à l'arrivée d'un train pour Chislehurst, et permettez-moi de vous énumérer les faits d'évidence... A une condition pourtant : chassez de votre esprit l'idée que les récits de la maîtresse et de la femme de chambre sont forcément véridiques. La charmante personnalité de Lady Brackenstall ne doit pas porter atteinte à notre jugement.

« Il y a des détails dans son histoire qui, si nous y réfléchissions de sang-froid, éveilleraient nos soupçons. L'autre semaine ces cambrioleurs à Sydenham firent beaucoup de tapage. On a parlé d'eux dans les journaux, on a communiqué leur signalement. Naturellement si quelqu'un voulait inventer une histoire, ils étaient tout indiqués pour jouer le rôle de cambrioleurs. Mais en règle générale les cambrioleurs qui ont réussi un joli coup sont trop heureux d'en profiter en paix et ne s'embarquent pas de sitôt dans une deuxième aventure périlleuse. D'autre part les voleurs opèrent plus tard. Par ailleurs des cambrioleurs se garderaient bien de frapper une femme pour l'empêcher de crier, car ils savent que c'est au contraire le meilleur moyen de lui arracher des cris. Ajoutez à cela qu'ils ne tuent pas lorsqu'ils sont suffisamment nombreux pour maîtriser un homme. Également ils n'ont pas l'habitude de se contenter d'un maigre butin quand ils n'ont que l'embarras du choix pour piller. Enfin, je soutiens que des gaillards pareils n'abandonnent jamais une bouteille avant de l'avoir vidée complètement. Que pensez-vous de ces anomalies, Watson ?

— Leur effet cumulatif est évidemment considérable. Toutefois chacune prise à part est tout à fait plausible. Il me semble que la plus forte anomalie est que Lady Brackenstall ait été ligotée sur le fauteuil.

— Je ne suis pas sûr que ce soit une chose extraordinaire, Watson, car de deux choses l'une : ou bien ils devaient la tuer, ou bien ils devaient l'attacher solidement afin qu'elle ne donnât pas l'alarme trop tôt après leur départ. Mais de toute façon n'ai-je pas montré que l'histoire de Lady Brackenstall comportait un certain élément d'improbabilité ? Or, voici que pour comble apparaît ce détail des verres de vin.

— Eh bien quoi ! Ces verres de vin...

— Les revoyez-vous avec les yeux de la mémoire ?

— Très distinctement.

— On nous a dit que les trois hommes avaient bu chacun dans son verre. Trouvez-vous cela vraisemblable ?

— Pourquoi pas ? Il restait encore quelques gouttes de vin dans chaque verre.

— Oui. Mais il n'y avait de pellicules de porto que dans un seul des verres. Vous l'avez remarqué. Qu'est-ce que ce détail vous suggère ?

— Le verre qui a été rempli le dernier peut fort bien avoir reçu des pellicules, et pas les deux premiers.

— Non. La bouteille était pleine de pellicules. Il est donc inconcevable que les deux premiers verres en aient été exempts et le troisième abondamment pourvu. Il y a deux explications possibles, et deux seulement. La première est que, une fois le deuxième verre servi, la bouteille a été violemment secouée si bien que le troisième a reçu des pellicules. Explication qui paraît douteuse... Non, non ! Je suis sûr que j'ai raison.

— Que supposez-vous, alors ?

— Que deux verres seulement ont été utilisés et que les fonds de ces deux verres ont été versés dans un troisième pour donner l'impression mensongère que trois personnes étaient là. Dans ce cas, toutes les pellicules seraient tombées dans le dernier verre, n'est-ce pas ? Oui, je suis persuadé que les choses se sont passées ainsi ! Mais si mon explication de cet insignifiant phénomène est juste, du coup l'affaire cesse d'être banale, et elle devient très intéressante, puisqu'il ressortirait que Lady Brackenstall et sa femme de chambre ont menti dans leurs dépositions, qu'il n'y a pas un mot de vrai dans ce qu'elles nous ont dit, et qu'elles ont une raison majeure pour protéger le criminel réel, donc que nous devons reconsidérer l'affaire sans leur aide. Et pour cette mission qui nous attend, Watson, voilà le train de Chislehurst. »

Notre retour surprit considérablement le manoir de l'Abbaye. Stanley Hopkins était parti pour faire son rapport à Scotland Yard. Sherlock Holmes prit donc possession de la salle à manger, s'enferma à l'intérieur, et consacra deux bonnes heures à l'une de ces investigations patientes et minutieuses sur lesquelles il étayait ensuite ses brillants édifices déductifs. Assis dans un coin comme un étudiant qui observe avec intérêt la démonstration de son professeur, je suivis pas à pas cette recherche passionnante. La porte-fenêtre, les rideaux, le tapis, le fauteuil, le cordon, tout fut inspecté tour à tour. Le corps de l'infortuné Sir Eustace avait été retiré ; à cette seule exception près les choses étaient restées telles que nous les avions vues le matin. Puis, à ma stupéfaction, Holmes grimpa sur le dessus de la cheminée. Au-dessus de sa tête pendaient quelques centimètres du cordon rouge qui était demeuré attaché au fil de la sonnette. Pendant un long moment il le contempla. Puis il voulut s'en approcher davantage et il posa son genou sur une console en bois accrochée au mur. Sa main parvint tout près du bout du cordon. Mais ce fut sur la console que son attention se porta surtout. Finalement il sauta à terre et poussa une exclamation de satisfaction.

« Tout va bien, Watson ! L'affaire est dans le sac. Une affaire qui comptera parmi les plus intéressantes de notre collection. Mais mon Dieu, comme j'ai eu l'esprit lent ! Et comme j'ai été près de commettre la gaffe de ma vie ! Maintenant je crois qu'avec quelques maillons qui me manquent encore ma chaîne sera complète.

— Vous avez vos hommes ?

— Mon homme, Watson. Un seul homme. Mais

formidable ! Fort comme un lion : regardez plutôt
comment d'un coup il a plié le tisonnier ! Il mesure
un mètre quatre-vingt-dix, il est agile comme un
écureuil, il est habile de ses doigts. En outre il a
l'esprit remarquablement vif, car c'est lui l'auteur de
toute cette ingénieuse histoire. Oui, Watson, nous
sommes tombés sur un individu de grande classe. Et
cependant, dans ce cordon de sonnette, il nous a
donné l'indice qui devait lever tous nos doutes.

— Où, l'indice ?

— Voyons, Watson, si vous arrachiez un cordon de
sonnette, où la cassure se produirait-elle naturellement ? A l'endroit où le cordon est attaché au fil.
Pourquoi celui-ci s'est-il cassé à une dizaine de centimètres plus bas ?

— Parce qu'il était abîmé là ?

— Exactement. Ce bout de cordon sur le fauteuil,
que nous pouvons examiner, est abîmé, effiloché.
L'homme a été assez astucieux pour le taillader avec
son couteau. Mais l'autre bout près du fil n'est pas
abîmé. Vous ne pouvez pas le voir d'où vous êtes,
mais si vous montiez sur la cheminée vous vous
apercevriez qu'il est coupé net sans aucune trace
d'effilochage. Reconstituons ce qui est arrivé.
L'homme avait besoin du cordon. Il ne voulait pas
l'arracher brutalement par peur d'alerter les domestiques en déclenchant la sonnerie. Qu'a-t-il fait ? Il est
grimpé sur la cheminée, il n'a pas pu atteindre tout
à fait le bout du cordon, il a posé son genou sur la
console... La trace en est restée imprimée dans la
poussière... Et il a sorti son canif pour taillader le
cordon. Comme il s'en faut de dix centimètres que
j'aie pu atteindre ce bout, j'en déduis qu'il mesure au
moins dix centimètres de plus que moi. Regardez
cette marque sur le siège de ce fauteuil en chêne !
Qu'est-ce ?

— Du sang.

— Bon, du sang. Ceci seul détruit toute la version
de Lady Brackenstall. Si elle était assise sur le
fauteuil quand le crime a été commis, comment cette
trace de sang serait-elle venue ? Non, non ! Elle a été

placée sur le fauteuil après la mort de son mari. Je parierais que la robe de dîner porte une marque correspondante ! Nous n'en sommes pas encore à la victoire totale, Watson, mais voici notre Marengo, qui commença par une défaite et se termina par un succès. J'aimerais bien dire deux mots à cette Theresa. Mais il nous faudra être circonspects si nous voulons obtenir les dernières informations qui nous manquent. »

Cette sévère gouvernante australienne était une personnalité très intéressante. Taciturne, méfiante, désagréable, elle mit du temps à se dégeler devant les manières aimables de Holmes et la disposition qu'il affichait à la croire sur parole. Enfin elle se départit de sa réserve. Elle n'essaya nullement de dissimuler la haine qu'elle portait à feu Sir Eustace.

« Oui, monsieur, c'est vrai l'histoire de la carafe qu'il m'a lancée à la tête. Je l'avais entendu insulter ma maîtresse et je lui avais dit qu'il ne lui parlerait pas sur ce ton si le frère de madame était présent. Il aurait bien pu me jeter une douzaine de carafes à la tête pourvu qu'il laisse en paix mon pauvre petit oiseau. Il était parti pour la maltraiter toute sa vie, et elle, monsieur, était bien trop fière pour se plaindre. A moi-même elle ne racontait pas tout ce qu'il lui faisait. Elle ne m'avait jamais parlé de ces marques sur le bras que vous avez vues ce matin. Mais je peux bien vous certifier d'où elles viennent : d'un coup d'épingle à chapeau ! Ce maudit démon sournois... Que le Ciel me pardonne de ne pas tenir ma langue puisqu'il est mort !... Mais c'était un vrai démon, Satan en personne ! Quand nous l'avons connu, il était tout miel. Cela remonte à dix-huit mois. Il nous avait à toutes deux donné l'impression qu'il était un gamin de dix-huit ans. Elle venait d'arriver à Londres. Oui, c'était son premier voyage : elle n'avait jamais quitté sa maison auparavant. Il l'a conquise avec son titre, son argent, ses hypocrites manières londoniennes. Si elle s'est trompée, elle a payé ! A quel mois nous avons fait sa connaissance ? Eh bien, juste après notre arrivée. Nous sommes arrivées en juin, ils se sont rencontrés en juillet, et les noces ont été célébrées en janvier de l'an dernier. Oui, elle est redescendue dans son petit salon, et elle vous recevra bien volontiers, mais ne lui en demandez pas trop car elle a supporté tout ce que la chair et le sang peuvent supporter. »

Lady Brackenstall reposait sur le même canapé, mais elle avait meilleure mine que le matin. La femme de chambre était entrée avec nous, et elle recommença à soigner la plaie qui ornait toujours le front de sa maîtresse.

« J'espère, dit Lady Brackenstall, que vous n'êtes pas revenus pour m'interroger encore ?

— Non, répondit Holmes de sa voix la plus douce. Je ne vous causerai pas de soucis inutiles, Lady Brackenstall. Je ne désire qu'une chose : tout vous faciliter car je suis convaincu que vous avez été très éprouvée. Si vous consentez à me traiter en ami et à vous fier à moi, vous constaterez que je justifierai cette confiance.

— Que voulez-vous que je fasse ?

— Me dire la vérité.

— Monsieur Holmes !

— Non, Lady Brackenstall. Ce n'est pas la peine ! Peut-être avez-vous entendu parler de ma petite réputation. Je la joue tout entière sur le fait que votre histoire est entièrement inventée. »

La maîtresse et la femme de chambre fixèrent Holmes avec des yeux épouvantés.

« Vous êtes un effronté ! cria Theresa. Voulez-vous dire que ma maîtresse a menti ? »

Holmes se leva.

« Vous n'avez rien à me dire ?

— Je vous ai tout dit.

— Réfléchissez, Lady Brackenstall ! Ne vaudrait-il pas mieux être sincère ? »

Un instant, l'hésitation se lut sur le beau visage pâli. Mais une force nouvelle lui imposa de reprendre son masque.

« Je vous ai dit tout ce que je savais. »

Holmes prit son chapeau et haussa les épaules.

« Je regrette ! » fit-il.

Sans ajouter un mot nous quittâmes le salon et le manoir. Il y avait dans le parc un étang, et mon ami se dirigea par là. L'étang était gelé, mais il y avait un trou dans la glace pour les ébats d'un cygne solitaire. Holmes le contempla, puis nous passâmes la grille. Chez la concierge il écrivit pour Stanley Hopkins une courte lettre, qu'il laissa dans la loge.

« Peut-être le coup est-il réussi, peut-être est-il manqué, mais nous sommes obligés de faire quelque chose pour l'ami Hopkins, ne serait-ce que pour justifier notre deuxième visite, dit Holmes. Je ne le mets pas tout à fait dans la confidence. Je pense que notre prochain théâtre d'opérations doit être le bureau de la ligne maritime Adelaïde-Southampton, qui se trouve, je crois, au bout de Pall Mall. Il existe une deuxième ligne de paquebots, mais nous allons d'abord nous adresser à la plus importante. »

Holmes fit passer sa carte au directeur qui se montra fort complaisant et qui nous fournit rapidement les renseignements dont nous avions besoin. En juin 1895, un seul navire de la ligne avait atteint un port anglais. En se référant à la liste des passagers il nous apprit que Mlle Fraser, d'Adélaïde, avait fait avec sa femme de chambre la traversée à son bord. Le bateau voguait à présent vers l'Australie, il devait se trouver quelque part au sud du canal de Suez. Ses officiers étaient les mêmes qu'en 1895, à l'exception d'un seul. Le premier officier, M. Jack Croker, avait été nommé capitaine et devait assumer le commandement d'un nouveau navire, le *Bass Rock*, qui devait quitter Southampton le surlendemain. Il habitait à Sydenham, mais il passerait certainement bientôt pour prendre des ordres. Si nous désirions lui parler, nous pouvions l'attendre.

Non. M. Holmes ne désirait pas le voir. Mais il serait heureux de connaître ses états de service et son caractère.

Ses états de service étaient splendides. Il n'y avait pas un officier de la marine marchande pour rivaliser avec lui. Quant au caractère, il était parfait en mer ;

mais à terre violent, risque-tout, bouillant, irascible ;
et cependant loyal, honnête, bon.

Nanti de ces renseignements, Holmes quitta le
bureau de la ligne Adelaïde-Southampton. Il héla un
fiacre et donna l'adresse de Scotland Yard. Mais au
lieu d'entrer, il demeura assis dans la voiture, les
sourcils froncés, méditatif. Finalement il donna au
cocher l'ordre de nous déposer au bureau de poste
de Charing Cross, expédia un message, et nous
rentrâmes à Baker Street.

« Non, Watson, je n'ai pas pu le faire ! me dit-il dès
que nous fûmes de retour chez nous. Si un mandat
était lancé, rien sur la terre ne pourrait plus le sauver.
Une ou deux fois déjà dans ma carrière j'ai senti que
j'avais commis plus de mal véritable en découvrant
le criminel, qu'il n'en avait fait, lui, par son crime.
J'ai donc appris la prudence et je préfère jouer des
tours à la loi anglaise plutôt qu'à ma propre
conscience. Avant d'agir, attendons d'en savoir un
peu plus. »

La journée n'était pas terminée que nous reçûmes
la visite de l'inspecteur Stanley Hopkins. Il avait
l'air déprimé.

« Vous êtes un sorcier, monsieur Holmes. Parfois
je crois que vous possédez des facultés supra-
humaines. Comment diable avez-vous su que l'argenterie volée se trouvait au fond de l'étang ?

— Je ne le savais pas.

— Mais vous m'avez dit de le draguer.

— Alors vous l'avez trouvée ?

— Oui, je l'ai trouvée.

— Je suis très heureux de vous avoir aidé.

— Mais vous ne m'avez pas aidé ! Vous avez rendu
toute l'affaire infiniment plus compliquée. Quels sont
ces cambrioleurs qui volent de l'argenterie et puis qui
vont la jeter au fond de l'étang le plus proche ?

— C'est en effet un comportement assez excentrique ! Je m'étais abandonné à l'idée que l'argenterie
avait été prise par des gens qui n'en avaient pas
besoin, qui simplement l'avaient volée pour simuler

un cambriolage, et qui naturellement désiraient s'en débarrasser.

— Mais pourquoi une telle idée vous est-elle venue à l'esprit ?

— Ma foi, j'ai pensé qu'elle n'était pas impossible. Quand ils sont sortis par la porte-fenêtre ils ont vu l'étang, avec un petit trou tentant dans la glace juste sous leur nez. Pouvait-il y avoir une meilleure cachette ?

— Ah ! une cachette ?... Voilà mieux ! s'écria Hopkins. Oui, je comprends tout, à présent. Il était de bonne heure, il y avait encore du monde sur les routes, ils ont eu peur d'être repérés avec cette argenterie, et ils l'ont jetée dans l'étang avec l'idée d'y revenir quand le coin ne serait plus surveillé. Bravo, monsieur Holmes ! C'est mieux que votre idée d'une feinte.

— N'est-ce pas ? Voilà une théorie admirable. Les miennes étaient plutôt erronées, mais enfin elles vous ont permis de découvrir l'argenterie.

— Oui, monsieur, oui ! C'est vous qui avez tout fait. Mais j'ai un coup dur.

— Un coup dur ?

— Oui, monsieur Holmes. Le gang des Randall a été arrêté ce matin... à New York !

— Mon Dieu, Hopkins ! Cet événement s'accorde mal avec votre thèse selon laquelle ils ont commis un assassinat dans le Kent la nuit dernière.

— C'est terrible, monsieur Holmes ! Terriblement décisif ! Heureusement il y a d'autres gangs à trois que les Randall ; et il s'en est peut-être constitué un que la police ne connaît pas.

— Bien sûr ! C'est tout à fait possible. Comment, vous partez ?

— Oui, monsieur Holmes. Il n'y aura pas de repos pour moi tant que je n'aurai pas découvert le fin mot de l'affaire. Je suppose que vous n'avez pas de tuyau à me donner ?

— Je vous en ai donné un.

— Lequel ?

— Je vous ai suggéré une feinte.

— Mais pourquoi, monsieur Holmes, pourquoi ?

— Ah ! c'est toute la question, évidemment ! Mais je vous recommande cette suggestion. Peut-être finirez-vous par trouver qu'elle n'est pas si oiseuse qu'elle en a l'air. Vous ne restez pas dîner ? Eh bien, bonsoir ! Tenez-nous au courant. »

Nous avions fini de dîner et la table était desservie avant que Holmes ne fît une nouvelle allusion à l'affaire. Il avait allumé sa pipe, et il avait allongé ses jambes près du feu. Soudain il regarda sa montre.

« J'attends les suites, Watson.

— Pour quand ?

— Pour maintenant. Dans quelques minutes. Dites, vous trouvez que j'ai mal agi vis-à-vis de Stanley Hopkins ?

— Je me fie à votre jugement.

— Réponse très sensée, Watson ! Considérez les choses sous cet angle : ce que je sais n'est pas officiel ; ce qu'il sait est officiel. J'ai le droit d'avoir un jugement personnel, privé. Lui, non. Il faut qu'il rapporte tout, sinon il trahit son mandat. Dans un cas douteux je ne l'aurais pas placé dans une situation aussi pénible. Je réserve mes informations jusqu'à ce que toute l'affaire soit bien éclaircie dans mon esprit.

— Mais quand sera-ce ?

— Maintenant. Vous allez assister à la dernière scène de ce petit drame remarquable. »

Des pas résonnèrent dans notre escalier, et notre porte livra passage à l'un des plus beaux types d'homme qui l'ait jamais franchie. Il était jeune, grand, blond avec des moustaches dorées, il avait les yeux bleus et une peau brûlée par le soleil des tropiques, son pas élastique montrait qu'il était aussi leste que fort. Il referma la porte derrière lui, puis se tint debout les mains crispées, haletant, en proie à une émotion bouleversante.

« Asseyez-vous, capitaine Croker. Vous avez reçu mon télégramme ? »

Notre visiteur sombra dans un fauteuil et nous regarda alternativement avec des yeux interrogatifs.

« J'ai reçu votre télégramme et je suis venu à votre

heure. J'ai appris que vous étiez passé au bureau. Il n'y a pas moyen de vous échapper. Je suis prêt à entendre le pire. Qu'allez-vous faire de moi ? M'arrêter ? Parlez, monsieur ! Vous n'allez pas jouer avec moi comme un chat avec une souris !

— Donnez-lui un cigare, me dit Holmes. Mordez ça, capitaine Croker, et ne vous laissez pas entraîner par vos nerfs. Je ne resterais pas assis avec vous, je ne fumerais pas un cigare avec vous si je pensais que vous étiez un vulgaire criminel, croyez-moi ! Soyez sincère, et nous pourrons vous faire du bien. Rusez avec moi, et je vous réduirai en miettes !

— Que me voulez-vous ?

— Je voudrais que vous me donniez une version vraie de tout ce qui s'est passé au manoir de l'Abbaye la nuit dernière. Une version vraie, s'il vous plaît ! Sans rien ajouter et sans rien retrancher. J'en connais déjà suffisamment pour que, si vous vous écartez d'un pouce de la ligne droite, j'appelle la police par ce sifflet à travers la fenêtre et votre affaire cessera pour toujours de dépendre de moi seul. »

Le marin réfléchit un instant. Puis il se frappa la jambe de sa grande main hâlée.

« Je joue cette chance ! s'écria-t-il. Je crois que vous êtes un homme d'honneur, un homme propre, et je vous dirai toute l'histoire. Mais d'abord ceci. En ce qui me concerne je ne regrette rien, je ne crains rien, je le referais si c'était à refaire, et j'en serais fier. Mais c'est Mary... Mary Fraser, car jamais je ne l'appellerai de cet autre nom maudit. L'idée de lui créer des ennuis, à moi qui donnerais ma vie pour amener un sourire sur son doux visage, voilà ce qui me rend fou. Et pourtant... Et pourtant, pouvais-je agir autrement ? Je vais vous dire mon histoire, messieurs, et puis je vous demanderai, d'homme à homme, si je pouvais agir autrement.

« Il faut que je revienne un peu en arrière. Vous paraissez tout savoir. Je pense donc que vous n'ignorez pas que je l'ai rencontrée pour la première fois à bord du *Rock of Gibraltar* ; elle y était passagère et moi officier en premier. Depuis le jour où je l'ai vue, elle est devenue la femme de ma vie. Et chaque jour au long de cette traversée je l'ai aimée davantage. Bien des fois il m'est arrivé de m'agenouiller dans l'obscurité pendant un quart de nuit et de baiser le pont du bateau parce que ses pas l'avaient foulé. Nous n'avons échangé aucune promesse. Elle m'a traité aussi honnêtement que jamais femme traita un homme épris. Je n'ai pas à me plaindre. De mon côté c'était l'amour, rien que l'amour. Du sien c'était de l'amitié, de la bonne camaraderie. Quand le voyage prit fin, elle était demeurée une femme libre, mais moi je ne pouvais plus jamais être un homme libre.

« Quand je revins d'un deuxième voyage, j'appris son mariage. Mais pourquoi n'aurait-elle pas épousé celui qui lui plaisait ? Un titre de noblesse, de l'argent, quelle femme en était plus digne ? Elle était née pour tout ce qui est beau et délicat. Je ne me lamentai pas sur son mariage. Je n'étais pas égoïste. Je me suis réjoui de ce qu'elle avait trouvé le bonheur, et mieux qu'un marin sans le sou. Voilà comment j'aimais Mary Fraser.

« Eh bien, je croyais ne plus jamais la revoir ! Mais après le dernier voyage, j'ai été promu capitaine, le nouveau bateau n'était pas encore lancé, j'avais deux mois à attendre en famille à Sydenham. Un jour, en me promenant dans la campagne, je suis tombé sur Theresa Wright, sa vieille gouvernante. Elle m'a parlé d'elle, de lui, de tout. Je vous le jure, messieurs, j'ai failli en devenir enragé. Ce chien, qui se permettait de lever la main sur elle alors qu'il n'était pas digne de lacer ses chaussures ? J'ai revu Theresa. Puis j'ai revu Mary. Je l'ai vue et revue... Jusqu'au jour où elle n'a plus voulu me revoir. Mais comme j'avais reçu une note m'avisant que je devrais embarquer dans huit jours, alors j'ai décidé de la revoir une fois encore avant de partir. Theresa avait toujours été bien disposée à mon égard, car elle aimait Mary et haïssait presque autant que moi son bandit de mari. Elle m'a indiqué comment entrer dans le manoir. Mary avait l'habitude de lire tard dans son petit salon au rez-de-chaussée. Cette nuit-là j'ai rampé jusque-là et j'ai gratté à la fenêtre. D'abord elle n'a pas voulu m'ouvrir ; mais je connais à présent son cœur : elle m'aime, elle n'aurait pas voulu m'abandonner à cette nuit glaciale. Elle m'a chuchoté de faire le tour et d'aller devant la porte-fenêtre, que j'ai trouvée ouverte : j'ai pu me glisser dans la salle à manger. A nouveau j'ai entendu de sa bouche des choses qui m'ont mis le sang en ébullition, et j'ai encore une fois maudit la brute qui maltraitait la femme que j'aimais. Eh bien, messieurs, j'étais debout près d'elle dans l'embrasure de la porte-fenêtre, en toute honnêteté, j'en prends Dieu à témoin, quand tout à coup il s'est précipité dans la pièce, l'a traitée des noms les plus grossiers, et il l'a frappée à la tête d'un coup du gourdin qu'il tenait à la main. J'ai bondi sur le tisonnier. Le combat entre nous était égal. Regardez mon bras : voilà où est tombé son premier coup. Ensuite ç'a été mon tour : j'y suis allé de bon cœur, comme si j'avais tapé sur une citrouille. Vous croyez peut-être que j'en ai eu du remords ? Oh ! non ! C'était ou sa vie, ou la mienne. Et mieux encore : c'était ou sa vie, à lui, ou sa vie, à elle. Car comment aurais-je pu la laisser au pouvoir de ce furieux ? Donc je l'ai tué. Avais-je tort ? Ma foi, messieurs, qu'auriez-vous fait à ma place ?

« Elle avait crié quand il l'avait frappée. La vieille Theresa aussitôt était accourue. Il y avait une bouteille de vin sur le buffet. Je l'ai débouchée et j'en ai versé quelques gouttes entre les lèvres de Mary, car elle était à demi morte d'émotion. Puis j'en ai bu aussi un peu. Theresa avait gardé tout son sang-froid : elle a monté la comédie autant que moi. Nous devions faire croire que c'étaient des cambrioleurs qui avaient tué le mari. Theresa répétait sans se lasser sa leçon à sa maîtresse, tandis que je grimpais pour couper le cordon de sonnette. Puis je l'ai ligotée au fauteuil, j'ai tailladé l'extrémité du cordon pour ajouter à la vraisemblance ; sinon, on se serait demandé comment un cambrioleur aurait pu grimper pour le couper. J'ai pris quelques pièces d'argenterie afin de confirmer la thèse d'un vol, et je les ai laissées en leur disant de ne donner l'alarme qu'un quart d'heure après mon départ. J'ai jeté l'argenterie dans l'étang et je suis rentré à Sydenham avec l'impression que pour une fois dans ma vie j'avais fait quelque chose de bien. Voilà la vérité, toute la vérité, monsieur Holmes. Tant pis si elle me coûte la tête ! »

Holmes continua à fumer quelques instants en silence. Puis il traversa la pièce pour aller serrer la main de notre visiteur.

« C'est exactement ce que je pensais, dit-il. Je sais que vous m'avez dit la vérité. Personne en dehors d'un acrobate ou d'un marin n'aurait pu attraper ce cordon de sonnette en prenant appui sur la console, et seul un marin était capable de faire les nœuds qui attachaient le cordon au fauteuil. Or, Lady Bracken-stall n'avait approché des marins qu'une fois, pendant sa traversée. Et il s'agissait bien de quelqu'un qui socialement était son égal puisqu'elle tentait si fort de le protéger, montrant par là qu'elle l'aimait. Vous voyez comme cela me fut facile de remonter jusqu'à vous, une fois que je fus lancé sur la bonne piste.

— Je croyais que la police ne devinerait jamais notre truc !

— La police ne l'a pas deviné. Et je crois qu'elle ne le devinera jamais. Maintenant, attention, capitaine Croker ! Il s'agit d'une affaire grave, très grave. Certes, j'admets que vous ayez agi sous l'effet de la pire des provocations qu'un homme puisse supporter. Je ne suis pas sûr que votre acte, qui a été commis en état de légitime défense, ne soit pas justifiable. Toutefois c'est à un jury anglais d'en décider. En attendant j'éprouve pour vous une sympathie si vive que si vous décidiez de disparaître dans les prochaines vingt-quatre heures, je vous promets que personne ne vous donnera la chasse.

— Et après, tout sortira ?

— Certainement. »

Le marin rougit de colère.

« Est-ce une sorte de marché à proposer à un homme ? Je connais suffisamment la loi pour comprendre que Mary serait accusée de complicité. Croyez-vous que je la laisserais seule affronter la musique pendant que je courrais me mettre à l'abri ? Non, monsieur ! Qu'on fasse de moi ce qu'on voudra, mais, monsieur Holmes, pour l'amour de Dieu, trouvez un moyen de tenir ma pauvre Mary à l'écart ! »

Pour la deuxième fois Holmes tendit sa main au marin.

« Je voulais seulement vous mettre à l'épreuve. A chaque coup vous résonnez clair ! Eh bien, c'est une grande responsabilité que je prends, mais j'ai donné à Hopkins un excellent tuyau. S'il n'est pas capable de s'en servir, tant pis ! Écoutez-moi, capitaine Croker : nous allons régler ceci avec les apparences de la loi. Vous êtes prisonnier. Watson, vous serez le jury anglais : je ne connais personne plus digne d'en représenter un. Je suis le magistrat. Messieurs les jurés, vous avez entendu les dépositions. Considérez-vous le prisonnier coupable ou non coupable ?

— Non coupable, monsieur le président ! répondis-je.

— *Vox populi, vox Dei*. Vous êtes acquitté, capitaine Croker. Tant que la loi n'aura pas trouvé une autre victime, je vous laisse en liberté. Dans un an revenez vers cette dame. Puissent son avenir et le vôtre justifier le jugement que nous avons prononcé cette nuit ! »

## CHAPITRE XIII

## LA DEUXIÈME TACHE

J'avais d'abord pensé que *L'Aventure du manoir de l'Abbaye* serait le dernier récit consacré aux exploits de mon ami M. Sherlock Holmes. Cette résolution ne m'avait pas été inspirée par un manque de matériel : je possède en effet des notes sur plusieurs centaines d'affaires auxquelles je n'ai jamais fait allusion. Je ne l'avais pas prise non plus parce que j'aurais noté de la part du public un affaiblissement de l'intérêt qu'il avait accordé à la singulière personnalité et aux méthodes extraordinaires de cet homme remarquable. Mais M. Holmes manifestait de la répugnance à l'égard d'une publication prolongée de ses expériences. Tant qu'il exerçait, la publicité faite autour de ses succès revêtait pour lui une valeur pratique. Depuis qu'il s'est définitivement retiré, et qu'il se consacre à la science et à l'apiculture, il a pris sa renommée en grippe, et il m'a sommé de ne pas contrarier son désir de silence. Il a fallu que je lui représente que *La Deuxième Tache* ne serait éditée que lorsque les temps seraient propices, et que je lui démontre à quel point la plus importante affaire internationale qu'il ait jamais prise en main serait une conclusion appropriée à cette longue suite d'épisodes. J'ai réussi à arracher son consentement, sous réserve des précautions habituelles. Si par conséquent certains détails de ce récit demeurent un tant soit peu dans le vague, que le lecteur m'excuse : il comprendra vite que ma réserve est dictée par d'excellentes raisons.

Ceci se passait donc dans une année, et même dans une décennie que je ne préciserai pas. Un mardi matin d'automne, deux visiteurs de réputation européenne se présentèrent dans notre modeste appartement de Baker Street. L'un, austère, au profil altier, avec des yeux d'aigle dominateurs, n'était autre que Lord Bellinger, deux fois premier ministre de Grande-Bretagne. Le deuxième, brun, imberbe, élégant, ayant à peine dépassé la quarantaine, doté de toutes les grâces de l'esprit et du corps, était le Très Honorable Trelawney Hope, secrétaire aux Affaires européennes, et le plus prometteur des jeunes hommes d'État anglais. Ils s'assirent côte à côte sur notre canapé encombré de papiers. D'après leurs visages tourmentés, il ne nous fut pas difficile de conjecturer que c'était une affaire de la plus haute importance qui les amenait. Les doigts minces, fins, veinés de bleu du premier ministre se crispaient sur le manche d'ivoire de son parapluie, tandis que sa figure décharnée, ascétique, se tournait lugubrement de Holmes à moi. Le secrétaire aux Affaires européennes tirait nerveusement sur sa moustache ou jouait avec les breloques de sa chaîne de montre.

« Quand j'ai découvert cette perte, monsieur Holmes, disait-il, c'est-à-dire à huit heures ce matin, j'ai aussitôt informé le premier ministre. Il a suggéré que nous allions ensemble vous voir.

— Avez-vous mis la police au courant ?

— Non, monsieur ! répondit le premier ministre sur le ton vif, incisif qu'il avait rendu célèbre. Nous ne l'avons pas fait, et il n'est pas possible que nous le fassions. Mettre la police au courant, c'est, finalement, mettre le public au courant. Voilà justement ce que nous souhaitons particulièrement éviter.

— Et pourquoi, monsieur ?

— Parce que le document en question est d'une importance si considérable que sa publication provoquerait sans doute, et même probablement, des complications européennes très sérieuses. Il n'est pas excessif de dire que la paix ou la guerre en dépendent. Si on ne le retrouve pas dans le plus grand secret, alors peu importe qu'il soit récupéré : car le but de ceux qui l'ont dérobé est de le faire connaître, de le publier.

— Je comprends. Maintenant, monsieur Trelawney Hope, je vous serais très obligé si vous vouliez me dire exactement dans quelles conditions ce document a disparu.

— Peu de mots suffiront, monsieur Holmes. La lettre (car il s'agit d'une lettre d'un souverain étranger) a été reçue voici six jours. Elle était si importante que je ne la laissais pas la nuit dans le coffre de mon bureau, mais que chaque soir je l'emportais avec moi à mon domicile, à Whitehall Terrace, où je la déposais dans ma chambre, dans un coffret fermé à clef. Elle était là la nuit dernière. De cela je suis sûr. Pendant que je m'habillais pour le dîner, j'ai ouvert le coffret et j'ai vu la lettre à l'intérieur. Ce matin elle n'y était plus. Or, toute la nuit le coffret est resté à côté de la glace sur la coiffeuse de ma chambre. J'ai le sommeil léger ; ma femme aussi. Tous deux nous pourrions jurer que personne n'est entré. Et pourtant la lettre a disparu, je vous le répète.

— A quelle heure avez-vous dîné ?

— A sept heures et demie.

— Combien de temps après êtes-vous monté vous reposer ?

— Ma femme était allée au théâtre. Je l'ai attendue. Il était onze heures et demie quand nous sommes montés dans notre chambre.

— Donc pendant quatre heures le coffret est demeuré sans surveillance ?

— Personne n'est autorisé à pénétrer dans notre chambre, sauf la domestique qui nettoie le matin, et mon valet de chambre ou la femme de chambre de ma femme dans le courant de la journée. Ce sont tous des domestiques de confiance qui sont depuis longtemps à notre service. En outre, ils ne pouvaient pas supposer que dans mon coffret il y avait quelque chose d'une valeur plus grande que les papiers ordinaires de mon département.

— Qui connaissait l'existence de cette lettre ?

— Personne chez moi.

— Votre femme, certainement, le savait ?

— Non, monsieur. Je n'avais rien dit à ma femme avant d'avoir découvert ce matin que le papier manquait. »

Le premier ministre approuva d'un signe de tête.

« Je connais depuis longtemps, monsieur, votre sens élevé du devoir. Je suis convaincu que dans le cas d'un secret pareil, votre dévouement aux affaires publiques s'est haussé au-dessus des liens les plus intimes. »

Le secrétaire aux Affaires européennes s'inclina.

« Vous ne faites que me rendre justice, monsieur.

Avant ce matin je n'avais pas soufflé mot de l'affaire à ma femme.

— N'aurait-elle pas pu deviner ?

— Non, monsieur Holmes, elle n'aurait pas pu deviner... Personne n'aurait pu deviner !

— Aviez-vous auparavant perdu un document quelconque ?

— Non, monsieur.

— Qui en Angleterre connaissait l'existence de cette lettre ?

— Tous les membres du cabinet en ont été informés hier. Mais la garantie du secret qui entoure les délibérations du cabinet s'est trouvée renforcée par le solennel avertissement qu'a donné le premier ministre. Mon Dieu, quand je pense que quelques heures plus tard je l'avais perdue moi-même ! »

Un spasme de désespoir contracta son fier visage, et il porta une main crispée à ses cheveux. Pendant un moment nous distinguâmes l'homme au naturel : impulsif, ardent, profondément sensible. Mais le masque aristocratique retomba bientôt, et la voix rassérénée reprit :

« En dehors des membres du cabinet, il y a deux fonctionnaires de mon département, peut-être trois, qui connaissent l'existence de la lettre. Personne d'autre en Angleterre, monsieur Holmes, je vous l'affirme !

— Mais à l'étranger ?

— Je crois que personne à l'étranger ne l'a vue, à l'exception de son auteur. Je suis persuadé que ses ministres... que les moyens habituels de transmission n'ont pas été employés. »

Holmes réfléchit quelque temps.

« Maintenant, monsieur, il faut que je vous demande plus précisément ce qu'est ce document, et pourquoi sa disparition entraînerait des conséquences aussi terribles ? »

Les deux hommes d'État échangèrent un rapide regard. Les sourcils broussailleux du premier ministre se rejoignirent dans un froncement subit.

« Monsieur Holmes, l'enveloppe est longue, mince,

bleu pâle. Elle est cachetée d'un sceau de cire rouge représentant un lion couché. Elle est adressée à...

— Je crains, dit Holmes, que, si intéressants et même essentiels que soient ces détails, mes questions ne se rapportent davantage au fond des choses. Qu'y avait-il dans la lettre ?

— Il s'agit d'un secret d'État extrêmement important, et j'ai peur de ne pouvoir vous le communiquer. D'ailleurs je ne vois pas que ce soit nécessaire. Si à l'aide des facultés que, paraît-il, vous possédez, vous pouvez retrouver une enveloppe comme celle que je vous ai décrite, avec son contenu à l'intérieur, vous aurez bien mérité de votre pays et vous aurez gagné toutes les récompenses qu'il nous sera possible de vous offrir. »

Holmes se leva en souriant.

« Vous êtes les deux hommes les plus occupés de ce pays, dit-il. Moi aussi, plus modestement, je dois répondre à beaucoup d'appels urgents. Je regrette de ne pouvoir vous aider dans cette affaire. Toute prolongation de notre conversation serait une perte de temps. »

Le premier ministre bondit en décochant à Holmes ce regard farouche devant lequel un cabinet s'était incliné.

« Je n'ai pas l'habitude... » commença-t-il.

Il maîtrisa sa colère et se rassit. Pendant quelques instants nous demeurâmes tous silencieux. Puis le vieil homme d'État haussa les épaules.

« Nous sommes obligés d'accepter vos conditions, monsieur Holmes. Sans doute avez-vous raison : il est déraisonnable de notre part d'espérer que vous agirez si nous ne vous avons pas fait auparavant confiance absolue.

— Je partage votre sentiment, monsieur ! dit le plus jeune ministre.

— Je vais donc vous mettre au courant, me fiant en cela à votre honneur et à celui de votre collègue le docteur Watson. Je puis également en appeler à votre patriotisme, car je n'imaginerais pas de plus grand malheur pour notre pays que la divulgation de cette affaire.

— Vous pouvez vous reposer entièrement sur nous.

— La lettre émane d'un souverain étranger que contrarie notre récent développement colonial. Elle a été écrite à la hâte et elle n'engage que lui. Des sondages nous ont confirmé que ses ministres l'ignorent. D'autre part elle est rédigée en des termes si malheureux, certaines de ses phrases rendent un son si provocant que sa publication exciterait dans ce pays des réactions de sensibilité extrêmement vives. La fermentation des esprits serait telle, monsieur, qu'en pesant mes mots je n'hésite pas à dire que dans les huit jours qui suivraient nous pourrions être engagés dans une grande guerre. »

Holmes écrivit un nom sur une feuille de papier qu'il tendit au premier ministre.

« Vous avez deviné. C'est lui. Et c'est sa lettre, une lettre qui peut engager des dépenses de plusieurs milliers de millions de livres ainsi que cent mille vies humaines, c'est sa lettre qui s'est égarée d'une manière incroyable.

— Avez-vous averti l'expéditeur ?

— Oui, monsieur. Un télégramme chiffré lui a été adressé.

— Peut-être souhaite-t-il la publication de la lettre ?

— Non, monsieur. Nous avons de solides raisons de croire qu'il comprend qu'il a agi d'une façon aussi importune qu'impulsive. Si cette lettre venait à sortir, les répercussions seraient encore plus graves pour lui que pour nous.

— Dans ce cas, pourquoi la lettre sortirait-elle ? Qui aurait intérêt à la voler et à la publier ?

— Là, monsieur Holmes, nous nous transportons dans les sphères de la haute politique internationale. Mais si vous examinez la situation de l'Europe, vous ne serez pas long à deviner le motif. Toute l'Europe est un camp en armes. La puissance militaire s'équilibre par une double ligue. La Grande-Bretagne tient le fléau de cette balance. Si la Grande-Bretagne était entraînée dans une guerre contre l'une de ces deux ligues, l'autre en retirerait la suprématie, qu'elle se joigne ou non à nous. Me suivez-vous ?

— Très facilement. Il est donc de l'intérêt des ennemis de ce monarque de s'emparer de cette lettre et de la publier, cela afin de creuser une brèche entre son pays et le nôtre ?

— Oui, monsieur.

— Et si ce document tombait aux mains de l'un de ces ennemis, à qui serait-il envoyé ?

— A n'importe laquelle des grandes chancelleries européennes. Peut-être voyage-t-il déjà, au moment où nous parlons, à la vitesse maxima de la vapeur. »

M. Trelawney Hope baissa la tête et poussa un gémissement. Le premier ministre posa gentiment une main sur son épaule.

« C'est un malheur, mon cher ami ! Personne ne peut vous en blâmer. Vous n'aviez négligé aucune précaution. Voyons maintenant, monsieur Holmes, vous voilà en possession de tous les faits : quelle méthode nous recommandez-vous ? »

Holmes secoua la tête tristement.

« Vous croyez, monsieur, que si ce document est irrécupérable, ce sera la guerre ?

— Je pense que c'est une forte probabilité.

— Alors, monsieur, préparez-vous pour la guerre !

— Voilà qui est dur à entendre !

— Considérez les faits, monsieur. Il est inconcevable que le document ait été volé après onze heures et demie, puisque M. Hope et sa femme se trouvaient tous deux dans la chambre à partir de cette heure-là et jusqu'au moment où le vol a été découvert. Il a donc été dérobé hier soir entre sept heures trente et onze heures trente, probablement plus près de sept heures trente que de onze heures trente puisque le voleur savait de toute évidence qu'il était là et qu'il avait donc intérêt à s'en emparer le plus tôt possible. Or, monsieur, si un document de cette importance a

été volé à pareille heure, où peut-il être maintenant ?
Personne n'a un motif pour le détenir. Il est entre les
mains de ceux qui pourront l'utiliser. Quelle chance
avons-nous de le rattraper ou même de retrouver sa
trace ? Il est parti hors de notre portée. »

Le premier ministre se leva.

« Ce que vous dites est parfaitement logique,
monsieur Holmes. Je sens que l'affaire déjà nous a
échappé.

— Supposons pour l'amour de l'argumentation
que le document a été volé par la femme de chambre
ou le valet...

— Tous deux sont de vieux serviteurs éprouvés.

— Vous m'avez dit que votre chambre était située
au deuxième étage, qu'elle n'avait pas d'entrée directe
de l'extérieur, et que de l'intérieur personne ne
pouvait y pénétrer sous peine de se faire remarquer.
Il faut donc que ce soit quelqu'un de la maison qui
l'ait volé. A qui le voleur l'a-t-il porté ? A l'un de ces
espions internationaux et agents secrets dont je
connais assez bien les noms. Il y en a trois dont on
peut dire qu'ils sont à la tête de leur profession. Je
commencerai mes recherches en me renseignant
pour savoir s'ils sont tous à leur poste. Si l'un d'eux
est absent, et s'il s'est absenté spécialement depuis
cette nuit, nous aurons une information sur la direction où est parti le document.

— Pourquoi serait-il absent ? questionna le secrétaire aux Affaires européennes. Il pourrait tout aussi
bien porter la lettre à une ambassade étrangère à
Londres.

— Cela m'étonnerait. Ces agents travaillent en
dehors des ambassades, avec lesquelles leurs rapports
sont fréquemment tendus. »

Le premier ministre acquiesça.

« Je crois que vous êtes dans le vrai, monsieur
Holmes. L'agent en question obtiendrait d'ailleurs
une somme beaucoup plus importante s'il portait lui-
même la lettre à son quartier général. Je pense que
votre point de vue est excellent. En attendant, Hope,

nous ne pouvons négliger à cause de ce malheur les autres devoirs qui nous incombent. S'il y avait durant la journée des suites à cet événement, nous vous ferions signe. De votre côté, faites-nous connaître le résultat de vos démarches. »

Les deux hommes d'État nous saluèrent gravement et nous quittèrent.

Aussitôt Holmes alluma une pipe et s'enfonça dans une profonde méditation. J'avais ouvert le journal du matin et je m'étais plongé dans le récit d'un crime sensationnel qui s'était déroulé à Londres dans le courant de la nuit, quand mon ami poussa une exclamation, sauta sur ses pieds, et posa sa pipe sur la cheminée.

« Oui, dit-il, il n'y a pas de meilleure manière pour aborder là-dedans ! La situation est quasi désespérée, mais tout espoir n'est pas perdu ! Même maintenant, si nous pouvions être sûrs de l'identité du voleur, il se pourrait que le document fût encore à notre portée. Après tout, avec ces gens-là, c'est une question d'argent, et j'ai la Trésorerie britannique derrière moi. S'il se trouve sur le marché je l'achète ! Même au prix d'un décime supplémentaire pour les contribuables assujettis à l'impôt sur le revenu. Peut-être le voleur le détiendra-t-il quelque temps pour examiner les offres. Je ne connais que trois hommes pour jouer ce jeu : Oberstein, La Rothière, et Eduardo Lucas. Je vais aller les voir tous les trois. »

Je jetai un coup d'œil à mon journal du matin.

« Est-ce Eduardo Lucas de Godolphin Street ?

— Oui.

— Vous ne le verrez pas.

— Pourquoi ?

— Il a été assassiné cette nuit à son domicile. »

Mon ami m'avait si souvent stupéfié au cours de nos aventures que ce fut avec une vraie joie que je mesurai combien à mon tour je venais de l'abasourdir. Il me regarda, puis m'arracha le journal. Voilà l'article que j'étais en train de lire quand il se leva de sa chaise :

## UN CRIME DANS WESTMINSTER

*Un crime d'un caractère monstrueux a été commis la nuit dernière au 16 de Godolphin Street, l'une des artères les plus anciennes et les plus retirées qui, avec ses maisons du XVIIIe siècle, sont situées entre la Tamise et l'abbaye, presque à l'ombre de la grande tour du Parlement. Cette maison, petite mais élégante, était habitée depuis plusieurs années par M. Eduardo Lucas, bien connu dans les cercles mondains tant en raison de sa personnalité pleine de charme que parce qu'il jouissait de la réputation parfaitement méritée d'être l'un des meilleurs ténors du pays. M. Lucas est célibataire, il a trente-quatre ans. Sa domesticité se compose de Mme Pringle, femme de charge âgée, et de son valet de chambre, Mitton. La femme de charge s'était retirée de bonne heure et elle loge sous les toits. Le valet de chambre était sorti pour aller rendre visite à un ami dans Hammersmith. A partir de dix heures M. Lucas se trouva seul dans sa maison. Que se passa-t-il ? Nous ne pouvons pas encore le dire avec exactitude. Toujours est-il qu'à minuit moins le quart l'agent Barret, faisant sa ronde dans Godolphin Street, remarqua que la porte du numéro 16 était entrebâillée. Il frappa, mais n'obtint pas de réponse. Il aperçut de la lumière dans la pièce du devant. Il avança dans le couloir, frappa à nouveau, toujours sans réponse. Alors il poussa la porte et entra. La pièce était tout en désordre. Tout le mobilier avait été rejeté d'un côté, une chaise était renversée au centre. A côté de la chaise dont il tenait encore l'un des barreaux, gisait l'infortuné propriétaire de la maison. Il avait reçu un coup de couteau en plein cœur et sa mort dut être instantanée. L'arme du crime était un poignard hindou recourbé, arraché à une panoplie d'armes d'Orient qui décorait l'un des murs. Le vol ne semble pas être le mobile du crime, car l'assassin n'a rien fait pour s'emparer des objets de valeur de la pièce. M. Eduardo Lucas était si sympathiquement connu que sa mort violente et mystérieuse éveillera un intérêt douloureux ainsi qu'un immense regret dans un large cercle d'amis.*

« Eh bien, Watson, qu'en pensez-vous ?

— C'est une amusante coïncidence !

— Une coïncidence ! Voilà l'un des trois hommes que nous avons désignés comme les acteurs possibles de ce drame, et il trouve une mort violente au cours des heures qui ont suivi immédiatement le drame ! Contre cette coïncidence les chances sont énormes, inchiffrables ! Non, mon cher Watson, les deux événements sont liés... Doivent être liés ! C'est à nous de découvrir le lien.

— Mais à présent toute la police officielle doit être sur l'affaire !

— Oui, mais ils ne savent pas tout. Ils savent ce qu'ils ont vu à Godolphin Street. Ils ne savent rien, et ils ne sauront rien de ce qui s'est passé à Whitehall Terrace. Nous seuls sommes au fait des deux événements, nous seuls pouvons établir un rapport entre les deux ! Il y a un point d'évidence qui aurait, en tout cas, tourné mes soupçons contre Eduardo Lucas. Godolphin Street, Westminster, ce n'est qu'à quelques minutes de Whitehall Terrace. Les autres agents secrets dont je vous ai donné les noms habitent à l'autre bout de West-End. Il était par conséquent plus facile pour Lucas que pour les autres d'organiser des liaisons et de recevoir un message émanant du personnel domestique du secrétaire aux Affaires européennes. Une petite chose ? Mais quand tant d'événements sont comprimés en quelques heures, cette petite chose peut s'avérer essentielle. Hello ! qu'est-ce que c'est ? »

Mme Hudson était entrée avec une carte sur son plateau. Holmes y jeta un coup d'œil, haussa le sourcil et me la tendit.

« Priez Lady Hilda Trelawney Hope d'avoir l'obligeance de monter », dit-il.

Un moment plus tard notre modeste logis, déjà si noblement fréquenté ce matin, fut honoré de la visite de la plus jolie femme de Londres. J'avais souvent entendu vanter la beauté de la plus jeune fille du duc de Belminster, mais aucune description, aucune photographie en couleurs ne m'aurait préparé au charme délicat autant que subtil et à la merveilleuse carnation de ce visage exquis. Et cependant, telle qu'elle nous apparut par ce matin d'automne, ce n'était pas sa beauté qui nous impressionna davantage. Les joues étaient un velours, mais l'émotion les avait décolorées. Les yeux brillaient : la fièvre visiblement les allumait. La bouche sensible était crispée dans un effort douloureux pour acquérir la maîtrise de soi. La terreur, et non la beauté, voilà ce qui nous frappa d'abord quand notre blonde visiteuse s'encadra un moment sur le seuil.

« Mon mari est-il venu chez vous, monsieur Holmes ?

— Oui, madame, il est venu.

— Monsieur Holmes, je vous supplie de ne pas lui dire que moi, je suis venue ! »

Holmes s'inclina froidement et indiqua un siège à lady Trelawney Hope. Il reprit :

« Vous me placez, madame, dans une situation très délicate. Je vous prie de vous asseoir et de me faire part de vos désirs. Mais je crains de ne pas pouvoir vous faire de promesse inconditionnelle. »

Elle s'avança dans la pièce et s'assit le dos à la fenêtre. Elle avait un port de reine. Elle était grande, gracieuse, et merveilleusement féminine.

« Monsieur Holmes, dit-elle en nouant et dénouant ses mains, je vous parlerai franchement en espérant être payée de retour. Entre mon mari et moi il existe une confiance totale excepté sur un seul plan : celui de la politique. Sur ce plan-là ses lèvres ne se descellent jamais. Il ne me raconte rien. Je sais maintenant qu'il s'est produit dans notre maison cette nuit quelque chose d'infiniment déplorable. Je sais qu'un papier a disparu. Mais parce qu'il s'agit de politique, mon mari refuse de me donner des détails. Or, maintenant il est essentiel... Oui, essentiel ! Il faut que je sache tout. Vous êtes, en dehors de ces hommes d'État, la seule personne qui connaisse la vérité. Je vous demande, monsieur Holmes, de me raconter exactement ce qui s'est passé et les conséquences du vol. Dites-moi tout, monsieur Holmes ! La considération que vous avez des intérêts de votre client ne doit pas vous arrêter, car je vous jure que ses intérêts, si seulement il y consentait, seraient mieux servis, moi étant sa confidente. Quel papier a été volé ?

— Ce que vous me demandez, madame, est réellement impossible. »

Elle gémit en cachant son visage entre ses mains.

« Admettez les choses telles qu'elles sont, madame. Si votre mari juge convenable de ne rien vous dire sur l'affaire, est-ce à moi, moi qui n'ai connu les faits que sous le sceau du secret professionnel, de révéler son contenu ? Il n'est pas loyal de me le demander. C'est à lui qu'il faut le demander.

— Je l'ai questionné. Je suis venue vous voir en dernier ressort. Mais sans me donner des renseignements précis, monsieur Holmes, vous pourriez me rendre un grand service si vous me répondiez sur un point.

— Lequel, madame ?

— Est-ce que la carrière politique de mon mari risque d'être compromise à la suite de cet incident ?

— Ma foi, madame, si les choses ne s'arrangent pas, les suites risquent d'être fort fâcheuses.

— Ah ! »

Elle aspira de l'air comme quelqu'un dont les derniers doutes sont ôtés.

« Encore une question, monsieur Holmes. D'une phrase que mon mari a prononcée sous le premier choc de cette catastrophe, j'ai déduit que de terribles événements pourraient survenir à la suite de la perte de ce document.

— S'il l'a dit, ce n'est pas à moi de le contredire.

— De quelle nature, ces événements ?

— Non, madame ! Là encore vous me demandez plus que je ne saurais raisonnablement vous répondre.

— Alors je ne veux pas prendre davantage de votre temps. Je ne peux pas vous blâmer, monsieur Holmes, pour avoir refusé de vous exprimer plus franchement. De votre côté vous ne me blâmerez pas non plus, j'en suis sûre, pour désirer partager, même contre son gré, les angoisses de mon mari. Encore une fois je vous prie de ne pas faire état de ma visite. »

A la porte elle se retourna, et j'eus une dernière image du beau visage troublé, des yeux alarmés et de la bouche serrée. Puis elle sortit.

« Dites, Watson, le beau sexe est votre département ? sourit Holmes quand le frou-frou de la robe se fut évanoui. Quel jeu joue cette dame blonde ? Que voulait-elle exactement ?

— Mais ce qu'elle vous a dit est certainement vrai ! Son anxiété me semble tout à fait normale !

— Hum ! Pensez à ses manières, Watson, à son attitude nerveuse, à son excitation, à son obstination pour me poser des questions. Rappelez-vous : elle est d'une caste qui n'exhibe pas facilement ses émotions.

— Il y avait de quoi être émue !

— Rappelez-vous aussi le soin curieux qu'elle a mis pour nous affirmer que son mari s'en trouverait mieux s'il lui confiait tout. Que voulait-elle dire ? Et vous avez certainement remarqué, Watson, comment elle a manœuvré pour tourner le dos à la lumière. Elle ne tenait pas à ce que nous vissions trop nettement ses expressions.

— Oui. Elle a choisi dans cette pièce la seule chaise qui tournait le dos à la lumière.

— Et cependant les mobiles qui font agir les femmes sont impénétrables ! Vous souvenez-vous de cette femme de Margate que j'avais soupçonné pour la même raison ? Elle n'avait pas de poudre sur le nez, voilà pourquoi elle s'était assise à contre-jour. Comment bâtir quelque chose sur ce sable mouvant ? Leurs actions les plus banales peuvent se rapporter à quelque chose de très grave, mais leur comportement extraordinaire dépend parfois d'une épingle à cheveux ou d'un fer à friser. Au revoir, Watson !

— Vous partez ?

— Oui, je vais passer la matinée rue Godolphin avec nos amis de l'administration officielle. La solution de notre problème passe par Eduardo Lucas... Et pourtant je n'ai pas la moindre idée de ce qu'en définitive elle sera. Montez la garde, mon bon Watson, et accueillez bien tout nouveau visiteur. Si je peux, je vous retrouverai pour déjeuner. »

Tout ce jour-là, et le lendemain, et le surlendemain, Holmes se montra d'une humeur que ses amis auraient baptisée taciturne, et les autres maussade. Il sortait en courant, il courait pour rentrer, il fumait sans arrêt, il jouait sur son violon des impromptus qu'il interrompait pour sombrer dans d'interminables rêveries, il dévorait des sandwiches à n'importe quelle heure, il répondait à peine aux questions qu'il m'arrivait de lui poser. Quelque chose clochait, j'en avais la conviction. Il ne me parla pas une fois de l'affaire, et ce fut par les journaux que j'appris les détails de l'enquête en cours sur la mort d'Eduardo Lucas, l'arrestation puis la relaxe de John Mitton le valet de chambre. Le jury rendit une sentence concluant à un « homicide prémédité », mais les coupables demeurèrent inconnus. On cherchait vainement un mobile. La chambre du crime regorgeait d'objets de valeur : aucun n'avait disparu. On n'avait pas touché aux papiers de la victime. Les enquêteurs les avaient soigneusement examinés, et ils avaient établi que Lucas étudiait avec beaucoup d'intérêt les problèmes de politique internationale, qu'il était un causeur infatigable, un linguiste remarquable, et qu'il écrivait avec autant de facilité qu'il parlait. Il avait été intimement lié avec les vedettes politiques de plusieurs pays. Mais dans les documents qui remplissaient ses tiroirs on n'avait rien découvert de sensationnel. Ses relations féminines semblaient avoir été nombreuses, mais superficielles. Il avait peu d'amies femmes, et il n'était amoureux d'aucune. Il avait des habitudes régulières. Sa conduite avait été irréprochable. Sa mort demeurait un mystère total ; elle le resterait sans doute longtemps.

L'arrestation de John Mitton, le valet de chambre, avait été opérée en désespoir de cause : il fallait agir ! Mais l'enquête échoua à retenir quoi que ce fût contre lui. Cette nuit-là il était bien allé chez des amis dans Hammersmith. L'alibi était formel. Il est exact qu'il partit pour rentrer chez son maître à une heure qui aurait dû lui permettre d'être de retour avant la découverte du crime, mais il expliqua qu'il était rentré en partie à pied, ce que justifiait la douceur de la température. Il était arrivé à minuit, et ce drame imprévu l'avait visiblement bouleversé. Il s'était toujours bien entendu avec son maître. Plusieurs objets appartenant à la victime furent trouvés dans ses affaires, notamment une petite boîte de rasoirs. Mais il allégua que le défunt lui en avait fait cadeau, et la femme de charge le confirma. Mitton était au service de Lucas depuis trois ans. On remarqua que Lucas n'emmenait pas Mitton avec lui sur le continent. Par exemple il partait pour Paris, où il lui arriva même de rester trois mois, mais Mitton demeurait pour prendre soin de la maison de Godolphin Street. Quant à la femme de charge, elle n'avait rien vu, rien entendu. Lorsque son maître avait le soir un visiteur, il l'introduisait lui-même.

Ainsi, le mystère demeura entier pendant trois jours, du moins d'après ce que je lisais dans les journaux. Si Holmes en savait plus, il le gardait pour lui. Mais quand il me dit que l'inspecteur Lestrade lui avait parlé de l'affaire, je compris qu'il suivait toujours de très près tout développement possible. Le quatrième jour une dépêche de Paris parut dans la presse, et toute la question parut réglée.

*Une découverte vient d'être faite par la police parisienne, écrivit le* Daily Telegraph, *qui lève le voile entourant le sort tragique de M. Eduardo Lucas, qui mourut assassiné lundi dernier chez lui dans Godolphin Street. Nos lecteurs se rappellent que la victime fut trouvée poignardée dans un salon, et qu'un soupçon avait pesé sur son valet de chambre qui fournit un alibi irréfutable. Hier une dame, connue sous le nom de Mme Henri Fournaye et demeurant rue d'Austerlitz dans une petite villa, a été dénoncée comme folle par ses propres domestiques aux autorités de police. Un examen a révélé qu'elle était effectivement atteinte d'une manie dangereuse et pernicieuse.*

*L'enquête de la police a établi que Mme Henri Four-*
*naye était rentrée mardi dernier d'un voyage à Londres*
*et que ce déplacement n'était pas sans rapport avec le*
*crime de Godolphin Street. Une comparaison de*
*photographies a clairement démontré que M. Henri*
*Fournaye et M. Eduardo Lucas étaient en réalité une*
*seule et même personne, et que le défunt avait mené*
*pour une raison non encore précisée une double vie à*
*Londres et à Paris. Mme Fournaye, d'origine créole, est*
*d'un tempérament extrêmement irritable, et jadis elle a*
*traversé des crises de jalousie qui la menaient au bord*
*de la folie. On suppose que c'est sous l'emprise de cette*
*jalousie qu'elle a commis le crime qui a provoqué à*
*Londres une telle sensation. L'emploi de son temps*
*dans la soirée de lundi n'a pas été reconstitué exacte-*
*ment, mais il est incontestable qu'une femme dont la*
*description correspond point pour point à la sienne a*
*attiré l'attention des voyageurs à la gare de Charing*
*Cross mardi matin par son air farouche et ses gestes*
*violents. Deux hypothèses sont à retenir : ou bien elle*
*aurait commis son crime sous l'emprise de la folie ou*
*bien l'effet immédiat de son acte a déclenché chez cette*
*malheureuse femme une crise de démence. Pour l'ins-*
*tant elle n'est pas en état de faire le récit de son déplace-*
*ment, et les médecins n'ont guère d'espoir qu'elle*
*recouvre un jour la raison. Quoi qu'il en soit, il est*
*désormais prouvé qu'une femme qui pourrait être*
*Mme Fournaye a été remarquée pendant plusieurs*
*heures dans Godolphin Street lundi soir, observant la*
*maison de la victime.*

« Qu'en pensez-vous, Holmes ? »
Je lui avais lu cet article à haute voix tandis qu'il
terminait son petit déjeuner.
« Mon cher Watson, me dit-il en se levant de table
et en arpentant notre salon, vous supportez mal mon
silence ! Mais si je ne vous ai rien dit depuis trois
jours, c'est parce qu'il n'y a rien à dire. Même ce
rapport de Paris ne nous aide pas beaucoup.
— Il met tout de même un point final en ce qui
concerne la mort de Lucas.

— La mort de Lucas est un accident, un épisode banal, qui ne saurait se comparer à notre tâche réelle, laquelle consiste, vous ne l'ignorez pas, à retrouver la piste du document et à éviter une catastrophe européenne. La seule chose importante qui se soit produite depuis trois jours est qu'il ne s'est, justement, rien produit. J'ai des informations du gouvernement presque à chaque heure, et il est certain que nulle part en Europe personne ne bouge. Évidemment si cette lettre s'était perdue... Non, elle ne peut pas s'être égarée ! Mais si elle ne s'est pas égarée, alors où peut-elle être ? Qui la détient ? Pourquoi la garde-t-il ? Voilà la question qui bat dans ma tête comme un marteau. Est-ce vraiment une coïncidence que Lucas ait été tué pendant la nuit où cette lettre a disparu ? Est-ce que la lettre lui est bien parvenue ? Si oui, pourquoi ne l'a-t-on pas trouvée dans ses papiers ? Sa folle de femme l'a-t-elle emportée ? Dans ce cas, est-elle dans sa maison de Paris ? Comment aller la chercher là-bas sans donner l'éveil à la police française ? C'est une affaire, mon cher Watson, où la loi joue aussi dangereusement que les criminels contre nous. Tout est contre nous, et pourtant les intérêts en jeu sont colossaux. Si je réussissais, ce serait le coup d'éclat de ma carrière. Ah ! voici les dernières nouvelles du front !... »

Il lut rapidement le billet qui venait de lui être apporté.

« ... Tiens ! Lestrade semble avoir observé quelque chose d'intéressant. Mettez votre chapeau, Watson, et allons faire un tour dans Westminster. »

C'était ma première visite à la maison du crime. Elle était bâtie en hauteur, défraîchie, étroite, compassée, solide, à l'image du siècle où elle avait été construite. La figure de bouledogue de Lestrade se détacha de la fenêtre du devant. Quand un agent rondouillard nous eut ouvert la porte, l'inspecteur nous accueillit chaleureusement. Il nous conduisit aussitôt dans la pièce où le meurtre avait été commis. Il ne restait plus aucune trace du drame, à l'exception d'une tache irrégulière sur le tapis. Ce tapis était un petit carré qui occupait le milieu de la pièce et qui faisait ressortir un parquet magnifiquement entretenu. Au-dessus de la cheminée il y avait une très belle panoplie dont un ornement avait été l'arme de la tragédie. Près de la fenêtre s'étalait un superbe bureau. Tous les détails témoignaient d'un goût de luxe presque efféminé.

« Vous avez vu les nouvelles de Paris ? » interrogea Lestrade.

Holmes fit oui de la tête.

« Nos amis français ont l'air d'avoir mis cette fois-ci dans le mille. Sans aucun doute les choses se sont passées comme ils l'ont dit. Elle a frappé à la porte : visite-surprise, je pense, car il avait dans sa vie des cloisons étanches. Il l'a fait entrer. Il ne pouvait pas la laisser dans la rue ! Elle lui a déclaré qu'elle l'avait suivi, elle lui a adressé des reproches. La dispute s'est envenimée, et tout s'est terminé avec ce poignard qu'on tient si bien en main. L'affaire a dû cependant être chaude car ces sièges étaient renversés, et il en tenait un comme s'il avait essayé de se défendre. Tout cela est aussi évident que si nous l'avions vu. »

Holmes leva les sourcils.

« Et pourtant vous m'avez demandé de venir ?

— Ah ! oui ! Il y a autre chose, un simple détail, une bagatelle, mais exactement le genre de choses qui vous plaît. Étrange, vous savez ? Bizarre même ! Ça n'a rien à voir avec le fait principal. Non, rien à voir, apparemment...

— Quoi donc ?

— Vous savez qu'après un crime pareil nous prenons bien soin de garder les meubles et les divers objets dans l'état où nous les avons trouvés. Rien n'a été déplacé. Un agent est resté de faction ici nuit et jour. Ce matin, comme l'homme était enterré et l'enquête close, du moins en ce qui concerne cette pièce, nous avons pensé que nous pourrions nettoyer un brin... Ce tapis. Vous voyez, il n'est pas fixé ; il est simplement posé là, au milieu. Nous avons eu l'occasion de le soulever. Nous avons découvert...

— Oui. Vous avez découvert ?... »

La figure de Holmes se tendit sous l'anxiété qui l'assaillait.

« Eh bien, je parie qu'en mettant cent ans à réfléchir vous ne devineriez pas ce que nous avons découvert. Vous voyez cette tache sur le tapis ? Une grande partie du sang aurait dû s'infiltrer à travers le tapis, n'est-ce pas ?

— Naturellement !

— Eh bien, vous serez bien surpris d'apprendre qu'il n'y a pas de tache sur le beau plancher correspondant.

— Pas de tache ? Mais il aurait dû...

— Oui. Vous avez raison de dire : il aurait dû... Mais le fait est qu'il n'y avait pas de tache. »

Il prit dans sa main le coin du tapis, le retourna et montra qu'effectivement il n'y avait pas de tache sur le plancher.

« Mais le dessous est aussi taché que le dessus. Il aurait dû laisser une trace ! »

Lestrade gloussa de satisfaction : il avait embarrassé le célèbre expert.

« Maintenant je vais vous montrer l'explication. Il y a une deuxième tache, mais elle ne correspond pas avec la première. Regardez vous-même. »

Tout en parlant il avait retourné une autre partie du tapis et là, bien visible s'étalait une grande tache rougeâtre sur le plancher étincelant.

« Qu'en pensez-vous, monsieur Holmes ?

— Cela me paraît simple. Les deux taches ont correspondu à un moment donné, mais le tapis a été tourné. Comme il n'était pas fixé et comme c'est un carré, l'exploit n'a pas été difficile.

— La police officielle, monsieur Holmes, n'avait pas besoin de vous pour savoir que le tapis a été tourné. C'est assez clair, puisque les deux taches vont juste l'une sur l'autre si l'on place le tapis comme cela. Mais ce que je voudrais savoir, c'est qui a tourné le tapis, et pourquoi ? »

Je devinai qu'à l'abri du masque impassible de son visage, Holmes se débattait contre une excitation intense.

« Dites, Lestrade ! fit-il. L'agent dans le couloir est-il resté de faction continuellement ?

— Oui.

— Alors suivez mon avis. Interrogez-le avec soin. Pas devant nous. Nous attendrons ici. Prenez-le dans la chambre du fond. Vous parviendrez plus facilement à lui tirer une confession. Demandez-lui comment il a osé introduire des gens et les laisser seuls dans cette pièce. Ne lui demandez pas s'il l'a fait : agissez comme si vous en étiez sûr ! Dites-lui que vous savez que quelqu'un est venu ici. Bousculez-le. Dites-lui que des aveux complets sont sa seule chance de pardon. Faites exactement ce que je vous conseille.

— Je vous jure que s'il sait quelque chose, je le lui arracherai ! » s'écria Lestrade.

Il se précipita dans les vestibule. Quelques instants plus tard ses aboiements retentissaient dans la pièce du fond.

« Maintenant, Watson ! Maintenant ! » s'exclama Holmes avec une passion qu'il ne contrôlait plus.

Toute la force démoniaque qu'il camouflait sous une apparence si nonchalante se déploya soudain avec une incroyable énergie. Il rejeta le tapis et, à genoux, tenta de secouer de ses mains crochues chaque lame du plancher. Lorsqu'il enfonça ses ongles dans le rebord de l'une d'elles, je la vis se déplacer sur le côté, se relever comme le couvercle d'une boîte. Une petite cavité noire apparut. Holmes plongea avidement sa main, la retira avec un ricanement de colère et de déception. Elle était vide.

« Vite, Watson ! Vite ! Replacez-la ! »

Je replaçai la lame, le couvercle retomba, je remis le tapis droit. A ce moment la voix de Lestrade se fit entendre dans le couloir. L'inspecteur entra pour trouver Holmes négligemment appuyé contre la cheminée, résigné, patient, essayant de dissimuler des bâillements irrésistibles.

« Désolé de vous avoir fait attendre, monsieur Holmes ! Je vois que toute cette affaire vous assomme. Entrez, Marc-Pherson. Apprenez à ces messieurs votre conduite parfaitement inexcusable. »

Le gros agent, aussi rouge que contrit, se glissa dans la pièce.

« Je ne voulais pas faire du mal, monsieur ! Une jeune dame est venue frapper à la porte hier soir. Elle s'était trompée de maison, qu'elle m'a dit. Nous avons un peu parlé. On se sent seul quand on a été de garde ici toute une journée !

— Alors, que s'est-il passé ?

— Elle avait envie de regarder l'endroit où le crime avait été commis... Qu'elle l'avait lu dans les journaux, qu'elle m'a dit ! C'était une jeune femme bien respectable, qui parlait bien, monsieur. Et je n'ai pas vu de mal à lui laisser jeter un coup d'œil. Quand elle a repéré la tache sur le tapis, elle est dégringolée comme si elle était morte sur le coup. J'ai couru dans le fond pour lui chercher un peu d'eau, mais ça ne lui a rien fait. Alors j'ai été demander au bar du coin, au « Plant de lierre », un peu de cognac. Le temps que j'y aille et que je revienne, la jeune dame avait repris connaissance et elle s'était sauvée... un peu honteuse, je penserais ! Pour ne pas me voir ensuite, quoi !

— Ce tapis qui a été tourné ?

— Eh bien, monsieur, quand je suis revenu, il était un peu dérangé, froissé. Vous comprenez : elle était tombée dessus, et ce tapis est disposé sur une surface cirée sans rien pour le tenir. Je l'ai remis en place après coup.

— Apprenez en tout cas, agent Mac-Pherson, que vous êtes incapable de me rouler ! déclara Lestrade avec une grande dignité. Vous pensiez sans doute que personne ne découvrirait jamais cette défaillance dans votre service. Or, du premier regard j'ai su que quelqu'un avait déplacé le tapis. C'est une chance pour vous, mon bonhomme, que rien n'ait disparu ! Autrement c'était un petit tour en prison ! Je suis désolé de vous avoir dérangé pour une affaire aussi peu importante, monsieur Holmes, mais je pensais que cette deuxième tache qui ne correspondait pas avec la première serait de nature à vous intéresser.

— Certainement, cela m'a vivement intéressé... Est-ce que cette femme n'est venue qu'une fois ici ?

— Oui, monsieur, une seule fois.

— Qui était-ce ?

— Sais pas le nom, monsieur. Elle venait pour répondre à une annonce au sujet d'une dactylo, et dans la rue elle s'est trompée de numéro. Très agréable, très gentille jeune femme, monsieur !

— Grande ? Jolie ?

— Oui, monsieur. Une jeune femme bien bâtie. Je crois que vous l'auriez trouvée jolie. Peut-être certains même l'auraient-ils trouvée très jolie. « Oh ! monsieur l'agent ! Juste un petit coup d'œil » qu'elle me disait. Elle avait des manières câlines, comme vous diriez. Et j'ai pensé qu'il n'y aurait pas de mal à lui faire passer la tête dans la pièce.

— Comment était-elle habillée ?

— Pas de façon voyante, monsieur. Un long manteau lui recouvrait les chevilles.

— Quelle heure était-il ?

— La nuit tombait. Quand je suis revenu avec le cognac, les allumeurs de réverbères passaient dans la rue.

— Très bien ! fit Holmes. Venez, Watson, je pense que du travail plus important nous attend ailleurs. »

Quand nous quittâmes la maison, Lestrade demeura dans la pièce du devant, tandis que l'agent repentant ouvrit la porte pour nous faire sortir. Holmes se retourna sur le perron et leva quelque chose qu'il tenait dans sa main. L'agent s'immobilisa stupéfait.

« Seigneur Dieu, monsieur ! » s'écria-t-il.

Holmes posa un doigt sur ses lèvres, replaça sa main dans la poche de son gilet et éclata de rire quand nous eûmes fait quelques pas dans la rue.

« Excellent ! fit-il. Venez, Watson ! Le rideau va se lever sur le cinquième acte. Vous serez soulagé d'apprendre qu'il n'y aura pas de guerre, que le Très Honorable Trelawney Hope n'a pas compromis sa

brillante carrière, que le monarque importun ne sera
pas puni de son importunité, que le premier ministre
n'aura pas à régler des complications européennes,
et qu'avec un peu de tact et de ménagements
personne n'aura à payer un penny supplémentaire
d'impôt pour ce qui aurait pu devenir un événement
très fâcheux. »

Mon admiration pour cet homme extraordinaire
explosa.

« Vous avez résolu le problème ? m'écriai-je.

— Presque, Watson. Il y a quelques détails qui ne
sont pas encore éclaircis. Mais nous savons tant de
choses que ce sera uniquement de notre faute si nous
ne savons pas le reste. Nous allons droit à Whitehall Terrace. »

Quand nous arrivâmes à la résidence du secrétaire
aux Affaires européennes, ce fut Lady Hilda Trelawney Hope que Sherlock Holmes demanda. Nous
fûmes introduits dans un petit salon.

— Monsieur Holmes ! s'exclama Lady Hilda
Trelawney Hope dont le visage s'enflamma d'indignation. Voici qui est déloyal et peu généreux de votre
part. Je désirais, comme je vous l'ai expliqué, que ma
visite chez vous fût tenue secrète, sinon mon mari
penserait que je me mêle de ses affaires. Et vous me
compromettez en venant ici. C'est publier qu'il y a eu
entre nous des rapports !

— Malheureusement, madame, je n'avais pas le
choix. J'ai reçu la mission de récupérer ce papier si
extrêmement important. Je dois donc vous prier,
madame, d'avoir la bonté de me le remettre en
main propre. »

Lady Trelawney Hope bondit. Toute couleur avait
disparu de son merveilleux visage. Ses yeux étincelè-
rent, elle chancela. Je crus qu'elle allait s'évanouir.
Au prix d'un grand effort elle se reprit. L'étonnement,
la colère chassèrent sur ses traits tout autre sentiment.

« Vous... Vous m'insultez, monsieur Holmes !

— Allons, madame ! Inutile ! Donnez-moi la
lettre. »

Elle courut vers la sonnette.

« Le maître d'hôtel va vous reconduire à la porte.

— Ne sonnez pas, Lady Hilda. Si vous sonnez, alors tous mes efforts pour éviter un scandale seront anéantis ! Donnez-moi la lettre, et tout ira bien. Si vous travaillez avec moi, je pourrai tout arranger. Si vous travaillez contre moi, je serai obligé de vous démasquer. »

Elle demeura immobile, avec son maintien de reine, dans une attitude de défiance, les yeux fixés sur lui comme si elle voulait lire dans son âme. Sa main était posée sur le cordon de sonnette, mais elle ne le tirait pas.

« Vous essayez de m'intimider, de me faire peur. Ce n'est pas très joli, monsieur Holmes, de venir ici et de brusquer une femme. Vous dites que vous savez quelque chose. Que savez-vous donc ?

— Je vous prierai de vous asseoir, madame. Vous vous feriez du mal si vous tombiez. Je ne parlerai pas avant de vous voir assise. Merci.

— Je vous donne cinq minutes, monsieur Holmes.

— Une me suffira, Lady Hilda. Je sais que vous vous êtes rendue chez Eduardo Lucas, que vous lui avez donné ce document, que vous êtes astucieusement revenue chez lui hier soir, et je sais aussi comment vous avez récupéré la lettre dans la cachette sous le tapis. »

Elle le considéra avec stupéfaction. Son visage était gris comme de la cendre. Elle ouvrit la bouche deux fois avant de pouvoir émettre un son.

« Vous êtes fou, monsieur Holmes ! Vous êtes fou ! » cria-t-elle enfin.

Il tira de sa poche un petit morceau de carton. C'était la tête d'une femme découpée dans une photographie.

« Je l'ai apportée, sachant que ce pourrait être utile, répondit Holmes. L'agent vous a reconnue. »

Elle sursauta, hoqueta, sa tête glissa en arrière sur sa chaise.

« Allons, Lady Hilda. Vous avez la lettre. L'affaire peut encore s'arranger. Je ne désire pas troubler votre vie. Mon devoir prend fin à partir du moment où je remets la lettre perdue à votre mari. Suivez mon conseil : soyez franche avec moi. C'est votre unique chance. »

Son courage était admirable. Même à ce moment-là elle refusa d'admettre sa défaite.

« Je vous répète, monsieur Holmes, que vous vous trompez de la manière la plus absurde. »

Holmes se leva.

« Je suis désolé pour vous, Lady Hilda. J'ai fait tout ce que je pouvais pour vous. Je vois que j'ai eu tort... »

Il sonna. Le maître d'hôtel entra.

« M. Trelawney Hope est-il chez lui ?

— Il rentrera, monsieur, à une heure moins le quart. »

Holmes regarda sa montre.

« Dans un quart d'heure ? fit-il. Très bien, j'attendrai. »

A peine le maître d'hôtel avait-il refermé la porte que Lady Hilda se traînait à genoux aux pieds de Holmes, levant vers lui ses mains jointes et son beau visage ruisselant de larmes.

« Épargnez-moi, monsieur Holmes ! Épargnez-moi ! supplia-t-elle. Pour l'amour de Dieu, ne lui dites rien ! Je l'aime tant ! Je ne voudrais pas apporter la moindre ombre dans sa vie, et cette histoire, je le sais, lui briserait le cœur ! »

Holmes la releva.

« Je vous suis reconnaissant, madame, de ce que vous ayez retrouvé tout votre bon sens, même à ce dernier quart d'heure. Il n'y a pas un instant à perdre. Où est la lettre ? »

Elle se précipita vers un petit bureau, ouvrit un tiroir et en exhuma une longue enveloppe bleue.

« La voici, monsieur Holmes ! Puissé-je ne l'avoir jamais vue !

— Comment la lui restituer ? murmura Holmes. Vite, vite, il faut que nous trouvions un moyen ! Où est le coffret ?

— Toujours dans notre chambre.

— Quel coup de chance ! Vite, madame, allez me le chercher ! »

Elle reparut bientôt avec une boîte rouge.

« Comment l'avez-vous ouverte ? Vous possédiez une double clef ? Oui, naturellement. Ouvrez-le ! »

De son corsage Lady Hilda avait tiré une petite clef. Le coffret s'ouvrit. Il était rempli de papiers. Holmes enfouit l'enveloppe bleue parmi eux, entre les feuillets d'un autre document. Le coffret une fois refermé, Lady Hilda alla le reporter dans la chambre.

« Maintenant nous sommes parés ! dit Holmes. Il nous reste dix minutes. J'irai loin pour vous couvrir, Lady Hilda. En échange vous me raconterez de bonne foi ce que signifie cette affaire extraordinaire.

— Monsieur Holmes, je vous dirai tout ! s'écria-t-elle. Oh ! monsieur Holmes, moi qui me couperais la main droite plutôt que de lui causer un instant de tristesse ! Il n'y a pas une femme dans tout Londres qui aime plus son mari que moi. Et pourtant s'il savait comment j'ai agi, comment j'ai été forcée d'agir, jamais il ne me pardonnerait ! Il a une telle passion pour son honneur qu'il ne pourrait pas oublier ni pardonner une défaillance dans l'honneur d'autrui. Aidez-moi, monsieur Holmes ! Mon bonheur, son bonheur, notre vie en dépendent !

— Vite, madame, les minutes passent !

— Il s'agit d'une lettre de moi, monsieur Holmes. D'une lettre que j'avais écrite avant mon mariage. Une lettre stupide, la lettre impulsive d'une amoureuse. Il n'y avait rien de mal, et pourtant s'il l'avait lue il l'aurait trouvée criminelle ! Sa confiance en moi aurait été à jamais détruite. Il y a des années de cela. J'avais cru que toute l'affaire était oubliée. Puis un jour j'appris qu'elle était parvenue entre les mains de Lucas et qu'il allait la remettre à mon mari. Je l'ai supplié. Il m'a dit qu'il me rendrait ma lettre si en échange je lui transmettais un document que mon mari avait caché dans son coffret. Je ne sais pas quel espion au ministère l'avait informé de son existence. Il m'avait assuré que cette perte n'affecterait pas mon mari. Mettez-vous à ma place, monsieur Holmes, que devais-je faire ?

— Vous confier à votre mari.

— Mais je ne pouvais pas, monsieur Holmes ! Je ne pouvais pas ! D'un côté je devais m'attendre à la ruine totale de notre bonheur. De l'autre, malgré cette responsabilité terrible que j'assumais en prenant un papier à mon mari, j'ignorais les conséquences politiques qui pouvaient en découler, tout en me rendant fort bien compte que notre amour et sa confiance me demeureraient assurés par ce moyen. Alors je l'ai fait, monsieur Holmes ! J'ai pris une empreinte de la clef, et cet individu m'a procuré le double. J'ai ouvert le coffret et pris le papier que j'ai apporté aussitôt à Godolphin Street.

— Et là, madame, que s'est-il passé ?

— J'ai frappé à la porte, comme convenu. Lucas m'a ouvert. Je l'ai suivi dans sa pièce, mais j'ai laissé la porte de l'entrée ouverte car j'avais peur de me trouver seule avec lui. Je me rappelle qu'il y avait une femme dans la rue, quand je suis entrée. Notre affaire n'a pas traîné. Il avait ma lettre sur son bureau. Je lui ai remis le document. Il m'a donné la lettre. A ce moment nous avons entendu du bruit du côté de l'entrée, puis des pas dans le couloir. Lucas a rapidement retourné le tapis, placé le papier dans une cachette qu'il a aussitôt recouverte.

« Ce qui s'est passé ensuite ressemble à un drame effrayant. J'ai gardé la vision d'un visage brun, passionné, le souvenir d'une voix de femme qui hurlait en français : « Ce n'est pas en vain que j'ai attendu ! Enfin, je te trouve avec elle ! » Il y a eu une lutte sauvage. Je les ai vus tous deux, lui avec une chaise qu'il avait empoignée, elle avec un poignard qui luisait... Je me suis enfuie, j'ai couru jusque chez moi, et c'est le lendemain que, dans le journal, j'ai appris le dénouement. Mais cette nuit-là j'ai été heureuse : j'avais récupéré ma lettre, je ne me doutais pas de ce que l'avenir me réservait.

« Le lendemain matin j'ai compris que je n'avais fait que changer de drame. L'angoisse de mon mari, quand il a découvert sa perte, m'a poignardé le cœur. J'ai eu bien du mal à ne pas tomber à ses genoux pour lui avouer tout : mais ç'aurait été encore une fois revenir sur le passé ! Je me suis donc rendue chez vous pour essayer de mesurer l'énormité de ma faute. A partir du moment où je l'ai réalisée, je n'ai plus eu qu'une idée en tête : reprendre le papier. Il avait dû rester là où Lucas l'avait caché, car il l'avait dissimulé avant que cette horrible femme n'entrât dans le salon. Si elle n'était pas venue, jamais je n'aurais connu sa cachette. Mais comment rentrer dans cette pièce ? Pendant deux jours j'ai surveillé les lieux, mais la porte était toujours fermée. Hier soir j'ai tenté le tout pour le tout. Vous savez déjà comment je m'y suis prise. J'ai rapporté le papier chez moi, j'avais pensé le détruire puisque je ne voyais pas le moyen de le restituer à mon mari sans lui confesser ma faute... Mon Dieu, j'entends son pas dans l'escalier ! »

Le secrétaire aux Affaires européennes, très surexcité, entra dans le salon.

« Vous avez une nouvelle, monsieur Holmes ?

— Quelques espoirs.

— Ah ! que Dieu soit béni ! s'écria-t-il avec un visage radieux. Le premier ministre déjeune avec nous. Partagera-t-il vos espoirs ? Je sais qu'il a des nerfs d'acier, mais depuis ce terrible événement il a à peine dormi. Jacobs, voulez-vous prier le premier ministre de monter ? Quant à vous, ma chérie, je crains que nous ne parlions exclusivement de politique. Nous vous rejoindrons dans la salle à manger. »

Le premier ministre paraissait calme, mais il n'était pas difficile de lire dans ses yeux qu'il partageait intérieurement l'énervement de son jeune collaborateur.

« Je crois comprendre que vous avez une nouvelle à nous communiquer, monsieur Holmes ?

— Jusqu'ici elle est purement négative, répondit mon ami. Je me suis informé, et je suis sûr qu'aucun danger n'est à redouter.

— Mais ce n'est pas suffisant, monsieur Holmes ! Nous ne pouvons pas continuer à vivre sur un volcan. Il nous faut quelque chose de précis.

— J'espère l'obtenir. Voilà pourquoi je suis ici. Plus j'ai réfléchi, plus j'ai acquis la conviction que cette lettre n'a jamais quitté la maison.

— Monsieur Holmes !

— Si elle était sortie d'ici, elle aurait été déjà publiée.

— Mais qui l'aurait prise pour la garder ici ?

— Je suis persuadé que personne ne l'a prise.

— Alors comment a-t-elle disparu du coffret ?

— Je ne crois pas qu'elle ait disparu du coffret.

— Monsieur Holmes, cette plaisanterie est déplacée ! Vous avez ma parole qu'elle a quitté mon coffret.

— L'avez-vous examiné depuis mardi matin ?

— Non. Pourquoi l'aurais-je fait ?

— Vous pouvez ne pas l'avoir vue alors qu'elle y était encore.

— Impossible !

— Je n'en suis pas persuadé. J'ai déjà assisté à des choses semblables. Je suppose que ce coffret contient d'autres papiers. Après tout, la lettre a peut-être été mélangée avec eux.

— Elle était sur le dessus.

— Quelqu'un peut avoir secoué le coffret et l'avoir déplacée.

— Non. J'ai tout sorti.

— En tout cas, Hope, il est facile de s'en assurer ! dit le premier ministre. Faites apporter le coffret : nous verrons bien. »

Le secrétaire aux Affaires européennes sonna.

« Jacobs, apportez ici mon coffret. C'est du temps dépensé en pure perte. Mais, si rien d'autre ne peut vous satisfaire, allons-y !... Merci, Jacobs. Posez-le là. J'ai toujours la clef attachée à ma chaîne de montre. Voici les papiers. Regardez : une lettre de Lord Merrow, un rapport de Sir Charles Hardy, le mémorandum de Belgrade, une note sur les accords commerciaux russo-allemands, une lettre de Madrid,

une note de Lord Flowers... Mon Dieu ! Qu'est ceci ?
Lord Bellinger ! Lord Bellinger !... »

Le premier ministre lui arracha des mains l'enveloppe bleue.

« Oui. C'est l'enveloppe. Et la lettre est dedans,
intacte. Hope, je vous félicite !

— Merci ! Merci ! Quel poids vous levez de mon
cœur ! Mais c'est incroyable !... Impossible ! Monsieur Holmes, vous êtes un sorcier, un magicien !
Comment avez-vous su qu'elle était là ?

— Parce que je savais qu'elle n'était nulle part
ailleurs. »

Il courut vers la porte comme un fou.

« ... Où est ma femme ? Il faut que je lui dise que
tout est dans l'ordre. Hilda ! Hilda !... »

Nous entendîmes ses appels dans l'escalier.

Le premier ministre décocha à Holmes un clin
d'œil.

« Allons, monsieur ! dit-il. Dans cette affaire tout
n'a pas été dit. Comment cette lettre est-elle revenue
dans le coffret ? »

En souriant, Holmes détourna son regard de ces
yeux extraordinaires.

« Nous avons aussi nos secrets diplomatiques ! »
fit-il.

Et, prenant son chapeau, il se dirigea vers la porte.

# Table

Achevé d'imprimer en février 2010, en France sur Presse Offset par
Maury-Imprimeur - 45330 Malesherbes
N° d'imprimeur : 153397
Dépôt légal 1re publication : janvier 1963
Édition 26 - février 2010
LIBRAIRIE GÉNÉRALE FRANÇAISE - 31, rue de Fleurus - 75278 Paris Cedex 06